Nora Roberts

Les lumières de Noël

Nora Roberts

Les lumières de Noël

Traduction française de
B. DUFY
DOMINIQUE DUBOUX

HARLEQUIN

Titres originaux :
PARTIE 1 : GABRIEL'S ANGEL
PARTIE 2 : THIS MAGIC MOMENT

Ces romans ont déjà été publiés en 2019 et 2020.

HARPERCOLLINS FRANCE
83-85, boulevard Vincent-Auriol, 75646 PARIS CEDEX 13
Service Lectrices — Tél. : 01 45 82 47 47

www.harlequin.fr

ISBN 978-2-2804-9836-4

L'AMOUR
COMME PAR ENCHANTEMENT

1

Fichu temps...

Gabe passa en seconde, réduisit sa vitesse à vingt kilomètres à l'heure et plissa les yeux. A travers le va-et-vient frénétique des essuie-glaces, il parvint juste à distinguer le bout du capot de sa jeep. Après, il n'y avait plus que le mur uniformément blanc de la neige tombant à gros flocons drus et serrés.

Dieu merci, il connaissait bien maintenant cette route de montagne. Cela faisait six mois qu'il habitait la région, et même s'il quittait le moins souvent possible son refuge, la nécessité de se ravitailler l'obligeait à parcourir de temps en temps les trente kilomètres qui le séparaient de la ville la plus proche. La conduite sur une chaussée aussi glissante n'en provoquait pas moins chez lui une tension nerveuse qui raidissait douloureusement les muscles de ses épaules et de sa nuque.

Inutile de s'arrêter pour attendre la fin de la tempête, pensa-t-il en ralentissant encore avant de négocier le virage suivant. Dans les Rocheuses, les chutes de neige étaient aussi violentes au printemps qu'en plein cœur de l'hiver et pouvaient durer plusieurs jours. Celle-ci avait apparemment pris tout le monde au dépourvu — les touristes et les gens du pays comme les météorologues.

La jeep avançait lentement mais sûrement. Gabe calcula que dans huit kilomètres, il serait chez lui. Une fois arrivé, il déchargerait ses provisions, s'installerait devant le poêle avec une tasse de café brûlant ou une bière glacée, et contemplerait par la fenêtre le paysage enseveli sous la neige. Ce blizzard inattendu aurait multiplié par trois le temps qu'il mettait d'habitude pour effectuer le trajet, mais grâce à sa voiture tout-terrain, il avait au moins la certitude d'arriver à bon port.

Les essuie-glaces peinaient pourtant à faire leur travail. Si la neige continuait à tomber ainsi, la route deviendrait impraticable bien avant la tombée de la nuit. Gabe savait qu'il serait alors rentré depuis longtemps, mais cela ne l'empêchait pas de s'en vouloir : s'il était descendu en ville la veille comme prévu, il serait en ce moment bien au chaud dans son chalet.

Gabe aimait rouler vite, mais l'expérience de la montagne en hiver lui avait enseigné les vertus de la lenteur. Même si la glissière de sécurité qui bordait l'accotement sur sa gauche paraissait solide, il n'avait aucune envie d'en tester la résistance : le ravin, en dessous, était d'une profondeur vertigineuse.

Plus que cinq kilomètres... Gabe n'avait pas vu une seule voiture depuis une bonne vingtaine de minutes, et le risque d'en croiser une maintenant était pratiquement nul. La station locale sur laquelle l'autoradio était réglé diffusait toutes les cinq minutes un bulletin d'alerte météo et donnait dans l'intervalle la liste des routes coupées et des activités annulées à cause du mauvais temps. Gabe était toujours surpris du nombre de réunions, déjeuners, concerts, conférences et répétitions qui avaient lieu chaque jour.

Mais sans doute la nature humaine était-elle ainsi faite : les gens avaient besoin de se regrouper, ne serait-ce que dans l'obscurité d'une salle de cinéma. Gabe, lui, préférait être seul, pour l'instant tout du moins, sinon il n'aurait pas acheté ce chalet ni vécu en ermite pendant les six mois précédents.

La solitude lui permettait de réfléchir, de travailler et de panser ses blessures. Il avait déjà parcouru un bon bout de chemin dans ces trois directions.

Un petit soupir de soulagement lui échappa lorsqu'il sentit la jeep attaquer une nouvelle côte — la dernière avant l'intersection avec le chemin de terre qui menait à sa maison.

Son visage jusque-là crispé par la concentration se détendit un peu. C'était un visage qu'il n'était jamais tenté de rester des heures à contempler le matin dans la glace. Il le trouvait trop mince, trop anguleux, avec un nez légèrement de travers — souvenir d'une rixe qui l'avait opposé, adolescent, à un garçon de sa classe qui rudoyait son frère cadet dans la cour du collège.

Parce qu'il avait oublié de mettre un chapeau en partant, ses cheveux châtain clair retombaient en mèches désordonnées sur son front et sur le col de son anorak. Ils étaient un peu longs, et sa dernière tentative pour les discipliner en passant les doigts dedans remontait à plusieurs heures. A force de fixer la neige, ses yeux verts commençaient en outre à le piquer, mais les conditions de circulation étaient si mauvaises qu'il osait à peine cligner les paupières.

Un rapide coup d'œil au compteur kilométrique lui indiqua qu'il ne lui restait plus que quatre cents mètres à franchir. Il se hâta ensuite de reporter son attention sur la route, et c'est alors qu'il vit une voiture se diriger vers lui en zigzaguant.

Il n'eut même pas le temps d'avoir peur. Par pur réflexe, il donna un coup de volant à droite. Les roues de la jeep s'enfoncèrent dans la congère que le vent avait déjà formée sur le bas-côté. Le véhicule, brutalement stoppé dans son élan, parut sur le point de se retourner, mais il s'immobilisa finalement après un simple soubresaut.

Le danger n'était pas passé pour autant : l'autre conducteur avait visiblement perdu le contrôle de sa voiture, qui fonçait maintenant droit sur la jeep. A la dernière seconde, il se déporta sur la droite, mais ce brusque changement de direction le fit déraper, et il se mit à glisser irrésistiblement vers l'accotement.

Gabe serra le frein à main et bondit de la jeep à l'instant même où la voiture percutait la glissière de sécurité. La neige avait transformé la route en une véritable patinoire, et il manqua tomber plusieurs fois en la traversant.

Heureusement c'était l'avant droit de la voiture qui avait heurté la barrière métallique, et Gabe vit tout de suite que le siège du passager était vide. Le choc n'en avait pas moins été violent, et le conducteur, affaissé sur le volant, ne bougeait pas…

Gabe tenta d'ouvrir la portière. N'y parvenant pas, il se mit à tambouriner, le cœur battant, contre la vitre. Au bout d'un moment qui lui parut une éternité, le conducteur se redressa, enleva son bonnet de laine et secoua la tête comme pour s'éclaircir les idées. Gabe s'aperçut alors qu'il s'agissait d'une femme : ses longs cheveux blonds échappés du bonnet dansaient maintenant dans son dos.

Elle se tourna vers lui, et il rencontra le regard de ses immenses yeux bleus aux pupilles dilatées par l'effroi. Elle était livide — ses lèvres elles-mêmes avaient perdu toute couleur —, mais cela n'enlevait rien à son extraordinaire beauté.

L'artiste en Gabe eut immédiatement envie de fixer sur la toile ces traits d'une parfaite harmonie, l'ovale pur de ce visage aux pommettes hautes, à la bouche généreuse… L'homme en lui se força à revenir à la réalité et frappa à coups redoublés contre la vitre.

Une expression d'inquiétude remplaça la frayeur dans les prunelles de l'inconnue. Elle baissa la glace et demanda d'une voix tremblante :

— Vous êtes blessé ? J'ai heurté votre jeep ?

— Non, juste la glissière de sécurité.

— Dieu soit loué ! J'ai commencé à déraper en haut de la côte, mais j'espérais reprendre le contrôle de la voiture une fois en bas. Et puis je vous ai vu, et j'ai eu le sentiment horrible que la collision était inévitable.

— Vous l'avez pourtant évitée en donnant un coup de volant à droite. Vous n'alliez pas trop vite, heureusement, sinon… Mais vous êtes blanche comme un linge… Ça va ?

— Oui, c'est seulement le contrecoup de la peur que j'ai eue. Vous avez dû avoir une sacrée frayeur, vous aussi… Je suis désolée.

— Nous sommes tous les deux indemnes, c'est l'essentiel, mais que diable faites-vous sur cette route de montagne, loin de tout et au beau milieu d'une tempête de neige ?

— D'après la carte, Lonesome Ridge est la ville la plus proche. Je voulais m'y rendre pour attendre la fin du mauvais temps, mais je me suis perdue dans le blizzard, et j'ai continué à rouler parce que je craignais, si je m'arrêtais sur le bas-côté, de mourir de froid dans ma voiture.

C'était bien ce qu'elle risquait s'il la laissait là, songea Gabe. La neige tombait toujours, et s'il se contentait d'appeler une dépanneuse depuis le chalet, qui sait combien de temps elle devrait l'attendre ? L'idée de la recevoir chez lui ne l'enchantait guère, mais il ne pouvait pas non plus l'abandonner sur le bord de la route...

— J'habite tout près d'ici, grommela-t-il. Je vais vous y emmener.

Le ton de son interlocuteur manquait singulièrement de chaleur, mais la jeune femme ne s'en étonna pas. Après tout, il avait failli avoir un accident à cause d'elle et il était maintenant obligé de la secourir. Il avait de bonnes raisons de lui en vouloir. Un instant, elle fut tentée de refuser sa proposition, mais elle sentit la morsure du froid qui transperçait ses vêtements par la vitre ouverte. Elle n'avait pas le choix.

— Merci, dit-elle. Je vous suis très reconnaissante de votre aide, monsieur... ?

— Bradley. Gabe Bradley.

— Je m'appelle Laura. J'ai une valise dans le coffre... Je peux vous demander de la sortir ?

Gabe prit les clés que lui tendait la jeune femme et se dirigea vers l'arrière de la voiture en se maudissant intérieurement. S'il était parti une heure plus tôt, cet après-midi, il serait en ce moment chez lui — seul.

La valise n'était pas très grosse. Apparemment la jeune femme ne s'encombrait pas plus de bagages que de nom de famille... Gabe se reprocha soudain de lui avoir parlé sur un ton aussi brusque. Après tout, elle avait risqué une chute dans le ravin pour prévenir une collision avec sa jeep, et si elle n'avait pas réussi à éviter les deux, ce serait une ambulance dont ils auraient besoin à présent au lieu d'une simple tasse de café et d'un bon feu pour se réchauffer les pieds.

Résolu à se montrer plus aimable, Gabe souleva la valise, referma le coffre et contourna la voiture pour aller rejoindre Laura. Il vit alors qu'elle en était descendue et l'attendait, plus belle que jamais avec ses joues maintenant rosies par le froid... et très, très enceinte.

— Oh ! mon Dieu !

Ce fut tout ce qu'il trouva à dire.

— Je ne vous dérangerai pas longtemps, déclara-t-elle. Dès que nous serons chez vous, je téléphonerai à un garagiste, et il me conduira en ville après avoir pris ma voiture en remorque.

Ces mots n'atteignirent pas le cerveau de Gabe. Toute son attention était concentrée sur le ventre rond qui tendait les pans du manteau noir de Laura.

— Vous êtes sûre que ça va ? demanda-t-il. Je ne savais pas que vous étiez... Vous avez besoin d'un médecin ?

— Non, répondit-elle avec un petit sourire. Le bébé n'a rien. La décharge d'adrénaline que m'a causée la peur ne lui a pas échappé, à en juger par ses gigotements, mais il est bien protégé, et la ceinture de sécurité m'a évité de heurter le volant.

Gabe n'ayant pas l'air convaincu, la jeune femme ajouta après avoir soufflé sur ses doigts, qui commençaient à s'engourdir :

— Rassurez-vous : il n'y a pas de danger que j'accouche sur cette route — sauf si nous y passons les six prochaines semaines.

Le sourire de Laura exprimait l'indulgence amusée d'une femme devant la totale ignorance des hommes en matière de grossesse. Gabe se sentit bête et décida de la croire sur parole.

— Je vais vous aider, dit-il en lui tendant la main.

Cette phrase toute simple alla droit au cœur de Laura. Elle aurait pu compter sur les doigts d'une main le nombre de fois où elle l'avait entendue.

A petits pas prudents, et en s'appuyant solidement sur le bras de Gabe, elle s'engagea sur la chaussée glissante. Ils atteignirent la jeep sans encombre, mais, arrivée devant le marchepied qui permettait d'accéder au siège du passager, la jeune femme s'arrêta.

— Il faut que vous me souleviez un peu, dit-elle avec un petit rire. Je ne suis plus aussi agile que je l'étais.

Après avoir mis la valise sur la banquette arrière, Gabe se

demanda par quelle partie du corps il pouvait prendre Laura sans provoquer une catastrophe. Compte tenu de ce qu'il leur fallait endurer, les femmes enceintes étaient forcément moins fragiles qu'elles n'en avaient l'air, mais il avait peur, soudain, que le moindre geste maladroit ne fasse du mal à celle-ci. Il choisit finalement de lui poser une main sous le coude, l'autre sur la hanche, et elle se glissa sur le siège avec moins de difficulté qu'il ne le craignait.

Jamais de toute sa vie, il ne s'était senti aussi gauche. Agacé, il claqua la portière et alla s'installer au volant. Quelques manœuvres furent nécessaires pour extirper la jeep de la congère, mais elle gravit ensuite vaillamment le raidillon.

— Je ne pensais pas qu'il y avait des habitations par ici, observa Laura, sinon je me serais arrêtée pour demander refuge dans l'une d'entre elles. Je ne m'attendais pas non plus à une tempête de neige en plein mois d'avril.

— Ce n'est pourtant pas rare dans cette région, et il s'en produit même plus tard dans la saison.

Habituellement, Gabe était aussi respectueux de la vie privée des autres que soucieux de protéger la sienne, mais les circonstances n'avaient rien d'habituel, si bien qu'il reprit :

— Vous voyagez seule ?

— Oui.

— N'est-ce pas risqué, dans votre état ?

Laura posa la main sur son ventre dans un geste instinctif de protection. Etait-il prudent de se confier à cet inconnu ? songea-t-elle. Non, bien sûr, mais la simple politesse exigeait une réponse, aussi vague soit-elle.

— Comme je vous l'ai déjà dit, il me reste six semaines avant la naissance. J'ai prévu de faire étape à Denver, le temps d'accoucher, et même si ma voiture est immobilisée ici pendant plusieurs jours, j'y serai largement à temps... Et vous, monsieur Bradley, vous vivez seul ?

— Oui.

La jeune femme tourna la tête juste assez pour pouvoir observer son compagnon du coin de l'œil. Il avait un visage énergique, aux traits trop fins pour être qualifiés de durs, mais si nets et anguleux qu'ils paraissaient sculptés dans la pierre. C'était un beau visage et, bien qu'il eût quelque chose d'énigmatique, Laura se rassura en se rappelant l'expression désemparée de Gabe au moment où il s'était aperçu qu'elle était enceinte. Cet homme était inoffensif ; elle n'avait rien à craindre de lui.

Sans doute son silence alerta-t-il Gabe, car il lui jeta un bref regard et, comme s'il lisait dans ses pensées, souligna d'un ton légèrement narquois :

— Rassurez-vous, je ne suis pas un dangereux criminel qui se cache dans ces montagnes pour échapper à la police.

— Vous m'en voyez ravie, dit la jeune femme avec l'ombre d'un sourire avant de fixer de nouveau la route.

La jeep s'engagea peu de temps après dans un chemin couvert de neige. Le chalet qui se trouvait au bout ne lui apparut clairement qu'une fois le véhicule arrêté, mais il lui plut tout de suite.

C'était une construction de rondins, basse et rectangulaire, avec une terrasse couverte, des fenêtres à petits carreaux et une cheminée d'où s'échappait un panache de fumée blanche. Une merveilleuse impression de calme et de sécurité se dégageait de cette maison nichée au milieu des sapins.

— Quel cadre magnifique ! s'écria Laura. Vous devez être heureux, ici.

— Je ne me plains pas, déclara Gabe.

Puis il sortit du 4x4 et le contourna pour aider sa passagère à en descendre. Elle sentait la neige... Non, plutôt l'eau pure des torrents qui dévalaient la montagne au printemps, rectifia-t-il.

Surpris qu'une idée aussi incongrue lui ait traversé l'esprit, il se hâta de la chasser, précéda la jeune femme dans l'escalier qui menait à la porte d'entrée et l'ouvrit.

— Allez vous chauffer devant le poêle, dit-il. Moi, je vais décharger la voiture.

Laura entendit à peine la porte se refermer : elle regardait bouche bée les toiles dont la pièce était remplie. Il y en avait partout : accrochées aux murs, entassées dans les encoignures, empilées sur les tables... Seules quelques-unes étaient encadrées, et certaines étaient inachevées, comme si l'artiste avait fini par s'en désintéresser, ou par perdre sa motivation. Il y avait des huiles aux couleurs vives, des aquarelles aux tons doux, des paysages dont les contours vaporeux créaient une atmosphère onirique…

Une œuvre en particulier retint l'attention de Laura, et elle s'avança dans la pièce pour l'examiner de plus près. Elle représentait les quais de la Seine à Paris ; elle les reconnaissait pour s'y être promenée pendant sa lune de miel.

Des larmes lui montèrent aux yeux, mais elle inspira à fond et se força à fixer le tableau jusqu'à ce que son sang-froid soit revenu.

Un chevalet était installé à côté de la fenêtre. Laura ne voyait que la tranche de la toile posée dessus, mais elle résista à la tentation de s'en approcher. Les peintres détestaient généralement montrer leur travail en cours, et elle avait déjà le sentiment d'imposer sa présence à Gabe.

Qu'allait-elle devenir ? se demanda-t-elle, soudain consciente de la gravité de sa situation. Le dépannage et la réparation de sa voiture risquaient d'engloutir la majeure partie de ses économies, et quel employeur engagerait une femme enceinte de sept mois et demi ?

Et s'ils la retrouvaient maintenant…

Non, ils ne la retrouveraient pas ! se dit-elle résolument. Personne ne lui prendrait son bébé, ni maintenant ni jamais.

Elle se retourna en entendant la porte du chalet s'ouvrir. Gabe entra, les bras chargés de sacs d'épicerie qu'il posa par terre avant d'enlever son anorak. Il devait mesurer un peu moins d'un mètre quatre-vingts, mais sa minceur le faisait paraître plus grand, et son corps délié, tout en muscles, dégageait une impression de force physique très au-dessus de la moyenne. Il ressemblait plus à un boxeur qu'au peintre réputé et fils de bonne famille que Laura avait à présent reconnu en lui.

Malgré ses origines, il portait une chemise de flanelle, un pantalon de velours, et paraissait aussi à l'aise dans cette maison rustique que s'il y était né. Bien qu'elle fût née dans un milieu beaucoup plus modeste, et malgré sa tenue toute simple, gros pull-over irlandais et une jupe de laine, Laura ne s'y sentait, elle, pas du tout à sa place.

— Donnez-moi votre manteau, déclara Gabe.

La jeune femme le lui tendit, et il le suspendit avec son anorak à la patère fixée près de la porte.

— Je devais être en état de choc, tout à l'heure, observa-t-elle, car je viens seulement de comprendre que vous étiez Gabriel Bradley, le célèbre artiste… J'adore vos tableaux.

— Merci, marmonna-t-il avant de se pencher pour soulever les sacs d'épicerie.

— Je vais vous aider.

— Non ! s'écria Gabe.

Puis il disparut dans la cuisine, laissant Laura indécise sur la conduite à tenir.

Dans la mesure où il supportait visiblement mal sa présence sous son toit, elle aurait fort bien pu se contenter de s'asseoir dans un coin et d'attendre passivement le moment de partir. C'est ce qu'elle aurait fait à une certaine époque, mais les événements l'avaient changée, et, malgré les protestations de son hôte, elle décida d'aller le rejoindre. La cuisine était minuscule, et les trois personnes, en comptant le bébé, qui s'y trouvaient maintenant suffisaient à la remplir.

— Permettez-moi au moins de vous préparer une boisson chaude, dit Laura.

Le vieux réchaud à deux feux n'avait pas l'air simple à utiliser, mais elle était décidée à se rendre utile.

Gabe se tourna vers les sacs posés sur la table, et son bras effleura au passage le ventre de Laura. Le mélange de gêne et de fascination qu'il en éprouva le fit rougir comme un gamin pris en faute.

— Voilà ce qu'il vous faut, grommela-t-il en tendant un paquet de café moulu à la jeune femme.

— Où est la cafetière ?

— Dans l'évier.

Où elle attendait depuis la veille qu'il trouve le temps de la nettoyer… Gabe esquissa un pas vers l'évier… et recula de deux après avoir senti sa hanche frôler celle de Laura.

— Si vous alliez téléphoner à un garagiste ? suggéra cette dernière. Je m'occuperai du café, pendant ce temps.

— Très bien. Il y a du lait dans le réfrigérateur, si vous en voulez.

— Vous n'auriez pas du thé, par hasard ?

— Non.

— Un verre de lait sera tout aussi bien. Merci.

Une fois seule, Laura résolut le mystère du fonctionnement du réchaud et prépara le café, puis elle entreprit de mettre les provisions dans les placards. Comme Gabe n'avait manifestement pas de système de rangement, elle appliqua le sien, mais elle n'avait pas encore entièrement vidé le premier sac que Gabe reparut et annonça :

— La ligne est coupée. Cela arrive souvent pendant les tempêtes de neige.

— Ah ! Et combien de temps ce genre de panne dure-t-il généralement ?

— C'est variable : quelques heures à une semaine.

Croyant qu'il plaisantait, Laura ébaucha un sourire, mais elle s'aperçut vite qu'il était parfaitement sérieux.

— Je crains que mon sort ne soit entre vos mains, monsieur Bradley.

— Appelez-moi Gabe.

C'était un ordre plus qu'une offre d'amitié, mais la jeune femme refusa de se laisser déstabiliser. Sa compagnie déplaisait peut-être à M. Gabriel Bradley, peintre reconnu et homme du monde qui avait décidé de jouer les ermites, et elle partirait dès qu'elle le pourrait, mais dans l'intervalle, mieux valait prendre les choses avec philosophie.

— Je vais mettre vos bagages dans la chambre, ajouta-t-il avant de pivoter sur ses talons.

Cette femme sortait vraiment de l'ordinaire, pensa Gabe en posant la valise de Laura sur son lit. Elle n'avait pas cillé en apprenant que le téléphone ne marchait pas et qu'ils étaient de ce fait totalement coupés du monde extérieur. Une autre aurait sûrement trouvé inquiétant d'être ainsi bloquée par la neige dans un chalet isolé, avec un parfait inconnu.

De son point de vue à lui, cette cohabitation forcée constituait un simple désagrément, mais elle représentait un danger potentiel pour une femme seule, même enceinte.

Celle-ci était d'ailleurs si belle que, dans d'autres circonstances, il se serait peut-être laissé aller à fantasmer sur elle. Quel homme n'aurait été fasciné par la perfection de ce visage, par ces yeux d'un bleu profond, par cette somptueuse chevelure blonde ?

Gabe savait cependant qu'il en serait resté au stade des fantasmes. Il n'avait jamais eu beaucoup de goût pour les aventures sans lendemain, et son état émotionnel actuel le rendait inapte à s'engager dans une relation sérieuse. La peinture, dont la passion avait fini par lui revenir, était son unique maîtresse.

Sur le plan pratique, cependant, il devait partager son refuge avec une femme très enceinte — et très secrète. Elle ne lui avait dit ni son nom de famille, ni d'où elle venait, ni où elle allait et pourquoi. Comme il semblait peu probable qu'elle soit une braqueuse de banques ou une terroriste, cette réserve ne portait pas à conséquence, mais Gabe n'en était pas moins intrigué.

Les quelques jours que la violence de la tempête les obligerait sans doute à passer ensemble lui permettraient peut-être d'en apprendre un peu plus sur sa mystérieuse invitée.

Seule avec ses pensées, Laura sentait ses craintes regagner peu à peu du terrain. Les provisions étaient à présent rangées, et elle commença à préparer le dîner. Il était encore tôt, mais elle avait besoin de s'occuper les mains.

Cette activité ne suffit malheureusement pas à chasser son angoisse. Il lui fallait de toute urgence gagner Los Angeles, ou Portland, ou Seattle — n'importe quelle ville assez grande et assez éloignée de Boston pour qu'il soit impossible de retrouver sa trace. Le blizzard avait apparemment pris tout le monde par surprise, mais si elle ne s'était pas réveillée si tard, ce matin, elle serait maintenant tranquillement installée dans un motel de Lonesome Ridge, avec une voiture prête à repartir dès que les routes auraient été dégagées.

Au lieu de cela, elle était bloquée dans ce chalet de montagne pour une durée indéterminée... Par chance, Gabe ne l'avait pas reconnue, elle en était certaine. Pas encore, tout du moins, rectifia-t-elle, et que se passerait-il quand il découvrirait son identité ? Il saurait alors qui elle fuyait.

Après tout, les Bradley pouvaient très bien être des amis proches, voire des parents des Eagleton : non seulement ils appartenaient au même milieu, mais ces familles de la haute société s'alliaient souvent entre elles.

Après avoir mis de la soupe en conserve à chauffer, Laura alla regarder par la fenêtre. La neige tombait toujours à gros flocons, formant un écran qui l'empêchait de voir le monde extérieur. C'était étrange, mais cela lui donnait aussi un agréable sentiment de sécurité, car personne ne pouvait la voir, elle non plus.

Et si ce blizzard était une bénédiction, finalement ? pensa-t-elle. Cette petite maison dans la montagne constituait une cachette idéale, et les gens lancés à sa poursuite ne viendraient jamais la débusquer dans cet endroit perdu. Elle n'y resterait certes pas éternellement, mais pourquoi ne pas profiter de ce répit, le temps qu'il durerait, pour se reposer et reprendre des forces ?

Un peu d'optimisme lui revint, et elle fut même contente d'entendre Gabe remuer dans la pièce voisine. Il n'avait rien d'un hôte agréable, mais les longs mois de solitude qu'elle venait de passer lui faisaient soudain apprécier la présence toute proche d'un autre être humain.

Laura alla le rejoindre et vit qu'il était en train de remettre du bois dans le poêle.

— Monsieur Bradley ? Euh… pardon, Gabe ? Vous pouvez débarrasser une des tables ?

— Pourquoi ?

— Pour que nous puissions dîner.

— Dîner ?

— Oui. J'ai préparé de la soupe et des sandwichs.

Mis devant le fait accompli, Gabe fut contraint de s'exécuter. Laura disparut dans la cuisine, et il promena un regard découragé sur les tubes de peinture, les pinceaux et les toiles vierges qui encombraient la table de camping où il prenait ses repas avant de l'utiliser comme surface de… rangement ? Ce n'était peut-être pas le terme approprié, et il trouva sans trop de mal une autre place pour chaque objet, mais sans cesser de maugréer à l'idée du temps qu'il perdrait ensuite à les chercher.

Son irritation augmenta quand la jeune femme entra dans le séjour avec un plateau rempli de bols, d'assiettes et de couverts.

— Vous ne devriez pas porter des choses lourdes, grommela-t-il en le lui arrachant pratiquement des mains.

A la première réaction de surprise de Laura succéda un élan de gratitude. La sollicitude de Gabe s'exprimait peut-être de façon un peu brusque, mais personne ne lui en avait jamais témoigné, et elle venait de vivre les sept mois les plus durs d'une existence qui avait pourtant rarement été facile.

— Merci, dit-elle, mais ne vous inquiétez pas : je fais attention à moi.

— Si c'était le cas, vous seriez en ce moment dans votre lit, en train de vous reposer, et pas dans cet endroit perdu, à jouer les fées du logis.

— L'exercice physique est bon pour la circulation.

— Asseyez-vous quand même et laissez-moi dresser la table.

La jeune femme obéit : elle avait bien trop faim pour discuter.

— Je veille également à me nourrir correctement, expliqua-t-elle, et je crains d'avoir sérieusement entamé vos provisions.

— Ce n'est pas grave, déclara Gabe.

La seule vue des sandwichs garnis de bacon, de tomates et de plusieurs sortes de fromages lui mettait l'eau à la bouche. Il ne se donnait jamais la peine d'en confectionner d'aussi élaborés. En réalité, il prenait tous ses repas debout dans la cuisine et mangeait les plats chauds directement dans la casserole. Le petit cérémonial que Laura lui imposait ce soir stimulait son appétit, il devait bien en convenir.

— Je vous paierai pour la nourriture et la chambre, naturellement, dit-elle.

— Il n'en est pas question : vous êtes mon invitée.

— Non, non, je tiens à vous indemniser !

Gabe trouva intéressant le contraste entre son menton relevé d'une façon orgueilleuse et combative, et la délicatesse de son cou gracile. Il nota également qu'elle ne portait aucun bijou, pas même une alliance.

— Vous avez fait le dîner, souligna-t-il. Nous sommes donc quittes.

Sa fierté aurait poussé Laura à s'obstiner dans son refus, si la pensée du peu d'argent dont elle disposait ne l'en avait finalement dissuadée.

— Entendu, et merci, dit-elle avant de soulever son verre de lait.

C'était un aliment qu'elle détestait, et le café préparé pour Gabe exhalait une odeur alléchante, mais son état lui interdisait d'en boire.

— Vous vivez ici depuis longtemps ? demanda-t-elle.

— Six mois.

Cette information la rassura un peu. A en juger par le nombre de toiles réalisées pendant cette période, Gabe devait passer ses journées à peindre, et elle n'avait encore vu ni journaux ni télévision dans le chalet.

— Lorsque je suis entrée dans cette pièce, je n'en ai pas cru mes yeux, déclara-t-elle. J'ai tout de suite reconnu votre style. Mon... Enfin, une de mes relations a même acheté deux de vos tableaux. Celui que je préfère représente une forêt. Quand je la regarde, j'ai l'impression d'être irrésistiblement attirée dans ses profondeurs et d'y goûter une paix qui me donne envie d'y rester à jamais.

Gabe se rappelait cette peinture et, bizarrement, elle lui inspirait le même sentiment qu'à Laura. Il n'en était pas absolument certain, mais il lui semblait que l'acquéreur habitait la côte Est — New York, Boston, ou Washington, peut-être... S'il voulait en avoir le cœur net, un coup de téléphone à son agent suffirait à le renseigner.

— Vous ne m'avez pas dit d'où vous veniez, observa-t-il.

— Non.

Bien que son appétit se fût brusquement envolé, la jeune femme se força à continuer de manger. Comment avait-elle pu être assez bête pour parler de ce tableau ? C'était Tony qui l'avait acheté ou, plutôt, qui avait chargé l'un de ses hommes de confiance de l'acheter à titre d'investissement.

— J'ai habité Dallas, indiqua-t-elle finalement.

Deux mois seulement — le temps que les détectives privés engagés par les Eagleton retrouvent sa trace et l'obligent à fuir de nouveau —, mais cela, Gabe ne devait pas le savoir.

— Vous n'avez pourtant pas l'accent texan, remarqua-t-il.

— Je n'ai pas vécu assez longtemps là-bas pour l'attraper. Et vous, d'où êtes-vous originaire ?

— De San Francisco.

— Oui, c'est vrai, je me rappelle avoir lu un article sur vous dans une revue... J'ai toujours rêvé de visiter San Francisco. Les collines, la baie, Chinatown... Pour beaucoup de gens, c'est la plus belle ville des Etats-Unis.

Laura avait décidé de faire parler Gabe de lui. L'expérience lui avait appris que, une fois lancés sur ce sujet, les hommes oubliaient tout le reste.

Le cri étouffé qui lui échappa soudain ramena cependant sur elle l'attention de son interlocuteur.

— Qu'y a-t-il ? demanda-t-il d'une voix inquiète.

— Rien de grave. Le bébé vient de me donner un coup de pied particulièrement violent, c'est tout.

Le sourire qui accompagna ces paroles n'empêcha pas Gabe de noter que Laura avait les yeux cernés, et le visage de nouveau très pâle.

— Ecoutez, déclara-t-il, je ne sais pas ce qui est normal ou anormal pour une femme enceinte, mais le simple bon sens me dit que vous avez besoin de vous reposer.

— Je suis fatiguée, je l'avoue. Je vais m'étendre un moment, si vous n'y voyez pas d'inconvénient.

— La chambre est à côté.

Gabe se leva et, ne sachant trop si Laura était capable ou non de se tenir debout toute seule, il lui tendit la main.

— Je m'occuperai de la vaisselle plus tard, dit-elle, quand...

Les mots moururent sur ses lèvres : ses jambes ne la portaient plus, subitement. Elle vacilla, et sans doute serait-elle tombée, si Gabe ne l'avait saisie par la taille.

— Excusez-moi, murmura-t-elle. La journée a été bien remplie, et j'ai un peu présumé de mes forces.

Sa raison lui conseillait de s'écarter de Gabe, mais elle n'arrivait pas à s'y résoudre : il y avait quelque chose d'infiniment agréable à s'abandonner contre le corps robuste d'un homme.

— Je me sentirai mieux après une petite sieste, ajouta-t-elle pour meubler le silence gêné qui s'était installé.

L'urgence de la situation n'avait pas laissé à Gabe le

temps de réfléchir : il avait enlacé Laura sans songer que ce geste pouvait lui faire du mal. Ce n'était apparemment pas le cas, mais elle paraissait soudain si faible et désarmée qu'il répugnait à la lâcher. L'idée qu'elle avait besoin de lui le remplissait d'une étrange émotion. Il avait envie de la réconforter, de la protéger...

Agacé par la tournure que prenaient ses pensées, Gabe y coupa court en soulevant la jeune femme dans ses bras et en se dirigeant vers la chambre d'un pas décidé.

Laura ouvrit la bouche pour protester, mais y renonça finalement faute de savoir si elle était en état de marcher.

— Je dois peser une tonne, observa-t-elle.

— Non, vous êtes beaucoup moins lourde que je ne le craignais.

Compte tenu de sa fatigue, la jeune femme fut surprise de constater qu'elle avait encore la force de rire.

— Quel charmeur vous faites !

— Désolé, mais je n'ai pas eu souvent l'occasion de flirter avec une femme enceinte.

— Ne vous excusez pas ! Vous m'avez procuré un abri contre la tempête, et cela rachète à mes yeux tous vos péchés passés, présents et à venir.

Les paupières de Laura commençaient à se fermer d'elles-mêmes. Elle eut vaguement conscience que Gabe la couchait sur un lit, et se laissa aller au plaisir d'être allongée.

— Merci, murmura-t-elle.

— Vous n'êtes pas obligée de me remercier toutes les cinq minutes, grommela Gabe en tirant sur elle une couette un peu défraîchie. La meilleure façon de me témoigner votre reconnaissance sera de dormir et de ne pas accoucher six semaines avant terme.

— D'accord... Gabe ?

— Oui ?

— Vous pourrez vérifier de temps en temps si la ligne est rétablie ?

— Entendu.

Laura était déjà à moitié endormie, et Gabe hésita à profiter de sa vulnérabilité pour lui soutirer des informations. La curiosité pourtant fut la plus forte.

— Vous voulez que je téléphone à quelqu'un pour lui dire où vous êtes ? Votre mari, par exemple ?

Les yeux de la jeune femme s'ouvrirent tout grands. Soit il s'était trompé en la croyant déjà assoupie, soit sa question l'avait réveillée.

— Je ne suis pas mariée, répondit-elle d'une voix claire et posée. Il n'y a personne à appeler.

2

Dans son rêve, Laura était seule, mais cela ne l'effrayait pas, car elle l'avait été durant la majeure partie de sa vie. Le cadre qui l'entourait avait des contours flous, vaporeux, comme la marine de Gabe accrochée au mur du séjour.

Bizarrement, car elle savait pertinemment qu'elle se trouvait dans les montagnes du Colorado, le bruit de l'océan lui parvenait comme un murmure lointain et apaisant. Une brume légère enveloppait le paysage, et ses pieds s'enfonçaient dans un sable tiède, doux comme de la soie. Elle se sentait forte, pleine d'assurance et d'énergie. Cela faisait très longtemps qu'elle n'avait éprouvé un tel sentiment de liberté et de bien-être.

Et puis, brusquement, les pleurs d'un nouveau-né percèrent le silence. Le pouls de Laura s'accéléra, une sueur froide l'inonda et la brume se dissipa, révélant un ciel chargé de gros nuages noirs.

Les pleurs semblaient venir de partout et de nulle part. Ils résonnaient dans l'air soudain glacé et l'emplissaient de leurs échos déchirants. Folle d'angoisse, les épaules secouées de sanglots, Laura courait en tous sens dans l'obscurité grandissante. Enfin, elle vit le berceau et, les jambes molles de soulagement, elle souleva le bébé dans ses bras.

— Tout va bien, chuchota-t-elle. Je suis là.

Elle berça longuement l'enfant emmitouflé dans une couverture. Elle en percevait la chaleur contre sa poitrine, le souffle sur sa joue, et pourtant, quand elle écarta les pans de la couverture, ce fut pour découvrir qu'il n'y avait rien dessous.

Gabe était assis à la table de camping, en train de dessiner le visage de Laura, lorsqu'il l'entendit pousser un cri, puis une longue plainte, où s'exprimait une telle douleur qu'il bondit de son siège et se précipita dans la chambre.

— Vous ne vous sentez pas bien ? demanda-t-il en prenant la jeune femme par les épaules.

Elle tressaillit violemment, puis tenta de se libérer de son étreinte.

— Vous avez mal quelque part ? déclara-t-il, affolé. C'est le bébé ? Je vous en prie, dites-moi ce qui se passe !

— Ils m'ont volé mon enfant ! cria-t-elle d'une voix empreinte d'hystérie et de rage mêlées. Aidez-moi ! Ils m'ont volé mon enfant !

— Ah ! Je comprends, maintenant : vous avez fait un cauchemar.

— Non, je...

— Si. D'ailleurs, je vais vous le prouver.

Bien que Laura continuât de se débattre avec une force dont il ne l'aurait pas crue capable, Gabe lui saisit la main et la lui posa sur le ventre.

— Vous voyez ? Votre bébé n'est pas encore né. Vous n'avez rien à craindre, et lui non plus. Calmez-vous, sinon vous allez finir par vous rendre malade.

Une vague de soulagement inonda Laura quand elle sentit la vie frémir sous ses doigts.

— Je... Excusez-moi..., balbutia-t-elle. C'était juste un rêve, en effet, mais il semblait tellement réel...

— Tout va bien, chuchota Gabe. Je suis là.

Les mots mêmes qu'elle avait prononcés dans son sommeil pour rassurer son enfant, songea la jeune femme. Et, comme elle l'avait fait pour lui, Gabe se mit à la bercer, jusqu'à ce qu'elle cesse de trembler.

Pendant ses vingt-cinq années d'existence, très rares avaient été les occasions où elle s'était vu offrir protection et réconfort. Les circonstances lui interdisaient cependant de compter sur personne d'autre qu'elle-même... Aussi, résistant à la tentation de prolonger ce moment trop agréable pour ne pas être dangereux, elle repoussa doucement Gabe et murmura :

— Je vais mieux, maintenant. Ce mauvais rêve est dû à l'accident et à la peur que j'ai eue de perdre mon bébé.

Gabe s'écarta de Laura à regret. Il avait voulu continuer de la tenir dans ses bras, pour la rassurer, la protéger. Quand elle lui avait demandé de l'aider, l'étrange certitude lui était venue qu'il était prêt à tout pour la défendre. Contre qui ? Il l'ignorait. Pourquoi se sentait-il à ce point concerné par les problèmes d'une inconnue ? Il ne le savait pas non plus. Tout ce dont il était sûr, c'était que la terreur reflétée par ce cauchemar n'avait aucun rapport avec l'accident.

— Vous mentez, déclara-t-il. De façon générale, je ne force pas les gens à me raconter leur vie, mais là, vous êtes sous mon toit pour une durée indéterminée, et j'ai besoin de comprendre ce qui se passe.

— Je ne vous mens pas, dit la jeune femme d'une voix si ferme qu'il faillit la croire. Mon rêve est la simple conséquence de...

— Qui fuyez-vous, Laura ?

Elle ne répondit pas. Ses grands yeux bleus fixaient Gabe, calmes et impénétrables. Il jura entre ses dents, mais elle ne broncha pas. Furieux, il se releva et se mit à arpenter la pièce, mais elle ne tourna même pas la tête pour le suivre du regard. Il revint s'asseoir sur le lit, la prit par le menton, et si ce geste la fit enfin réagir, ce fut d'une façon totalement inattendue : Gabe eut l'impression qu'elle retenait son souffle et se raidissait, comme dans l'attente d'un coup.

— Ecoutez, je vois bien que vous avez des ennuis, insista-t-il, et j'aimerais vous aider, mais pour cela, il me faut des informations précises. Dites-moi qui vous poursuit et pourquoi !

Nouveau silence, mais, comme mues par une volonté indépendante de la sienne, les mains de Laura se posèrent sur son ventre.

Le bébé étant manifestement au cœur du problème, Gabe résolut de commencer par là :

— Votre enfant a un père... C'est lui que vous fuyez ?

— Non.

— Qui, alors ?

— C'est une longue histoire.

— Nous avons tout notre temps. Il neige toujours aussi fort, si bien qu'il peut se passer une semaine entière avant que les routes soient de nouveau praticables.

— Je partirai dès qu'elles le seront, mais je vous demande de ne pas m'interroger. Moins vous en saurez, mieux cela vaudra.

— Je ne suis pas de cet avis.

Gabe se tut le temps de trouver un autre angle d'attaque, puis il reprit :

— J'ai l'impression que votre bébé est très important pour vous.

— Rien ne compte plus que lui.

— Vous êtes visiblement stressée… Vous pensez que c'est bon pour lui ?

Diverses émotions se succédèrent sur le visage de Laura — du regret, de l'inquiétude et, enfin, une sorte de sombre détermination.

— Entre deux maux, il faut choisir le moindre, déclara-t-elle. Cela étant, je reconnais que vous avez le droit de me poser des questions.

— Mais vous ne comptez pas y répondre…

— Je ne vous connais pas. Je dois vous faire confiance, jusqu'à un certain point, parce que je n'ai pas le choix, mais je vous demande d'adopter la même attitude envers moi.

— Rien ne m'y oblige.

— Très bien, dans ce cas je vais satisfaire votre curiosité ! Je n'ai commis aucun crime, je ne suis pas recherchée par la police et je n'ai ni mari ni famille… Cela vous suffit ?

— Pour ce soir, parce que vous avez besoin de vous reposer, mais nous reprendrons cette conversation demain.

Laura acquiesça de la tête. Même court, ce sursis était le bienvenu, et elle avait appris à apprécier le plus petit cadeau que la vie lui faisait.

Quand Gabe eut quitté la pièce, elle referma les yeux, mais le sommeil fut ensuite très long à venir.

Un silence absolu accueillit Laura à son réveil. Désorientée, elle essaya de se rappeler l'endroit où sa longue errance l'avait conduite la veille. Le nombre de chambres différentes où elle avait dormi au cours des mois précédents l'obligeait à faire cet effort de mémoire tous les matins.

Un flot d'images et de souvenirs l'assaillit soudain. Gabriel Bradley, le blizzard, le chalet, le cauchemar, l'angoisse où il l'avait plongée, et le merveilleux sentiment de sécurité qu'elle avait éprouvé dans les bras de Gabe...

Inquiète de la douce émotion que le rappel de ce moment lui procurait, elle tourna la tête vers la fenêtre. La neige tombait toujours; il ne lui serait donc pas possible de partir aujourd'hui. Elle se surprit à espérer que le soleil ne revienne jamais, que le temps s'arrête et lui permette de rester là, à l'abri et au chaud, éternellement protégée des dangers du monde extérieur.

Mais le temps ne s'arrêtait jamais, et l'enfant qu'elle portait, plus présent de jour en jour, était là pour le lui rappeler. Résignée, la jeune femme se leva et ouvrit sa valise. Elle voulait se rendre présentable avant d'affronter Gabe.

Le poêle du séjour était allumé et un bon feu brûlait dans la cheminée, constata-t-elle dix minutes plus tard, mais la maison était vide. Elle aurait dû en être soulagée, et pourtant l'absence de Gabe lui donna un sentiment d'abandon.

C'était ridicule! songea-t-elle, décidée à combattre cette peur soudaine de la solitude. Elle n'avait pas besoin de lui, et il finirait bien par revenir, de toute façon!

En se dirigeant vers la cuisine pour préparer le petit déjeuner, elle aperçut une demi-douzaine de croquis d'elle posés sur la table de camping. Exécutés au fusain, ils témoignaient d'un talent indéniable, mais Laura s'en approcha avec une certaine appréhension. L'idée de découvrir comment quelqu'un d'autre ou, plus exactement, comment Gabriel Bradley la percevait la rendait nerveuse.

Elle trouva ses yeux trop grands, son regard trop tourmenté, son expression trop grave. Ce visage n'était pas celui qui avait été photographié sous tous les angles et reproduit sur le papier glacé de célèbres magazines de mode.

Laura Malone... Elle avait presque oublié cette femme

qui, enveloppée dans des soies chatoyantes et de somptueuses fourrures, avait fait vendre des flacons de parfums par milliers, des vêtements de grands couturiers par centaines. Cette femme qui, pendant un court moment, avait maîtrisé son destin.

Celle que montraient les croquis était plus douce, plus ronde. Elle paraissait plus fragile, mais aussi, curieusement, plus forte. Intriguée, Laura se pencha sur l'un des dessins. Cette impression avait-elle une réalité, ou était-ce le fruit de son imagination, parce qu'elle voulait se croire forte, parce qu'elle en avait besoin ?

La porte s'ouvrit, et Gabe apparut, les bras chargés de bûches. Il la referma d'un coup de talon, tapa des pieds pour secouer la neige collée à ses bottes, puis alla déposer son fardeau dans le coffre à bois.

— Bonjour, dit Laura. Vous êtes matinal !

— Vous aussi. Je pensais que vous alliez dormir plus longtemps.

— J'aurais bien aimé, mais le bébé, lui, était d'un autre avis… Je vais préparer le petit déjeuner.

— J'ai déjà pris le mien, mais comme vous n'avez pas beaucoup mangé hier soir, vous devez être affamée, alors n'hésitez pas à puiser dans les provisions !

Reconnaissante à Gabe de sa gentillesse, Laura eut envie de s'attarder un peu avec lui. Il enleva son anorak et s'assit sur une chaise pour retirer ses bottes.

— J'ai l'impression qu'il neige moins, observa la jeune femme.

— Il y a déjà presque un mètre dehors, et je doute que le temps ne se lève avant la fin de l'après-midi.

— Je ne voulais pas être indiscrète, mais j'ai vu les croquis que vous avez faits de moi. Je suis flattée.

— J'aurais peut-être dû vous demander la permission, mais vous êtes très belle, et je ne peux résister à l'envie de dessiner les belles choses.

— Vous avez de la chance : le talent apporte tellement plus de satisfactions que la beauté… Et ce que vous venez de dire suffirait à le prouver, s'il en était besoin : vous avez parlé de moi comme d'un objet. La beauté a tendance à occulter la personne qui la possède.

L'amertume qui perçait dans la voix de Laura étonna Gabe et aviva sa curiosité. A quoi était-elle due ? Il tenta de trouver un moyen détourné de le savoir, mais il cherchait encore une réponse à sa question alors que la jeune femme avait déjà disparu dans la cuisine.

Installé dans la pièce qui lui servait à la fois de séjour et d'atelier, Gabe ne revit pas Laura de la matinée. Il l'entendait s'affairer dans la pièce voisine, apparemment occupée à ranger, nettoyer et cuisiner. Il comptait avoir obtenu des réponses à ses interrogations avant le soir, mais elle paraissait avoir besoin de se dépenser physiquement, et il avait décidé de la laisser tranquille pour l'instant.

Cette débauche d'énergie le surprenait pourtant : il croyait que les femmes enceintes passaient leurs journées à tricoter de la layette ou à somnoler dans un fauteuil. Mais peut-être Laura cherchait-elle dans cette activité débordante un dérivatif à ses problèmes. A moins qu'elle n'y vît un moyen de retarder la reprise de la conversation interrompue la veille...

Après le déjeuner, elle s'installa sur le vieux canapé du séjour avec un livre. Gabe continua de travailler en silence, mais quand, au bout d'une heure, elle retourna dans la cuisine, il l'y suivit avec son carnet à dessin, s'assit à la table où elle avait commencé à peler des pommes et lui déclara sans préambule :

— Pourquoi Denver ?

Le couteau à éplucher glissa, mais la jeune femme ne leva pas la tête et répondit sans interrompre sa tâche :

— Parce ce que je n'y suis jamais allée.

— Compte tenu des circonstances, vous ne seriez pas mieux dans un endroit que vous connaissez ?

— Non.

— Pourquoi avez-vous quitté Dallas ?

— Par obligation.

— Où est le père de votre enfant ?

— Il est mort.

Etait-ce vrai ? se demanda Gabe, surpris de ne percevoir aucune trace d'émotion dans la voix de Laura.

— Regardez-moi ! ordonna-t-il.

Elle obéit, et il vit dans ses yeux qu'elle ne mentait pas.

— Vous n'avez pas de parents qui pourraient vous aider ?

— Non.

— Votre compagnon n'avait pas de famille, lui non plus ?

Le couteau glissa de nouveau et, cette fois, la pointe s'enfonça dans le doigt de Laura, y faisant une entaille d'où du sang se mit à couler.

— Je vais vous chercher un pansement, dit Gabe en repoussant sa chaise.

— Inutile, c'est une simple égratignure.

Mais Gabe avait déjà quitté la pièce, laissant sur la table un carnet sur lequel la jeune femme aperçut son visage dessiné de trois quarts.

Quand il revint, il nettoya la blessure avec un désinfectant. Les attentions qu'il lui témoignait, alliées à la douceur de ses gestes, la touchèrent profondément.

— Si vous continuez comme ça, je finirai par penser que vous avez une prédisposition aux accidents, dit-il.

— Et moi, je vais vous prendre pour le bon Samaritain, répliqua-t-elle avec un sourire.

Gabe ne fit pas de commentaire. Il posa le pansement sur la coupure et alla se rasseoir.

— Vous pourriez tourner un peu la tête vers la gauche ? demanda-t-il. J'aimerais dessiner votre profil. Parfait... Si vous m'expliquiez, maintenant, pourquoi elle veut votre enfant ?

— De qui parlez-vous ?

— Vous m'avez très bien compris. La famille du père veut le bébé... Pourquoi ?

— Je n'ai jamais dit cela !

— Pas explicitement, mais tout porte à le croire, alors arrêtez de tergiverser et répondez-moi !

La nervosité de Laura était palpable, mais il y avait plus de détermination que de peur dans sa voix quand elle riposta :

— Je n'ai pas d'ordres à recevoir de vous !

Ses yeux lançaient des éclairs, et un petit frisson d'excitation parcourut Gabe : le peintre en lui était captivé par la colère très humaine qui enflammait soudain ce visage d'ange. Il trouva en revanche très étrange, et très alarmant, l'élan de désir qui le souleva juste après. Il décida cependant de l'ignorer et reprit son interrogatoire :

— Pourquoi la famille du père veut-elle votre enfant, Laura ? Comme j'insisterai jusqu'à ce que j'obtienne une réponse, autant me la donner tout de suite ! Que craignez-vous, d'ailleurs ? Que je vous livre pieds et poings liés à ces gens ? Réfléchissez ! Je n'ai aucune raison de le faire.

Alors qu'il se croyait au bord de la colère, Gabe se surprit à poser sa main sur celle de Laura dans un geste presque tendre. Et sa surprise grandit lorsqu'elle entrelaça leurs doigts. Leurs regards se croisèrent, et des émotions qu'il ne pensait plus jamais éprouver l'envahirent.

— Vous m'avez demandé de vous aider, hier soir, souligna-t-il d'une voix douce.

— Je sais, mais vous ne le pouvez pas.

— Laissez-moi en juger. Je n'ai rien d'un bon Samaritain, je n'ai pas envie de m'occuper des problèmes des autres en plus des miens, mais je n'ai pas le choix : tant que vous serez sous mon toit, je me sentirai responsable de vous. Il semble qu'une menace pèse sur vous. Comment voulez-vous que je vous en protège, si je n'en connais pas la nature ?

Laura hésita, mais elle était lasse de fuir, lasse de se battre seule. Elle avait besoin d'un ami, et la main de Gabe sur la sienne lui donnait envie de croire qu'elle venait de s'en trouver un. Il aurait été dangereux de lui raconter toute l'histoire, mais elle pouvait au moins lui en révéler une partie.

— Comme je vous l'ai déjà dit, le père de mon bébé est mort, et ses parents souhaitent récupérer l'enfant pour l'élever eux-mêmes, mais je suis sa mère, et sa place est avec moi.

Le regard farouche de Laura évoqua à Gabe une lionne défendant ses petits.

— Dans la mesure où personne n'a en effet le droit de vous enlever votre bébé, déclara-t-il, pourquoi vous sentez-vous obligée de fuir ?

— Ces gens sont riches et puissants.

— Et alors ?

— Et alors ! répéta la jeune femme d'une voix vibrante de colère.

Puis, d'un geste brusque, elle dégagea sa main. Ce contact physique qui lui avait apporté un tel réconfort lui était soudain devenu insupportable.

Trop agitée pour rester assise, elle se leva et se mit à marcher de long en large dans la pièce avant de répondre :

— Vous ne pouvez pas comprendre. Vous appartenez au même milieu qu'eux, vous êtes habitué à ce que tout le monde se plie à votre volonté, parce que personne n'ose vous défier. Votre sort n'a jamais dépendu et ne dépendra jamais des caprices des autres. Ce n'est pas le cas pour moi, mais cette fois, je ne me laisserai pas faire : je me battrai jusqu'au bout pour garder mon enfant.

— Il ne suffit pas d'avoir de l'argent pour satisfaire tous ses désirs, objecta Gabe.

— Ah, non ? Vous, par exemple, vous vouliez une maison isolée qui vous permettrait de peindre sans être dérangé… Vous avez dû réfléchir, attendre, économiser, avant de vous en offrir une ? Bien sûr que non ! Vous n'avez eu qu'à signer un chèque et à vous installer !

— Il n'y a aucune comparaison possible entre le fait d'acheter un chalet et celui de prendre un bébé à sa mère.

— Pour certains, c'est la même chose : un enfant est un bien comme un autre.

— Vous dramatisez !

— Pas du tout. C'est vous qui êtes naïf.

Les critiques de Laura avaient irrité Gabe, mais cette dernière remarque l'amusa beaucoup.

— Moi, naïf ? s'exclama-t-il. Je ne pensais pas m'entendre un jour appliquer ce qualificatif… Rasseyez-vous, maintenant ! Vous me rendez nerveux, à tourner ainsi comme un ours en cage : j'ai peur que vous ne tombiez, ou que vous ne heurtiez un meuble.

— Je ne suis pas en sucre, marmonna la jeune femme, qui obéit pourtant. Je me porte même comme un charme : j'ai passé une visite médicale à Dallas, et tout va bien. J'accoucherai dans quelques semaines à Denver, et ensuite je disparaîtrai avec mon bébé.

La femme que Gabe avait aujourd'hui en face de lui semblait assez forte et résolue pour mener ce projet à bien, mais celle qu'il avait vue la veille en proie au plus profond désarroi en était-elle capable ?

Il jugea inutile de lui parler des risques qu'un stress permanent lui faisait courir, mais il savait à présent comment s'y prendre pour la raisonner.

— Vous ne trouvez pas que cette fuite incessante est injuste pour votre bébé ?

— Si, terriblement injuste, mais ce serait encore pire, si je laissais ces gens me l'enlever.

— Pourquoi êtes-vous si sûre qu'ils en ont l'intention ?

— Parce qu'ils me l'ont dit. Ils m'ont expliqué que c'était la meilleure solution pour moi comme pour l'enfant, et ils sont allés jusqu'à m'offrir de l'argent en échange du bébé. J'ai refusé, naturellement, et ils m'ont alors annoncé qu'ils me le prendraient, tout simplement.

Voyant que le seul souvenir de cette scène arrachait un frisson à Laura, Gabe éprouva un violent dégoût pour ceux qui l'avaient traitée de façon aussi odieuse.

— Ce sont des menaces en l'air, déclara-t-il. Aucun juge ne vous retirera la garde de votre bébé uniquement parce que ces gens la demandent.

— Je suis loin d'en être certaine. Ils ont des relations, et les moyens d'engager les meilleurs avocats du pays... Je ne peux pas lutter à armes égales avec eux, et je veux de toute façon épargner à mon enfant les conséquences de la publicité, des rumeurs et de la curiosité malsaine que provoquerait ce procès à cause de la position sociale de ces gens. Un enfant a besoin d'amour et de stabilité, et je veillerai à ce que le mien n'en manque jamais, même si je dois pour cela aller me cacher avec lui au bout du monde.

— C'est votre droit, mais il vous faudra tôt ou tard attaquer le problème de front.

— Je le ferai le moment venu.

— Vous avez de quoi survivre le temps d'être en état de travailler, au moins ?

— J'ai assez d'argent pour couvrir mes frais médicaux, et il m'en restera ensuite un peu.

Gabe soupira. Il aurait dû laisser Laura se débrouiller toute seule. Elle était dans une situation difficile, mais cela ne le regardait pas... L'ennui, c'est qu'il n'arrivait pas à s'en convaincre : à l'instant même où il lui avait offert son bras pour traverser la route, il s'était senti responsable d'elle. Et maintenant, pour la première fois depuis presque un an, il pensait à autre chose qu'à ses propres malheurs.

— J'ai envie de peindre un tableau de vous, dit-il de but en blanc. Je vous paierai au tarif habituel des modèles professionnels, et vous serez en plus nourrie et logée.

— Je ne veux pas de votre argent.

— Vous aviez pourtant l'air de trouver que j'en avais trop, tout à l'heure !

Le rouge de la honte empourpra les joues de la jeune femme.

— Excusez-moi, murmura-t-elle, j'ai été injuste. Vous n'avez pas choisi de naître riche, après tout.

— Peu importe ! Tout travail mérite salaire, et je ne vois pas pourquoi vous poseriez pour moi gratuitement. Je peins à mon rythme, et vous devrez donc être patiente, mais eu égard à votre état, je suis prêt à faire des concessions : je m'arrêterai dès que vous serez fatiguée.

Cette offre était tentante, très tentante, même..., songea Laura. Son expérience de top model lui permettrait de satisfaire aux exigences de Gabe, et le salaire qu'elle toucherait, d'envisager l'avenir avec plus de confiance.

— J'aimerais accepter, déclara-t-elle, mais vous êtes un artiste célèbre. Si ce portrait est exposé dans une galerie, ceux qui me recherchent me reconnaîtront.

— C'est vrai, mais rien ne m'oblige à leur dire, à eux ou à qui que ce soit, où et quand je vous ai rencontrée. Personne ne pourra retrouver votre trace par mon intermédiaire, je vous en donne ma parole.

La jeune femme hésita encore un moment, puis elle acquiesça. Certains risques valaient la peine d'être courus.

La neige continua de tomber toute la journée, et puis, la nuit venue, elle s'arrêta brusquement, comme si une main invisible avait tourné un interrupteur.

Laura ne s'en serait peut-être pas rendu compte, si elle n'avait pas été en train de regarder par la fenêtre à ce moment précis. Elle en éprouva la même pointe de déception qu'autrefois, petite fille, à la fin d'un orage ou d'une tempête. Puis la même envie la saisit, juste après, d'aller respirer l'air du dehors, et elle enfila son manteau pour sortir sur la terrasse.

Il n'y avait ni lune ni étoiles dans le ciel, et comme la lumière de la lampe extérieure n'éclairait pas à plus de quelques mètres, la jeune femme ne voyait qu'un épais tapis blanc dont l'étendue se perdait ensuite dans l'obscurité. Le silence absolu aurait pu être effrayant. L'isolement pesant… Le chalet aurait pu ressembler à une prison… Mais, pour Laura, c'était une forteresse rassurante.

Elle était décidée à faire de nouveau confiance à quelqu'un, et rien n'aurait mieux su la convaincre de la justesse de sa décision que la paix de cette nature ensevelie sous la neige.

Même si Gabe paraissait sujet aux sautes d'humeur, c'était un homme de parole, elle en avait la certitude, et l'accord qu'ils avaient conclu était équitable : Gabe avait trouvé en elle une source d'inspiration, et il lui offrait en échange une pause dont elle avait cruellement besoin.

Par fierté, elle ne lui avait pas dit à quel point elle était fatiguée, et quel effort de volonté il lui avait fallu fournir pour ne pas aller se coucher au milieu de la journée. Physiquement, sa grossesse se passait bien : elle était jeune et en bonne santé. Moralement, en revanche, les mois précédents l'avaient obligée à puiser dans ses réserves. Ce séjour dans les montagnes du Colorado lui permettrait de retrouver l'énergie nécessaire pour contrer les attaques des Eagleton.

Gabe n'avait pas l'air de comprendre le pouvoir que leur conféraient leur argent et leurs relations, mais elle savait, elle, de quoi ils étaient capables. N'avaient-ils pas usé de leur influence pour garder secrètes les fautes de leur fils ? Quelques coups de téléphone ne leur avaient-ils pas suffi pour cacher la vérité sur l'accident dans lequel sa passagère et lui avaient péri ?

Les médias n'avaient parlé ni d'alcoolisme ni d'adultère. Aux yeux du public, c'était à cause d'une chaussée glissante et d'un problème de direction qu'Anthony Eagleton, seul héritier de la fortune familiale, s'était tué, et non parce qu'il conduisait en état d'ivresse. Et la femme qui l'accompagnait n'était pas sa maîtresse, mais sa secrétaire.

La procédure de divorce engagée par Laura avait également été passée sous silence. Aucune trace de scandale ne devait ternir la mémoire d'Anthony et l'honneur des Eagleton. Laura avait été sommée de jouer les veuves éplorées, et si elle avait en effet pleuré, à l'enterrement, ce n'était pas ce qu'elle venait de perdre sur cette petite route du Massachusetts, mais ce qu'elle avait perdu bien avant, dès le début de son mariage.

Les regrets ne servaient à rien, se dit-elle. Il lui fallait maintenant se tourner vers l'avenir. Même si Tony l'avait rendue malheureuse, ils avaient créé ensemble une vie qu'elle devait à présent protéger, coûte que coûte.

— A quoi pensez-vous ?

Brutalement arrachée à ses réflexions, la jeune femme sursauta.

— Gabe ? Je ne vous avais pas entendu arriver ! déclara-t-elle avec un petit rire gêné.

— Que faites-vous dehors par ce froid ?

— J'avais envie de prendre l'air. Quelle quantité de neige est-il tombé, à votre avis ?

— Entre un mètre vingt et un mètre cinquante.

— Je n'en avais encore jamais vu autant. J'ai du mal à imaginer qu'elle finira par fondre et que l'herbe repoussera.

— J'ai emménagé dans ce chalet au mois d'octobre, et elle recouvrait déjà toute la région. Je ne sais pas ce qu'il y a dessous.

— Combien de temps allez-vous rester ici ?

— Je l'ignore. Je n'y ai pas encore réfléchi.

Bien qu'elle lui enviât cette absence de contraintes, ce fut en souriant que Laura observa :

— Tous ces tableaux… Vous ne comptez pas les exposer ?

— Si, un jour, mais rien ne presse.

— Les œuvres d'art sont faites pour être admirées. C'est un crime d'empêcher les gens d'en profiter.

— J'estime, moi, que leur auteur a le droit de choisir le moment où il les montrera au public.

— Pourquoi vous êtes-vous installé dans ce coin perdu ? Vous vous cachez ?

— Non, je travaille.

— Je suis sûre qu'un peintre de votre renom peut travailler n'importe où. S'il veut être tranquille, il lui suffit de le dire pour que personne n'ose le déranger.

— Peut-être, mais j'ai parfois besoin d'un complet isolement pour me ressourcer.

Les questions de Laura avaient mis Gabe mal à l'aise. Il n'y avait pas répondu franchement, mais ses douloureux souvenirs le hantaient toujours, et il répugnait à en parler. Même s'il avait été en veine de confidences, d'ailleurs, Laura avait déjà assez de problèmes sans qu'il l'ennuie avec les siens.

Il l'observa attentivement et, l'artiste en lui reprenant soudain le dessus, il lui entoura le visage de ses mains, le tourna vers la lumière et murmura :

— C'est étrange… Vos yeux disent tout ce qu'un homme souhaite entendre d'une femme, et en même temps tellement de choses qu'il ne veut pas entendre…

Laura resta silencieuse, non parce qu'elle avait l'esprit vide, mais au contraire parce que trop de pensées et d'émotions s'y bousculaient. Elle croyait pourtant ne plus jamais rien éprouver de tel, et surtout pas l'émoi que lui causaient les doigts de Gabe sur sa peau.

Le trouble de ses sens la surprit donc, et la gêna un peu, mais plus déstabilisante encore fut l'envie irrépressible qui l'accompagna de voir cet homme ignorer sa beauté et chercher à connaître la personne qu'elle était vraiment. Il ne fallait cependant pas l'espérer : l'intensité du regard fixé sur elle n'allait pas au-delà du simple intérêt d'un peintre pour son modèle.

— Je suis fatiguée, déclara-t-elle. Je vais me coucher.

Gabe tressaillit, comme tiré d'un rêve éveillé, mais il garda le visage de Laura entre ses mains et continua de scruter les profondeurs de ces yeux qui le fascinaient tant.

L'inconvenance de ce comportement finit toutefois par lui apparaître. Il lâcha la jeune femme et lui ouvrit la porte.

— Bonne nuit, Gabe.

— Bonne nuit.

Une fois seul, il se demanda ce qui lui arrivait, car, l'espace d'un instant — non, pendant beaucoup plus longtemps —, il avait désiré Laura.

Ce constat le remplit d'un profond dégoût de lui-même. Il fallait vraiment être tombé bien bas pour songer à faire l'amour à une femme qui allait accoucher dans six semaines de l'enfant d'un autre !

Accablé, il alluma une cigarette et passa l'heure suivante à tenter de se persuader qu'il avait pris pour du désir une simple émotion esthétique devant la beauté faite femme.

3

L'impression de sérénité qui émanait de Laura intriguait Gabe. L'encolure de son pull-over rose pâle dégageait son cou gracieux, et ses cheveux blonds formaient comme une auréole autour de sa tête. Aujourd'hui encore, elle ne portait aucun bijou — rien qui puisse attirer l'attention sur elle, rien qui puisse l'en détourner.

Gabe utilisait rarement des modèles, car même s'ils parvenaient à garder la pose aussi longtemps qu'il le demandait, une expression d'ennui ou d'impatience finissait toujours par apparaître sur leur visage. Laura, elle, semblait pouvoir rester éternellement assise dans la même position, avec le même sourire de madone sur les lèvres.

Ce calme et cette douceur étaient cependant trompeurs, Gabe le savait pour avoir déjà vu une Laura très différente : volontaire, farouchement décidée à défendre ce qui lui appartenait. Et, à en juger par son histoire, elle n'avait rien d'autre au monde que son enfant à naître.

Elle ne lui avait pas tout dit, songea Gabe en dessinant la courbe d'un sourcil. Les quelques informations qu'elle lui avait fournies étaient juste destinées à l'empêcher de poser d'autres questions. Et il n'en avait pas posé. Il n'était pas habitué à se contenter d'explications fragmentaires, mais il n'avait pas eu le cœur d'exiger un récit complet : le peu que Laura s'était résignée à raconter lui avait déjà visiblement beaucoup coûté.

D'après la radio, aucune route secondaire n'avait encore

été dégagée, et les météorologues annonçaient de nouvelles chutes de neige. Les conditions de circulation ne seraient pas revenues à la normale avant deux ou trois semaines ; Gabe avait donc tout son temps.

Curieusement, parce qu'il s'attendait à en être contrarié, la compagnie d'une autre personne était loin de lui déplaire. La beauté de cette personne y était bien sûr pour quelque chose... Cela faisait très longtemps qu'il n'avait pas réalisé de portrait. Trop longtemps, sans doute, mais le courage de représenter la vie lui avait manqué après la disparition de Michael. Il n'avait même pas pu reprendre un pinceau tant qu'il était resté à San Francisco, où tout lui évoquait des souvenirs et ravivait la douleur de l'absence.

La solitude et le dépaysement qu'il avait trouvés dans les montagnes du Colorado lui avaient permis d'entamer le travail de deuil. Il s'était remis à créer, mais seulement des paysages et des natures mortes. Le désir de peindre un être de chair et de sang ne lui était revenu qu'avec Laura.

— Vous êtes fatiguée ? demanda-t-il.

— Non.

Gabe reporta son attention sur son esquisse. Il en avait déjà fait des dizaines, mais aucune ne le satisfaisait vraiment. Il devait pourtant maîtriser parfaitement son sujet avant de passer à l'exécution de l'ouvrage définitif, et il avait hâte de le commencer. Il considéra la jeune femme et, les sourcils froncés, déclara :

— Vous n'auriez pas un autre vêtement ? Quelque chose qui découvre les épaules, par exemple ?

Une lueur d'amusement s'alluma dans les yeux de la jeune femme.

— Désolée, répondit-elle, mais ma garde-robe n'est pas très fournie, en ce moment.

Depuis trois jours qu'elle posait pour Gabe, elle avait eu le temps de s'habituer à son impatience, à sa recherche incessante de l'angle, de la lumière, de l'attitude idéale. Il venait parfois lui tourner la tête d'un côté, puis de l'autre, et elle aurait aussi bien pu être un bouquet de fleurs, ou une corbeille de fruits, sous ces doigts qui la manipulaient sans ménagement, mais elle ne s'en formalisait pas. Gabe était l'artiste, et elle, la glaise qu'il devait pétrir jusqu'à ce que jaillisse en lui l'étincelle créatrice.

Comme souvent, il posa soudain son carnet et se mit à arpenter la pièce.

— Vous êtes la féminité personnifiée..., murmura-t-il pensivement, comme s'il se parlait à lui-même. Vos traits respirent le charme, la douceur, la délicatesse... Et pourtant, ils ont quelque chose d'ambivalent : votre bouche exprime la sensualité, et votre regard semble tourné vers l'intérieur... Sans doute est-ce dû à votre état, mais cela rend votre visage d'autant plus fascinant, car il reflète ainsi une double réalité : charnelle et spirituelle. Comme celui d'un ange.

— Les anges sont censés être de purs esprits, non ? dit Laura, surprise par cette comparaison.

— La tradition nous les présente en effet comme des créatures immatérielles, mais il ne faut pas oublier qu'ils étaient humains, au départ.

— Vous croyez réellement à l'existence des anges ?

— Oui, parce que la vie ne vaudrait pas la peine d'être vécue, sinon.

Ses déambulations avaient amené Gabe près de Laura, et il jouait maintenant avec ses cheveux, les ramenant en arrière, les relevant puis les laissant retomber dans son dos... Fins et soyeux, ils ressemblaient vraiment à ceux d'un ange, et si son but avait d'abord été de chercher la coiffure qui mettrait le mieux en valeur la beauté de son modèle, le détachement de l'artiste céda vite la place à un puissant émoi.

Furieux contre lui-même, il retira sa main et l'enfonça dans la poche de son pantalon.

— Si nous faisions une pause ? suggéra la jeune femme.

— D'accord. Reposez-vous un moment, mais allongée, et les pieds plus hauts que la tête.

Laura lui lança un regard surpris, et il expliqua, l'air gêné :

— C'est conseillé dans le livre que vous laissez traîner partout. Je me suis dit que j'avais tout intérêt à y jeter un coup d'œil, compte tenu des circonstances.

— Merci. Vous êtes très gentil.

— Ne me remerciez pas. Il y a une grande part d'égoïsme dans l'intérêt que je porte à votre santé : mieux vous prendrez soin de vous, moins vous risquerez d'accoucher ici... Etendez-vous, maintenant ! Je vais vous chercher un verre de lait.

— Non, je...

— Vous n'en avez bu qu'un verre, aujourd'hui.

D'un geste impatient de la main, Gabe désigna le canapé à Laura, puis il disparut dans la cuisine.

Elle s'allongea avec un petit soupir de soulagement et, bien qu'il lui fût de plus en plus difficile de lever les jambes, elle réussit à poser les talons sur la table basse. Le poêle répandait sa chaleur dans tout le séjour, mais elle aurait aimé aller s'asseoir devant la cheminée, pour regarder les flammes danser dans l'âtre. Si elle le faisait, cependant, il faudrait une grue pour la relever !

Les bruits qui venaient de la pièce voisine ramenèrent ses pensées vers Gabe. Il était si gentil ! Ce mot l'agaçait visiblement, et pourtant il n'y en avait pas d'autre pour le qualifier. C'était la première fois que quelqu'un la traitait ainsi : en égale, comme une amie qui avait temporairement besoin d'aide, mais sans que rien ne lui soit demandé en échange. Ce désintéressement la touchait plus que tout, et elle était décidée à trouver un moyen de payer la dette qu'elle avait envers lui.

Cela supposait que les choses tournent bien pour elle, mais il fallait y croire. Un jour, elle habiterait un appartement dans une ville — n'importe laquelle. Il y aurait une chambre d'enfant, aux murs peints de couleurs gaies, avec un petit lit blanc et un rocking-chair où elle pourrait bercer son bébé quand il aurait du mal à s'endormir.

Lorsqu'elle fermait les paupières, comme maintenant, ce rêve lui semblait réalisable. Un monde où elle ne serait plus jamais seule lui apparaissait, une vie calme et heureuse, exempte de toute menace.

Le sentiment d'une présence lui fit rouvrir les yeux, et son regard croisa celui de Gabe. Il était penché sur elle, et l'envie la prit de poser une main sur sa nuque pour rapprocher encore leurs visages, pour boire à ses lèvres la force et l'assurance qu'il irradiait. Pour qu'il voie une femme en elle, aussi, et non plus un modèle, à peine plus qu'un objet.

La main qu'elle leva s'arrêta pourtant au niveau du verre qu'il tenait.

— Quand le bébé sera sevré, je ne boirai plus une seule goutte de lait, annonça-t-elle.

— Je viens de terminer la dernière bouteille. A partir de demain, il faudra vous contenter de lait en poudre.

— Quelle joie !

Avec une grimace, Laura vida la moitié du verre, puis elle expliqua :

— Avant de pouvoir me résoudre à tremper mes lèvres dedans, je suis obligée de m'imaginer que c'est du café, un café bien noir et bien fort. Ou, mieux encore, du champagne français.

— Dommage que je n'aie pas de flûte en cristal ! Cela renforcerait l'illusion... Vous avez faim ?

— L'adage selon lequel les femmes enceintes doivent manger pour deux est une idée reçue... Et puisque nous parlions de la France... C'est là que vous avez réalisé cette peinture des quais de la Seine ?

Gabe jeta un coup d'œil au tableau. C'était une œuvre d'inspiration impressionniste, dont il était impossible d'identifier le sujet sans l'avoir vu dans la réalité.

— Oui, indiqua-t-il, en partie de mémoire, et en partie grâce à de vieux croquis que j'avais gardés. Quand êtes-vous allée à Paris ?

— Je n'ai pas dit que j'y étais allée.

— Non, mais dans le cas contraire, vous n'auriez pas reconnu cet endroit. Ecoutez, vous avez tort de biaiser, car cela ne fait qu'attiser ma curiosité, alors répondez-moi franchement !

— D'accord... J'ai séjourné à Paris il y a un an, et pendant plusieurs semaines.

— Vous avez aimé ?

Un sentiment proche de la panique submergea Laura. Elle craignait, en évoquant cette période de sa vie, de se mettre à pleurer, et l'idée d'inspirer de la pitié à Gabe lui était insupportable. Une lente et longue inspiration lui permit cependant de recouvrer son sang-froid, et de déclarer ensuite d'un ton dégagé :

— Si j'ai aimé Paris ? Oui, c'est une ville magique, à la fois très vieille et très moderne, très majestueuse et très romantique. Tous les parcs et les jardins étaient en fleurs. Il a plu sans arrêt durant trois jours, mais j'aurais pu passer des heures dehors, à contempler le ballet des parapluies sur les trottoirs et à respirer l'odeur de l'asphalte mouillé.

Notant que la main de Laura était crispée sur son verre, Gabe le lui prit, le mit sur la table basse et observa :

— Vous n'avez pas été heureuse là-bas.

— A Paris au printemps ? Vous plaisantez ! Qui pourrait y être malheureux ?

— Le père de votre enfant était avec vous ?

— Quelle importance ?

Cela n'aurait pas dû en avoir, mais Gabe était sûr que plus jamais il ne regarderait ce tableau sans penser à Laura, et il avait besoin de savoir.

— Vous l'aimiez ? demanda-t-il.

Avant de répondre, la jeune femme s'obligea à réfléchir. Avait-elle aimé Tony ? Oui, ou, plus exactement, l'homme qu'elle avait cru voir en lui.

— Je l'aimais, murmura-t-elle.

— Depuis combien de temps êtes-vous seule ?

— Je ne suis pas seule.

Un sourire joua sur ses lèvres, et s'agrandit quand le bébé bougea, comme pour lui confirmer sa présence. Gabe haussa un sourcil interrogateur et, sous l'effet d'une impulsion subite, elle lui saisit la main et la posa sur son ventre.

Au mouvement d'abord léger que Gabe perçut sous ses doigts succéda une série de soubresauts dont la violence le déconcerta.

— On dirait que votre bébé joue des coudes pour essayer de sortir, remarqua-t-il.

— Oui, il semble pressé de découvrir le monde, souligna Laura en riant. J'ai entendu son cœur, pendant la visite médicale que j'ai passée à Dallas, et il battait vite, et fort, avec une sorte d'impatience... C'est le bruit le plus merveilleux que j'aie jamais...

La jeune femme laissa sa phrase en suspens, réduite au silence par un brusque changement d'atmosphère dans la pièce. Gabe la fixait intensément, et la chaleur de sa main à travers la laine fine du chandail, l'intimité de l'expérience qu'ils étaient en train de partager, éveillaient en elle des désirs interdits.

Une envie presque douloureuse de prendre Laura dans ses bras possédait Gabe. Il le faisait en imagination toutes les nuits pendant qu'il cherchait le sommeil, allongé sur le vieux matelas de la chambre d'amis. Ensuite, en rêve, il la tenait étroitement enlacée, son souffle tiède lui caressait la joue, ses cheveux dénoués étaient répandus sur l'oreiller, et il glissait les doigts dans leur masse dorée.

Quand il se réveillait, ces fantasmes le choquaient profondément, comme le choquaient maintenant les pulsions qui l'animaient.

Il dégagea brusquement sa main de celle de Laura, se redressa et annonça :

— J'aimerais travailler encore un peu, si vous n'êtes pas trop fatiguée.

— Non, je me suis suffisamment reposée.

Des larmes voilaient les yeux de Laura, qu'elle refoula d'un battement de paupières. Il ne fallait pas y voir autre chose qu'une hyperémotivité due à son état, se dit-elle résolument. Les femmes enceintes pleuraient facilement, et souvent sans raison, c'était bien connu.

— J'ai une idée, déclara Gabe. Ne bougez pas !

Il quitta la pièce et revint une minute plus tard avec un T-shirt bleu marine à la main.

— Mettez ça ! ordonna-t-il. Je pense que le contraste entre ce vêtement d'homme et la féminité de votre visage m'apportera ce que je cherche.

Laura se rendit dans la chambre, enleva son pull-over, et elle s'apprêtait à enfiler le T-shirt quand l'odeur de Gabe, dont le tissu de coton était imprégné, envahit ses sens. Une odeur musquée, masculine, qu'elle aurait reconnue entre toutes, et qui fit courir une onde brûlante dans ses veines.

Etait-il vraiment mal de désirer cet homme alors qu'elle portait l'enfant d'un autre ? Elle se sentait si proche de lui… Il vivait des moments difficiles, lui aussi, cela se voyait, et ce devait être ce point commun, allié à leur isolement, qui lui donnait l'impression d'être unie à lui par un lien très puissant, et depuis très longtemps.

Mais que savait-elle de ses propres sentiments ? se demanda Laura en mettant le T-shirt. La première et seule fois où elle s'y était fiée ne lui avait apporté que des souffrances. Alors, parmi les multiples émotions que Gabe suscitait en elle, mieux valait privilégier la gratitude et occulter les autres.

Quand la jeune femme regagna le séjour, Gabe était occupé à passer en revue ses croquis. Il leva les yeux, et l'image qu'il voulait avoir d'elle s'effaça devant la réalité. Elle ressemblait toujours à l'ange dont il avait parlé, mais cet ange lui paraissait maintenant beaucoup plus humain qu'avant.

Etait-ce parce qu'il avait failli céder à la tentation de l'embrasser, tout à l'heure ? Sans doute, et c'était dangereux, car plus Laura deviendrait femme à ses yeux, plus dur serait le combat qu'il lui faudrait livrer pour s'empêcher de satisfaire son désir. Mieux valait donc s'efforcer d'oublier la femme et se concentrer sur le modèle.

Fort de cette décision, ce fut d'une voix froide qu'il déclara :

— Je ne m'étais pas trompé. Cette couleur vous va bien, et les courbes de votre corps forment un contraste intéressant avec la coupe droite du T-shirt.

— Vous risquez de ne pas le récupérer de sitôt ! Il est très confortable.

— Gardez-le autant de temps que vous voudrez. Je vous le prête.

Laura alla s'asseoir et reprit exactement la même attitude qu'avant, si bien que Gabe se demanda une fois de plus si elle n'avait pas déjà posé.

— Essayons autre chose…, marmonna-t-il en lui bougeant les épaules de quelques centimètres. J'aimerais avoir des fleurs… Non, juste une… Une rose.

— Vous pourriez l'imaginer.

— Oui, je pourrais…

Lorsque Gabe lui inclina la tête d'un dixième de degré vers la gauche, Laura réprima un sourire désabusé. Elle était redevenue une corbeille de fruits…

— Parfait, marmonna-t-il. Je vais dessiner directement sur la toile, cette fois. J'ai perdu assez de temps en études.

— Trois jours seulement.

— Quelques heures m'ont suffi pour peindre certains de mes tableaux.

— Il y en a ici que vous avez laissés inachevés, en revanche.

— Question d'humeur... Vous finissez toujours ce que vous avez commencé, vous ?

— Non, mais je devrais, si j'en crois la sagesse populaire.

— Quand il est évident que le résultat ne sera pas à la hauteur de ses espérances, pourquoi s'obstiner ?

— Il s'agit parfois d'une promesse, et les promesses sont faites pour être tenues, répondit la jeune femme, songeant au serment prononcé le jour de son mariage.

Parce qu'il ne la quittait pas des yeux, Gabe vit une lueur de tristesse passer sur son visage. Et, comme toujours, cette émotion toucha une corde en lui malgré ses efforts pour y rester indifférent.

— Certaines promesses ne peuvent pas être tenues, observa-t-il.

Laura garda le silence, et Gabe se mit au travail. Il savait déjà que ce portrait serait l'une de ses meilleures œuvres, sinon la meilleure. Il savait aussi que cela ne lui suffirait pas : il peindrait Laura dans d'autres attitudes, sous d'autres angles. Il la voulait aujourd'hui douce et pensive, mais ce n'était que l'une des facettes de cette femme mystérieuse, et il entendait les fixer toutes sur la toile. Après, il la connaîtrait mieux que personne ne la connaîtrait jamais.

— Vous me permettrez de regarder au fur et à mesure ? déclara-t-elle soudain.

— Regarder quoi ?

— Le tableau. Les artistes sont souvent chatouilleux sur ce point.

— Pas moi. Je suis quelqu'un de très accommodant.

— Oui, ça saute aux yeux, dit-elle avec une pointe d'ironie. Vous m'accorderez donc cette faveur ?

— Pas de problème, mais si vous voyez quelque chose qui vous déplaît, inutile de me demander de le changer : c'est hors de question.

Cette remarque fut accueillie par un rire franc et joyeux qui se propagea en Gabe comme la vibration d'un diapason.

— Vous pensez que je pourrais être blessée dans mon amour-propre ? s'écria Laura. Ne vous inquiétez pas pour ça : je ne suis pas vaniteuse.

— Toutes les jolies femmes sont fières de leur beauté.

— Non, seules le sont celles qui y attachent de l'importance.

— Et ce n'est pas votre cas ? J'ai du mal à le croire !

— C'est pourtant vrai. La beauté m'a été donnée sans que j'aie rien fait pour la mériter. Si j'étais très intelligente, ou très douée dans un domaine particulier, je la considérerais même comme une malédiction, car elle rendrait les gens aveugles à ces qualités. Ne les possédant ni l'une ni l'autre, je la considère comme un don naturel qui compense leur absence.

— Contre quoi accepteriez-vous de l'échanger ?

— Beaucoup de choses, mais comme je n'aurais pas mérité non plus ce qui me serait offert en contrepartie, ça ne compte pas... Et vous, à quoi renonceriez-vous le plus facilement, si vous étiez obligé de choisir ? A votre séduction, ou à votre talent artistique ?

— Comme je ne me suis jamais trouvé séduisant, la question ne se pose pas.

Gabe sortit un chiffon de la poche arrière de son pantalon, s'essuya les mains dessus, puis tourna le chevalet vers Laura. Elle esquissa un mouvement pour se lever, mais il lui fit signe de rester assise et déclara :

— Regardez de là où vous êtes, et dites-moi ce que vous en pensez.

La jeune femme examina attentivement ce qui était encore une simple ébauche, beaucoup moins achevée que certains des croquis déjà réalisés. Gabe avait dessiné son visage et son buste, avec la main droite en travers de l'épaule gauche, mais dans un geste moins défensif que protecteur.

Il avait eu raison, à propos du T-shirt, constata-t-elle ensuite. Ce vêtement d'homme mettait mieux sa féminité en valeur qu'une profusion de soies et de dentelles. Ses cheveux dénoués retombaient dans son dos en une cascade de boucles désordonnées qui s'opposaient de manière saisissante au calme de son attitude, mais l'expression que Gabe avait donnée à ses traits la surprit.

— Je ne suis pas aussi triste que vous m'avez représentée, observa-t-elle.

— Désolé, mais je vous avais prévenue : je ne changerai rien à ce travail.

— Je ne vous le demande pas. Je dis simplement que vous vous faites une fausse idée de moi.

La mauvaise humeur que Gabe perçut dans la voix de Laura l'amusa. Il retourna le chevalet vers lui, mais ce fut les yeux fixés sur son modèle qu'il répliqua :

— Je ne suis pas de cet avis.

— Je n'ai pourtant rien de tragique !

— Tragique ? La femme du portrait ne l'est pas. Elle est vaillante.

— Je ne le suis pas non plus, mais vous avez le droit, en tant qu'artiste, d'interpréter la réalité comme bon vous semble.

— Nous sommes d'accord sur ce point.

La discussion et la séance de pose étant visiblement terminées, Laura se leva, mais elle se figea soudain et s'exclama :

— Oh ! mon Dieu !

Alarmé, Gabe courut la rejoindre et lui prit la main.

— Qu'y a-t-il ? C'est le bébé ? Vous avez eu une contraction ?

— Non ! Là, regardez...

Laura pointait l'index vers la fenêtre et, quand il identifia la cause de son émotion, Gabe eut envie de l'étrangler : elle lui avait fait la peur de sa vie, et pour quoi ? Pour un stupide cerf qui s'était approché de la maison !

Une fois remis de sa frayeur, cependant, Gabe reconnut que c'était un animal magnifique. Son corps massif se découpait sur le fond blanc du paysage, et sa tête surmontée de bois majestueux se balançait gracieusement tandis qu'il humait l'air de ses naseaux frémissants.

— Il est superbe, murmura Laura. Je n'en avais encore jamais vu d'aussi près.

Gabe partageait désormais le plaisir qu'elle éprouvait devant ce spectacle. Un cerf, un renard, un faucon tournant dans le ciel... La beauté de ces montagnes et de leur faune l'avait aidé à surmonter sa douleur.

— Il y a environ une semaine, dit-il, je longeais un ruisseau quand j'en ai aperçu tout un troupeau. J'étais face au vent, si bien qu'ils ne m'ont pas senti, et j'ai pu réaliser trois croquis avant qu'une biche ne flaire ma présence.

Le cerf s'était avancé ; il se tenait maintenant à moins de deux mètres de la vitre et considérait Gabe et Laura d'un air arrogant, sans la moindre trace de peur dans le regard.

— Il est ici sur son territoire, chuchota la jeune femme, et il doit le savoir, sinon il ne serait pas si sûr de lui... C'est bizarre, j'ai l'impression d'être un animal dans un zoo qu'il serait venu visiter.

Sans doute alerté par un bruit ou une odeur qui lui signalaient un danger, le cerf pivota soudain sur lui-même, bondit à travers l'étendue de neige et disparut dans les bois environnants.

Dans son ravissement, Laura se mit à rire, mais lorsqu'elle se détourna de la fenêtre, son rire s'étrangla : elle ne s'était pas rendu compte que Gabe était si près d'elle, ni qu'il lui tenait toujours la main. Elle en avait à présent une conscience aiguë, et lui aussi, à en juger par la flamme sombre qui brillait dans ses yeux, rivés sur elle.

Les doigts de Gabe se posèrent sur la joue de Laura et en suivirent la courbe. Cette caresse n'avait rien de prémédité ni même de réfléchi ; elle répondait à un besoin dont il ne mesura l'intensité qu'après l'avoir assouvi.

Et Laura ne le repoussa pas. Aurait-il insisté, dans le cas contraire ? Il espérait que non, mais comme elle n'avait pas bougé, il ne le saurait jamais.

Le tremblement de la main blottie dans la sienne lui disait qu'elle était nerveuse. Il l'était, lui aussi, car il se sentait incapable de résister à ce que la voix de sa raison lui interdisait pourtant de faire.

Et lentement, très lentement, son visage se rapprocha en effet de celui de Laura...

Gabe allait l'embrasser, et c'était folie de l'y autoriser, folie plus grande encore d'en avoir envie. Avant même que leurs lèvres se touchent, cependant, Laura avait cessé de lutter contre son désir. Et quand leurs bouches s'unirent, elle eut le sentiment étrange que ce baiser était le premier de toute sa vie : jamais personne ne l'avait embrassée ainsi. Elle connaissait la passion, la fougue parfois proche de la fureur d'hommes avides de satisfaire leur appétit sexuel, mais jamais elle n'avait connu — ni même imaginé — la déférence dont le baiser de Gabe était empreint.

Une déférence sous laquelle elle percevait une ardeur contenue qui rendait la caresse plus excitante, plus voluptueuse qu'aucune autre. La jeune femme eut l'impression d'entrer dans un monde entièrement nouveau, dont Gabe était le seul à posséder les clés.

Il devait s'arrêter, mais ne le pouvait pas : c'était comme une drogue. A peine Gabe avait-il goûté aux lèvres de Laura qu'un merveilleux sentiment de plénitude l'envahit, comme si un vide dont il ignorait jusque-là l'existence venait de se combler.

Dans une petite partie de son cerveau, cependant, un âpre combat continuait de se livrer. La femme qu'il tenait dans ses bras et, à quoi bon le nier, brûlait de conquérir, n'était pas seulement enceinte : elle portait l'enfant d'un autre homme, un homme qu'elle avait aimé.

Il n'avait pas le droit de profiter de sa vulnérabilité, même si sa beauté le subjuguait, même si sa douloureuse histoire lui donnait envie de la protéger contre ses mystérieux ennemis. Mais, pour cela, il fallait d'abord qu'elle lui fasse confiance, en lui livrant ses secrets...

Gabe était presque résolu à rompre leur étreinte quand Laura posa la tête dans le creux de son épaule et murmura :

— Ne dites rien. Laissez-moi rester ainsi, juste une minute.

Les larmes retenues qui altéraient sa voix lui fendirent le cœur. Il s'était toujours senti désarmé devant les pleurs d'une femme et, faute de mieux, il se mit à lui caresser doucement les cheveux.

Lorsque la minute demandée fut passée, Laura recula d'un pas et reprit d'une voix raffermie :

— Je suis désolée. Vous devez trouver que j'abuse de votre gentillesse.

— Pas du tout.

— Vous comptez sûrement vous excuser de m'avoir embrassée, mais ce n'est pas la peine : je comprends.

— Que comprenez-vous, Laura ?

— Que vous avez un peu pitié de moi et que vous avez

voulu me réconforter. Ne croyez surtout pas que je donne une autre signification à ce geste. Compte tenu de mon état, je ne peux pas vous plaire — physiquement, s'entend —, et ce qui vient d'arriver était donc pour vous un simple moyen de me témoigner votre compassion.

— Vous vous trompez. Vous me plaisez, et une grande partie de cette attirance est très physique. Les circonstances m'empêchent peut-être de faire l'amour avec vous, mais cela ne veut pas dire que je n'en ai pas envie.

La surprise qui se peignit sur les traits de Laura aurait amusé Gabe, s'il n'avait eu le sentiment d'être en train de vivre l'un des moments les plus importants de son existence.

— Votre état n'est d'ailleurs que l'un des obstacles à une éventuelle liaison entre nous, reprit-il. Le deuxième est le silence que vous gardez sur votre passé. Vous ne m'en avez révélé que des bribes, et j'ai besoin que vous me racontiez toute l'histoire.

— C'est impossible.

— Pourquoi ? Vous avez peur ?

— Non. J'ai honte.

Ce fut au tour de Gabe d'être surpris : de toutes les réponses que Laura aurait pu lui donner, celle-là était la plus inattendue.

— Honte ? répéta-t-il. Parce que vous n'étiez pas mariée au père de votre enfant ?

— Je vous en prie, n'insistez pas !

Ce n'était pas l'envie qui lui en manquait, mais Laura paraissait si lasse, si désemparée, qu'il n'eut pas le cœur de la brusquer.

— D'accord, j'arrête de vous poser des questions pour aujourd'hui, mais il y a un problème auquel nous devons tous les deux réfléchir : vous m'inspirez des sentiments dont la force grandit de jour en jour, et je ne sais pas du tout où cela va nous mener.

Sur ces mots, Gabe esquissa un pas vers la porte, mais Laura le retint par le bras.

— Cela ne peut nous mener nulle part, déclara-t-elle. Je le regrette profondément, mais c'est la vie qui en a décidé ainsi.

— Je ne crois pas à la fatalité, mon ange. Rien n'est écrit d'avance : chacun de nous tient son destin entre ses mains.

La jeune femme jugea inutile de souligner que cette liberté était l'apanage des riches et des puissants. Elle lâcha Gabe, et il sortit du chalet, la laissant en proie à un chaos d'émotions contradictoires.

4

Il avait de nouveau neigé pendant la nuit, mais les quelques centimètres qui étaient tombés fondaient déjà sous les rayons du soleil matinal. L'eau gargouillait dans les gouttières, et c'était un bruit apaisant, comme celui de la pluie, qui donnait envie de boire une tasse de thé brûlant, de s'installer au coin du feu avec un bon livre ou de faire la sieste dans la tiédeur d'un lit douillet.

Depuis la cuisine où elle avait mis à chauffer de l'eau, du lait en poudre et quelques carrés de chocolat, Laura entendait Gabe fendre du bois dans le jardin. Le coffre du séjour était pourtant plein, et le tas de bûches, à l'angle de la terrasse, encore haut. Même si le mauvais temps revenait et durait jusqu'au mois de juin, ces réserves suffiraient largement, mais la jeune femme comprenait le besoin qu'avait Gabe de se dépenser physiquement. Artiste ou pas, reclus volontaire ou pas, il n'était pas homme à rester enfermé toute la journée.

Sans qu'ils l'aient vraiment voulu, une sorte de routine s'était installée depuis l'arrivée de Laura au chalet. Elle se réveillait tous les matins dans une maison vide : Gabe était déjà levé et parti effectuer l'une ou l'autre de ses activités de plein air. Elle lui préparait du café en écoutant la radio d'une oreille distraite, et, au bout d'un moment, il rentrait, secouait la neige de ses bottes, puis buvait une tasse de café. Ensuite, il allait prendre sa place devant le chevalet, et Laura, la sienne près de la fenêtre.

Parfois, ils parlaient; parfois, les séances de pose se déroulaient dans un silence complet.

Gabe pouvait peindre pendant des heures, avec la même concentration, avec les mêmes gestes précis et mesurés, mais Laura percevait sous ce calme apparent une impatience qu'elle ne comprenait pas : il semblait avoir hâte de terminer un tableau qui avançait pourtant plus vite qu'elle n'aurait cru possible. Son portrait prenait forme sur la toile — ou, plutôt, le portrait de la femme qu'elle était dans le regard de Gabe, et dont le caractère éthéré la surprenait, car elle se sentait solidement ancrée dans la réalité : l'enfant qu'elle portait lui interdisait de s'en échapper.

Elle s'abstenait cependant de tout commentaire. Gabe ne l'aurait pas écoutée, et il aurait eu raison.

Il avait encore réalisé de nombreux croquis d'elle, certains en pied, d'autres représentant juste un détail de son visage. Elle lui en reconnaissait le droit dans la mesure où c'était la seule façon dont elle pouvait le remercier de son hospitalité, mais quelques-uns de ces croquis la mettaient mal à l'aise, comme celui que Gabe avait fait un soir où elle s'était endormie dans le canapé. Elle y paraissait si... vulnérable. Et c'était bien le sentiment qu'elle avait éprouvé en s'apercevant qu'il l'avait observée et dessinée pendant son sommeil.

Non qu'elle eût peur de lui..., se dit Laura en tournant sans enthousiasme la mixture peu appétissante formée par le lait en poudre et les morceaux de chocolat mal fondus. Il la traitait au contraire avec plus de gentillesse qu'elle n'était en droit d'attendre de lui. Et même s'il lui arrivait d'être brusque, c'était la personne la plus attentionnée de la Terre.

Peut-être l'attirait-elle, comme il l'avait affirmé. Son visage suffisait souvent à éveiller le désir des hommes. Mais, dans ce cas, il lui témoignait un respect et des égards que ses expériences passées ne l'avaient pas habituée à associer au désir masculin.

La jeune femme haussa les épaules et versa la moitié du contenu de la casserole dans une tasse. Quels que soient les sentiments de Gabe, ils ne pouvaient mener à rien : dans une semaine, deux tout au plus, elle devrait partir et se débrouiller de nouveau seule.

S'efforçant de fixer dans son esprit l'image d'un chocolat au lait riche et onctueux, Laura but deux gorgées de la préparation, grimaça, soupira, et elle s'apprêtait à boire le reste quand une douleur soudaine manqua lui faire lâcher le verre. Elle le posa, puis s'agrippa des deux mains au rebord de la table pour mieux résister à l'envie d'appeler Gabe.

Ce n'était rien, se dit-elle, une simple crampe... La douleur diminua peu à peu, mais elle jugea plus sage d'aller s'allonger, et elle gagna la salle de séjour à petits pas prudents.

Les coups de hache s'arrêtèrent juste à ce moment-là, et elle se rendit compte alors que ce bruit en avait étouffé un autre — celui d'un moteur.

Une bouffée d'angoisse l'envahit aussitôt. Les gens lancés à sa poursuite l'auraient-ils retrouvée ? Elle se dirigea vers la fenêtre et vit une motoneige remonter le chemin. Ce petit véhicule ressemblait tellement à un jouet qu'il l'aurait amusée, si son conducteur n'avait porté un uniforme de policier.

Prête à courir se cacher dans le recoin le plus obscur du chalet s'il le fallait, elle se dirigea vers la porte et l'entrouvrit.

Gabe était en sueur, mais il se sentait bien. Il aimait le contact de l'air froid sur sa peau, la saine fatigue qui lui emplissait le corps et lui vidait l'esprit. Enfin, non, pas complètement : rien ne pouvait l'empêcher de penser à Laura.

Le temps qu'il passait loin d'elle lui éclaircissait cependant les idées, et il venait de prendre une décision : elle avait besoin d'aide, et il allait l'aider.

Parmi ses amis et connaissances, beaucoup se seraient étonnés de le voir ainsi résolu à jouer les don Quichotte. Personne ne l'avait jamais accusé d'être insensible — ses tableaux étaient là pour prouver sa capacité à ressentir toute la gamme des émotions —, mais très peu de gens l'auraient imaginé en défenseur des opprimés.

Habité par son art, il en avait fait le centre de sa vie. C'était Michael qui avait été généreux, lui qui avait intensément vécu les joies et les peines de l'existence — la sienne et celle des autres.

Et maintenant, il était mort, laissant derrière lui un vide que Gabe n'était pas certain de jamais pouvoir combler.

Il leva de nouveau sa hache, et elle était au sommet de sa trajectoire quand il entendit un bruit de moteur. Surpris, il fit un faux mouvement, et la lame s'enfonça dans le tronc sur lequel la bûche était posée. Des éclats de bois jaillirent et allèrent rejoindre ceux qui jonchaient déjà la neige. Gabe jeta un rapide coup d'œil vers la fenêtre de la cuisine, puis contourna le chalet en courant pour intercepter son visiteur avant qu'il ne frappe à la porte et ne voie Laura.

Le véhicule était une motoneige, constata-t-il en arrivant dans la cour, et son conducteur, un policier d'environ vingt-cinq ans aux joues rougies par le froid et le vent.

L'homme coupa le moteur, salua Gabe de la tête et déclara :

— Bonjour ! Tout va bien, ici ?

— Oui. Comment est la route ?

— Très mauvaise. J'espère que vous n'avez rien d'urgent à faire en ville.

— Heureusement, non.

— Tant mieux !

Après avoir mis pied à terre, le policier reprit en tendant une main gantée :

— Je me présente : Scott Beecham.

— Gabe Bradley.

— J'avais entendu dire que quelqu'un avait acheté la maison du vieux McCampbell. Vous n'avez pas de chance : cet hiver est l'un des plus rudes de ces dix dernières années. Le bureau du shérif nous a demandé de passer au domicile des gens les plus isolés pour vérifier s'ils n'ont pas besoin de ravitaillement, ou s'il n'y a pas de malades chez eux.

— J'ai reconstitué mon stock de vivres le jour où la tempête a commencé.

— Vous avez eu du flair, et je vois que vous, au moins, vous avez une jeep... Un 4x4 est beaucoup plus sûr sur chaussée glissante qu'un véhicule ordinaire. Vous n'imaginez pas le nombre de voitures qu'il a fallu remorquer ! On a notamment trouvé, à quelques centaines de mètres d'ici, une vieille Chevy qui a percuté la glissière de sécurité. Elle est abandonnée, et c'est inquiétant, parce que personne n'a signalé l'accident. Le conducteur a pu partir à pied et se perdre dans le blizzard.

— Non, il s'agit de la voiture de ma femme, indiqua Gabe sans l'ombre d'une hésitation. Comme je tardais à revenir des courses, elle s'est inquiétée et a décidé de descendre en ville, mais à peine sortie du chemin, elle a failli me rentrer dedans. Avec le temps qu'il faisait, j'ai jugé préférable de laisser son véhicule là où il était et de la ramener avec moi à la maison. Je n'ai pas encore pu aller estimer les dégâts... Ils sont importants ?

— Juste une aile froissée. Votre femme a été blessée ?

— Non, mais elle a eu très peur, et moi aussi.

— Je m'en doute !

Toujours cachée derrière la porte entrebâillée, Laura avait écouté une conversation dont la tournure l'avait stupéfaite : jamais elle n'aurait cru que Gabe irait jusqu'à mentir pour assurer sa sécurité. La première surprise passée, elle résolut d'entrer dans son jeu et sortit sur la terrasse.

— Excusez-moi de vous interrompre, déclara-t-elle avec un sourire, mais ce monsieur serait peut-être content de boire une tasse de café...

Les deux hommes se tournèrent vers elle. Gabe fronça les sourcils, mais le policier répondit en soulevant poliment son chapeau :

— C'est très aimable à vous, madame, mais il faut que je continue ma tournée. Désolé, pour votre voiture...

— J'aurais dû faire plus attention. Vous savez quand la route sera de nouveau praticable ?

— Votre mari pourra sans doute descendre en ville dans un jour ou deux, mais à votre place, je ne m'y risquerais pas.

— Vous avez raison : j'attendrai que la neige ait été déblayée.

— Bon, eh bien, je m'en vais, dit Beecham en remontant sur son véhicule. Vous avez une radio à ondes courtes, monsieur Bradley ?

— Non.

— Je vous conseille d'en acheter une. C'est plus sûr que le téléphone... Quand votre bébé doit-il naître ?

L'usage de cet adjectif possessif laissa Gabe sans voix.

— Euh… dans quatre ou cinq semaines, parvint-il finalement à bredouiller.

— Alors vous avez tout votre temps ! C'est votre premier ?

— Oui.

— Moi, j'ai deux filles, et la seconde a choisi le jour de Thanksgiving pour s'annoncer ! J'avais à peine mangé une bouchée de dinde que j'ai dû foncer à l'hôpital… D'après ma femme, c'est la farce trop épicée de ma mère qui a déclenché l'accouchement… Allez, au revoir, et prenez bien soin de vous, madame Bradley !

Laura et Gabe regardèrent la motoneige s'éloigner, elle depuis la terrasse, lui depuis le bas de l'escalier. Quand le bruit du moteur se fut éteint, Gabe toussota, puis gravit lentement les marches. La jeune femme s'écarta pour le laisser passer, le suivit à l'intérieur et referma la porte. Elle attendit ensuite qu'il ait retiré ses bottes pour déclarer :

— Je vous remercie.

— De quoi ?

— D'avoir dit que nous étions mariés.

— Cela m'a paru plus simple.

— Pour moi, mais pas pour vous.

Gabe haussa les épaules et se dirigea vers la cuisine.

— Il y a du café ? demanda-t-il.

— Oui.

La dette qu'elle avait envers lui venant encore de s'alourdir, Laura jugea le moment venu de lui révéler toute la vérité : elle pouvait — non, elle *devait* — faire confiance à un homme qui avait pris le risque de mentir à un policier pour la protéger.

Après un dernier instant d'hésitation, elle alla le rejoindre et murmura :

— Gabe ?

— C'est quoi, cette mixture ?

Il était penché sur la casserole abandonnée sur le réchaud, et Laura ne put contenir un sourire.

— Une recette inédite de chocolat au lait, expliqua-t-elle.

— On dirait… Non, je préfère me taire, mais je n'ai pas le droit de vous laisser boire ça ! J'irai en ville demain.

— Dans ce cas, vous seriez gentil d'acheter…

Gênée, la jeune femme ne termina pas sa phrase, mais Gabe insista :

— D'acheter quoi ?

— Non, rien, c'est stupide... Ecoutez, j'aimerais que nous nous asseyions une minute. Je voudrais...

— Répondez-moi d'abord ! Que dois-je acheter ?

— Eh bien, quand je vois une cheminée allumée, je suis toujours tentée de faire griller de la guimauve.

— De la guimauve, donc... Il faut que je vous rapporte des fraises, pour les accompagner ?

— Vous pensez qu'il s'agit d'une envie de femme enceinte ? Détrompez-vous ! Cette histoire d'envie est aussi une idée reçue.

— Ça vous amuse, de détruire toutes mes certitudes ?

— Désolée ! s'exclama Laura en riant.

— Ce n'est pas grave, mais nous avons déjà perdu assez de temps. Je finis mon café, et au travail !

— Je sais que vous êtes impatient de terminer ce portrait, mais j'ai pris une décision, et je préfère l'exécuter tout de suite, pendant que j'en ai le courage.

— Quelle décision ?

— Celle de vous raconter mon histoire, si elle vous intéresse encore.

— Bien sûr, mais pourquoi maintenant ?

— Après ce que vous venez de faire pour moi, je me sens coupable de ne pas vous avoir accordé ma confiance.

— Allons nous asseoir à côté. Nous y serons mieux pour parler.

Gabe suivit Laura dans le séjour, s'installa avec elle sur le canapé et, voyant qu'elle cherchait ses mots, il résolut de l'aider en lui posant des questions simples et précises.

— Commençons par le début, dit-il. D'où êtes-vous originaire ?

— D'aucun endroit en particulier. J'ai habité à New York, en Pennsylvanie, dans le Maryland... Ma tante avait une petite ferme, près de la baie de Chesapeake... C'est là que j'ai vécu le plus longtemps.

— Sans vos parents ?

— Ma mère m'a eue très jeune, et elle n'était pas mariée. On m'a envoyée chez cette tante, et j'y suis restée jusqu'à ce que sa situation financière ne lui permette plus de me garder. J'ai ensuite été placée dans différentes familles d'accueil, mais là n'est pas la question.

— Si, continuez !

— Non, je ne veux pas que vous ayez pitié de moi.

Tout en Laura — le ton de sa voix, son regard calme mais résolu — exprimait cette dignité sereine que Gabe essayait de rendre dans son tableau. Il brûlait d'aller chercher son carnet à dessin, mais ce n'était évidemment pas le moment.

— Je vous promets de ne pas vous plaindre, déclara-t-il. Je vous en prie, continuez !

— D'accord... Je sais peu de choses sur ma mère, sinon qu'elle a eu une vie très dure. Peut-être aurait-elle souhaité m'élever et l'en a-t-on empêchée en raison de son jeune âge... Ma tante était son aînée, mais elle avait déjà plusieurs enfants, et quand l'argent s'est fait rare, quand une bouche de plus à nourrir est devenue un problème, elle m'a confiée aux services sociaux.

— Quel âge aviez-vous ?

— Six ans et, sans que j'aie jamais compris pourquoi, on m'a envoyée ailleurs au bout de quelques mois, puis encore ailleurs... Je ne suis jamais restée plus d'un an au même endroit, et cela me donnait le sentiment de n'être à ma place nulle part, de ne compter vraiment pour personne. A douze ans, je suis retournée vivre chez ma tante, mais pas longtemps, à cause de son mari.

Voyant la main de Laura se crisper sur son genou, Gabe la prit dans la sienne et demanda d'une voix douce :

— Votre oncle ne voulait pas de vous ?

— Non, ce n'est pas ça.

— Pourquoi avez-vous dû repartir, alors ?

— Peu importe.

— Je ne me contenterai pas de cette réponse. Maintenant que vous avez commencé, vous devez finir.

— Mon oncle buvait, et l'alcool le rendait agressif.

— Il devenait violent ?

— Oui. A jeun, il n'avait déjà pas un caractère facile, mais ivre, il pouvait être brutal. Il s'en prenait généralement à ma tante, mais les enfants n'étaient pas toujours à l'abri de ses colères.

— Il vous frappait ?

— Sauf si j'étais assez rapide pour lui échapper, et j'ai vite appris à l'être, croyez-moi ! expliqua Laura avec l'ombre d'un sourire. Bref, les services sociaux m'ont placée dans une autre famille d'accueil. J'étais comme un détenu dans une prison : je comptais les jours qui me séparaient de ma libération, c'est-à-dire de ma majorité. Je brûlais de pouvoir mener ma vie comme je l'entendais.

» Quand ce moment est enfin arrivé, j'ai trouvé un emploi de vendeuse dans un grand magasin de Philadelphie. J'ai sympathisé avec l'une de ses clientes régulières, et un jour, elle a amené un petit homme chauve qui ressemblait à un bouledogue. Il m'a regardée puis il a hoché la tête et a déclaré à sa compagne qu'elle avait absolument raison. Il m'a ensuite tendu une carte de visite et demandé de venir le voir le lendemain à son studio. Je ne comptais évidemment pas y aller. Je pensais... Enfin, je me méfiais : j'étais jeune, mais pas naïve. »

— J'en suis sûr, car il ne devait pas manquer d'hommes pour vous faire des avances.

— Non. J'ai donc mis la carte de côté, et je l'aurais oubliée, si l'une de mes collègues ne l'avait aperçue un peu plus tard et n'était devenue comme folle. Elle m'a dit qui était cet homme, et vous connaissez peut-être son nom : Geoffrey Wright.

Gabe haussa les sourcils. Wright était le photographe de mode le plus respecté de sa profession. Gabe ne s'intéressait guère à la mode, mais Wright était assez célèbre pour que sa renommée ait franchi les frontières de son domaine.

— Oui, je connais ce nom, répondit-il.

— Quand j'ai su que c'était un photographe professionnel, j'ai décidé de tenter ma chance. J'étais très nerveuse, mais il n'a pas eu l'air de le remarquer. Il m'a fait maquiller, et je me suis retrouvée sous les spots avant d'avoir compris ce qui m'arrivait. Il a alors commencé à aboyer des ordres : je devais m'asseoir, me pencher, me tourner, lever la tête, la baisser... Son ton bourru me terrifiait, mais quand il m'a posé un magnifique manteau de zibeline sur les épaules, j'ai eu l'impression de rêver. Sans doute l'ai-je dit tout haut sans m'en rendre compte, car il s'est mis à rire, sans cesser de me mitrailler, et m'a déclaré que je pourrais bientôt m'offrir des fourrures encore plus belles.

Geoffrey Wright ayant la réputation de séduire tous ses modèles, Gabe ressentit un pincement au cœur en pensant que Laura était devenue l'une de ses très jeunes et très nombreuses maîtresses.

— Un mois plus tard, poursuivit-elle, je faisais une présentation pour le magazine *Mode*, puis pour *Her*, puis pour *Charm*... C'était incroyable ! Pratiquement du jour au lendemain, la petite vendeuse de lingerie que j'étais dînait avec les plus grands couturiers de la côte Est !

— Et Wright ?

— Personne ne s'était encore intéressé à moi autant que Geoffrey. J'étais un peu sa chose, bien sûr, mais il veillait aussi sur moi et se préoccupait de mon avenir. Il voulait me protéger d'une célébrité trop rapide ; plus lentement j'y accéderais, selon lui, plus elle durerait. Même s'il pouvait être brusque, voire tyrannique, dans le travail, je n'étais pas loin de voir en lui le père que je n'ai jamais connu.

— Vraiment ?

— Oui, et je l'ai bien mal récompensé de tout ce qu'il a fait pour moi, de tout le temps qu'il m'a consacré.

Laura se tut, et Gabe s'apprêtait à lui demander de continuer lorsqu'elle se leva.

— Où allez-vous ? déclara-t-il.

— Dans la cuisine, boire un verre d'eau.

— Ne bougez pas ! Je vais vous en chercher un.

La pause que la jeune femme s'était ménagée lui permit de se préparer mentalement à la suite : elle n'avait encore raconté que la moitié de l'histoire, et la dernière partie était la plus douloureuse.

Gabe revint, et elle vida le verre à petites gorgées avant de reprendre son récit :

— Geoffrey m'a emmenée à Paris. Nous devions y rester un mois, et comme il voulait que ses photos rendent vraiment l'atmosphère de la ville, il en a fait partout, devant les monuments les plus célèbres comme dans les quartiers populaires.

Un jour, nous avons été invités à une soirée, et c'est là que j'ai rencontré Tony.

Au voile de tristesse qui assombrit son regard, Gabe comprit que Laura parlait maintenant du père de son enfant.

— Il était si galant, si charmant..., continua-t-elle. Pendant les deux semaines suivantes, j'ai passé avec lui tous mes moments de liberté. Nous allions danser, nous promener dans les parcs, boire à la terrasse de petits cafés... Il était tout ce que je croyais désirer, et pensais ne jamais avoir. Il me traitait comme un objet rare et précieux, et j'ai pris cela pour de l'amour.

— Comment Wright a-t-il réagi ?

— Il ronchonnait et me mettait en garde contre celui qu'il appelait « ce jeune freluquet », mais je ne l'écoutais pas. Je voulais être aimée, et quand Tony m'a demandée en mariage, j'ai tout de suite accepté.

— Vous l'avez épousé ?

— Oui.

— Alors vous m'avez menti, le jour de votre arrivée : vous avez prétendu ne pas être mariée.

— Je sais. Cela m'a paru plus simple.

— Et vous ne portez ni alliance ni bague de fiançailles.

— Je... je les ai vendues.

— Je vois.

Bien qu'il n'y ait pas trace de réprobation dans la voix de Gabe, Laura rougit de honte. Elle n'avait pourtant pas eu le choix...

— Nous avons passé encore plusieurs semaines à Paris, poursuivit-elle. J'aurais voulu rentrer tout de suite aux Etats-Unis, pour faire la connaissance des parents de Tony, mais il disait que nous devions rester là où nous étions heureux, et je me suis laissé convaincre. Geoffrey était furieux contre moi ; il ne cessait de me répéter que j'avais lâché la proie pour l'ombre. Je croyais, à l'époque, qu'il parlait seulement de ma carrière, et j'ignorais ses remarques. Je me trompais : c'était de ma vie tout entière qu'il parlait, mais je ne l'ai compris que plus tard.

Le craquement d'une bûche, dans la cheminée, fit sursauter la jeune femme, mais elle garda les yeux fixés sur les flammes.

Les mots lui venaient plus facilement si elle ne regardait pas Gabe.

— Je pensais avoir trouvé un amour et un bonheur qui dureraient toujours, reprit-elle. Avec le recul, je me rends compte que cette lune de miel parisienne était une sorte de parenthèse hors du temps, un conte de fées que j'ai eu la bêtise de confondre avec la réalité. J'ai déchanté dès la veille de notre retour aux Etats-Unis.

» Le soir de ce jour-là, Tony est sorti ; il avait une affaire à régler avant de partir, m'a-t-il dit. J'étais triste à l'idée de passer seule notre dernière soirée à Paris, mais je me suis fait une raison. Et puis, l'heure tournant, j'ai commencé à m'inquiéter. Tony n'est rentré que tard dans la nuit, et je n'étais plus juste inquiète, alors, mais folle d'angoisse, et comme souvent dans ces cas-là, au soulagement a succédé une violente colère. »

— Vous vous êtes querellés ?

— Oui. Il était ivre, et d'humeur belliqueuse. C'était la première fois que je le voyais comme ça, mais ce ne serait pas la dernière… Quand je lui ai demandé d'où il venait, il m'a répliqué que cela ne me regardait pas. Le ton a monté, et il a fini par m'avouer qu'il sortait du lit d'une autre femme. J'ai d'abord cru qu'il cherchait juste à me blesser, mais j'ai bientôt compris que c'était vrai, et j'ai éclaté en sanglots.

Ce souvenir était le pire de tous ceux que Laura gardait de cette terrible dispute : elle s'en voulait encore de n'avoir eu que des larmes à opposer au comportement inique de son mari.

— Mes pleurs ont eu pour seul résultat d'attiser la fureur de Tony, poursuivit-elle. Il s'est mis à jeter par terre tout ce qui lui tombait sous la main, comme un petit garçon capricieux. Il m'a dit des choses horribles : qu'il ne reconnaissait aucun caractère sacré au mariage, que je n'avais pas le droit de l'empêcher de prendre du bon temps, dans la mesure où je ne m'étais pas gênée pour en prendre avec Geoffrey, dont j'avais été la putain…

Sa voix se brisa sur ce dernier mot, et elle marqua une pause avant d'enchaîner :

— C'est ce qui m'a fait le plus mal. Geoffrey était comme un père pour moi. Il n'y avait jamais rien eu d'équivoque dans nos relations, et Tony savait que j'étais vierge quand il m'a épousée. J'ai protesté, mais...

Laura s'interrompit brusquement, et Gabe vit ses traits se crisper.

— Votre mari vous a frappée ? demanda-t-il.

Puis, comme elle ne répondait pas, il posa la main sur sa joue et tourna son visage vers lui. Elle avait les yeux remplis de larmes.

— Votre mari vous a frappée ? répéta Gabe.

— Oui, chuchota la jeune femme, et là, impossible d'esquiver ses coups, parce qu'il était beaucoup plus fort et plus vif que mon oncle, autrefois. Ensuite...

Les mots lui restèrent dans la gorge. Elle ne pouvait se résoudre à raconter ce qui s'était passé ensuite.

La douleur qui se lisait dans le regard de Laura valait toutes les explications, et Gabe retint à grand-peine un cri de colère. La patience n'était pas sa qualité dominante, mais jamais il ne comprendrait, jamais il ne pardonnerait les brutalités infligées à un être plus petit et plus faible que soi.

— Quand Tony en a eu terminé avec moi, reprit Laura, il s'est endormi. J'étais incapable de réfléchir à ce que je devais faire. C'est étrange, mais plus tard, en discutant avec des femmes qui avaient connu le même genre d'expérience, j'ai découvert qu'il n'était pas rare de s'accuser de l'avoir cherché, d'une certaine façon.

» Le lendemain matin, Tony s'est excusé en pleurant. Il m'a juré que cela n'arriverait plus. Ce cycle de violences suivies de larmes de repentir s'est cependant répété pendant toute la durée de notre vie commune. »

— Vous n'avez pas songé à partir ?

— Nous étions mariés, et je pensais pouvoir changer le cours des choses. Au début, tout du moins, car elles ont encore empiré quand nous sommes rentrés aux Etats-Unis. Ses parents m'ont tout de suite détestée : leur fils chéri, le futur héritier de la fortune familiale, avait épousé une fille de rien derrière leur dos ! Nous nous sommes installés chez eux et, bien que Tony ait parlé de temps en temps d'acheter une maison, il ne levait pas le petit doigt pour en trouver une. J'ai donc dû vivre entre des beaux-parents qui ne m'adressaient pas la parole et un mari qui me trompait sans vergogne. Cette situation a fini par me devenir insupportable, et j'ai dit à Tony que je voulais divorcer.

» Cela lui a causé un choc, et il m'a alors fait de grandes promesses : il allait arrêter de boire et de voir d'autres femmes, il suivrait pour cela une cure de désintoxication et consulterait un conseiller conjugal s'il le fallait, mais il ne pouvait pas vivre sans moi… Je me suis laissé attendrir, et nous avons même commencé à chercher une maison, mais je sais maintenant que j'ai eu tort : je ne l'aimais plus et, promesses ou pas, j'aurais dû le quitter à ce moment-là. Et puis, peu de temps après, j'ai découvert que j'étais enceinte. »

Comme toujours quand elle évoquait son enfant, Laura posa une main protectrice sur son ventre.

— L'idée d'être père inspirait à Tony des sentiments, disons… mitigés. Ses parents, eux, étaient aux anges. Ma belle-mère a immédiatement entrepris de réaménager la nurserie. Elle a acheté un berceau, des meubles en pin anglais, des monceaux de jouets et de layette… La façon dont elle prenait les choses en main ne me plaisait pas trop, mais j'espérais que mon état nous rapprocherait, mes beaux-parents et moi. J'ai cependant vite compris qu'ils ne me considéraient pas plus comme la mère du bébé que comme l'épouse de leur fils. Cet enfant leur appartenait, c'était *leur* descendant, celui qui perpétuerait *leur* nom et hériterait un jour de *leur* fortune. Pour le garder près d'eux, ils sont revenus sur leur décision de donner à Tony l'argent nécessaire à l'achat d'une maison, et il a recommencé à boire et à me tromper comme avant. Le soir où il est rentré ivre et m'a frappée de nouveau, je suis partie.

Les yeux toujours fixés sur les flammes, Laura prit une profonde inspiration avant de continuer :

— Ce n'était plus seulement moi qu'il frappait, désormais, mais le bébé aussi, et cela changeait tout. J'ai ravalé ma fierté et appelé Geoffrey pour lui demander de me prêter de l'argent. Il m'a envoyé deux mille dollars, j'ai loué un appartement, trouvé du travail et engagé une procédure de divorce. Dix jours plus tard, Tony était mort.

» Ma belle-mère est venue me supplier de ne parler à

personne de mon projet de divorce, d'assister aux obsèques et de me comporter comme si Tony et moi avions formé le plus uni des couples ; il fallait à tout prix préserver sa réputation et sa mémoire. J'ai accepté, en souvenir du bonheur que j'avais connu avec lui durant ces quelques semaines parisiennes. Je suis même allée à la réception que mes beaux-parents avaient organisée après l'enterrement. Mais là, ils m'ont prise à part et exposé leurs intentions : ils paieraient tous mes frais médicaux, ma grossesse serait suivie par un grand spécialiste, j'accoucherais dans la meilleure clinique privée de la ville, et ensuite ils me donneraient cent mille dollars pour disparaître, en leur laissant l'enfant.

» J'ai refusé leur proposition — j'ai même eu l'audace de m'en indigner. Ils m'ont alors expliqué que c'était ça ou une action en justice dont ils sortiraient forcément vainqueurs grâce à leur fortune et à leur influence. Ils prétendraient que j'avais été la maîtresse de Geoffrey et que je n'avais jamais rompu avec lui. Ils s'étaient renseignés sur mon enfance, et ils en tireraient argument pour affirmer que j'étais instable, fragile sur le plan affectif et incapable d'élever mon enfant. Eux, en revanche, pourraient lui offrir tout ce dont il avait besoin dans tous les domaines.

» J'avais vingt-quatre heures pour réfléchir, mais je n'ai pas hésité une seconde. Je suis rentrée chez moi, j'ai rassemblé mes affaires, et je me suis enfuie. »

La jeune femme se tut, et Gabe resta silencieux pendant un long moment. Il avait quasiment exigé d'entendre l'histoire de Laura, mais il n'était pas loin de le regretter maintenant, car elle lui laissait un goût amer dans la bouche.

— Ecoutez, finit-il par déclarer, quoi que ces gens en disent, je doute que la justice leur accorde la garde de votre enfant.

— Ce risque existe pourtant, et je n'ai pas l'intention de m'y exposer. Le combat serait trop inégal.

— Qui sont vos beaux-parents ?

Pas de réponse.

— Qui sont vos beaux-parents ? répéta Gabe en reprenant la main de Laura. Je vous en prie, faites-moi confiance jusqu'au bout !

— Les Eagleton. Thomas et Lorraine Eagleton, de Boston.

Gabe hocha la tête. Ce nom ne lui évoquait pas seulement, comme à la plupart de ses compatriotes, une image de richesse et de puissance : sa famille appartenant au même milieu, il avait une idée très précise de la réalité qui se cachait derrière en termes de pouvoir et d'influence.

— Vous étiez mariée à Anthony Eagleton ? demanda-t-il.

— Oui. Vous le connaissiez ?

— A peine. Il était plutôt de l'âge de... Enfin, il était plus jeune que moi. Je l'ai juste rencontré une ou deux fois à San Francisco. J'ai lu dans le journal qu'il s'était tué en voiture, et l'article devait mentionner qu'il avait une femme, mais l'année passée ayant été un peu difficile, je n'ai pas fait très attention. Mes parents ont croisé les Eagleton dans diverses réceptions, mais ils n'ont jamais entretenu de relations personnelles avec eux.

— Vous n'en savez pas moins qu'ils ont du poids dans la société, et les moyens financiers d'obtenir ce qu'ils veulent. Ils ont lancé des détectives privés à ma poursuite, et je n'ai jamais pu m'installer nulle part sans que ces hommes finissent par retrouver ma trace. Vous comprenez, à présent, pourquoi je suis sans cesse obligée de fuir ?

Gabe se leva, alluma une cigarette et se mit à marcher de long en large dans la pièce pour tenter de clarifier ses idées et, surtout, ses sentiments.

— J'ai une question à vous poser, dit-il au bout d'un moment.

— Laquelle ?

— Je vous ai demandé un jour si vous aviez peur, et vous m'avez répondu que ce n'était pas de la peur, mais de la honte que vous éprouviez. Pourquoi ?

— J'ai accepté mon statut de victime sans réagir, et cela m'a fait baisser dans ma propre estime au point de m'amener à penser que je méritais mon sort.

— Vous avez pourtant fini par quitter votre mari.

— Oui, l'enfant que je porte m'en a donné le courage, et maintenant, plus jamais je ne me laisserai humilier, plus jamais je ne laisserai quelqu'un me dicter sa loi.

— Vous avez tiré la leçon de cette douloureuse expérience... C'est positif, non ?

— Ce le serait en effet si les Eagleton ne cherchaient pas à me prendre mon bébé.

— Jusqu'où êtes-vous prête à aller pour les en empêcher ?

— Je ne peux que me cacher et espérer qu'ils ne me retrouveront pas.

— Mais s'il y avait un moyen plus efficace de vous protéger d'eux, que seriez-vous prête à faire pour en disposer ?

— N'importe quoi, mais la question ne se pose pas, puisque ce moyen n'existe pas.

— Si, épousez-moi !

5

Laura tressaillit, mais garda le silence. Gabe se tenait devant la cheminée, le visage impassible et l'air aussi détendu que s'il venait de lui proposer de mettre de la salade au menu du déjeuner. Même si sa vie en avait dépendu, la jeune femme n'aurait su dire s'il attachait plus d'importance à cette idée de mariage.

— Je suis fatiguée, finit-elle par déclarer en se levant. Je vais m'allonger.

— Entendu. Nous reprendrons cette conversation plus tard.

— Non, je ne crois pas ! s'écria-t-elle, laissant soudain éclater sa fureur. Comment pouvez-vous suggérer une chose pareille, après ce que je vous ai raconté ?

— Et si c'était justement votre récit la cause de ma suggestion ?

— Ah ! je vois ! Revoilà le bon Samaritain, le preux chevalier volant au secours d'une faible femme ! Il faut que je vous remercie à genoux, que je coure me placer sous votre protection ? N'y comptez pas ! Je n'ai nullement l'intention de tomber de nouveau sous la coupe d'un homme. C'est une erreur que je ne commettrai pas deux fois.

Ce discours fit bouillir Gabe et, de toutes les émotions, la colère était celle qu'il avait le plus de mal à contenir.

— Comment osez-vous me comparer à un alcoolique qui vous battait et vous trompait de façon éhontée ? s'exclama-t-il.

— Qui êtes-vous, alors ? Le défenseur de la veuve et de l'orphelin ?

— Non, je suis quelqu'un de très égoïste, mais je respecte les femmes, moi ! Je ne me reconnais pas le droit de régenter leur vie et, surtout, je ne les maltraite pas.

— Je n'ai pas dit que vous le faisiez, mais un mariage avec vous me placerait dans une situation identique à celle dont j'ai tant souffert.

— Pas du tout ! Je n'ai jamais utilisé mon statut social et mon argent pour manipuler les gens. Je vous propose au contraire de les mettre à votre service.

— Ça ne vous dérangerait pas que je vous épouse juste par intérêt ?

— Non. Je vous le demande même.

— Pourquoi ?

— C'est une excellente question, et celle que vous auriez dû me poser en premier.

— Je vous la pose maintenant.

Gabe recommença à arpenter la pièce, puis il s'arrêta devant le portrait presque achevé et le considéra pensivement. Ayant toujours mieux su traduire ses émotions par la peinture que par le langage, il espérait que ce tableau lui permettrait de comprendre la nature de ses sentiments pour Laura, mais, au bout d'un moment, il dut se résigner à déclarer :

— Je tiens beaucoup à vous. Je n'arrive pas à définir ce que j'éprouve, mais c'est très fort, et je me suis récemment rendu compte que je n'avais plus envie de vivre seul.

— Ce serait peut-être suffisant pour convaincre une autre femme de vous épouser, mais pas moi. J'ai déjà envers vous une dette dont je ne pourrai jamais vraiment m'acquitter, et je ne veux pas l'alourdir encore.

L'entêtement de Laura irritait Gabe, mais il réprima cette fois sa colère. Il alla la rejoindre, prit ses mains dans les siennes et lui demanda doucement :

— Je ne vous suis pas indifférent ?

— Non.

— Vous n'avez pas peur de moi ?

— Non.

— Alors laissez-moi vous aider.

— Vous semblez oublier que j'attends l'enfant d'un autre homme.

— Epousez-moi, et cet enfant sera le nôtre. Vous serez tous les deux en sécurité, et vous pourriez enfin cesser de fuir.

« En sécurité »... Cette idée suffit presque à persuader Laura d'accepter. Un simple oui lui apporterait ce dont elle rêvait depuis des mois.

— Non, dit-elle, je n'ai pas le droit de vous demander de...

Gabe la réduisit au silence en s'emparant de ses lèvres. Il la désirait, c'était certain, mais elle percevait aussi en lui une fêlure secrète, une soif de tendresse et de réconfort. Avait-elle le droit de lui refuser ce qu'elle se savait capable de lui offrir ?

Comme s'il lisait dans ses pensées, Gabe s'écarta d'elle et murmura :

— Vous avez besoin de moi, et moi de vous.

Laura acquiesça de la tête et l'enlaça. Les mots étaient inutiles : leurs destins venaient de s'unir, pour le meilleur et pour le pire.

De nouvelles chutes de neige obligèrent Gabe à attendre trois jours pour se rendre à Lonesome Ridge.

— Je reviendrai aussi vite que possible, dit-il en buvant une dernière tasse de café avant de partir.

— J'aimerais mieux que tu roules doucement : les routes sont encore dangereuses.

— Avec la jeep, je ne risque rien, et ça m'ennuie de te laisser seule trop longtemps.

— La solitude ne me fait pas peur. J'en ai l'habitude.

— Peut-être, mais imagine que le bébé s'annonce pendant mon absence...

— Il ne naîtra pas avant plusieurs semaines. Tu te tracasses trop.

— C'est plus fort que moi, et j'espère que je ne mettrai pas trop de temps à trouver un officier d'état civil et à le persuader de venir nous marier dès aujourd'hui.

La casserole que Laura était en train de laver lui échappa des mains et heurta le fond de l'évier.

— Au... aujourd'hui ? bredouilla-t-elle.

— Pourquoi pas ? Aurais-tu changé d'avis ?

— Non, mais...

— Mais quoi ?
— Rien.
Laura sentait que sa réticence inquiétait Gabe. Elle était toujours décidée à l'épouser, bien sûr, mais son premier mariage s'était fait dans la précipitation, et cela ne lui avait pas porté chance...
— Je veux que mon nom figure sur l'acte de naissance du bébé, expliqua Gabe, et ce sera beaucoup moins compliqué si nous nous marions avant l'accouchement. Tu préférerais sans doute une cérémonie plus solennelle, et dans un cadre moins rustique ?
S'obligeant à sourire, la jeune femme se tourna vers lui et répondit :
— Non, ce cadre me convient parfaitement. Si un officier d'état civil accepte de t'accompagner ici aujourd'hui, j'en serai très heureuse.
— Parfait ! Mais promets-moi de te reposer, en attendant. Tu n'as pas bien dormi, cette nuit.
C'était vrai, songea Laura en reportant son attention sur la vaisselle. Le cauchemar était revenu, et Gabe, alerté par ses cris, n'avait réussi à la calmer qu'en se couchant près d'elle et en la gardant serrée contre lui.
— Je te promets de me ménager, déclara-t-elle.
— Tu penses avoir la force de m'embrasser, avant que je ne parte ?
Cette remarque la fit sourire. Gabe l'avait rejointe, et elle lui effleura la bouche d'un baiser.
— Nous ne sommes même pas encore mariés, et tu m'embrasses comme si nous l'étions depuis vingt ans ! protesta-t-il.
Puis il lui mordilla la lèvre, et cela suffit à électriser ses sens : le baiser qu'elle lui donna ensuite n'avait plus rien de chaste.
— Voilà qui est mieux ! observa Gabe. Va t'allonger, maintenant ! Je serai de retour dans moins de deux heures.
— Sois prudent.
Quelques instants plus tard, Laura entendit la jeep démarrer. Elle se rendit dans le séjour et la regarda s'éloigner.
Le silence revint ensuite, et avec lui la nervosité éprouvée tout à l'heure à l'idée que, si Gabe arrivait à ses fins — et

Laura commençait à croire que c'était presque toujours le cas —, ils seraient mariés avant la fin de la journée.

Et sa vie changerait de nouveau du tout au tout.

Mais, cette fois, ce serait un changement bénéfique. Gabe n'était pas Tony, et elle ferait en sorte que la paix et l'harmonie règnent dans le foyer où son enfant allait grandir.

Attribuant à un matelas trop mou et à une mauvaise nuit le mal de dos qui la tenaillait depuis le matin, la jeune femme s'approcha du portrait que Gabe avait terminé la veille. Elle s'assit sur le tabouret qu'il utilisait parfois, et étudia son visage.

C'était donc ainsi qu'il la voyait..., pensa-t-elle. Gabe lui avait donné un teint très pâle, avec juste une touche de couleur au niveau des pommettes. Cette peau diaphane la faisait ressembler à un ange, comme il l'appelait quelquefois. Elle avait l'air plongée dans un rêve éveillé, et il lui était en effet souvent arrivé de laisser vagabonder son esprit, pendant les longues séances de pose. La tristesse qu'exprimait son regard sur la toute première ébauche du tableau était cependant toujours là, et elle semblait annuler l'impression de force qui se dégageait de son attitude.

Une peinture n'était cependant pas une copie de la réalité, mais la vision qu'en avait l'artiste, et ce portrait était une très belle œuvre, la preuve éclatante du talent et de la sensibilité de son auteur.

Laura s'arracha à sa contemplation et regarda autour d'elle. Un mariage allait être célébré dans cette pièce, et il n'y aurait certes pas d'invités, ni de musique d'orgue, ni de pluie de pétales de rose, mais elle pouvait au moins y mettre un peu d'ordre.

Son mal de dos empirant, Laura se rendit ensuite dans la chambre et s'allongea. Deux heures plus tard, elle entendit la jeep remonter le chemin et se leva avec difficulté. Un bain chaud calmerait sans doute la douleur, et elle en prendrait un plus tard. L'idée qu'elle serait alors devenue Mme Gabriel Bradley lui paraissait totalement irréelle.

Quand elle revint dans le séjour, Gabe venait d'entrer accompagné d'un couple âgé.

— Je te présente M. et Mme Witherby, déclara-t-il. M. Witherby est adjoint au maire de Lonesome Ridge.

— Bonjour, dit la jeune femme. C'est très gentil à vous de vous être déplacés.

— Je n'ai pas vraiment eu le choix, observa Witherby avec un sourire désabusé.

— Ne faites pas attention à lui ! s'écria sa femme. Il adore se plaindre.

— Je peux vous offrir quelque chose à boire ? Une tasse de café ?

— Ne vous donnez pas cette peine ! Asseyez-vous, pendant que M. Bradley décharge son coffre.

Sur ces mots, Mme Witherby rejoignit Laura, l'entraîna d'autorité vers le canapé et s'y installa près d'elle.

— Il est très nerveux, reprit-elle, et ça lui occupera l'esprit autant que les mains.

Comme Laura était sûre que rien au monde ne pouvait ébranler la belle assurance de Gabe, elle soupçonna la vieille dame de lui attribuer automatiquement la nervosité qu'était censé éprouver un homme sur le point de se marier.

— Je devrais peut-être quand même aller l'aider, dit-elle en entendant Gabe poser des sacs sur la table de la cuisine.

— Non, restez assise ! décréta Mme Witherby. Une femme enceinte doit ménager ses forces : elle en aura grand besoin après la naissance !

— Vous avez des enfants ?

— Six, et quinze petits-enfants.

— Bientôt seize, annonça Witherby en sortant une pipe de sa poche.

— Range ça tout de suite ! lui ordonna son épouse. L'odeur infecte de ton tabac va donner mal au cœur à cette petite dame !

— Je ne compte pas l'allumer, indiqua-t-il d'un ton placide.

Puis il se mit à suçoter le tuyau de sa pipe, et Mme Witherby, apparemment satisfaite, pointa l'index vers l'une des toiles accrochées au mur et observa :

— C'est joli... Votre futur mari est un peintre amateur ?

Ce « joli » tableau se vendrait sans doute plus d'un demi-million de dollars, mais Laura jugea inutile de le préciser.

— Oui, répondit-elle, il consacre beaucoup de temps à la peinture.

Gabe entra à ce moment-là, les bras chargés de fleurs. Il toussota, l'air gêné, et expliqua :

— J'ai trouvé ça au marché.

— Il a acheté tout le stock de la marchande ! s'exclama Mme Witherby avant de se lever. Vous avez un vase, monsieur Bradley, parce que jamais votre fiancée ne pourra les tenir toutes entre ses mains !

— Un vase ? Euh... je ne sais pas, bredouilla Gabe.

— Ah ! les hommes ! Allez, donnez-moi ces fleurs, je vais m'en occuper. Si vous faisiez quelque chose d'utile, pendant ce temps, comme mettre une bûche dans le feu par exemple ? Il ne faudrait pas que cette petite dame attrape froid !

— Euh... oui. Enfin, non...

Jamais Gabe ne s'était senti aussi bête. Il tendit le bouquet à Mme Witherby et se dirigea vers le coffre à bois.

— Ne la laissez pas vous tyranniser, lui conseilla Witherby. Je lui sers déjà de souffre-douleur, et moi, depuis cinquante-deux ans que ça dure, j'en ai pris mon parti.

— Je t'entends ! cria sa femme depuis la cuisine.

— Vous êtes sûrs de savoir dans quoi vous vous engagez, tous les deux ? demanda M. Witherby en riant.

— Non, répondit Gabe avec un sourire.

— Ça vaut mieux ! Tu te dépêches de revenir, Jenny ? Ces jeunes gens aimeraient sûrement se marier avant d'être vieux !

Mme Witherby reparut dans le séjour, un arrosoir en guise de vase à la main. Elle le posa sur la table basse, puis en retira un œillet blanc qu'elle donna à Laura.

Cette dernière se leva et réprima à grand-peine une grimace de douleur. Elle craignit même un instant d'être obligée de se rasseoir, tant la station debout lui était pénible, mais Gabe s'avança alors pour lui offrir son bras, et elle put s'appuyer dessus.

Ils allèrent se placer devant la cheminée et échangèrent leurs consentements à la lueur dansante des flammes. Le parfum des fleurs se mêlait à celui du feu de bois, et peut-être était-il un peu enivrant, car Laura avait l'impression de flotter.

L'alliance que Gabe lui passa au doigt était un simple anneau doré, mais quand elle le regarda, une puissante émotion lui étreignit le cœur. Mme Witherby, qui officiait en tant que témoin, lui tendit ensuite celle de Gabe, et, après la lui avoir mise, elle referma la main sur la sienne, comme pour sceller l'engagement qu'elle venait de prendre de rester à ses côtés jusqu'à ce que la mort les sépare.

Gabe était si ému qu'il sentait des larmes lui piquer les yeux. Laura était sa femme... La peur qu'il avait eue de la voir changer d'avis au dernier moment lui apparaissait seulement maintenant.

— Toutes mes félicitations ! s'écria Mme Witherby en les embrassant tour à tour sur la joue. A présent, madame Bradley, allez vous rasseoir ! Je vais vous préparer une bonne tasse de thé, ensuite votre mari nous redescendra en ville.

— C'est gentil à vous de le proposer, mais nous n'avons pas de thé.

— Si, j'en ai acheté, dit Gabe.

— Viens m'aider, Ethan ! ordonna la vieille dame à son époux.

— Tu n'es pas capable de préparer du thé toute seule ? déclara ce dernier.

— Tu ne comprendras donc jamais rien ? Si je te demande de m'accompagner dans la cuisine, c'est pour permettre à ces jeunes gens d'être seuls cinq minutes !

Witherby grommela que l'heure du dîner approchait et qu'il était pressé de rentrer, mais il suivit sa femme.

— Ils sont merveilleux, observa Laura.

— Jenny a du caractère, mais sans elle, je ne crois pas que j'aurais pu arracher son mari à sa télévision. Elle l'a pratiquement poussé dehors !

Un silence gêné s'installa ensuite, que Laura finit par rompre en murmurant :

— Merci pour les fleurs, et pour l'alliance.

— Il n'y a pas de bijouterie à Lonesome Ridge, mais il y a une quincaillerie qui vend des anneaux de rideau de toutes les tailles.

— Tu veux dire que...

— Hélas, oui ! J'ai trouvé de l'excellent thé, en revanche, et je n'ai pas oublié les pâtes de guimauve.

L'idée de porter un anneau de rideau au doigt avait amusé Laura, mais, tout de suite après, elle éclata en sanglots.

— Je... je suis désolée, balbutia-t-elle. C'est plus fort que moi.

Gabe avait la gorge nouée, lui aussi, et les larmes de sa femme n'arrangeaient rien.

— Ecoute, déclara-t-il, j'ai bien conscience de ne pas t'avoir offert le mariage du siècle, mais quand nous serons à San Francisco, nous donnerons une grande réception pour fêter dignement l'événement.

— Non, ce n'est pas ça... Cette cérémonie était au contraire très émouvante. Je... je ne sais pas comment te remercier.

— En arrêtant de pleurer, pour commencer ? Et de me remercier, ensuite ?

Sortant de sa poche le grand mouchoir dont il se servait pour enlever la peinture fraîche de ses mains, Gabe le tendit à Laura. Elle se tamponna les yeux avec et expliqua en s'efforçant de sourire :

— Ce sont les pâtes de guimauve qui m'ont porté le coup de grâce.

— Si tu dois fondre en larmes chaque fois que je t'en achète, tu n'en auras plus jamais !

— Tu es si gentil... Je te promets de tout mettre en œuvre pour te rendre heureux, afin que tu ne regrettes jamais de m'avoir épousée.

— Tu as l'air de penser que je l'ai fait par pure bonté d'âme ! s'écria Gabe, agacé. Tu te trompes ; si je t'ai demandée en mariage, c'est parce que je le voulais, parce que je *te* voulais.

— Sans doute, mais...

— Tais-toi, Laura !

Gabe posa la bouche sur la sienne et, loin de s'offusquer de sa brusquerie, elle s'abandonna contre lui et s'offrit à son baiser.

Il n'en fallut pas plus pour que son irritation cède la place à une flambée de désir. Il l'embrassa avidement, puis s'écarta d'elle et chuchota :

— Nous ne pouvons pas encore devenir vraiment mari et femme, mais quand nous le serons enfin, c'est moi qui te serai reconnaissant de m'avoir épousé. Quant à toi, tu n'auras même plus la force de me remercier.

Encore secouée par la passion que Gabe avait mise dans son baiser, Laura ne trouvait rien à dire. Mme Witherby la dispensa de trouver une réponse en revenant dans la pièce avec un plateau.

— Laissez votre épouse s'asseoir et boire son thé pendant qu'il est chaud, monsieur Bradley ! ordonna-t-elle. Et, bien que ça m'ennuie de vous éloigner d'elle le jour de votre mariage, je vais vous demander de nous ramener en ville, maintenant. Vous serez ainsi rentré chez vous à temps pour préparer le dîner.

— Non, je m'en occuperai en attendant Gabe, annonça Laura.

— Tut ! Tut ! Vous ne devez pas vous fatiguer. Une femme enceinte a le droit de se faire servir... Tu viens, Ethan, ou tu comptes rester toute la soirée dans cette cuisine ?

A la fois amusée et touchée par la façon dont la vieille dame défendait ses intérêts, Laura alla prendre une fleur dans l'arrosoir et la lui offrit en disant :

— Merci pour tout. Je ne vous oublierai jamais.

— Moi non plus, et je vous souhaite beaucoup de bonheur à tous les trois... Alors, Ethan, tu te dépêches ?

— Je serai de retour dans une heure au plus tard : les routes ne sont pas trop mauvaises, déclara Gabe à Laura. Repose-toi, pendant ce temps. Tu as l'air épuisée.

— Je ne soulèverai rien de plus lourd que la théière, promit-elle.

Ce fut cette fois en faisant tourner son alliance autour de son doigt qu'elle regarda la jeep s'éloigner, et en se demandant comment un si petit objet pouvait changer tant de choses. Elle se pencha ensuite en avant pour tenter de soulager son mal de dos, puis alla s'installer sur le canapé et but une tasse de thé.

Même en position assise, elle souffrait toujours autant et, après s'être recroquevillée sur elle-même sans constater la moindre amélioration, elle s'allongea de nouveau pour essayer de dormir un peu.

Gabe était parti depuis dix minutes à peine quand elle eut sa première contraction, et rien dans ce qu'elle avait lu ne l'avait préparée à éprouver une douleur aussi vive et d'une telle durée.

Prise au dépourvu, elle n'eut pas la présence d'esprit d'appliquer les règles de respiration exposées dans ses livres ; tous les muscles de son corps se crispèrent, son pouls s'affola, et elle se renversa sur les coussins, la poitrine haletante, quand la vague de douleur reflua enfin.

Le travail ne pouvait pas avoir commencé, pensa-t-elle pour se rassurer. Il était bien trop tôt : un mois entier la séparait de la date prévue pour la naissance...

Non, c'était un faux travail qui s'arrêterait bientôt de lui-même et n'aurait d'autre conséquence qu'une grande peur et le soulagement, ensuite, de ne pas devoir mettre le bébé au monde dans un chalet de montagne, sans aucune assistance médicale.

Mais ce mal de dos persistant... Et si le travail avait en fait commencé ce matin, c'est-à-dire depuis des heures ? Si cette contraction annonçait le début de la phase suivante — celle qui conduirait inexorablement à l'accouchement ?

Non, c'était un faux travail, se répéta Laura. Il le fallait...

La deuxième contraction renforça cependant ses craintes, et la troisième, peu de temps après, les confirma.

Laura était dans son lit quand Gabe rentra, et elle ne put lui demander de venir parce qu'elle serrait les dents en attendant la fin d'une nouvelle contraction. L'étau de la peur qui la tenaillait depuis près d'une heure se desserra cependant un peu : Gabe était là.

Elle l'entendit mettre une bûche dans le feu, inspira profondément quand la douleur passa enfin, puis elle l'appela.

L'angoisse que Gabe perçut dans la voix de sa femme lui fit traverser le séjour en trois enjambées. Il s'arrêta sur le seuil de la chambre... et son cœur s'arrêta de battre. Laura était adossée à l'oreiller, mi-assise, mi-allongée, le visage baigné de sueur et de grands cernes sous les yeux.

— Je t'avais dit que le bébé était impatient de découvrir le monde, déclara-t-elle avec un sourire forcé, mais je ne pensais pas qu'il l'était au point de naître un mois avant terme.

Ce que Gabe redoutait était donc arrivé, mais il ne perdit pas de temps à se lamenter. Il courut au chevet de Laura et lui prit la main.

— Tiens bon ! Je téléphone tout de suite à un médecin.

— J'ai déjà essayé, mais la ligne est coupée.

— J'ai vu qu'un camion avait renversé un poteau, sur la route... Cela a dû provoquer une panne de réseau, et Dieu sait quand elle sera réparée ! Je vais te porter jusqu'à la voiture et t'emmener à l'hôpital.

— Non, je ne peux pas me déplacer : le travail est trop avancé. Il a dû commencer ce matin ; j'avais très mal au dos, mais je n'y ai pas prêté attention. Je l'ai attribué à la mauvaise nuit que je venais de passer, et je n'ai compris mon erreur qu'après ton départ, quand les contractions ont débuté.

Les jambes soudain molles, Gabe s'assit sur le bord du lit. Que fallait-il faire ? Il n'en avait pas la moindre idée. Lorsque la main de Laura étreignit plus fort la sienne, il s'obligea à se ressaisir et demanda :

— A quel intervalle se produisent les contractions ?

— Cinq minutes, et...

Laura s'interrompit brusquement, renversa la tête sur l'oreiller et se mit à respirer par petites bouffées rapides. Gabe posa la main sur son ventre et le sentit se durcir.

Les ouvrages sur la grossesse et l'accouchement qu'elle avait rangés sur une étagère du séjour lui revinrent alors à la mémoire. Il les avait lus parce que, sans trop savoir pourquoi, il avait envie de comprendre ce qu'elle était en train de vivre. Ces livres donnaient maints détails, explications et conseils pratiques qui allaient maintenant lui être très utiles.

Un peu rasséréné, il écarta doucement les mèches blondes collées par la sueur au front de Laura et lui chuchota des mots apaisants jusqu'à ce qu'il sente ses muscles se relâcher.

— Les contractions se rapprochent, murmura-t-elle, et j'ai peur. Si le bébé se présente mal, je risque de le perdre...

— Non, il ne lui arrivera rien ! affirma Gabe avec plus d'assurance qu'il n'en éprouvait vraiment.

Puis il fit un effort pour se rappeler ce que disaient les livres. Il devait aller chercher des serviettes, stériliser des ciseaux et du fil, se laver soigneusement les mains... C'était simple, finalement, et autrefois les femmes accouchaient chez elles, n'est-ce pas ? Refusant résolument de penser à celles qui mouraient en couches, faute d'assistance médicale, il se leva et annonça :

— Je vais réunir le matériel dont nous aurons besoin, et je reviens juste après. Ne t'inquiète pas : tout se passera bien. Tu as confiance en moi, n'est-ce pas ?

La jeune femme hocha la tête, s'essuya le front d'une main lasse et ferma les yeux.

Quand Gabe revint dans la chambre, elle était aux prises avec une contraction qui la faisait grimacer de douleur. Le cœur serré mais bien décidé à maîtriser ses émotions, il posa une pile de serviettes au pied du lit.

— Tu as froid ? demanda-t-il lorsqu'il vit le visage de Laura se détendre. Tu veux que je t'apporte une couverture ?

— Non, mais il en faudra plusieurs pour tenir le bébé au chaud. C'est important pour un prématuré.

— J'en ai une bonne réserve, et je viens de recharger le poêle... Ça va ?

— Oui, mais jamais je n'aurais cru avoir aussi mal. Les livres et les médecins disent qu'il est possible de contrôler la douleur, mais ils mentent.

— Rien ne t'empêche de crier, si ça peut te soulager. Personne ne t'entendra.

— Non, je ne veux pas que mon enfant naisse dans les cris et les larmes, décréta Laura. Il...

Une nouvelle contraction lui coupa la parole. Gabe lui prit la main et la serra fort pendant tout le temps que dura le spasme.

— S'il m'arrive quelque chose, chuchota-t-elle, promets-moi de...

— Il ne t'arrivera rien ! Cela me brise le cœur de te voir souffrir autant, mais courage, mon ange ! Ce sera bientôt terminé.

Les contractions se rapprochèrent ensuite rapidement, augmentèrent en durée et en intensité... Gabe ne quittait pas Laura des yeux, et les mouvements convulsifs de la main agrippée à la sienne se propageaient dans son corps tout entier, comme des ondes dont l'écho lui disait la violence du séisme qui était en train de secouer sa femme.

Il n'osait imaginer ce qu'elle endurait. Alors que sa peine à lui était juste morale, il transpirait à grosses gouttes et se sentait proche de l'épuisement. Laura, elle, souffrait en plus dans sa chair, et il ne pouvait qu'admirer la façon dont elle profitait des brefs moments de répit que lui laissaient les vagues de douleur pour rassembler ses forces en prévision de la suivante. Il la croyait chaque fois au bord de la rupture, et elle trouvait chaque fois l'énergie nécessaire pour affronter une nouvelle contraction, comme un guerrier repartant sans cesse au combat.

C'était une leçon d'humilité pour Gabe, car il doutait de sa capacité à faire preuve d'un tel courage.

— Tu as choisi un prénom ? demanda-t-il pour essayer de la détendre.

— J'en ai plusieurs. Le soir, avant de m'endormir, j'essayais de me représenter mon bébé, et je cherchais le prénom qui irait le mieux avec... Oh ! mon Dieu !

— Respire, mon ange ! Ça va passer.

— Non, je ne peux pas... respirer. J'ai envie de pousser !

— Attends...

Gabe se leva pour aller vérifier si la tête du fœtus apparaissait.

— Le bébé n'est pas complètement descendu, annonça-t-il. Il faut que tu te retiennes.

De longues minutes s'écoulèrent encore, et Laura ne savait où elle aurait trouvé la force de surmonter cette nouvelle épreuve, si Gabe n'avait été là pour l'encourager, la réconforter et la conseiller tour à tour.

— Je... je ne vais plus pouvoir me retenir très longtemps, dit-elle.

— Ce n'est plus la peine, je vois la tête... Attends la prochaine contraction, et pousse !

La voix de Gabe lui parvenait comme à travers un épais

brouillard, mais c'était la seule chose qui lui permettait de garder un semblant de lucidité, et elle s'y raccrochait comme un naufragé à une bouée.

— Oui, c'est bien... Encore... Arrête de pousser ! Respire ! Allez, on recommence... Je dégage la tête... Aux épaules, maintenant... Un dernier effort, mon ange ! Il est presque...

Un vagissement retentit, le son le plus merveilleux que Laura eût jamais entendu, et qui lui fit oublier en une seconde ses longues heures de souffrance et d'angoisse.

— C'est un garçon ! Tu as un fils, mon ange !

— Un fils..., répéta-t-elle, partagée entre le rire et les larmes.

— Il est magnifique ! Absolument parfait, de la tête aux pieds !

— Donne-le-moi.

Gabe posa le bébé sur le ventre de Laura, et leurs mains se joignirent spontanément sur le petit corps tiède tandis que la pièce s'emplissait des cris vigoureux du nouveau-né.

Laura ne pouvait se résoudre à fermer les yeux. Gabe lui avait enjoint de se reposer, mais elle ne parvenait pas à détacher son regard de l'enfant endormi dans le creux de son bras.

Il était si petit... A peine plus de cinq livres, d'après la balance de ménage sur laquelle Gabe l'avait pesé une heure plus tôt, quarante-cinq centimètres, une tête ronde couverte d'un duvet blond et soyeux, des oreilles finement ourlées, une bouche minuscule qui esquissait de drôles de moues dans son sommeil... Laura ne se lassait pas de l'admirer.

— Il ne va pas s'envoler, tu sais !

La voix de Gabe la tira de sa contemplation — rien d'autre n'aurait eu ce pouvoir, elle en était certaine. Il se tenait sur le pas de la porte, et elle lui tendit la main pour l'inviter à s'approcher.

— Tu dois être épuisé, déclara-t-elle quand il se fut assis sur le lit, mais j'aimerais que tu restes une minute.

— C'est toi qui as fait tout le travail, protesta-t-il en caressant la joue du bébé.

— Non, et c'est la première chose que je voulais te dire : sans toi, je n'y serais jamais arrivée.

— Bien sûr que si !

— Non, et maintenant, cet enfant n'est pas seulement le tien parce qu'il portera ton nom, mais parce que tu l'as aidé à venir au monde.

— Je t'interdis de me remercier !

— C'est inutile.

Gabe haussa un sourcil interrogateur, mais Laura, pour toute explication, mit le nouveau-né dans ses bras, et ce geste était plus éloquent que des mots. Il signifiait qu'elle acceptait de partager avec lui la responsabilité de son fils, qu'elle lui faisait le cadeau d'une paternité à part entière.

Trop ému pour parler, il écarta légèrement les pans de la couverture qui enveloppait le bébé, effleura une petite main délicate, presque translucide, et la regarda avec émerveillement se refermer sur son doigt.

— Un de tes livres contient un chapitre sur les prématurés, et je suis allé le lire, indiqua-t-il. Un bébé né après la trente-quatrième semaine et qui pèse au moins cinq livres ne pose pas de problème particulier, mais je serais malgré tout plus tranquille si vous étiez tous les deux dans un hôpital. Tu penses recouvrer suffisamment de forces d'ici à demain pour que je t'emmène à Colorado Springs ?

— A condition que tu m'apportes quelque chose à manger. Je meurs de faim !

— J'y vais, mais avant, si tu me disais comment tu comptes appeler le bébé ?

— J'ai décidé de te laisser choisir.

— Moi ?

— Oui. Donne-lui un prénom que tu aimes, ou celui d'une personne qui t'est spécialement chère.

Gabe n'eut pas une seconde d'hésitation.

— Michael, murmura-t-il, les yeux fixés sur l'enfant endormi.

6

San Francisco... Laura n'avait pas menti en disant qu'elle avait toujours rêvé de connaître cette ville, mais jamais elle n'aurait cru y arriver avec un mari et un bébé de quinze jours, ni y loger dans une somptueuse résidence construite sur une colline qui dominait la baie.

La maison de Gabe..., songea-t-elle en tripotant nerveusement son alliance. C'était stupide de se laisser impressionner par la taille et le luxe de cette demeure, stupide de s'y sentir mal à l'aise, parce que tout y respirait la richesse et la puissance.

A peine entrée dans l'immense vestibule dallé de marbre, pourtant, Laura pensa avec nostalgie à la chaude intimité du chalet. Il avait recommencé à neiger le jour où ils avaient quitté le Colorado, alors qu'en Californie le printemps était déjà là, mais elle n'en regrettait pas moins le froid et la rudesse des montagnes.

— C'est magnifique, déclara-t-elle avec un sourire contraint en levant les yeux vers un majestueux escalier à rampe d'acajou.

— Cet hôtel particulier appartenait à ma grand-mère, expliqua Gabe. Elle y a toujours vécu, et je l'aime pour la beauté et l'harmonie de son architecture... Tu veux que je te le fasse visiter, ou bien tu préfères aller te reposer ?

Ces propos augmentèrent le malaise de Laura : il lui semblait que Gabe aurait tenu les mêmes à une simple invitée.

— Si j'allais me reposer chaque fois que tu me le proposes, répondit-elle, je passerais mes journées au lit.

— Je vais commencer par te montrer le premier étage, et nous verrons ensuite si tu as envie de continuer.

Gabe avait conscience de parler à Laura sur un ton trop poli, trop impersonnel, mais il se sentait nerveux depuis leur montée dans l'avion. Plus ils s'étaient éloignés du Colorado, plus sa femme lui avait paru distante. Il s'était fait une joie de la ramener dans la maison qui serait désormais la leur, et maintenant, il ne trouvait que des banalités à lui dire.

Une valise dans chaque main, il gravit l'escalier, poussa une porte et introduisit Laura dans une vaste pièce, très haute de plafond, au plancher de bois sombre patiné par les ans, décorée de meubles anciens et de riches tapis orientaux. Une baie vitrée ouvrait sur une terrasse qui surplombait un jardin rempli de fleurs et d'arbres en bourgeons.

— J'ai toujours couché dans cette chambre, indiqua Gabe, mais s'il y en a une autre que tu préfères, ce sera facile à arranger.

— Non, celle-ci est très belle.

— La porte du fond donne sur une salle de bains, et la pièce voisine pourrait servir de nurserie.

Comme chaque fois qu'ils parlaient du bébé, l'atmosphère entre eux se détendit.

— J'aimerais la voir, déclara la jeune femme. Après ces quinze jours passés en couveuse, Michael mérite d'avoir une chambre à lui.

Elle suivit Gabe et entra dans une pièce peinte dans les tons bleus et gris, moins grande que la précédente, mais dont le lourd mobilier et les tableaux d'ancêtres accrochés aux murs ne convenaient guère à une chambre d'enfant.

— Il faudra refaire la décoration et changer les meubles, souligna Laura.

— Si tu veux. Michael dormira avec nous le temps des travaux.

— Tu es sûr que ça ne t'ennuie pas ? Parce que le moment où il ne se réveillera plus la nuit est encore loin.

— Je peux vous envoyer tous les deux à l'hôtel, en attendant.

Croyant que Gabe était sérieux, Laura ouvrit la bouche pour protester, et puis elle vit la lueur malicieuse qui brillait dans ses yeux verts.

— Désolée, dit-elle. J'ai parfois du mal à comprendre ton humour.

— Tu t'y habitueras ! s'exclama-t-il en riant.

Puis il lui caressa la joue dans un de ces élans de tendresse qui arrivaient presque à la convaincre que les rêves devenaient parfois réalité.

— Mon atelier est au fond du couloir, reprit-il. J'y passe le plus clair de mon temps, mais je serai toujours prêt à venir t'aider. Toi seule peux nourrir Michael, mais je devrais être capable de changer une couche. Il paraît que je suis assez habile de mes mains.

Gabe ponctua cette dernière phrase d'une nouvelle caresse sur la joue de Laura, qui sentit un lent frisson la parcourir. Elle était partagée entre l'envie de se jeter dans ses bras et celle de s'écarter de lui, mais le bébé trancha ce dilemme en se mettant à pleurer.

— Il t'a entendu parler de manger, remarqua-t-elle avec son premier vrai sourire depuis qu'elle était entrée dans la maison.

— Si tu allais t'installer dans notre chambre ? C'est là que tu seras le mieux. Moi, j'ai quelques coups de téléphone à donner.

— Tu as l'intention d'appeler tes parents ?

— Oui. Ils sont impatients de faire ta connaissance. Tu te sens la force de les rencontrer ce soir ?

Sur le point de répliquer qu'elle n'était ni malade ni invalide, la jeune femme comprit soudain que Gabe ne parlait pas de son état physique, et cette preuve de compréhension la rassura un peu.

— Bien sûr, déclara-t-elle.

— Parfait ! Je vais aussi prendre des dispositions pour l'aménagement de la nurserie... De quelle couleur veux-tu qu'elle soit peinte ?

Laura hésita. Elle avait en fait prévu de la repeindre elle-même, et cette perspective lui plaisait même beaucoup, mais il fallait se rendre à l'évidence : si elle s'était très vite sentie chez elle dans le chalet, cette maison était celle de Gabe et le resterait sans doute toujours.

— Jaune clair pour les murs et blanc pour les boiseries, répondit-elle.

Puis elle regagna la pièce voisine et s'assit près de la baie vitrée pour allaiter son fils. C'était un tel bonheur de l'avoir constamment avec elle, au lieu d'être obligée d'aller à l'hôpital pour le nourrir, le bercer, le cajoler... Il lui avait été si difficile de le quitter tous les soirs et d'attendre une nuit entière dans une chambre d'hôtel le moment de le revoir enfin...

Le cœur débordant d'amour, elle regarda son fils téter, paupières closes et une main posée sur son sein. Il avait déjà pris du poids, et le pédiatre de l'hôpital l'avait déclaré en excellente santé.

Laura se rappela avec attendrissement le bracelet fixé à son minuscule poignet. Un bracelet où se lisait son nom : Michael Monroe Bradley.

Qui était Michael — le Michael de Gabe ? Elle ne le lui avait pas demandé, mais cette personne comptait visiblement beaucoup pour lui.

— C'est toi Michael, à présent, murmura-t-elle au bébé qui, maintenant repu, s'était endormi contre sa poitrine.

Après l'avoir couché sur le lit et entouré d'oreillers bien qu'elle le sût encore incapable de rouler sur lui-même, la jeune femme sortit sa brosse à cheveux de sa valise et la posa sur la commode. C'était stupide, bien sûr, mais elle voulait laisser dans la chambre un objet personnel qui la marquerait de son empreinte.

Elle trouva Gabe au rez-de-chaussée, dans une bibliothèque lambrissée au sol recouvert d'une moquette gris perle. Il était au téléphone et, pour ne pas le déranger, elle s'apprêtait à ressortir quand il lui fit signe d'entrer, sans pour autant cesser de parler dans le combiné :

— Les tableaux devraient être là d'ici à la fin de la semaine... Oui, je suis revenu pour de bon... Non, je vais être très occupé pendant quelques jours, mais merci quand même... Je te tiendrai au courant.

Cette conversation avec une personne dont elle ne savait rien donna plus que jamais à Laura le sentiment d'être une intruse, et plus seulement dans la maison de Gabe, mais dans sa vie tout entière.

Enfin, il raccrocha et demanda :

— Où est Michael ?

— Là-haut. Je l'ai couché dans le lit, mais il a besoin d'un berceau, et je pourrais aller en acheter un tout de suite, si tu voulais bien veiller sur lui pendant ce temps.

— Non, il faut que tu restes. Mes parents ne vont pas tarder à arriver.

— Déjà ?

— Tu n'as pas à t'inquiéter : ce ne sont pas des monstres.

— J'en suis sûre, mais je me sens si vulnérable, maintenant que nous sommes à San Francisco... Plus il y aura de gens qui sauront où est Michael, plus la situation sera dangereuse.

— Tu ne peux pas le garder enfermé dans une bulle de verre ! Et je croyais que tu avais confiance en moi.

— J'avais... J'ai confiance en toi.

La jeune femme ne s'était pas corrigée assez vite, et Gabe répéta :

— Tu *avais* confiance en moi ? Ecoute, Laura, tu as pris une décision : le jour où Michael est né, tu as fait de moi son père à part entière... Aurais-tu changé d'avis ?

— Non, mais les choses sont différentes, ici. Le chalet était...

— Une excellente cachette pour nous deux, mais cette page de notre vie est tournée, et une autre commence. Je comprends ton angoisse devant le bouleversement que cela représente pour toi, mais tu vas t'adapter, et je serai là pour t'y aider.

Le doute que Gabe lut dans les yeux de Laura lui causa moins de colère que de regret. Qu'était devenue la femme forte et généreuse qu'il avait connue au chalet ?

Dans l'espoir de la ressusciter, il se leva, l'attira dans ses bras et unit leurs lèvres. Elle se raidit d'abord, puis elle se serra contre lui, et il sentit le désir monter en elle jusqu'à égaler le sien et les pousser tous les deux à accompagner leur baiser de caresses fiévreuses.

Laura avait déjà pratiquement retrouvé une silhouette de jeune fille, et les mains de Gabe pouvaient maintenant explorer tout à loisir les courbes et les méplats de son corps. Il lui tardait de consommer leur mariage, mais il était encore trop tôt, il le savait, aussi se résigna-t-il finalement à rompre leur étreinte.

— Tu as peut-être perdu une partie de ta confiance en moi, murmura-t-il, mais il y a une chose dont je t'interdis de douter : l'envie que j'ai de toi.

— Elle est réciproque, mais j'aimerais tellement que nous puissions vivre tous les trois à l'écart du monde !

— Ce n'est ni possible ni souhaitable, et particulièrement pour Michael.

— Oui, tu as raison, et cela me rappelle que je dois aller voir s'il ne s'est pas réveillé.

L'intensité de la passion qu'un simple baiser et quelques caresses avaient éveillée en elle déconcertait Laura : jamais aucun homme ne l'avait fait vibrer ainsi, ne l'avait emplie de ce sentiment de tout vouloir de lui, et de vouloir tout lui donner d'elle.

La jeune femme était arrivée au pied de l'escalier quand la solution de l'énigme lui apparut : elle était amoureuse de Gabe. Il ne s'agissait plus de l'affection teintée de reconnaissance qu'elle lui portait au début, ni même du lien très fort qui s'était forgé entre eux le jour de la naissance de Michael... Non, c'était quelque chose de beaucoup plus puissant, et de beaucoup moins explicable — l'amour inconditionnel, irraisonné, d'une femme pour un homme.

Glacée d'effroi, Laura s'immobilisa. Elle avait déjà été amoureuse, une seule fois et pendant peu de temps, mais cela avait suffi à la faire retomber dans une situation de dépendance dont elle s'était crue affranchie. Elle avait finalement trouvé la force de reprendre son destin en main, et elle ne voulait pas redevenir la femme qui s'était laissé humilier par Tony et ses parents. C'était cela qui la gênait le plus dans la maison de Gabe, comprit-elle soudain : sa similitude avec celle des Eagleton, où elle s'était toujours sentie mal à l'aise et sans défenses.

Mais l'histoire ne se répéterait pas, se promit-elle. Cette fois, elle saurait lutter contre ce stupide complexe d'infériorité qui l'avait réduite à un rôle de victime consentante.

Le timbre de l'entrée la ramena à la réalité. Après avoir

jeté un bref coup d'œil par-dessus son épaule, elle s'engagea dans l'escalier et le monta quatre à quatre.

Quand Gabe ouvrit la porte, il fut immédiatement attiré dans des bras dont l'étreinte faillit l'étouffer. Sa mère ne se contentait jamais de lui poser un rapide baiser sur la joue : qu'ils ne se soient pas vus depuis des mois ou depuis la veille, sa tendresse s'exprimait toujours de façon aussi démonstrative.

— Tu m'as tellement manqué ! s'écria-t-elle. Je me demandais ce qui te déciderait à sortir de ta retraite, mais je ne me doutais pas que ce serait une épouse et un bébé !

— Bonjour, maman, dit Gabe avec un sourire mi-attendri, mi-amusé.

Avec son visage lisse et des cheveux qui avaient gardé leur blondeur naturelle, Amanda Bradley faisait beaucoup moins que son âge, et à sa beauté inaltérable s'ajoutait une vivacité qui renforçait son air d'éternelle jeunesse. Elle avait les yeux de Michael, d'un vert tacheté de gris, et plus foncés que ceux de Gabe. Leur vue était pour lui à la fois une joie et une souffrance.

— Tu es resplendissante, déclara-t-il.

— Pas toi ! répliqua-t-elle en franchissant le seuil d'un pas résolu. Tu as maigri, ce dont tu n'avais pas vraiment besoin... Alors, où sont-ils ?

— Laisse-lui le temps de souffler, Mandy ! objecta son mari avant de serrer, lui aussi, son fils dans ses bras.

Grand et mince, il arborait en toutes circonstances une mine débonnaire, mais les gens qui le connaissaient avaient appris à ne pas s'y fier. C'était un homme d'une intelligence aiguë, et d'une force de caractère hors du commun.

— Je suis content que tu sois revenu, Gabe, reprit-il. C'est toi que ta mère va houspiller, maintenant, et elle me laissera enfin tranquille.

— Je suis de taille à vous mater tous les deux ! riposta l'intéressée. Nous avons apporté une bouteille de champagne pour fêter le mariage, la naissance, et tout ce que nous avons raté, mais pour l'amour du ciel, Gabe, ne reste pas là les bras ballants ! Qu'attends-tu pour nous présenter ta femme et ton fils ?

— Laura est montée voir si le bébé ne s'était pas réveillé. Si nous allions dans le salon ? Elle ne devrait pas tarder à redescendre.

— Par ici, Mandy ! décréta Clifton Bradley en prenant fermement son épouse par le bras.

— Bon, j'accepte de patienter cinq minutes à condition que tu me dises où tu en es de ta peinture, Gabe.

Ce dernier acquiesça de la tête et suivit ses parents. Il les regarda s'asseoir, mais sa nervosité ne lui permit pas de les imiter.

— J'ai réalisé de nombreux tableaux pendant ces six mois, indiqua-t-il, et ils seront livrés à la galerie dans la semaine. J'ai déjà appelé Marion.

— Magnifique ! J'ai hâte de les découvrir.

— Il y en a un dont je suis particulièrement satisfait, et j'ai l'intention de l'accrocher ici, au-dessus de la cheminée.

— Tu dois beaucoup l'aimer, en effet, car tu n'avais encore jamais jugé aucune toile digne d'occuper cette place d'honneur.

Gabe garda le silence, sortit son paquet de cigarettes de sa poche… et l'y remit en voyant sa femme apparaître sur le seuil, Michael dans les bras.

Guidée par le bruit des voix, Laura avait poussé la porte du salon, mais elle se donna le temps d'observer le couple assis sur le canapé avant d'entrer.

Les parents de Gabe… Sa mère était ravissante, avec un visage aux traits fins, à peine marqué par les rides, et une distinction naturelle que venait renforcer la sobre élégance de sa tenue — un tailleur de soie grège juste égayé par un collier d'émeraudes et des boucles d'oreilles assorties.

Son mari possédait, lui aussi, la beauté aristocratique que les familles patriciennes se transmettaient de génération en génération. Laura lui trouva d'abord un air un peu indolent, mais le regard pénétrant qu'il posa soudain sur elle la fit changer d'avis.

— Voici Laura et notre fils, déclara Gabe.

Sa mère se leva aussitôt et s'approcha de la jeune femme, un sourire poli sur les lèvres, avec dans les yeux plus de curiosité que de bienveillance. Malgré sa peur d'être jugée et condamnée d'un simple coup d'œil, Laura redressa la tête et soutint sans faiblir le regard planté dans le sien.

— Je suis très heureuse de faire enfin votre connaissance, dit Amanda.

— Et moi la vôtre et celle de votre mari.

— Nous voulions aller vous chercher à l'aéroport, mais Gabe nous l'a interdit.

— Et il a eu raison, intervint Clifton. J'ai même essayé de persuader Mandy de remettre cette visite à demain, mais elle ne m'a évidemment pas écouté.

— Non, j'étais trop impatiente de voir mon petit-fils... Je peux le prendre ?

La première réaction de Laura fut de serrer le bébé plus fort contre sa poitrine, mais elle se maîtrisa et le posa dans les bras tendus de sa belle-mère, qui chuchota d'une voix émue :

— Il est adorable... D'après Gabe, il est né un mois avant terme... Il n'a pas de problèmes de santé au moins ?

— Non, aucun.

Clifton s'était levé à son tour pour venir se pencher sur l'enfant, qui ouvrit soudain les yeux, arrachant un cri de ravissement à Amanda :

— Il me regarde ! Tu regardes ta mamie, hein, mon trésor ?

— Non, c'est moi qu'il regarde ! protesta son mari.

— Pas du tout ! Je l'intéresse beaucoup plus que toi, alors au lieu de rester là à sourire bêtement, rends-toi utile : débouche le champagne !

Le comportement possessif de sa belle-mère à l'égard de Michael mettait Laura au supplice. Elle avait envie de le lui arracher des bras et de partir en courant, mais elle parvint de nouveau à se raisonner : Amanda Bradley n'était pas Lorraine Eagleton. Il n'en demeurait pas moins qu'elle se sentait exclue du cercle formé par la famille Bradley, et dont son fils, lui, faisait désormais partie.

— Je... j'irais bien chercher des verres, balbutia-t-elle, mais je ne sais pas où ils sont.

Sans un mot, Gabe se dirigea vers une armoire et en sortit quatre coupes en cristal.

— Si vous veniez vous asseoir, Laura ? suggéra Clifton

en posant la main sur l'épaule de la jeune femme. Le voyage a dû vous fatiguer.

— J'ai l'impression d'entendre Gabe ! observa-t-elle.

Ces mots furent cependant accompagnés d'un sourire, car il lui semblait que son beau-père avait perçu son désarroi.

Lorsque le champagne fut servi, Amanda leva son verre et s'écria :

— Buvons à... Mais j'y pense ! Je ne connais pas le prénom de mon petit-fils !

— Il s'appelle Michael, dit Laura.

A sa grande surprise, une expression de douleur assombrit le regard de sa belle-mère. Elle ferma les yeux et, quand elle les rouvrit, ils étaient voilés de larmes.

— A Michael, murmura-t-elle.

Puis elle but une gorgée de champagne, déposa un baiser sur le front du bébé, et son visage était de nouveau serein lorsqu'elle déclara à Gabe :

— Il y a quelque chose pour Michael dans la voiture. Tu peux aller le chercher ?

— Bien sûr... Je reviens tout de suite, Laura !

— Rassure-toi, on ne va pas la manger ! grommela Amanda pendant que Gabe se dirigeait vers la porte.

Son mari se mit à rire, lui caressa affectueusement les cheveux, puis il se tourna vers Laura et lui demanda :

— Vous étiez déjà venue à San Francisco ?

— Non, c'est la première fois. Ecoutez, j'aimerais vous garder à dîner, mais je ne sais pas ce qu'il y a comme provisions dans la maison.

Ni même où est la cuisine..., ajouta intérieurement la jeune femme.

— Ne vous inquiétez pas ! Nous ne méritons aucune faveur, après nous être ainsi imposés chez vous le jour de votre arrivée... Oh ! le bébé m'a souri !

— Il t'a fait une grimace, tu veux dire... papi ! s'écria Amanda avant d'embrasser son mari sur la joue dans un grand éclat de rire.

— J'imagine que le berceau est pour Michael, et les fleurs pour moi ?

Gabe venait de regagner le salon, portant un berceau

visiblement ancien, dans lequel un gros bouquet de roses surmontait une pile de draps bordés de dentelle.

— Ah, oui, les fleurs ! s'exclama sa mère. Je les avais complètement oubliées... Et elles ne sont évidemment pas pour toi, mais pour ta femme. Il faut les mettre dans un vase... Non, Laura, ne bougez pas ! Je m'en charge.

Posant d'autorité le bébé dans les bras de son mari, elle se leva et quitta la pièce avec les roses.

— Ce berceau est ravissant, observa Laura. Je comptais justement aller acheter un lit d'enfant, mais je n'aurais rien trouvé d'aussi joli.

— Je t'en ai empêchée parce que je savais que mes parents nous apporteraient celui-là, expliqua Gabe. C'est mon arrière-grand-père qui l'a fabriqué, et tous les petits Bradley ont dormi dedans.

Ces mots ravivèrent les scrupules qui torturaient la jeune femme depuis un moment. Voyant l'attention de son beau-père accaparée par le bébé, elle alla rejoindre Gabe et lui murmura :

— Nous devons dire la vérité à tes parents. Ils croient que Michael est vraiment leur petit-fils, et... et...

— Et quoi ?

— Ils ont le droit de savoir que...

— Si Michael est mon fils, il est leur petit-fils, non ?

— Oui, mais...

— Alors où est le problème ? la coupa Gabe d'une voix dure, vibrante de colère.

— C'est juste une question d'honnêteté. Je t'en prie, dis-leur la vérité !

— C'est déjà fait.

Laura en resta sans voix. Le retour de sa belle-mère dans la pièce, quelques secondes plus tard, lui apparut d'abord comme une heureuse diversion, mais elle changea d'avis quand Amanda, après avoir posé le vase de roses sur une table, déclara :

— J'aimerais avoir une petite conversation en tête à tête avec Laura, alors si vous nous laissiez un moment, messieurs ? Vous pourriez par exemple monter le berceau dans la chambre et coucher Michael. Il commence à s'endormir.

Une fois les hommes partis, elle s'assit sur le canapé et, d'un geste vague de la main, désigna un siège à Laura, qui alla s'y installer sans un mot.

— Je vous trouve bien docile, remarqua-t-elle. Je vous préférais tout à l'heure, quand vous me provoquiez du regard.

— Je... je ne sais pas quoi dire. J'ignorais que Gabe vous avait expliqué la situation. Rien dans la façon dont vous vous êtes comportés, votre mari et vous, ne me permettait de deviner que... Bref, je croyais que vous preniez Michael pour le fils biologique de Gabe.

— Et cela aurait dû changer quelque chose ?

— Je pensais que les familles comme la vôtre attachaient beaucoup d'importance aux liens du sang.

— A cause des Eagleton ?

La seule mention de ce nom fit pâlir Laura. Pourtant, si Amanda avait manqué de tact, il n'y avait pas une once de méchanceté en elle.

— Nous parlerons des Eagleton un autre jour, enchaîna-t-elle. Pour l'instant, ce sont nos futures relations qui m'intéressent, et je dois vous prévenir : je n'ai pas un caractère facile. J'admets en revanche la contradiction, et je reconnais aux gens le droit de me remettre à ma place quand je vais trop loin. Nous serons amies ou nous ne le serons pas, il est encore trop tôt pour le savoir, mais en attendant, j'ai une dette envers vous.

— Une dette ?

— Oui. Gabe est ce que j'ai de plus cher au monde, et son départ, à l'automne dernier, m'a brisé le cœur. Vous me l'avez ramené, et je vous en suis reconnaissante.

— Il aurait de toute façon fini par revenir.

— Sans doute, mais quand, et dans quel état ? Mais laissons cela... J'ai une question à vous poser. Gabe se considère comme le père de Michael. Lui en accordez-vous le droit ?

— Oui.

— Je constate avec plaisir que vous avez répondu sans hésitation, mais si vous êtes tous les deux d'accord là-dessus, pourquoi mon mari et moi serions-nous d'un avis différent ? Imaginons que Gabe ne puisse pas avoir d'enfants et qu'il en ait adopté un... Je l'aimerais autant que si le même sang coulait dans nos veines, et la situation de Michael est tout à fait comparable, alors cessez de vous tracasser pour des choses qui n'en valent pas la peine !

Amanda prit la coupe de champagne qu'elle avait abandonnée sur la table basse et en but une gorgée avant d'ajouter :

— Cela vous ennuie que Cliff et moi soyons les grands-parents de Michael ?

— Je ne vous connais pas encore assez pour le savoir.

— Au moins, vous êtes franche !

— Et vous, cela vous ennuie que je sois la femme de Gabe ?

— Je ne vous connais pas encore assez pour le savoir, répliqua Amanda avec l'ombre d'un sourire, et seul l'avenir nous dira si nous sommes faites pour nous entendre. J'ose cependant espérer que vous ne m'empêcherez de voir ni mon fils ni mon petit-fils dans l'intervalle.

— Bien sûr que non ! Gabe en serait très peiné, et mon plus cher désir est de le rendre heureux.

— Vous l'aimez ?

Laura rougit, s'agita nerveusement sur son siège et répondit d'une voix mal assurée :

— Gabe et moi n'avons pas parlé de... ça. J'avais besoin d'aide, et lui de se sentir utile.

— Ce n'est pas cela que je vous ai demandé !

— Désolée, mais cette question ne concerne que Gabe et moi.

— Vous n'avez pas à vous excuser : j'ai été indiscrète, et vous avez eu raison de m'envoyer promener. Je ne sais pas si nous allons finir par nous adorer ou par nous détester, mais dans un cas comme dans l'autre, vous êtes la femme de Gabe, la mère de Michael, et vous faites partie de la famille... Ce qui ne vous ravit pas, si j'en juge par votre expression !

— Les différentes familles où j'ai vécu ne m'ont pas laissé que de bons souvenirs.

— Oui, vous n'avez pas eu une vie facile, d'après ce que Gabe m'a raconté.

Il y avait de la compassion dans la voix d'Amanda, mais pas cette pitié que Laura trouvait moins réconfortante qu'humiliante.

— Je peux vous poser une question, madame Bradley ?

— A condition que vous m'appeliez Amanda, ou Mandy, ou n'importe quoi, sauf « mère » ou « belle-maman ».

— Entendu... Pourquoi Gabe a-t-il prénommé le bébé Michael ?

Une ombre passa dans le regard d'Amanda, une tristesse si poignante que le cœur de Laura se serra.

— C'était le prénom de son frère cadet, mort il y a un peu plus d'un an, répondit-elle. Je vais vous laisser vous installer, à présent. Je vous ai déjà assez dérangée.

Les deux femmes se levèrent, et Laura, après un instant d'hésitation, embrassa sa belle-mère sur la joue.

— Merci d'être venue, murmura-t-elle. Et merci pour le berceau. Je suis heureuse que Michael perpétue la tradition familiale.

— Moi aussi.

Une fois dans le vestibule, Amanda retrouva toute sa vivacité. Elle alla se poster au pied de l'escalier et cria :

— Tu viens, Clifton ? Tu m'avais interdit de rester plus d'une demi-heure, et maintenant, c'est moi qui dois t'attendre pour partir !

Son mari et son fils apparurent sur le palier et, tandis qu'ils descendaient les marches, elle déclara à Laura :

— Téléphonez-moi si vous avez besoin de quoi que ce soit. Et j'espère que vous ne m'en voudrez pas si je dévalise les magasins de jouets et de vêtements d'enfant...

— Je ne...

— J'ai compris : vous m'en voudrez. Eh bien, tant pis ! J'essaierai de trouver quelque chose pour me faire pardonner, mais rien ne m'empêchera de gâter mon petit-fils !

Quand son beau-père s'approcha d'elle pour lui dire au revoir, la jeune femme s'attendait à une simple formule de politesse, mais il la serra dans ses bras avec une chaleur qui lui alla droit au cœur. L'envie la prit de poser la tête sur son épaule pour prolonger ce doux moment, mais elle n'osa pas.

Gabe raccompagna son père et sa mère jusqu'à leur voiture, et, en rentrant dans la maison, il vit que Laura n'avait pas bougé du vestibule.

— Tes parents sont très gentils, observa-t-elle.

— Tu ne m'apprends rien ! répliqua-t-il d'un ton brusque.

— Je te dois des excuses.

— En effet ! Tu pensais vraiment que je serais obligé de leur mentir pour qu'ils acceptent Michael ?

— Oui, mais je suis contente de m'être trompée. Ta mère est une femme sensible, sous ses dehors autoritaires, et ton père...

— Quoi, mon père ?

« Il m'a serrée dans ses bras », faillit répondre Laura, mais comme Gabe n'aurait sûrement pas compris l'émotion que cela lui avait causée, elle se contenta de dire :

— Il te ressemble énormément. Je tâcherai de ne pas les décevoir, et toi non plus.

— Arrête de te comporter comme si tu étais une employée que j'aurais engagée à l'essai ! Nous sommes mariés, tu es ici chez toi et, que cela te plaise ou non, tu fais désormais partie de la famille Bradley !

— Il va falloir que tu me laisses le temps de m'y habituer, mais puisque je suis ici chez moi, j'ai le droit de prendre certaines décisions sans te consulter au préalable, n'est-ce pas ? Alors je t'annonce la première de ces décisions : je repeindrai moi-même la chambre de Michael.

Sur ces mots, Laura tourna les talons et se dirigea vers l'escalier sous le regard d'un Gabe muet de stupeur.

7

Agenouillée sur un vieux drap destiné à protéger le plancher, Laura était en train de passer de la peinture laquée blanche sur une plinthe. Elle ne savait pas ce qui lui faisait le plus plaisir : la vitesse à laquelle les travaux de la nurserie avançaient, ou le fait de pouvoir de nouveau se baisser, se relever ou se pencher en avant avec une parfaite aisance. Les jupes et les pantalons qu'elle mettait au tout début de sa grossesse la serraient encore un peu à la taille, mais elle était sûre de perdre rapidement ce petit excédent de poids.

Pour le reste, elle était moins optimiste : Gabe lui en voulait toujours d'avoir douté de ses parents, et elle avait eu tort, en effet, mais elle s'était excusée, alors pourquoi continuait-il de la battre froid ?

La distance qui les séparait maintenant n'aurait pas été possible dans le chalet du Colorado, songea tristement la jeune femme. Là-bas, l'exiguïté de l'espace et l'isolement les obligeaient à partager, à se rapprocher, à compter l'un sur l'autre. Là-bas, elle avait l'impression d'être l'égale de Gabe et de lui être utile — ne serait-ce qu'en lui servant une tasse de café au bon moment. Dans cette grande demeure, en revanche, ils pouvaient passer des heures sans même se croiser, et sans que Laura ait jamais l'impression que Gabe avait besoin d'elle.

L'essentiel du problème ne venait cependant pas de là, mais de la façon différente dont ils vivaient leur installation dans la maison de San Francisco. Laura y éprouvait le même malaise que la petite fille d'autrefois ballottée d'une famille d'accueil à une autre, celle dont personne ne voulait vraiment et qui ne se sentait nulle part à sa place.

Gabe, lui... La jeune femme eut un petit rire désabusé. Là comme ailleurs, il était Gabriel Bradley, un homme qui avait toujours su où était sa place et serait toujours sûr de la conserver.

C'était ce sentiment d'appartenance et de sécurité que Laura souhaitait offrir à Michael. L'argent, le nom, le statut social... Rien de tout cela n'avait d'importance. Et, pour son fils, elle était décidée à s'adapter à son nouveau mode de vie, et même à supporter sans se plaindre la froideur de son mari.

Leur fils constituait à présent leur seul lien véritable. Gabe l'aimait autant qu'elle, car ce n'était ni par pitié ni par devoir qu'il venait plusieurs fois par jour se pencher sur son berceau, ou se levait la nuit pour calmer ses pleurs. Avec Michael, il se montrait doux, tendre, attentif, mais dès que Laura et lui se retrouvaient en tête à tête, son visage se fermait et une tension palpable s'installait entre eux.

Grâce à lui, elle était pourtant à l'abri du besoin, et Michael avait un père aimant et dévoué. N'était-ce pas suffisant ? Avait-elle vraiment le droit d'en demander plus ? Le jour viendrait où leurs rapports se modifieraient, car Gabe n'accepterait pas éternellement de partager son lit avec elle sans la toucher, mais cela ne changerait rien à ses sentiments. Les hommes n'avaient aucun mal à dissocier l'amour et le désir, elle en avait fait l'amère expérience...

Ce qui aurait dû être la fusion de deux cœurs ne serait donc pour lui que l'assouvissement d'un besoin physique, et pour elle le début d'un nouveau cycle de soumission, parce qu'elle aimait trop Gabe pour le repousser le moment venu.

Immobile sur le seuil de la nurserie, Gabe observait Laura, et il voyait à la crispation de ses traits que de sombres pensées l'agitaient. Plus le temps passait, plus elle était tendue et malheureuse. Elle jouait bien la comédie, mais il n'était pas dupe.

Et cela l'irritait profondément. Il s'efforçait de ne pas le montrer, mais cette colère rentrée enflait de jour en jour. Depuis le soir de leur arrivée à San Francisco, pas une fois il n'avait élevé la voix, et pourtant Laura semblait toujours s'attendre à une explosion de fureur.

Ne comprenait-elle donc pas ce que lui coûtait le fait de coucher près d'elle sans pouvoir la toucher ? Pour résister à la tentation, il devait parfois se lever au milieu de la nuit et aller s'enfermer dans son atelier pour tenter de calmer la fièvre de ses sens en travaillant.

Aussi égoïste soit-il, il se refusait en effet à consommer leur mariage alors qu'elle était encore si fragile physiquement et affectivement. Il ne voulait ni la brusquer ni l'effrayer, même s'il sentait en elle une passion qu'un rien suffirait à déchaîner.

Alors il avait résolu d'être patient. Ou, du moins, aussi patient que la violence de son désir le lui permettrait, car, en ce moment même, il brûlait d'aller la rejoindre, de la prendre dans ses bras, de l'embrasser... Peut-être aurait-il pu se dominer, et se contenter de lui parler doucement, pour la rassurer, mais que lui dire ? Comme il n'en avait pas la moindre idée, ce fut sans bouger, et d'une voix contrainte, qu'il s'exclama :

— Tu as presque fini !

Laura sursauta et fit tomber quelques gouttes de peinture sur le drap.

— Je ne t'avais pas entendu arriver ! s'écria-t-elle en s'asseyant sur ses talons.

— Ne t'occupe pas de moi, continue ! Mais... je me trompe, ou c'est un de mes jeans que tu portes ?

— Je te l'ai emprunté parce qu'il y avait déjà des taches de peinture dessus.

Amusé de voir qu'elle avait utilisé une ficelle pour empêcher le pantalon de lui tomber sur les chevilles, Gabe se décida finalement à entrer dans la pièce.

— Et tu m'as aussi volé une des chemises dont je me sers pour travailler ! remarqua-t-il. Confondrais-tu peinture et... peinture ?

Sur le point de s'excuser, la jeune femme comprit soudain qu'il plaisantait, et elle sourit, infiniment soulagée. Gabe ne semblait plus en colère contre elle ; peut-être même allaient-ils pouvoir revenir à des relations amicales.

— Je pensais que tes vêtements me donneraient de l'inspiration, déclara-t-elle.

— Tu veux que je t'aide à terminer ?

— Jamais je n'oserais demander au grand Gabriel Bradley de s'abaisser à peindre une vulgaire plinthe ! Sans compter que ton costume de lin risquerait d'en souffrir... Tu rentres de la galerie, pour t'être fait aussi beau ?

— Moi, beau ?

— Oui. Tu ne ressembles plus du tout au montagnard mal rasé, en pantalon de velours et chemise de flanelle que j'ai connu dans le Colorado — même si cet homme-là avait un charme certain, lui aussi.

— Arrête de dire des bêtises, et donne-moi ton pinceau ! s'exclama Gabe en riant.

Il alla s'agenouiller à côté de Laura et tenta de s'emparer de l'instrument, mais elle protesta :

— Non, tu vas te salir !

— M'accuserais-tu de ne pas être soigneux ?

— Seulement quand tu peins.

— C'est l'hôpital qui se moque de la charité... Regarde !

Tout en parlant, Gabe avait posé l'index sur la joue de Laura, et il lui montrait maintenant la goutte de peinture blanche qu'il y avait recueillie.

— Oui, mais moi, je ne prétends pas être une artiste, répliqua la jeune femme.

Le contact du doigt de Gabe sur sa peau l'avait fait frissonner, et son trouble augmenta lorsque, sans réfléchir, elle lui prit le poignet pour enlever la tache avec un chiffon : il avait de si belles mains, longues et fines, à la fois robustes et délicates... Elle les imaginait en train de se promener sur son corps, lentement, tendrement, comme celles d'un homme qui la considérerait comme une femme digne d'amour et de respect, et non comme un simple objet sexuel.

A sa grande surprise, elle sentit le pouls de Gabe s'accélérer sous ses doigts. Elle leva les yeux vers lui et s'aperçut, alors, qu'il la fixait intensément, avec dans le regard ce qu'il ne lui permettait plus d'y voir depuis des jours : le feu dévorant du désir. Comme hypnotisée, elle rapprocha son visage du sien, jusqu'à ce que leurs lèvres se touchent…

Et le bébé se mit à pleurer.

Ils tressaillirent violemment tous les deux, tels des enfants pris en faute.

— Il doit avoir faim, dit Laura en se redressant.

— Quand tu te seras occupée de lui, reviens ici, déclara Gabe d'une voix rauque. Je t'y attendrai.

Tiraillée entre l'envie et la peur de reprendre alors les choses là où ils les avaient laissées, la jeune femme se borna à acquiescer de la tête.

Après avoir nourri et changé Michael, Laura alla se laver la figure et les mains dans la salle de bains. Le miroir mural lui renvoya l'image d'une femme vêtue d'habits trop larges pour elle et aux cheveux tirés en arrière qui n'avait rien de bien attirant. Et pourtant Gabe l'avait trouvée désirable, tout à l'heure, dans la nurserie… Si les pleurs de leur fils ne les avaient interrompus, peut-être leur baiser les aurait-il entraînés beaucoup plus loin…

Etait-ce ce qu'elle voulait ?

Les pensées les plus contradictoires s'entrechoquaient dans son esprit. Elle ferma les yeux et tenta d'en démêler l'écheveau, mais sans grand succès. L'idée d'appartenir à Gabe lui apparaissait comme l'ultime accomplissement de son amour pour lui, mais les douloureux souvenirs qu'elle gardait de son mariage avec Tony lui faisaient aussi redouter ce moment.

Ses discussions avec des psychologues et des femmes qui avaient vécu le même genre d'expérience lui avaient appris que c'était une réaction normale. Ses déplacements incessants ne lui avaient pas permis de rester longtemps dans un groupe de soutien donné, mais le seul fait d'écouter le récit d'histoires analogues à la sienne l'avait aidée à comprendre le processus qui amenait trop souvent les victimes de violences conjugales à accepter leur sort. Et le témoignage de celles qui avaient réagi et ensuite réussi à se reconstruire lui avait donné l'espoir d'être un jour délivrée, elle aussi, du poids du passé.

Il lui fallait pour cela prendre le risque de faire de nouveau entièrement confiance à un homme, et c'était un pas qu'elle hésitait encore à franchir. Le mieux consistait sans doute à procéder par étapes, en essayant d'abord de renouer avec Gabe les relations de tendre complicité qu'ils avaient au chalet…

Forte de cette décision, Laura quitta la salle de bains et se rendit dans la nurserie. Elle eut la surprise de voir que les peintures étaient terminées, les pots refermés, les pinceaux nettoyés, et que Gabe était en train de replier le drap de protection.

— Tu as fini ! s'écria-t-elle.

— Oui, et j'y suis arrivé sans gâcher le travail, comme tu peux le constater.

— C'est superbe ! Exactement comme je l'imaginais… Je mettrai des rideaux blancs, un rocking-chair entre les deux fenêtres, et le berceau… Où sera-t-il le mieux, à ton avis ?

— Nous avons tout le temps d'y réfléchir : Michael ne doit pas coucher dans cette chambre avant que l'odeur de peinture soit partie. Et pendant que j'y pense, j'ai quelque chose pour toi : un cadeau de fête des Mères un peu tardif.

— Mais tu m'as déjà offert des fleurs à cette occasion !

— Faute de pouvoir faire mieux : nous passions alors toutes nos journées à l'hôpital, dit Gabe en sortant un petit écrin de sa poche. Je t'ai d'ailleurs donné ces fleurs de la part de Michael. Ceci est le témoignage de reconnaissance d'un mari et d'un père bien placé pour savoir ce que la maternité coûte de souffrances à une femme.

— Je suis touchée, mais ce n'était pas nécessaire.

— Il va falloir que tu apprennes à recevoir des cadeaux avec plus de simplicité ! s'exclama Gabe d'un ton impatient.

Il avait raison, songea Laura, mais le passé était de nouveau venu empiéter sur le présent : Tony l'avait couverte de cadeaux, dont la valeur était inversement proportionnelle à l'intérêt qu'il lui portait. Cette comparaison était cependant injuste pour Gabe : ses paroles prouvaient que sa générosité à lui reflétait un mouvement du cœur.

— Merci, déclara la jeune femme avant de prendre l'écrin et de l'ouvrir.

La vue du bijou qu'il contenait la laissa sans voix. C'était un anneau d'or entièrement serti de diamants qui brillaient de mille feux dans la pièce inondée de lumière. Laura fut presque étonnée, en les caressant du bout de l'index, de les trouver froids sous son doigt.

— Cette bague est magnifique ! s'écria-t-elle. Absolument magnifique, mais... c'est une alliance, et j'en ai déjà une.

— Celle-ci remplacera avantageusement l'anneau de rideau que j'ai acheté à Lonesome Ridge.

— J'y tiens pourtant beaucoup.

— Je ne te croyais pas si sentimentale, mais tu peux porter les deux, si tu veux.

La voix de Gabe s'était radoucie, et quand il lui passa le bijou au doigt, la force symbolique de ce geste éveilla en elle la même émotion que le jour de leur mariage, au chalet. Gabe l'attira ensuite dans ses bras et lui effleura juste la bouche d'un baiser, mais elle sentit l'effort qu'il devait fournir pour empêcher son désir de s'exprimer plus librement.

Alors, pour lui dire tout à la fois qu'elle comprenait et acceptait ce désir, elle lui posa la main sur la joue et entrouvrit les lèvres.

Il n'en fallut pas plus pour attiser l'incendie que Gabe avait eu tant de mal à maîtriser. Il serra plus fort la jeune femme dans ses bras et prit avidement possession de la bouche qui s'offrait à lui. Laura poussa un gémissement qu'il entendit à peine, fut secouée d'un frisson qu'il perçut à peine... Sa fièvre le rendait insensible à tout ce qui n'était pas la satisfaction d'une passion trop longtemps réprimée.

Quand les lèvres de Gabe quittèrent les siennes pour tracer un sillon brûlant le long de son cou, Laura ne put réprimer un nouveau gémissement de plaisir. Et quand il glissa la main sous sa chemise et referma les doigts sur un sein à la pointe durcie, elle se cambra, comme électrisée. A la violence des sensations qui la parcouraient, elle mesurait celle de l'envie qu'elle éprouvait depuis des semaines d'appartenir à Gabe. Ses doutes, ses appréhensions, ses douloureux souvenirs s'effaçaient quand il la tenait ainsi dans ses bras. Le passé n'existait plus ; seuls comptaient le moment présent et la promesse de bonheur qu'il contenait.

Le corps de Laura, frémissant sous ses caresses, disait à Gabe qu'elle était prête à se donner à lui. Dans cette chambre vide où le silence n'était rompu que par le souffle de leur respiration, rauque et entrecoupée sous l'effet d'une excitation grandissante, il brûlait d'allonger Laura sur le sol et de lui faire l'amour jusqu'à ce qu'ils soient tous les deux épuisés et repus.

Avec une autre femme, il aurait sans doute cédé à la tentation, sans se soucier de l'heure ni de l'endroit, et guère plus de la manière. Mais pas avec Laura, et il s'en voulait même d'avoir laissé les choses aller aussi loin.

Alors, pendant qu'il en avait encore la force, il s'écarta d'elle et annonça :

— Il faut que je te quitte, maintenant. J'ai du travail.

Ces mots ramenèrent brusquement la jeune femme à une réalité dont l'ivresse des sens lui avait fait tout oublier.

— P… pardon ? bredouilla-t-elle.

— J'ai du travail. Je serai dans mon atelier, si tu as besoin de moi.

Comment pouvait-il dire cela ? songea Laura, pétrifiée, tandis que les pas de Gabe s'éloignaient dans le couloir. Ne venait-elle pas de lui montrer à quel point elle avait besoin de lui ? Etait-il possible qu'il ne l'ait pas senti, qu'il ne l'ait pas compris ?

Une bouffée de colère l'envahit, et elle serra les poings. Pourquoi les hommes la considéraient-ils toujours comme un objet, qu'ils pouvaient prendre ou rejeter selon leur bon plaisir ? Leur semblait-elle donc si faible, si malléable ? Elle l'avait été, mais la jeune fille qui croyait aux contes de fées était maintenant une femme, une mère capable d'assumer ses responsabilités et dotée d'une volonté autonome.

Son amour pour Gabe était peut-être aussi déraisonnable que sa brève flambée de passion pour Tony, mais, cette fois, elle ne se laisserait pas manœuvrer comme un pion sur un échiquier. Enfant, elle n'avait eu d'autre choix que de se soumettre aux diktats des adultes, et il lui en était ensuite resté une certaine tendance à la passivité. Mais l'obligation de protéger son enfant l'avait finalement poussée à l'action, et cela signifiait qu'elle avait toujours eu en elle la force de se rebeller, sinon où l'aurait-elle trouvée ?

Le moment était venu d'y faire de nouveau appel, pensa

Laura. Aimer Gabe ne voulait pas dire accepter en silence ses humeurs et ses caprices.

Décidée à aller lui parler, elle quitta la nurserie, mais à chaque pas qui la rapprochait de l'atelier, sa résolution chancelait et elle devait la raffermir. Arrivée devant la porte, elle faillit battre en retraite, mais elle respira à fond, tourna la poignée et entra.

Gabe se tenait devant la rangée de fenêtres qui occupait tout un côté de la pièce. Un pinceau à la main, il appliquait de petites touches de couleur sur l'une des toiles inachevées qu'il avait rapportées du chalet. Sa tâche l'absorbait au point qu'il n'avait visiblement pas entendu la porte s'ouvrir.

La jeune femme rassembla son courage et déclara :

— Gabe ?

Il abaissa immédiatement son bras et tourna vers elle un visage où se lisait une vive contrariété.

— Oui ? grommela-t-il.

Laura savait qu'il détestait être dérangé dans son travail, mais ne lui avait-il pas donné la permission, quelques instants plus tôt, de venir le trouver si elle avait besoin de lui ?

Irritée par cette contradiction, ce fut d'un ton sec qu'elle annonça :

— Il faut que je te parle.

— Ça ne peut pas attendre ?

— Non.

— Bon, d'accord, mais sois brève ! J'ai prévu de terminer ce tableau aujourd'hui.

— Très bien, je vais faire court. Si tu veux que je sois ta femme, commence par me traiter comme telle.

— Je te demande pardon ?

Sa colère n'empêcha pas Laura de voir que Gabe était surpris, mais elle la poussa à répliquer sur un ton encore plus sec qu'avant :

— Tu ne devrais pas utiliser des expressions dont tu ne connais pas le sens. Tu n'as jamais demandé pardon à personne, parce que tu t'estimes libre d'agir comme bon te semble. Tu peux être l'homme le plus gentil ou le plus arrogant de la Terre selon ton humeur du moment. Dans le premier cas, tu refuses aux gens la satisfaction de te remercier, et dans le second, tu ne te sens nullement obligé de leur présenter des excuses.

— Où veux-tu en venir ?

— A ceci : que suis-je pour toi ? Tu prétends me désirer, et ensuite tu m'ignores... Tu m'embrasses, et ensuite tu t'en vas... Je sais que Michael est la principale raison de notre mariage, mais j'existe en dehors de lui, alors quelle place comptes-tu me donner dans ta vie ? Celle d'une simple figurante, ou celle de ta femme au vrai sens du terme ?

Avec des gestes volontairement lents, comme pour se prouver à lui-même qu'il était capable de se maîtriser, Gabe posa son pinceau et s'essuya les mains sur le chiffon suspendu au cadre du chevalet.

— Tu es ma femme, répondit-il, et je ne t'ignore pas. J'ai beaucoup de travail en ce moment, c'est tout.

— Tu ne travailles pas vingt-quatre heures sur vingt-quatre ! Si je t'intéressais réellement, tu trouverais le temps de... de faire l'amour avec moi.

Cette accusation était si injuste que Gabe se félicita de ne plus avoir son pinceau à la main ; dans sa colère, il l'aurait cassé en deux.

— Qu'attends-tu de moi exactement ? demanda-t-il d'une voix dure. Que je sois à ton entière disposition ?

Le rouge de la honte empourpra les joues de Laura. Cette exigence lui avait été imposée, autrefois, et elle se méprisait d'avoir eu, ne serait-ce qu'un instant, le même genre d'attitude envers son mari.

— Non, ce n'est pas ce que je voulais dire, déclara-t-elle, mais comme cette discussion ne nous mènera visiblement à rien, il est inutile de la poursuivre. Je te laisse !

— Non, reste ! s'exclama Gabe, en proie à un brusque remords. Je reconnais que cette histoire de travail était un simple prétexte, et je vais te donner la véritable raison de...

— Ce n'est pas nécessaire ! coupa la jeune femme en se dirigeant vers la porte.

Furieux, Gabe la saisit par le bras et la força à se retourner. L'expression de terreur qu'il lut alors sur ses traits aurait dû le convaincre de la lâcher, mais elle aviva sa colère, et il gronda :

— Ne me regarde pas comme ça !

Sans en avoir conscience, il avait resserré son étreinte sur le bras de Laura. Il ne s'en aperçut qu'en la voyant esquisser une grimace de douleur, et il retira aussitôt sa main.

— Ecoute, reprit-il, j'ai mauvais caractère, je l'admets, mais je ne peux pas changer pour toi. Il m'arrive de hausser le ton, mais je te l'ai déjà dit et je te le répète : jamais je n'ai frappé ni ne frapperai une femme.

— Je le sais, mais je ne peux pas changer pour toi, moi non plus, et si j'ai encore parfois une réaction instinctive de peur devant un geste ou une parole trop brusques, je ne laisserai plus aucun homme faire de moi sa chose. J'ai une dette envers toi, mais cela ne te donne pas tous les droits, alors si tu veux que notre mariage marche, tu vas devoir cesser de me considérer comme ta bonne action de l'année et commencer de voir en moi une personne.

Entendant soudain le bébé pleurer, Laura déclara aussitôt :

— J'y vais !

— Non, comme il ne peut pas avoir de nouveau faim, c'est moi qui irai, mais pas avant de t'avoir donné l'explication que tu as refusé d'entendre tout à l'heure : si je n'ai pas encore fait l'amour avec toi, ce n'est pas faute d'en avoir envie, mais parce qu'il est trop tôt.

— Trop tôt ?

— Oui. Pour toi.

D'abord déconcertée, Laura finit par comprendre le sens de cette précision, et elle objecta :

— Mais Michael a presque un mois !

— Tu n'as pas besoin de me le rappeler. J'étais là quand il est né, et c'est précisément la raison de ma conduite. Je sais ce que tu as enduré sur le plan physique, et, quoi qu'il m'en coûte, je ne changerai rien à nos relations tant que tu ne seras pas complètement rétablie.

— J'ai eu un bébé, pas une maladie grave, et je me sens parfaitement bien !

— Peut-être, mais d'après les ouvrages que j'ai lus...

— Il ne faut pas croire tout ce que racontent les livres.

A la fois soulagée, amusée et touchée, Laura sourit, mais Gabe dut penser qu'elle se moquait de lui, car il déclara d'un ton sec :

— Tu peux dire ce que tu veux, je ne te toucherai pas avant d'être sûr que tu t'es remise de l'accouchement.

— Puisque ma parole ne te suffit pas, je dois te présenter un certificat médical pour t'en persuader ?

— Et pourquoi pas ? Je vais voir Michael, à présent…

Laura sortit de l'atelier avec Gabe et le suivit ensuite des yeux jusqu'à ce qu'il disparût dans la chambre.

Jamais elle n'avait été aussi heureuse d'avoir commis une erreur de jugement : Gabe n'avait pas péché par indifférence ; il avait au contraire agi dans ce qu'il croyait être son intérêt à elle, faisant ainsi preuve d'une abnégation dont elle ne pensait aucun homme capable.

8

— Il grossit à vue d'œil ! s'écria Amanda, assise dans le rocking-chair de la nurserie avec son petit-fils dans les bras.

— Oui, il a maintenant le poids normal d'un enfant de son âge né à terme, indiqua Laura. Je l'ai emmené ce matin chez la pédiatre que vous m'aviez recommandée, et elle l'a trouvé en parfaite santé.

— Tant mieux, mais je n'ai pas besoin d'un médecin pour le savoir : il me suffit de le regarder... Je crois qu'il aura vos yeux.

La jeune femme s'arrêta de plier les vêtements qu'elle venait de sortir du sèche-linge, et alla se pencher sur Michael.

— Il est encore un peu tôt pour le dire, mais j'espère que vous avez raison, observa-t-elle.

— Evidemment que j'ai raison ! Et vous, Laura, vous avez passé une visite médicale de contrôle ?

— Oui, et tout va bien.

Songeant au document qu'elle avait rangé dans un tiroir de sa commode, Laura sourit intérieurement, et elle tressaillit quand sa belle-mère remarqua d'un ton réprobateur :

— Je trouve, moi, que vous avez l'air fatiguée. Pourquoi n'engagez-vous pas une domestique ?

— C'est inutile.

— Vous avez tort ! Avec une maison de cette taille, un bébé qui ne fait pas encore ses nuits et un mari qui ne vous aide sûrement pas beaucoup, vous devriez au moins prendre une femme de ménage, mais ce ne sont pas mes affaires, après tout!

Michael se mit à gazouiller, et Amanda reporta aussitôt son attention sur lui.

— Oui, mon trésor..., murmura-t-elle. Tu as des choses à dire, et tu veux qu'on t'écoute... Mais comme j'ai l'impression que tu es mouillé, ta maman va te changer, et je la laisserai ensuite décider si tu dois dormir ou si je peux te reprendre.

Puis elle tendit le bébé à Laura et chercha un autre angle d'attaque. Habituée à exprimer franchement ses opinions, et même à les imposer si nécessaire, elle s'irritait d'être pour une fois obligée de se contenir. Ce qu'elle avait appris sur les Eagleton au cours des semaines précédentes lui interdisait cependant de brusquer sa belle-fille.

— Gabe passe beaucoup de temps à la galerie, n'est-ce pas ? observa-t-elle d'un ton faussement dégagé.

— Oui, répondit Laura en posant Michael sur la table à langer, et j'espère qu'il finira par accepter l'idée d'une nouvelle exposition.

— Vous y êtes allée ?

— A la galerie ? Non, pas encore.

— Le travail de Gabe ne vous intéresse pas ?

— Bien sûr que si, mais il faudrait que j'emmène Michael, et j'ai peur que sa présence ne distraie son père.

Amanda faillit souligner que Michael avait des grands-parents qui auraient été ravis de l'avoir pour eux tout seuls pendant quelques heures, mais elle déclara à la place :

— Je ne pense pas que Gabe y verrait d'inconvénient ; au contraire, il adore son fils.

— Oui, mais il se trouve aussi à un moment important de sa carrière... Vous connaissez le motif de ses hésitations, au sujet de l'exposition ?

— Vous le lui avez demandé ?

— Non, je ne veux exercer aucune pression sur lui.

— Sans le harceler, vous pourriez lui en parler. C'est peut-être l'aiguillon dont il a besoin pour se décider.

— Pourquoi dites-vous cela ?

— Je préfère laisser Gabe vous raconter toute l'histoire, mais son frère Michael est au cœur du problème.

— Ils étaient très proches ?

— Oui, malgré des caractères complètement différents. La mort de Michael a porté à Gabe un coup qui lui a fait perdre à la fois l'envie de peindre et l'amour de la vie. Son séjour dans les Rocheuses lui a rendu la première ; vous et le bébé, le second.

— Si j'ai vraiment joué un rôle dans sa guérison, j'en suis ravie, car j'ai envers lui une dette dont il ne me sera jamais possible de m'acquitter entièrement.

— Une femme ne devrait pas se sentir la débitrice de son mari.

— Peut-être que non.

— Vous êtes heureuse ?

Laura ne répondit pas tout de suite. Elle coucha Michael dans son berceau et attendit d'avoir remonté le mobile musical suspendu au montant pour déclarer :

— Bien sûr. Pourquoi ne le serais-je pas ?

— C'était ma question suivante.

— Elle n'a pas lieu d'être. Votre visite m'a fait plaisir, Amanda, mais je sais que vous avez un emploi du temps chargé, alors...

— Vous croyez vraiment que je vous laisserai me mettre à la porte avant que j'aie décidé, moi, de partir ?

De nouveau occupée à plier les vêtements du bébé, Laura jeta un coup d'œil à sa belle-mère et vit un sourire amusé flotter sur ses lèvres, mais elle n'en regretta pas moins une impolitesse qui ne lui ressemblait pas.

— Ma remarque était déplacée, avoua-t-elle en rougissant. Je suis désolée.

— Ne vous excusez pas ! Il est normal que vous n'ayez pas envie de passer des journées entières avec moi. Nous ne nous connaissons pas assez pour être totalement à l'aise l'une avec l'autre, mais j'ai encore des choses à vous dire, et je ne m'en irai pas sans vous les avoir dites.

Le regard méfiant que lui lança sa belle-fille ne suffit pas à entamer la détermination d'Amanda.

— J'aime beaucoup la façon dont vous avez aménagé cette pièce, reprit-elle, mais vous ne pourrez pas vous y cacher éternellement.

— Je ne m'y « cache » pas ! protesta Laura.

— Vraiment ? Vous n'étiez encore jamais venue à San Francisco, et qu'en avez-vous vu, depuis votre arrivée ? Rien ! Vous n'êtes pas allée une seule fois au musée ou au théâtre, ni vous promener en tramway, ni flâner sur Fisherman's Wharf, ni visiter Chinatown... Pourquoi ?

— Faute de temps.

— Nous savons toutes les deux que c'est faux, alors arrêtons de tourner autour du pot ! Oubliez que je suis la mère de Gabe... Nous sommes seules, et ce qui se dira ici n'ira pas plus loin, je vous le promets.

Laura essuya ses mains soudain moites sur son pantalon et murmura :

— Je déteste parler de moi-même.

— Je vais le faire à votre place, dans ce cas. Vous avez traversé de dures épreuves, dont Gabe ne nous a raconté que les grandes lignes, mais j'en ai appris plus en posant les bonnes questions aux bonnes personnes... Vous devez me trouver indiscrète, mais attendez que j'aie terminé ! Vous pourrez alors m'adresser tous les reproches que vous voudrez.

— Je n'en ai pas l'intention, mais pourquoi mon histoire vous intéresse-t-elle à ce point ? Le passé est le passé.

— Oui, mais il est impossible de tirer un trait dessus avant d'avoir accepté de le regarder en face. Je sais que Tony Eagleton vous frappait, et que ses parents fermaient les yeux sur ses débordements de toutes sortes... Vous avez été très courageuse.

— Non, très lâche, au contraire.

— Je ne suis pas de cet avis : il faut posséder de grandes réserves de force pour secouer ce genre de joug et tenir ensuite pendant des mois, sans soutien ni ressources, comme vous l'avez fait. Vous ne pensez pas que le moment est venu de puiser de nouveau dans ces réserves et de repartir au combat ?

— Contre les Eagleton ?

— Oui.

— Comment ? En allant les dénoncer à la justice ou aux médias ?

— Si nécessaire. Les Bradley n'ont pas peur de la vérité.

— Je ne suis pas une...

— Si, vous l'êtes, et votre fils aussi. Qu'importe, d'ailleurs, ce que les gens savent et ce qu'ils pensent ! Vous n'avez rien à vous reprocher.

— Non, mais j'ai honte d'avoir accepté ce rôle de victime pendant si longtemps.

Le cœur serré, Amanda se leva et prit la jeune femme dans ses bras. Celle-ci commença par se raidir, puis il lui sembla qu'une digue se rompait en elle, et des sanglots irrépressibles la secouèrent.

Sa belle-mère la laissa pleurer, pleura même avec elle, et cette communion silencieuse les rapprocha plus qu'aucune parole n'aurait pu le faire.

Quand les larmes de Laura se calmèrent, Amanda l'emmena s'asseoir sur le divan installé dans un angle de la pièce et observa :

— Vous en aviez besoin.

— Sans doute, dit Laura en s'essuyant les yeux du revers de la main.

— Vous vous sentez mieux, maintenant ?

— Oui.

— Alors écoutez-moi : vous n'avez pas à avoir honte. Rien de ce qui est arrivé n'est votre faute ; vous étiez juste trop jeune et trop seule. Vous le comprendrez certainement un jour, mais en attendant, il y a une chose dont vous pouvez être sûre : vous n'êtes plus seule. Si les Eagleton tentent d'obtenir la garde de Michael, c'est à la famille Bradley tout entière qu'ils se heurteront.

Le visage d'Amanda exprimait une détermination farouche, et une lueur de défi brillait dans son regard. Dans un geste d'affection qui lui aurait paru inconcevable quelques minutes plus tôt, Laura lui prit la main, puis murmura d'une voix contractée par l'émotion :

— Non, je ne suis plus seule.

Le bruit de la porte d'entrée qui s'ouvrait et se refermait la fit sursauter.

— Ce doit être Gabe qui revient de la galerie, déclara-t-elle, et je ne veux pas qu'il voie que j'ai pleuré.

— Je vais l'occuper le temps que vous vous passiez un

peu d'eau sur la figure... Vous avez des projets pour cet après-midi ?

— Non, je...

— Parfait ! A tout de suite !

Dix minutes plus tard, la jeune femme trouva Gabe assis dans le salon, un verre de soda à la main.

— Je suis contente que tu sois d'accord, était en train de lui dire sa mère. Ah ! Laura ! Vous êtes prête ?

— Prête ?

— Oui. Je viens d'expliquer à Gabe que nous allions vous acheter une robe pour la réception que je compte donner en votre honneur la semaine prochaine.

Cette idée n'avait traversé l'esprit d'Amanda qu'au moment où elle descendait l'escalier et cherchait un sujet de conversation pour retenir son fils au rez-de-chaussée, mais cela, personne n'avait besoin de le savoir.

— Gabe est absolument ravi, ajouta-t-elle.

— Résigné, plutôt ! rectifia l'intéressé.

— Cela fera du bien à ta femme de sortir un peu. Si je ne t'aimais pas autant, je te gronderais de la garder ainsi enfermée dans cette maison.

— Je ne l'ai jamais...

— ... emmenée nulle part, compléta Amanda, et j'ai donc décidé de prendre les choses en main... On y va, Laura ?

— Euh... oui, balbutia la jeune femme. Je viens de nourrir et de changer Michael, Gabe. Il devrait dormir tranquillement jusqu'à mon retour.

— Même s'il se réveille, je suis tout à fait capable de m'occuper de lui ! annonça Gabe d'un ton ferme.

Le calme qu'il affichait était une simple façade : d'une part, les reproches de sa mère l'irritaient, car il aurait suffi à Laura de le lui demander pour qu'il l'emmène faire des courses ; et, d'autre part, la perspective de rester seul avec le bébé le rendait un peu nerveux.

— Si tu promets d'être sage, nous te rapporterons un cadeau, dit Amanda avec un sourire malicieux. Embrasse-moi, maintenant, avant que je ne parte !

Gabe s'exécuta puis posa un baiser sur la joue de Laura, et fut surpris quand elle lui enlaça la taille et se serra contre lui.

— Ne laisse pas maman te convaincre d'acheter une robe à froufrous, déclara-t-il en refermant les bras sur elle. Prends quelque chose de simple et d'une couleur qui mettra en valeur celle de tes yeux.

— Si tu ne la lâches pas, nous ne pourrons rien acheter du tout ! s'écria Amanda.

Elle ne voulait pas le montrer, mais elle était profondément heureuse de constater, pour la première fois, que Gabe était amoureux de sa femme.

Michael choisit bien sûr cet après-midi-là pour faire des caprices qu'il ne faisait pas d'habitude. Gabe le berça, le changea, lui chanta des chansons... En vain : chaque fois qu'il le recouchait, le croyant prêt à s'endormir, le bébé se remettait à pleurer.

Renonçant finalement à travailler, Gabe descendit avec lui dans la cuisine, mangea une cuisse de poulet froid et parcourut le journal. Et comme il n'y avait personne pour se moquer de lui, il discuta sport et politique avec Michael, qui lui donna la réplique en gazouillant et en secouant son hochet.

Ils sortirent ensuite dans le jardin, et Gabe s'émerveilla de voir son fils regarder de tous les côtés, l'air vivement intéressé par ce qui l'entourait. Après l'avoir promené dans les allées, il l'installa dans sa poussette, le couvrit d'un plaid et s'assit près de lui sur la terrasse.

Les jonquilles, les iris et le lilas du jardin composaient une symphonie de couleurs qui enchantait ses yeux de peintre. Pour la première fois depuis la disparition de son frère, il se sentait en paix. Pendant ses longs mois de solitude dans les montagnes froides et sauvages du Colorado, il avait commencé à guérir, mais ici, chez lui, le spectacle de la nature en plein renouveau lui insufflait à la fois le courage et l'envie de se remettre à vivre.

— Je t'aime, Michael, murmura-t-il.

Et ces mots s'adressaient aussi bien au disparu qu'à l'enfant aux joues roses et aux yeux brillants dont la venue au monde avait été pour Gabe comme une seconde naissance.

Laura ne pensait pas s'absenter aussi longtemps, mais Amanda ne s'était pas contentée de l'aider à choisir une tenue habillée ; elle l'avait poussée à renouveler entièrement sa garde-robe. La jeune femme avait d'abord eu des scrupules à utiliser la carte bancaire que Gabe lui avait donnée le surlendemain de leur arrivée à San Francisco, mais elle avait fini par se dire que l'épouse d'un homme comme lui se devait de soigner son apparence : c'était une façon de lui faire honneur.

Son expérience de mannequin avait aiguisé son sens des formes et des couleurs. Elle savait ce qui lui allait, mais fut malgré tout contente de voir sa belle-mère approuver chacun de ses achats. Ces quelques heures de shopping lui redonnèrent le sentiment de liberté éprouvé pendant la brève période de son existence où elle avait pris seule toutes les décisions la concernant.

Cela constituait un pas vers une nouvelle autonomie, songea-t-elle en rentrant, les bras chargés de paquets. Un homme ne l'aurait sans doute pas compris, mais le simple fait d'admettre qu'elle avait besoin de vêtements, et de les avoir choisis elle-même, signifiait qu'elle commençait à reprendre sa vie en main.

Elle monta l'escalier en fredonnant, mais, arrivée dans la chambre, la vue de Gabe allongé sur le lit, profondément endormi et Michael niché dans le creux de son bras, la réduisit au silence. Bien qu'il eût les yeux grands ouverts, le bébé ne bougeait pas, comme pour respecter le repos de son père.

Laura aurait aimé posséder ne serait-ce qu'une parcelle du talent de Gabe, car elle aurait alors pu dessiner cette scène, et revivre ensuite à volonté l'impression de douceur et d'harmonie qui s'en dégageait.

Faute de mieux, elle posa ses paquets et s'approcha du lit sur la pointe des pieds pour prolonger ce moment d'émotion. Une mèche barrait le front de Gabe, et elle eut envie de l'écarter, mais se retint, de peur de le réveiller. Il y avait quelque chose de vulnérable dans ce visage offert à ses regards, dans ces traits détendus dont le sommeil adoucissait les angles et faisait ressortir la beauté. Gabe ne se trouvait pas beau, et pourtant il l'était. Il se jugeait égoïste, et pourtant ses manières brusques, ses colères et son ironie parfois mordante cachaient des trésors de générosité.

Quand elle le voyait ainsi, dépouillé du masque derrière lequel il dissimulait sa nature profonde, Laura comprenait pourquoi elle était tombée amoureuse de lui.

Le bébé commençant à s'agiter, elle se pencha et essaya de le prendre le plus délicatement possible, mais dès qu'elle voulut le soulever, Gabe ouvrit les yeux et, sans un mot, lui posa la main sur la nuque et joignit leurs lèvres. Il ne l'avait plus embrassée ainsi, avec plus de tendresse que de passion, depuis qu'ils avaient quitté le chalet.

— Michael t'a tellement fatigué, pour que tu t'endormes au milieu de la journée ? remarqua-t-elle d'un ton malicieux quand ils se furent écartés l'un de l'autre.

— Je ne me rendais pas compte de l'énergie qu'exigeait la surveillance d'un nourrisson.

— Et ça ne va pas aller en s'arrangeant ! Tout à l'heure, dans un magasin, j'ai vu une femme accompagnée de son fils de deux ou trois ans... Elle n'arrêtait pas de courir ! Et ta mère m'a dit qu'elle s'écroulait tous les soirs, après avoir enfin réussi à te coucher.

— C'est faux ! J'étais un enfant d'une sagesse exemplaire.

— Alors ce n'est pas toi qui dessinais au feutre sur le papier peint du salon ?

— Si, mais uniquement parce que mon génie artistique avait besoin de s'exprimer.

— Bien sûr !

— Je ne te demande pas si tu as passé un bon après-midi... A en juger par le nombre de paquets que tu as rapportés, la réponse est oui.

Sur le point de s'excuser d'avoir dépensé tant d'argent, Laura se contint et observa à la place :

— J'ai trouvé merveilleux de voir les chaussures que j'étais en train d'essayer sans être obligée de me contorsionner, et de pouvoir acheter des robes qui ne ressemblaient pas à des sacs à pommes de terre.

— Ce doit être dur, pour une femme, de perdre sa ligne pendant neuf longs mois.

— Je ne sais pas pour les autres, mais moi, j'ai savouré chaque minute de ma grossesse. Je n'ai jamais été aussi heureuse que le jour où je ne suis plus arrivée à attacher la ceinture d'un pantalon !

Laura, qui s'apprêtait à s'étendre sur le sujet, y renonça finalement. C'était quelque chose qu'il lui était impossible de partager avec Gabe, et elle regrettait profondément qu'il ne soit pas le père biologique de Michael, qu'ils n'aient pas vécu ensemble chaque étape du développement de cette petite vie en elle.

— C'est l'heure de la tétée, reprit-elle. Je vais nourrir Michael, et je descendrai ensuite faire le dîner.

— Je m'en suis chargé. J'ai mélangé tous les restes que j'ai trouvés dans le réfrigérateur, mais je ne suis pas sûr que le résultat soit mangeable.

De nouveau tentée de s'excuser — cette fois d'être revenue trop tard pour préparer un vrai repas —, Laura se retint encore et déclara avec un sourire :

— Ne t'inquiète pas ! J'ai tellement faim que j'aurai vidé mon assiette avant d'avoir eu le temps d'en examiner le contenu.

— Parfait ! Rejoins-moi en bas dès que tu auras couché Michael. Comme il n'a pas fermé l'œil de l'après-midi, il devrait s'endormir dès qu'il aura la tête sur l'oreiller.

— Entendu.

Une fois seule, Laura songea à la façon dont elle avait prévu d'occuper la soirée... Aurait-elle le courage, le moment venu, de surmonter ses craintes et de mener son projet à bien ?

Cette question la tourmentait toujours deux heures plus tard, tandis qu'elle se regardait dans le miroir embué de la salle de bains. Cela faisait si longtemps qu'elle n'avait cherché à plaire à un homme...

La chemise de nuit qu'elle avait mise en sortant de son bain était d'un bleu très pâle, presque blanche ; elle l'avait choisie parce que cette couleur lui rappelait celle de la neige, dans les montagnes du Colorado. De fines bretelles, un corsage bordé de dentelle et une coupe ajustée rendaient ce vêtement très féminin, et, sachant que Gabe la préférait avec les cheveux dénoués, elle ne les avait pas attachés.

Comprendrait-il le message ? Et elle, lui serait-il possible de dominer sa peur ? Ses souvenirs rôdaient à la périphérie de sa conscience, prêts à l'assaillir... Elle devait pourtant les en empêcher, ne plus penser à ce qui avait été, mais à ce qui pouvait être... Son amour pour Gabe lui en donnerait-il la force ?

Oui, il le fallait, et elle se fiait plus aux actes qu'aux paroles pour lui dire ses sentiments. Les mots les reflétaient si mal, et si elle déclarait son amour à Gabe, ne risquait-il pas de le repousser avec la même impatience que sa gratitude ? Mieux valait donc lui en fournir la preuve, et elle espérait y parvenir ce soir, en s'offrant à lui.

Après avoir vaporisé un nuage de parfum sur son cou et au creux de ses poignets, elle inspira profondément et se dirigea vers la porte.

Gabe déboutonnait sa chemise quand Laura entra dans la chambre. Eclairée à contre-jour par la lumière de la salle de bains, elle ressemblait à une apparition : le nimbe doré de ses cheveux dénoués, sa peau diaphane, le tissu vaporeux de sa chemise de nuit, tout concourait à faire d'elle l'ange auquel il se plaisait à la comparer.

Les mains de Gabe s'immobilisèrent sur le bouton qu'il était en train de défaire, et il eut conscience de retenir son souffle, comme le spectateur d'une pièce au lever du rideau.

— Je viens d'aller voir Michael, dit-il d'une voix qu'il fut surpris de trouver presque normale, et il dort à poings fermés. Ça t'ennuie, si je vais travailler une heure ou deux avant de me coucher ?

— Euh... non, bredouilla la jeune femme. Je comprends que tu veuilles rattraper le temps que tu as perdu cet après-midi.

— Ce n'est pas du temps perdu, j'aime beaucoup m'occuper de Michael.

Laura se maudit intérieurement ; alors qu'elle avait décidé de séduire son mari, elle n'essayait même pas de le retenir quand il lui parlait de passer la soirée seul dans son atelier !

Rassemblant son courage, elle s'approcha de lui, mais sa nervosité rendait sa démarche incertaine. Jamais elle n'aurait cru qu'il pouvait être aussi difficile de traverser une pièce... Arrivée devant Gabe, elle tendit la main pour lui caresser la joue, mais il la saisit au vol et l'emprisonna dans la sienne en murmurant :

— Ne m'attends pas pour t'endormir. Tu dois être fatiguée.

Etouffant un soupir, Laura libéra sa main et alla ouvrir l'un des tiroirs de la commode.

— Puisque mes tentatives de séduction ne marchent pas, je vais employer une méthode plus directe, annonça-t-elle. J'ai ici le certificat d'une gynécologue attestant que je suis de nouveau apte à avoir des rapports sexuels.

— Tu es une grande romantique ! s'écria Gabe, amusé malgré lui.

— Tu as dit que tu avais envie de faire l'amour avec moi, et que seul le souci de ma santé t'en empêchait ! Tu mentais, pour te moquer de moi au moment où je t'apporte la preuve que je suis parfaitement remise de mon accouchement ?

Pris de remords, Gabe rejoignit Laura en deux enjambées et l'enlaça. Elle avait les yeux secs, mais il l'avait blessée, c'était évident, et il regrettait sa maladresse. Le lien qui les unissait était encore si fragile que la moindre erreur de sa part risquait de le rompre définitivement.

— Non, je ne mentais pas, déclara-t-il. Je te désire depuis le jour où nous nous sommes rencontrés, et le fait de vivre pendant tout ce temps près de toi sans pouvoir te toucher m'a été une véritable torture.

— Tu le peux maintenant, chuchota-t-elle.

— Physiquement, oui, mais il faut aussi que tu sois prête mentalement à m'appartenir. Je veux qu'aucun souvenir, aucun fantôme ne vienne s'interposer entre nous. Quand nous ferons l'amour, c'est à moi, et à moi seul, que tu penseras.

Etait-ce une promesse ou une menace ? La jeune femme n'eut pas le temps de trancher, car Gabe s'était déjà emparé de ses lèvres, et déjà une onde de volupté la parcourait, la privant de toute lucidité.

Elle s'attendait à ce que Gabe recherche l'assouvissement rapide d'un désir si longtemps contenu, mais ce fut avec une infinie douceur qu'il la souleva dans ses bras, la coucha sur le lit, puis la fit tour à tour soupirer, gémir et crier de plaisir par de lentes caresses qui lui donnaient l'impression de découvrir son corps en même temps que lui.

L'idée que Laura allait enfin être sienne avait d'abord incendié les sens de Gabe, mais à cette première réaction avait succédé une volonté de retenue. L'expérience qu'elle avait de l'amour physique l'avait sûrement traumatisée, et il devait lui montrer qu'il ne s'agissait pas pour lui d'un rapport de domination et de soumission, mais d'un partage où chacun donnait et recevait dans le respect des besoins de l'autre. Il la sentait frissonner sous ses mains, mais il ne fut certain d'avoir gagné sa confiance qu'au moment où elle commença de répondre à ses caresses avec une ardeur et une liberté grandissantes.

Alors seulement, il lui enleva sa chemise de nuit, se déshabilla lui aussi et, maintenant peau contre peau, communiant dans un même désir, ils lâchèrent la bride à leur passion, jusqu'à ce que leurs corps s'unissent dans la plus intime des étreintes.

Le visage pressé contre la gorge de Laura, Gabe respira les effluves de son parfum, perçut le battement précipité du sang sous sa peau, sentit l'approche de la jouissance accélérer le rythme de sa respiration… Il savait que chacune de ces sensations resterait à jamais gravée dans sa mémoire.

Et puis, soudain, la lame de fond d'un puissant orgasme le submergea et lui fit tout oublier.

9

Durant une brève période de sa vie, Laura avait porté des toilettes élégantes, et assisté à des réceptions chic. Elle avait rencontré des gens dont les magazines *people* publiaient régulièrement la photo. Elle avait dansé avec des célébrités et dîné avec les plus grands couturiers. Même si elle avait eu l'impression de rêver, tout cela lui était bel et bien arrivé.

Elle ne pouvait nier que le métier de mannequin lui avait plu. Il était plus astreignant que les gens ne le pensaient généralement, mais elle était alors assez jeune et candide pour être encore éblouie par le glamour du monde de la mode après dix heures de dur travail.

Geoffrey lui avait appris à se tenir bien droite, à marcher et à sourire avec grâce, même quand elle était recrue de fatigue. Il lui avait enseigné l'art de se coiffer et de se maquiller avec recherche ou sobriété selon l'effet recherché.

Toutes ces leçons l'avaient aidée à se composer une image de calme sophistication dans les réunions mondaines où son appartenance à la famille Eagleton l'obligeait à se montrer. Les apparences pouvaient être d'un grand secours, avait-elle ainsi découvert.

La perspective de la soirée que ses beaux-parents donnaient ce soir dans leur résidence de Nob Hill ne l'effrayait donc pas : ni sa tenue ni son comportement ne feraient honte à Gabe. Elle n'était pas sûre, en revanche, d'avoir envie de se retrouver dans ce genre de situation.

Les choses auraient été si différentes si Gabe avait appartenu à un autre milieu… Ils auraient alors habité une petite maison, avec un petit jardin, et se seraient fondus dans la masse anonyme des gens ordinaires…

Une partie d'elle-même aspirait à cette vie simple et obscure, mais c'était impossible, songea-t-elle en mettant les boucles d'oreilles ornées de lapis-lazuli achetées la semaine précédente. Si Gabe avait appartenu à un milieu différent, d'ailleurs, il n'aurait pas été l'homme qu'elle aimait. L'homme dont elle commençait à espérer qu'il partagerait un jour ses sentiments.

L'entrée de Gabe dans la pièce la tira de ses réflexions.

— Si tu es prête, dit-il, nous…

Les mots moururent sur ses lèvres : il voyait pour la première fois la femme dont Laura lui avait parlé — celle qui avait fait la couverture des magazines de mode et présenté les modèles des stylistes les plus renommés.

Vêtue d'un long fourreau bleu foncé, les cheveux relevés en un chignon d'où quelques mèches blondes s'échappaient pour souligner l'ovale parfait de son visage, elle était la grâce et la beauté personnifiées. Gabe était ébloui, mais aussi intimidé; il avait l'impression d'avoir devant lui une inconnue, et il aurait été à peine surpris d'entendre une voix différente de celle de Laura quand elle observa :

— Comme tu peux le constater, j'ai suivi tes conseils : j'ai choisi une robe bleue, et sans froufrous.

— En effet, articula-t-il péniblement.

Laura se détourna pour prendre sur le lit un châle de soie multicolore, et Gabe vit alors que son fourreau était largement fendu sur le côté.

— Tu ne risques pas de passer inaperçue, dans cette tenue! lança-t-il.

— Si tu ne l'aimes pas, pourquoi ne pas le dire franchement? s'écria Laura, irritée par la froide ironie de son mari. Je n'ai pas le temps de me changer, mais je ne la porterai plus, crois-moi! Je vais chercher Michael, maintenant, et nous pourrons ensuite partir.

— Non, attends! Ma remarque n'était pas très gentille, mais j'ai des excuses : c'est la jalousie qui m'a fait parler.

— Tu n'as aucune raison de l'être. J'ai acheté cette robe parce qu'elle me plaisait, et non pour aguicher les hommes.

— J'en suis sûr, mais le résultat sera le même. Tous les regards masculins seront fixés sur toi ce soir.

— Et tous les regards féminins sur toi ! répliqua la jeune femme, dont la colère avait cédé la place à l'amusement.

— Je ne suis pas le seul à être jaloux, alors ?

— Non. C'est la première fois que je te vois en smoking, et je te trouve plus beau que jamais.

— Vraiment ?

— Oui. Tu ressembles à un héros de roman.

Quand les yeux de Laura brillaient ainsi de malice et de tendresse mêlées, elle n'était plus le top model inaccessible dont Gabe se sentait si éloigné, mais la femme qui préférait un anneau de rideau à une alliance en diamants, celle qu'il avait connue au chalet, *sa* Laura.

— Tu as trop d'imagination, mon ange, observa-t-il. Je n'ai aucune des qualités qui font un héros.

— Tu te trompes, tu les as..., et les défauts aussi.

— Si tu le dis..., déclara Gabe en haussant les épaules. Nous devons nous mettre en route, à présent. Si nous arrivons en retard, ma mère m'arrachera les yeux.

Bien qu'il fût déjà retourné dans la maison de ses parents depuis son retour du Colorado, Gabe y ressentait aujourd'hui l'absence de son frère plus douloureusement que les fois précédentes.

C'était sans doute parce que Michael adorait ce genre de réception, pensa-t-il en buvant une gorgée de champagne. Michael aimait les gens, les rires, les rumeurs et les commérages. Chaleureux, expansif, spirituel, il n'avait que des amis, et à son charme naturel s'ajoutait une générosité qui l'amenait à rendre service sans jamais rien demander en échange, ou simplement à écouter d'une oreille bienveillante tous ceux qui venaient lui confier leurs soucis. Il lui arrivait heureusement de se mettre en colère ou d'agir de façon trop impulsive, sinon il aurait été parfait, et Gabe trouvait les gens parfaits insupportables.

Michael lui manquait encore tellement... La vie continuait pourtant ; une page se tournait, et une autre s'ouvrait...

Tout naturellement, son regard se fixa sur Laura, en train de parler avec son père à l'autre extrémité du salon. Sans qu'il en eût conscience, entre le moment où elle avait baissé la vitre de sa voiture et celui où elle lui avait posé un nouveau-né dans les bras, il était tombé amoureux d'elle. Cela n'avait rien eu d'un coup de foudre : l'amour s'était éveillé en lui comme un murmure, si doux et léger qu'il n'y avait d'abord pas prêté attention.

Le destin lui avait amené Laura au moment où il en avait le plus besoin, mais à elle, quels sentiments inspirait-il ? De la reconnaissance, et elle avait le cœur assez grand pour lui offrir affection et tendresse en remerciement de la sécurité qu'il lui avait procurée.

A certains moments, il se disait que c'était suffisant, pour le présent comme pour l'avenir. Mais, à d'autres moments, il voulait plus, beaucoup plus. Il voulait qu'elle cesse de le regarder à travers le miroir déformant du passé et l'aime pour lui-même. S'il l'avait pu, il aurait effacé de sa mémoire les souvenirs qui mettaient un voile de tristesse dans ses yeux, et de la peur sur son visage au moindre geste brusque. Mais il ne le pouvait pas, et il savait d'ailleurs qu'il lui aurait ainsi volé une partie d'elle-même. Bonnes ou mauvaises, les expériences qu'avait vécues Laura avaient fait d'elle ce qu'elle était — la femme qu'il aimait.

Des rires fusèrent, près de lui. Des verres s'entrechoquèrent. L'éclat des lustres inondait la pièce, où se mêlaient des odeurs de vin, de fleurs et de parfums de femme... Gabe s'y sentait mal à l'aise, et il alla chercher le silence et l'isolement dont il avait besoin auprès de son fils, endormi dans une chambre du premier étage.

— Michael vous ressemble chaque jour un peu plus, observa Cliff.

— Vous trouvez ? dit Laura sans chercher à cacher la joie que cette remarque lui causait.

— Absolument ! répondit son beau-père en lui tapotant affectueusement la joue. A vous voir aujourd'hui, pourtant, personne ne pourrait se douter que vous l'avez mis au monde il y a si peu de temps.

— Vous n'avez pas honte, Cliff, de flirter avec une jolie femme pendant que votre épouse ne regarde pas ? demanda une voix, derrière Laura.

Elle se retourna, tandis que Cliff s'écriait :

— Marion ! En retard, comme toujours !

— Ne me faites pas de reproches, Amanda s'en est déjà chargée... Ainsi, voici la mystérieuse Laura...

— Oui. Laura, je vous présente Marion Trussalt, propriétaire de la galerie qui s'occupe des tableaux de Gabe.

— Enchantée, déclara la jeune femme.

Sans être belle, Marion avait un visage intéressant, avec des yeux très noirs et des cheveux de jais, lisses et brillants. Son charme exotique ne devait pas laisser les hommes indifférents.

— Je suis ravie de rencontrer enfin celle avec qui je partage Gabe, susurra-t-elle. Vous avez son cœur, et moi son âme, en quelque sorte.

Elle souriait, mais des lèvres seulement, et Laura perçut une pointe de mépris dans sa voix.

— Ah ! Cliff, avant que je n'oublie..., reprit-elle. Amanda m'a demandé de vous rappeler que les maîtres de maison étaient censés se mêler aux invités.

— Elle me surveille donc, contrairement à ce que vous disiez, soupira Cliff. Je vous laisse, Laura, mais promettez-moi de profiter du buffet. Je vous trouve déjà presque trop mince.

Dès qu'il fut parti, Marion souligna :

— Vous êtes en effet étonnamment mince, pour une femme qui a eu un bébé il y a... quoi ? Un mois ?

— Bientôt deux, rectifia Laura.

— Vraiment ? J'ai des journées si chargées que je ne vois pas le temps passer, mais les vôtres ne le sont certainement pas autant, alors pourquoi n'êtes-vous pas encore venue à la galerie ?

D'abord déstabilisée par les piques de son interlocutrice, Laura résolut de réagir. Il n'était pas question de se laisser intimider.

— Je compte aller très bientôt admirer les tableaux de mon mari dans un cadre qui les met sûrement en valeur, répondit-elle. Vous avez toute sa confiance, et j'espère que vous arriverez à le convaincre de faire une nouvelle exposition.

— Je ne sais pas si c'est une bonne idée. Il va peut-être falloir attendre un peu.

— Les toiles qu'il a réalisées cet hiver sont pourtant excellentes, et il doit y en avoir suffisamment pour...

— Là n'est pas le problème.

L'un des invités héla Marion, et elle se retourna pour lui sourire avant de reporter son attention sur Laura. Elle n'en était pas jalouse, car ni Gabe ni elle n'avaient jamais songé à devenir amants. Ce n'était pas l'homme en lui qui l'intéressait, mais le peintre, et s'il s'était marié avec une femme du même milieu que lui, ou susceptible de favoriser sa carrière, elle n'aurait rien trouvé à y redire. Mais en épousant un ancien mannequin autour duquel flottait un parfum de scandale, il avait mis en péril à la fois sa réputation et ses ambitions à elle.

— A propos, vous ai-je dit que je connaissais votre premier mari ? demanda-t-elle d'un ton dégagé.

Marion lui aurait lancé le contenu de son verre au visage que Laura n'aurait pas tressailli plus violemment. Le cocon où elle avait réussi à s'enfermer avec Michael venait de se fissurer.

— Non, déclara-t-elle. Maintenant, si vous voulez bien m'excuser...

— Tony Eagleton était un homme fascinant — un peu immature et tête brûlée, mais fascinant... C'est vraiment triste qu'il soit mort si jeune, et sans avoir jamais vu son fils.

— Michael est le fils de Gabe, répondit Laura d'un ton posé.

— Oui, il paraît, mais d'étranges rumeurs ont circulé juste avant et juste après la mort de Tony. Des rumeurs selon lesquelles il avait l'intention de divorcer et vous avait même chassée de la demeure familiale parce que vous le trompiez... Mais à quoi bon y revenir ? C'est du passé ! Donnez-moi plutôt des nouvelles des Eagleton. Cela fait une éternité que je n'ai pas parlé à Lorraine.

Laura sentit une nausée lui tordre l'estomac. Faute de se ressaisir, et vite, elle allait être malade au milieu de ce salon rempli d'invités.

— Pourquoi êtes-vous si agressive avec moi ? murmura-t-elle. Que vous importe ce que j'ai vécu avant de rencontrer Gabe ?

— Tout ce qui le touche de près ou de loin m'intéresse, figurez-vous ! Je veux qu'il devienne le peintre le plus célèbre de sa génération, et je ne laisserai personne entraver sa carrière... J'aime beaucoup votre robe ! Où l'avez-vous achetée ?

Ce brusque changement de sujet était dû à l'arrivée d'Amanda, et Marion s'esquiva sans attendre la réponse d'une Laura si secouée que sa belle-mère lui demanda d'un air inquiet :

— Ça ne va pas ? Vous êtes blanche comme un linge. Venez vous asseoir !

— Non, j'ai juste besoin d'aller prendre l'air.

La jeune femme sortit en hâte sur la terrasse, mais Amanda, qui l'avait suivie, l'installa d'autorité dans un fauteuil et déclara :

— Reposez-vous une minute, le temps de retrouver des couleurs ! Si Gabe nous rejoint avant, il me reprochera de vous avoir imposé un effort que vous êtes encore trop faible pour supporter.

— Il ne s'agit pas de cela.

— Mais de Marion, n'est-ce pas ? Si elle vous a fait croire qu'il y a eu quelque chose entre Gabe et elle, je peux vous garantir qu'elle mentait.

— Même si c'était le cas, ce serait sans importance.

— Alors vous êtes plus magnanime que moi ! Je connais depuis plus de trente-cinq ans une ancienne... flamme de Cliff, et j'ai toujours envie de l'étrangler ! Marion et Gabe n'ont cependant jamais entretenu de liaison. Je ne prétends pas tout savoir de la vie sentimentale de mon fils, mais en ce qui concerne Marion, je suis formelle : elle ne voit en Gabe qu'un artiste dont le talent et la renommée servent les intérêts de sa galerie... Que vous a-t-elle dit, pour vous mettre dans cet état ?

— Qu'elle connaissait mon premier mari, mais elle ne songeait sans doute pas à mal. J'ai eu tort d'interpréter cela comme une menace.

— Je n'en suis pas sûre, et je trouve de toute façon très

indélicat de sa part d'aborder ce sujet le jour où nous fêtons votre mariage avec Gabe.

— Ce n'est pas grave. Jc préfère ne plus y penser, et je vous demanderai de ne pas en parler à Gabe. Il n'y a aucune raison de l'ennuyer avec ça.

— Entendu, mais j'irai en toucher deux mots à Marion.

— Non, c'est à moi de le faire, si je le juge utile.

— Comme vous voudrez.

Réconfortée par la compréhension de sa belle-mère, Laura prit une brusque décision.

— Pourrai-je vous confier Michael un jour de la semaine prochaine, Amanda ? J'aimerais aller voir les tableaux de Gabe à la galerie.

Laura se réveilla en sursaut, tremblante et baignée de sueur. Son cauchemar était revenu, et Gabe, penché sur elle, lui murmura :

— Détends-toi ! Tout va bien. Tu veux que je descende te chercher un verre d'eau fraîche ?

— Non, merci.

Les aiguilles lumineuses du réveil indiquaient 4 h 15, et l'angoisse de la jeune femme céda la place à la contrariété. La réception s'était terminée très tard, et elle se sentait maintenant trop nerveuse pour se rendormir.

— Tu n'avais plus eu de cauchemar depuis la naissance de Michael, observa Gabe. Il s'est passé quelque chose ce soir ?

Songeant à sa conversation avec Marion, Laura eut un pincement au cœur, mais, toujours décidée à ne pas en parler à son mari, elle se contenta de déclarer :

— Pourquoi me poses-tu cette question ?

— J'ai remarqué que tu n'avais pas l'air dans ton assiette, et maman non plus, quand j'ai regagné le salon après être allé voir le bébé.

— Et tu as pensé que nous nous étions disputées ? Détrompe-toi ! Nous nous entendons au contraire étonnamment bien.

— Etonnamment ?

— Oui. J'avoue que je ne m'y attendais pas.

— Je suis ravi de vous savoir amies, mais si tu t'avises de critiquer une seule de mes œuvres, tu t'en feras une ennemie mortelle !

— Je n'oserais pas... Elle m'a montré la fresque de la salle à manger, avec tous ces animaux fabuleux...

— J'étais très jeune et très romantique, quand je l'ai réalisée.

— Tu n'as pas à en avoir honte. Tes centaures, tes licornes et tes sirènes m'ont beaucoup plu.

— Je comprends, alors, pourquoi tu t'entends si bien avec maman ! Je l'ai suppliée des dizaines de fois de faire repeindre ce mur, mais elle s'y refuse obstinément.

— Elle a raison, et cela m'a donné une idée : si tu peignais une fresque dans la chambre de Michael ?

— Serais-tu en train de me passer une commande ?

— J'ai vu quelques échantillons de ton travail, et ils ne sont pas trop mauvais.

— Pas trop mauvais ? répéta Gabe, feignant l'indignation.

— Non, je les ai même trouvés assez prometteurs.

Pendant qu'ils parlaient, Laura s'était mise à promener les mains sur les épaules et le torse de Gabe, et il se rendit soudain compte que jamais encore elle n'avait pris ce genre d'initiative. Jusque-là, c'était toujours lui qui faisait doucement, avec d'infinies précautions, monter le désir en elle. Et là encore, pour ne pas la brusquer, il contint son émoi grandissant et observa d'un ton badin :

— Comment comptes-tu me payer ?

— Les conditions du contrat sont négociables.

— Alors je vais te dire les miennes... Non, *la* mienne, car il n'y en a qu'une.

— A savoir ?

— Je réaliserai cette fresque, si tu m'autorises à te peindre nue.

— Tu plaisantes !

— Pas du tout. Tu as un corps magnifique : de longues jambes de danseuse, une taille fine, une peau de pêche...

— Je serais très gênée.

— Pourquoi ? Le nu est un genre qui se pratique depuis l'Antiquité, et auquel je brûle soudain de m'essayer, mais si tu refuses de poser pour moi, j'engagerai un modèle.

— Il n'en est pas question ! s'écria Laura, envahie par un sentiment de jalousie d'une violence qui l'étonna elle-même.
— Accepte ma proposition, dans ce cas.
— C'est du chantage !
— Absolument.
— Tu vas me le payer !
Dans un mouvement d'une sensualité délibérée, Laura s'allongea sur Gabe et commença de se frotter langoureusement contre lui.
— Tout bien réfléchi, déclara-t-elle, je te permets d'engager un modèle, mais c'est moi qui le choisirai, et je sais déjà qui ce sera : cette Mme Drumberry que ta mère m'a présentée à la réception.
— Mais elle a au moins cent ans ! protesta Gabe, partagé entre l'amusement et l'envie presque douloureuse de répondre aux provocations de sa femme.
— Tu pensais vraiment que je te laisserais t'enfermer dans ton atelier avec une jeune et jolie fille ?
— Parce que tu ne me crois pas capable de résister à ses charmes ?
— Non, parce qu'elle ne serait pas capable de résister au tien.
Gabe se mit à rire, mais son rire s'étrangla et se transforma en gémissement de plaisir quand la bouche de Laura se posa sur sa poitrine et la couvrit de petits baisers.
— Si je savais peindre, murmura-t-elle, je ne voudrais pas d'autre modèle que toi. Tu es si beau…
— Tu me prends en traître. Ce que tu me fais m'enlève toute capacité de discuter.
— C'est le but recherché !
Un sentiment exaltant de pouvoir emplissait peu à peu Laura. N'ayant encore jamais eu assez confiance en elle pour jouer les séductrices, elle laissait toujours l'initiative à Gabe, mais ce soir, curieusement, elle trouvait tout naturel d'inverser les rôles, en menant le jeu et en dictant sa loi.
Ses mains, ses lèvres entreprirent d'explorer chaque parcelle du corps pressé contre le sien. Seuls l'instinct et l'amour guidaient ses gestes, mais ils suffisaient apparemment à

pallier son manque d'expérience, car elle sentait Gabe frémir et palpiter sous chacune de ses caresses.

La délicieuse torture que lui infligeait Laura donnait à Gabe l'impression d'être un jouet entre ses mains. Il ne la reconnaissait plus : la sirène qui était en train de lui faire l'amour avec une sensualité débridée ne ressemblait en rien à la femme réservée qu'il avait épousée. Parce qu'il la croyait toujours fragilisée par son premier mariage, il n'avait pas encore laissé toute l'ardeur de son tempérament s'exprimer avec elle, mais elle se révélait soudain si fougueuse qu'il n'avait plus aucune raison de se refréner.

Alors il décida de lui rendre baiser pour baiser, caresse pour caresse, et, la passion de chacun se nourrissant de celle de l'autre, ils atteignirent le paroxysme du plaisir avec le sentiment d'être désormais unis par un lien si fort que rien, jamais, ne pourrait le détruire.

10

Laura était dans le jardin quand le ciel commença à s'assombrir. Elle avait pris l'habitude d'y passer ses matinées, pendant que le bébé dormait ou profitait de la douceur de l'air, installé dans sa poussette. Elle se sentait mieux dehors que dans la maison, où il y avait encore trop de pièces dont le décor luxueux, les meubles de prix et les portraits d'ancêtres la mettaient mal à l'aise. La nurserie, aménagée par ses soins, était le seul endroit qui lui donnait vraiment l'impression d'être chez elle.

Le temps printanier lui permettait à la fois de satisfaire son besoin d'espace et le goût qu'elle s'était découvert pour le jardinage. Le souffle du vent dans ses cheveux, la caresse du soleil sur sa peau, l'odeur de la terre fraîchement remuée lui apportaient un profond sentiment de paix, et elle lisait à présent des ouvrages de botanique avec la même avidité que ses livres sur la grossesse et l'accouchement quelques mois plus tôt.

Les tulipes avaient maintenant atteint leur pleine floraison, et les azalées étaient en boutons. Ce n'était pas elle qui les avait plantées, mais peu lui importait, et elle espérait en avoir assez appris dans les mois à venir pour marquer le jardin de son empreinte dès le printemps suivant.

Michael marcherait alors, et elle le voyait déjà courir dans les allées sur ses petites jambes, jouer avec les graviers, essayer d'attraper les papillons au vol…

Elle s'amuserait à le poursuivre, elle le prendrait dans ses bras et le ferait tournoyer. Ses yeux brilleraient de plaisir et son rire résonnerait dans l'air léger, attirant son père à la fenêtre de l'atelier. Gabe voudrait connaître la cause de tout ce tapage, et il feindrait d'en être irrité, mais il ne le serait pas réellement. Cela lui servirait au contraire de prétexte pour s'arrêter de travailler et passer le reste de la matinée à jouer avec Michael à des jeux dont il inventerait les règles au fur et à mesure.

Laura s'assit sur ses talons et s'essuya le front du revers de sa main gantée. Le rêve était autrefois pour elle un refuge, une protection, un moyen d'échapper à la réalité, mais il n'était plus rien de tout cela, car la réalité ressemblait désormais à un rêve dont elle commençait à croire qu'il durerait toujours.

Lorsque l'ombre envahit le jardin, elle leva la tête et vit de gros nuages noirs à l'horizon. D'abord tentée de les ignorer, elle pensa au temps qu'il lui faudrait pour ranger ses outils, rassembler les affaires de Michael et les porter à l'intérieur.

Elle se résigna donc à rentrer, et à peine s'était-elle engagée dans l'escalier, le bébé dans les bras, qu'un grondement de tonnerre retentit et les fit sursauter tous les deux. Michael se mit à pleurer et, luttant contre une peur de l'orage qui remontait à son enfance, Laura lui murmura des mots apaisants.

Il ne pleuvait pas encore, mais, arrivée dans la nurserie, elle se dépêcha de coucher son fils et de fermer ensuite les fenêtres. Des éclairs aveuglants illuminaient par intermittence la pièce plongée dans la pénombre, suivis de coups de tonnerre de plus en plus violents.

En retournant près du berceau, la jeune femme vit que le bébé s'était endormi, et comme les premières gouttes de pluie s'abattaient sur les vitres, elle quitta en hâte la nurserie pour aller fermer toutes les autres fenêtres.

Alors qu'elle pensait avoir fait le tour de la maison et s'apprêtait à regagner la chambre de Michael, elle se rendit compte qu'elle avait oublié l'atelier.

La pluie tombait maintenant à verse et risquait d'endommager les tableaux de Gabe... Laura remonta le couloir en courant et poussa un soupir de soulagement en constatant qu'aucune toile ne se trouvait à proximité des fenêtres. Elle les ferma, mais le plancher était mouillé, et elle s'apprêtait à descendre chercher une serpillière quand elle eut soudain conscience d'être seule dans cette pièce pour la première fois. Gabe ne lui en avait jamais interdit l'accès, mais le manque d'intimité dont elle avait souffert pendant presque toute sa vie lui avait appris à respecter celle des autres.

L'odeur qui régnait dans l'atelier lui donna cependant envie de s'y attarder. Elle lui rappelait Gabe, dont les vêtements et les mains étaient souvent imprégnés de ce mélange de peinture et de white-spirit.

Ces effluves éveillaient en elle toutes sortes d'émotions, des plus douces aux plus tumultueuses. Comme Gabe lui-même, ils avaient le pouvoir de faire palpiter à la fois son corps et son cœur. Ils lui étaient si étroitement associés qu'elle avait l'impression de le voir debout devant le chevalet où était posé un tableau en cours de réalisation.

Laura s'en approcha. C'était un portrait de leur fils, exécuté à partir d'un croquis fixé au cadre et qui datait d'environ une semaine. Michael avait déjà changé depuis, mais cette toile était d'autant plus précieuse : elle garderait à jamais vivant son visage à ce moment précis de sa petite existence.

Le regard de la jeune femme parcourut ensuite l'atelier, et elle y retrouva le même désordre que dans le séjour du chalet du Colorado. Toutes les surfaces étaient encombrées de tubes de peinture, de pinceaux, de dessins et de chiffons. Des tableaux non encadrés s'entassaient contre les murs, mais là, Gabe n'en avait utilisé aucun pour décorer la pièce.

Pourquoi n'avait-elle pas encore pensé à lui demander si certains ne conviendraient pas à la nurserie ? songea alors Laura. Elle l'avait ornée de gravures et de dessins aux couleurs vives, mais la présence d'une ou deux œuvres de Gabe dans la chambre de Michael y apporterait une touche tellement plus personnelle !

Ce fut avec cette idée en tête que la jeune femme s'agenouilla et commença d'examiner une à une les toiles posées par terre.

Les sujets étaient parfois très différents, mais la sensibilité de l'artiste les imprégnait toutes et faisait passer le spectateur par toute la gamme des émotions — la mélancolie devant un paysage noyé dans le brouillard, la tristesse devant la peinture très réaliste d'un bidonville, l'amusement devant le portrait de trois adolescentes en train de pouffer de rire sur un trottoir, la compassion devant celui d'un vieillard appuyé sur sa canne...

Chacun des tableaux qu'elle regardait laissait Laura plus admirative du talent de Gabe et lui en apprenait un peu plus sur sa vision du monde. Mais pourquoi les gardait-il enfermés dans une pièce où personne ne pouvait les voir — même pas lui, car ils étaient tous posés face au mur ? Ils portaient sa signature, avec l'année juste en dessous, et Laura nota qu'aucun ne remontait à plus de deux ans ni à moins d'un an.

La dernière toile qu'elle retourna lui donna un coup au cœur. C'était un portrait, et celui-là exprimait un immense amour.

Il représentait un jeune homme aux cheveux blonds, au visage mince éclairé par un sourire qui en rehaussait le charme et la beauté. Il était assis dans un fauteuil, les jambes allongées et les chevilles croisées, mais sous cette pose nonchalante se devinaient une énergie et une vitalité prêtes à entrer en action.

Même si elle n'avait pas vu ce fauteuil dans la maison de ses beaux-parents, Laura aurait identifié le modèle; il ressemblait trop à Gabe pour ne pas être son frère Michael.

Elle resta un long moment à le contempler, indifférente à l'orage, et quand un coup de tonnerre assourdissant fit trembler les vitres, elle n'y prêta même pas attention.

La mort d'un inconnu pouvait être ressentie comme un deuil personnel, était-elle en train de découvrir. Gabe avait peint son frère avec tant d'amour qu'il était impossible de ne pas éprouver une profonde douleur à l'idée que l'objet d'une aussi grande affection n'appartenait plus au monde des vivants.

Laura retrouvait dans ce portrait le même amour inconditionnel que dans le croquis fixé au chevalet, et cela lui donna matière à réfléchir : Gabe considérait apparemment le bébé comme un moyen de combler le vide laissé par le disparu. Elle ne songeait pas à le lui reprocher — il n'en aimait pas moins le petit Michael —, mais cette pensée l'attristait.

Tant qu'il n'aurait pas assez confiance en elle pour lui parler de son frère et des émotions qu'il exprimait si bien dans sa peinture, elle ne serait pas vraiment sa femme, et Michael ne serait pas vraiment son fils.

Quand la pluie s'arrêta, Laura décida d'appeler Amanda et de réaliser dès aujourd'hui son projet de se rendre à la galerie. Elle s'était jusque-là refusée à y aller, non pour les raisons qu'elle avait invoquées, mais parce que son statut d'épouse d'un artiste célèbre l'effrayait : il s'opposait à l'instinct qui la poussait à se montrer le moins possible en public.

Si elle voulait que Gabe se rapproche d'elle, cependant, elle devait commencer par faire un pas vers lui. Il lui faudrait rassembler tout son courage pour vaincre le sentiment d'insécurité qui l'habitait toujours, mais l'année passée ne lui avait pas seulement appris à être forte; elle lui avait également appris à être aussi forte que les circonstances l'exigeaient.

Même s'il lui restait du chemin à parcourir, elle n'était plus la femme timorée d'autrefois, qui préférait l'immobilisme à l'action.

Sa belle-mère accepta avec enthousiasme de s'occuper du bébé, et, après avoir raccroché, Laura regarda sa montre. Sauf extraordinaire, Michael se réveillerait dans moins d'une heure; elle le nourrirait, l'emmènerait chez Amanda et irait ensuite à la galerie.

Mais d'abord, pensa-t-elle en jetant un coup d'œil à son jean maculé de terre, elle devait se changer.

Le timbre de l'entrée retentit au moment où elle remontait l'escalier. Elle fit demi-tour, ouvrit la porte, et son cœur s'arrêta de battre à la vue de la grande femme brune au visage sévère qui se tenait sur le perron.

— Bonjour, Laura ! dit Lorraine Eagleton en franchissant le seuil sans attendre d'y être invitée.

Elle enleva ses gants avec une lenteur délibérée, parcourut le vestibule des yeux et reprit :

— Je vois que vous êtes vite retombée sur vos pieds... Mais trêve de bavardage... Où est l'enfant ?

Paralysée par la peur, Laura demeura muette. Elle avait du mal à respirer, et sa main, toujours crispée sur le bouton de la porte, était glacée, comme si le sang s'était arrêté de circuler dans ses veines.

Dans un flash d'une clarté terrifiante lui revinrent le souvenir de sa dernière conversation avec sa visiteuse et, avec lui, les exigences des Eagleton, leurs menaces, toutes les humiliations qu'ils lui avaient infligées. Un sursaut d'orgueil lui fit retrouver sa voix, et elle déclara froidement :

— Michael dort.

— Tant mieux ! Nous serons plus tranquilles pour discuter.

— Je n'ai rien à vous dire, et pas d'ordres à recevoir de vous. Je vous rappelle que je suis ici chez moi.

— Et alors ? Les intrigantes comme vous arrivent toujours à piéger des hommes riches et crédules, mais elles restent de vulgaires courtisanes. Et le fait que vous vous soyez montrée assez habile pour persuader Gabriel Bradley de vous épouser ne m'empêchera pas de prendre ce qui m'appartient.

— Rien, ici, ne vous appartient. Je vous demande de partir.

— Je n'ai ni le désir ni l'intention de rester longtemps, vous pouvez me croire ! Donnez-moi l'enfant, et je m'en irai.

— Non.

— Dans ce cas, c'est la justice qui vous obligera à me le remettre, car je vais déposer une requête pour obtenir sa garde.

— Alors nous nous retrouverons au tribunal, mais en attendant, je ne veux plus vous voir.

Toujours la même…, songea Lorraine, les yeux rivés sur son interlocutrice. Elle prenait de grands airs pour masquer sa frayeur, mais il était toujours aussi facile de la manœuvrer. Lorraine ne supportait pas mieux aujourd'hui qu'autrefois l'idée que son fils ait épousé cette fille de rien : tant de jeunes femmes riches et bien nées auraient été ravies de devenir Mme Anthony Eagleton…

Même en colère, cependant, elle élevait rarement la voix. Le mépris et la dérision constituaient ses armes de prédilection.

— Vous auriez dû accepter l'offre que nous vous avions faite, mon mari et moi, déclara-t-elle, parce que nous ne la renouvellerons pas.

— Peu importe, car Michael n'est pas à vendre. Votre argent ne vous permettrait pas plus de l'acheter que de ramener Tony à la vie.

Ces mots amenèrent sur les traits de Lorraine une expression de douleur si vive, si sincère, qu'un élan de compassion souleva Laura.

— Ecoutez, madame Eagleton...

— Je refuse de parler de mon fils avec vous ! Si vous aviez été la femme qu'il lui fallait, il serait encore vivant. Jamais je ne vous pardonnerai de ne pas avoir su le rendre heureux !

L'amertume avait remplacé le chagrin sur le visage de Lorraine et, un an plus tôt seulement, Laura aurait jugé ses reproches au moins en partie mérités. Mais plus maintenant, et ce fut d'un ton ferme qu'elle répliqua :

— Que vous vouliez me prendre Michael pour me punir ou pour vous consoler de la mort de Tony, vous n'avez d'autres droits sur lui que ceux d'une grand-mère ordinaire.

— Non ! J'expliquerai au juge que vous n'êtes pas apte à l'élever. Je lui fournirai la preuve que vous avez mené une vie dissolue avant et après votre mariage avec mon fils.

— C'est faux, et vous le savez !

— Et comme à cela s'ajoute l'instabilité mentale que vous a laissée votre enfance, continua Lorraine sans tenir compte de cette protestation, la justice tranchera forcément en notre faveur.

— Ni votre argent ni vos mensonges n'ont le pouvoir de m'enlever Michael !

Laura avait haussé la voix, et elle se força à respirer lentement pour recouvrer son calme. La colère ne la mènerait à rien ; mieux valait tenter de raisonner Lorraine.

— Si vous aimiez Tony, dit-elle, vous savez de quoi une mère est capable pour garder son enfant.

— Mais vous, vous n'avez pas l'air de savoir de quoi je suis capable pour ne pas vous laisser élever un Eagleton !

— C'est donc tout ce que Michael est pour vous ? Un nom, une promesse d'immortalité ? L'intérêt que vous lui portez est purement égoïste... Vous ne l'aimez pas.

— Les sentiments n'ont rien à voir là-dedans. Je m'en vais, maintenant ! Je suis descendue à l'hôtel Fairmont, et je vous donne deux jours pour décider si vous voulez ou non qu'éclate un scandale dont vous sortirez broyée. Les Bradley ne seraient certainement pas ravis d'apprendre vos inconduites passées. Alors soyez raisonnable, ne prenez pas le risque de perdre ce que vous êtes si habilement parvenue à acquérir.

Lorraine remit ses gants, sortit et descendit les marches du perron, au bas desquelles une limousine noire était garée. Laura n'attendit pas que le véhicule ait démarré pour refermer la porte et pousser le verrou. Elle était haletante, comme après une longue course, et la première idée qui lui traversa l'esprit fut justement de s'enfuir en courant. Elle avait défié Lorraine, mais à quoi bon se leurrer ? Les Eagleton seraient toujours les plus forts ; par la menace ou avec l'aide de la justice, ils réussiraient à lui enlever Michael... Le seul moyen de les en empêcher était de disparaître avec lui. En partant tout de suite, elle serait au Canada ce soir. Là, elle trouverait du travail, sous une nouvelle identité, et...

Non ! se dit-elle dans un brusque sursaut de révolte. Elle n'avait le droit de faire cela ni à Michael ni à Gabe. Ils formaient une famille, tous les trois ; elle menait ici la vie dont elle avait toujours rêvé, et qu'elle désirait offrir à son fils...

Mais comment se défendre contre les Eagleton ?

La réponse lui vint tout naturellement : en leur résistant, en refusant de céder. Ils voyaient toujours en elle la femme timide et docile qu'ils pouvaient manipuler à leur guise. Elle s'était enfuie une fois, et ils espéraient qu'elle allait recommencer.

C'était le but même de la visite de Lorraine, comprit-elle soudain : l'effrayer au point de la pousser à commettre un acte impulsif dont ils tireraient ensuite argument pour prouver sa fragilité mentale et obtenir la garde de Michael. Et, dans l'hypothèse où elle serait physiquement trop faible pour s'enfuir, ils pensaient qu'elle sacrifierait son fils afin d'éviter un scandale qui amènerait les Bradley à la rejeter.

Dans les deux cas, ils étaient sûrs de gagner la partie, mais c'était mal la connaître. Son amour pour Gabe et pour Michael lui donnerait la force de se battre, et avec la colère qui commençait à bouillonner en elle, elle se sentait prête à tout pour protéger les siens.

Les Eagleton allaient être surpris.

Le temps d'arriver à la galerie, la résolution de Laura s'était encore affermie. Elle venait de déposer Michael chez sa belle-mère, et même si le but de sa démarche avait changé depuis la visite de Lorraine, ces moments de liberté allaient lui être très utiles.

La galerie Trussalt se trouvait dans un bel immeuble ancien à la façade bordée de plates-bandes fleuries. Un parfum de roses et une bonne odeur de terre mouillée s'en dégageaient, et la jeune femme les respira à pleins poumons avant de pousser la porte.

La salle elle-même était vaste, et très lumineuse malgré le temps couvert grâce une grande verrière, à laquelle s'ajoutaient des rampes de spots et des appliques savamment disposées. Il y régnait un silence de cathédrale, mais le culte qui était rendu était celui de l'art, célébré par de nombreuses sculptures en marbre, en bronze ou en ivoire, et par les toiles accrochées aux murs.

Laura reconnut tout de suite l'un des tableaux de Gabe — la peinture d'un jardin laissé à l'abandon, exécutée avec une précision qui n'avait rien de romantique — et elle pensa à la fresque de la salle à manger de ses beaux-parents.

L'homme qui croyait assez aux chimères pour leur donner vie était donc également capable de regarder la réalité en face... C'était un point qu'ils avaient tous les deux en commun.

Les clients étaient peu nombreux, en cet après-midi pluvieux, et Laura aurait pu admirer tout à loisir les œuvres exposées, mais le temps pressait... Elle s'approcha du vigile posté au fond de la salle et lui expliqua :

— Je voudrais voir Gabriel Bradley.

— Ce n'est pas possible, répondit-il, mais si vous êtes intéressée par l'un de ses tableaux, Mlle Trussalt vous fournira tous les renseignements nécessaires.

— Non, il ne s'agit pas de cela. Je suis la...

— Laura ! s'écria Marion en surgissant près d'eux. Ainsi, vous vous êtes finalement décidée à venir nous rendre une petite visite !

— Il faut que je parle à Gabe.

D'un geste autoritaire de la main, Marion invita le vigile à s'éloigner, puis elle susurra :

— Vous n'avez vraiment pas de chance… Gabe n'est pas là.

— Il est parti pour la journée ?

— Non, il va revenir, mais pas avant 15 heures, c'est-à-dire dans plus de trente minutes… Vous n'avez sûrement pas envie d'attendre aussi longtemps !

L'hostilité à peine voilée de Marion n'avait plus le pouvoir d'atteindre Laura. Elle avait désormais des soucis beaucoup plus graves, un combat aux enjeux beaucoup plus élevés à mener. Il lui fallait se concentrer sur cette bataille-là, et éviter de gaspiller son énergie dans une vaine lutte d'influence avec Marion.

— Si, je vais attendre, annonça-t-elle poliment mais fermement.

— Je n'y vois pas d'inconvénient, bien sûr, mais Gabe et moi devons discuter affaires avec des clients. Ce sera très ennuyeux pour vous.

— Rien de ce qui concerne mon mari ne m'ennuie.

— Quelle épouse admirable vous faites ! Mais vous êtes un peu pâle… Vous avez des ennuis ?

La vérité apparut alors à Laura avec autant de clarté que si elle l'avait entendue de la bouche de son interlocutrice.

— C'est vous qui avez permis à Lorraine Eagleton de me retrouver, n'est-ce pas ? déclara-t-elle.

— En effet, répondit Marion sans l'ombre d'une hésitation ni la moindre trace d'embarras. Je déteste perdre du temps, et plus vite Lorraine se sera occupée de vous, plus vite je pourrai remettre Gabe sur les rails… Venez ! J'ai quelque chose à vous montrer.

Marion se dirigea vers une porte latérale qui menait à une salle plus petite, entièrement blanche. Un escalier en spirale en occupait le fond, orné de chaque côté d'immenses plantes vertes, mais ce fut le tableau suspendu à l'un des murs qui retint l'attention de Laura.

C'était le portrait d'elle réalisé par Gabe dans le chalet du Colorado.

— Cette peinture est l'une des meilleures qui me soit jamais passée entre les mains, indiqua Marion. Elle n'est exposée que depuis trois semaines, et six acheteurs sérieux se la disputent déjà.

— Pourquoi vouliez-vous me la montrer ? Je la connais.

— Peut-être, mais je doute que vous la compreniez. Gabe l'a intitulée *L'Ange de Gabriel.*

— *L'Ange de Gabriel*, répéta Laura, la gorge nouée par l'émotion.

— Oui, et vous savez ce que cela signifie ?

— Je vous écoute.

— Que Gabe s'est amouraché de son modèle. Cela arrive parfois, et il faut s'en féliciter, car ce sentiment produit souvent de grandes œuvres d'art. C'est le cas ici, mais Gabe a trop le sens des réalités pour se complaire dans des fantasmes qui ne lui servent plus à rien. Maintenant qu'il a terminé ce portrait, il n'a plus besoin de vous.

— J'attendrai pour le croire qu'il me le dise lui-même.

— Vous n'aurez pas longtemps à attendre. D'après ce que Lorraine Eagleton m'a raconté, l'ange que Gabe voit en vous ne va pas tarder à tomber de son piédestal.

Ce rappel des menaces que la mère de Tony avait proférées redonna envie à Laura de s'enfuir, mais il lui fut cette fois beaucoup plus facile d'en écarter l'idée.

— L'un des aspects de mon travail consiste à encourager Gabe à se concentrer sur sa carrière, et à éliminer tous les obstacles qui l'en empêchent. Vous en êtes un, et l'intervention de Lorraine Eagleton me permettra de gagner du temps. Gabe comprendra ainsi plus vite l'erreur qu'il a commise en vous épousant.

— Vous oubliez quelque chose, Marion ! Que Gabe m'aime ou se soit juste amouraché de moi, il est profondément attaché à Michael.

— Il faut vraiment n'avoir aucun sens moral pour utiliser un enfant comme moyen de servir ses intérêts personnels !

— Je suis tout à fait de votre avis.

Laura plongea les yeux dans ceux de son interlocutrice et, constatant que sa remarque avait fait mouche, elle poursuivit :

— Je vais attendre mon mari ici, et vous serez aimable de l'avertir de ma présence quand il reviendra.

— Pour que vous puissiez aller pleurer sur son épaule ?

— C'est moi que Laura est venu voir, Marion, et le motif de sa visite ne te regarde pas !

Gabe se tenait sur le seuil. Aucune des deux femmes ne l'avait entendu arriver, et lorsqu'elles tournèrent la tête vers lui, il lut du défi sur le visage de Laura, et de la colère sur celui de Marion.

— Laisse-nous, s'il te plaît ! ordonna-t-il à cette dernière.

— Mais les Bridgeton seront là dans quelques minutes pour débattre du prix de...

— Je m'en moque ! Laisse-nous !

Marion lança un coup d'œil furibond à Laura avant de se diriger vers la porte et de la claquer derrière elle.

— Je suis désolée, dit Laura. Je n'ai pas pu empêcher cette querelle d'éclater.

— C'est possible, mais je n'aime pas du tout me retrouver dans la position d'une proie que se disputeraient deux rivales. Vos rôles respectifs sont parfaitement délimités : Marion s'occupe de mes affaires ; toi, tu es ma femme, et vous n'avez donc aucune raison de vous jalouser.

— Là n'est pas le problème, car si je te croyais lié à elle par des relations autres que professionnelles, je t'aurais déjà quitté.

Gabe en resta sans voix. Jamais encore Laura ne lui avait parlé avec cette froide détermination.

— Mon premier mari me trompait, ajouta-t-elle, et je ne laisserai pas l'histoire se répéter.

Le fait qu'elle le compare de nouveau à Tony Eagleton fit bouillir Gabe, mais au lieu de crier, il observa d'un ton glacial :

— Me voilà prévenu... Puis-je connaître, maintenant, le motif de ta visite ?

— Je voulais t'annoncer que je comptais aller voir un avocat demain matin.

Le cœur de Gabe s'arrêta de battre, et il eut l'impression que le sol se dérobait sous ses pieds. Laura avait l'intention de divorcer...

Cette faiblesse ne dura cependant qu'un instant. Sa colère reprit le dessus, et il s'exclama :

— Tu peux m'expliquer ?

Pour ne pas céder à l'envie de se jeter dans ses bras et d'implorer son aide, la jeune femme recula d'un pas avant de répondre :

— J'ai décidé que des mesures radicales s'imposaient, mais comme elles vont avoir de graves conséquences, j'estime de mon devoir de t'en avertir.

— Tu es trop bonne, mais j'aimerais savoir ce qui a provoqué cette brusque décision !

— Cela devait arriver un jour, et je me souviens encore de toi me déclarant qu'il me faudrait tôt ou tard attaquer le problème de front. Eh bien, ce moment est venu : je suis prête à me battre, mais je désire te donner la possibilité de reprendre ta liberté avant que le scandale n'éclate.

Comprenant soudain qu'ils ne parlaient pas de la même chose, Gabe demanda d'une voix radoucie :

— Pourquoi as-tu besoin d'un avocat ?

— Parce que Lorraine Eagleton m'a rendu visite ce matin et qu'elle veut Michael.

Le malentendu était dissipé, mais Gabe n'eut pas le temps de s'en réjouir : une rage froide l'envahit, chassant toute autre émotion.

— Elle a osé venir t'importuner ! s'écria-t-il. Et tu étais seule à la maison... Tu as dû avoir très peur !

— Oui, mais je n'ai plus peur, maintenant. Ses menaces m'ont donné un coup de fouet, au contraire, et je ne compte pas seulement me défendre : je vais contre-attaquer.

— De quoi t'a-t-elle menacée exactement ?

— De déposer une requête pour obtenir la garde de Michael.

— En se fondant sur quels arguments ?

— Elle expliquera au juge que je suis une femme instable, incapable d'élever correctement mon fils, et elle affirme pouvoir fournir la preuve que... que j'ai mené une vie dissolue avant et après mon mariage avec Tony.

— Comment peut-elle prouver une chose aussi fausse ?

Ainsi, Gabe ne doutait pas de sa moralité..., pensa Laura, infiniment soulagée.

— En subornant des témoins, répondit-elle. Les Eagleton

n'hésitent pas à utiliser ce genre de méthode ; je les ai déjà vus à l'œuvre.

— Lorraine t'a dit où elle logeait ?

— Oui, à l'hôtel Fairmont.

— Je vais aller lui parler ! annonça Gabe en esquissant un pas vers la porte.

— Non ! Avant toute chose, je veux consulter un avocat, afin de savoir précisément ce qu'il est possible de faire par les voies légales. Nous ne pouvons pas courir le risque de nous mettre dans notre tort sous l'effet de la colère.

— C'est Lorraine qui s'est mise dans son tort en menaçant de nous prendre Michael !

— Je t'en prie, Gabe, calme-toi ! Moi aussi, j'ai failli céder à mes impulsions : après le départ de Lorraine, j'étais si terrifiée que ma première idée a été de m'enfuir sur-le-champ avec Michael.

Imaginant sa réaction s'il avait trouvé la maison vide à son retour de la galerie, Gabe sentit grandir sa fureur contre les Eagleton.

— Et pourquoi n'es-tu pas partie ? questionna-t-il.

— Parce que je t'aime trop pour t'enlever ton fils, et que j'aime trop Michael pour le priver de son père, expliqua Laura.

Gabe scruta son visage pour essayer de pénétrer dans ses pensées les plus intimes. Etait-elle sincère quand elle disait l'aimer ?

Faute de réussir à s'en convaincre, il observa :

— Tu ne serais pas allée très loin. Je me serais lancé à ta poursuite, et je t'aurais persuadée de revenir.

— Peut-être, mais j'ai finalement résisté à la tentation, et je sais à présent ce que je dois faire — ce que je *vais* faire.

— Seule ?

— S'il le faut, mais dans l'hypothèse où Lorraine demanderait à la justice la garde de Michael, la presse en parlera et écrira sur moi des choses qui vous affecteront, tes parents et toi. Alors si tu préfères que votre nom ne soit pas mêlé à cette affaire, dis-le-moi maintenant. Je ne t'en voudrai pas.

Rien n'aurait pu décider Gabe à se séparer de Laura, il l'avait pressenti le jour où ils s'étaient rencontrés, et c'était devenu une certitude absolue quand elle lui avait posé Michael dans les bras pour la première fois.

— Où est notre fils ? déclara-t-il.

Il n'en fallut pas plus à Laura pour comprendre que Gabe avait l'intention de se battre à ses côtés.

— Chez ta mère, répondit-elle, l'âme inondée de bonheur.

— Allons le chercher, et rentrons tous les trois à la maison !

11

Laura n'arrivait pas à trouver le sommeil. Le souvenir des événements de la journée et la perspective de ceux du lendemain la tenaient éveillée.

A peine étaient-ils revenus de Nob Hill avec Michael que Gabe avait téléphoné à son avocat et obtenu qu'il vienne les voir le soir même. Lorsqu'ils avaient été tous les trois assis dans le salon et que Me Quartermain lui avait demandé de lui exposer toute l'affaire, la jeune femme avait d'abord trouvé difficile de raconter sa vie à un parfait inconnu, mais, bizarrement, les questions qu'il lui posait, les détails qu'il exigeait, avaient fini par la détendre ; c'était comme si elle parlait de quelqu'un d'autre et prenait ainsi le recul nécessaire pour considérer les faits de façon objective.

Avocat de la famille Bradley depuis quarante ans, Matthew Quartermain était un peu bourru, mais rien ne semblait posséder le pouvoir de le choquer. Il avait pris des notes, sans faire aucun commentaire, et, parce qu'elle ne se sentait ni plainte ni jugée, Laura avait pu pour la première fois donner un récit complet de son histoire.

La honte l'en avait jusque-là empêchée, mais, une fois mis en mots tout ce qui la tourmentait faute d'avoir été dit, elle avait éprouvé un merveilleux sentiment de libération. Le cœur et l'esprit enfin délivrés de leur fardeau de secrets, elle avait vu s'ouvrir devant elle un avenir sur lequel le passé ne viendrait plus jamais jeter aucune ombre.

Au terme de leur conversation, elle avait annoncé à

Me Quartermain sa décision de proposer à Lorraine Eagleton un accord à l'amiable. Il avait essayé de l'en dissuader, mais elle était restée inflexible : si elle réussissait à raisonner Lorraine, un scandale qui rejaillirait sur son mari et ses beaux-parents serait évité.

Et cette ultime tentative de conciliation aurait lieu le lendemain...

Allongé près de Laura, Gabe ne dormait pas, lui non plus. Comme elle, il repensait à la visite de Matthew Quartermain, et sa fureur ne cessait de croître. Pendant cet entretien, Laura avait révélé des faits qu'il ignorait, et donné sur d'autres des détails qu'elle lui avait dissimulés. Il croyait jusque-là comprendre ce qu'elle avait enduré, et ne pouvoir en éprouver plus de colère... Il se trompait.

Laura ne lui avait pas parlé, par exemple, de l'œil tuméfié qui lui avait interdit de sortir de chez elle pendant une semaine entière. Ni de cette lèvre fendue que Lorraine Eagleton avait mise sur le compte de la maladresse de sa belle-fille pour cacher à leurs relations les brutalités de son fils. Ni des retours quasi quotidiens, au milieu de la nuit, d'un mari ivre qui ne la frappait pas seulement, mais la forçait également à faire l'amour avec lui. Il ne savait pas non plus que Tony Eagleton était d'une jalousie maladive et l'avait menacée de mort quand elle avait finalement trouvé le courage de le quitter.

Tout cela — et d'autres choses encore —, Gabe ne l'avait appris que ce soir, et il se demandait comment Laura pourrait jamais l'oublier, alors qu'il n'était pas certain, lui, de le pouvoir.

Elle lui avait dit qu'elle l'aimait, mais son envie de la croire se heurtait à l'idée qu'il était impossible à la victime de telles maltraitances de faire de nouveau confiance à un homme. Quant à l'aimer...

Non, il n'aurait jamais de Laura que de la gratitude, du dévouement, et leur attachement commun à Michael cimenterait leur union. Même si c'était plus qu'il n'était donné à de nombreuses personnes d'avoir, Gabe avait caressé l'espoir d'y ajouter un amour partagé. Ce qu'il avait entendu ce soir avait cependant anéanti ce rêve. Il ne savait même pas s'il oserait encore toucher Laura.

Comme pour le mettre à l'épreuve, cette dernière se serra alors contre lui. Il se raidit, et elle murmura :

— Excuse-moi... Je t'ai réveillé ?

— Non, répondit-il.

Puis il s'écarta pour que leurs corps ne soient plus en contact, mais elle se rapprocha de nouveau de lui et posa la tête sur son épaule. Ce geste le plongea dans des affres pires encore que celles endurées pendant les premières semaines de leur mariage : il brûlait toujours de désir pour elle, il savait à présent à quel degré de plaisir elle pouvait l'amener, mais la crainte de lui rappeler les terribles souvenirs qu'elle avait évoqués le paralysait.

— Je n'arrive pas à dormir, moi non plus, indiqua-t-elle. Je suis aussi fatiguée que si j'avais couru un marathon, mais l'idée de ce qui va se passer demain me met le cerveau en ébullition.

— Tâche de ne plus y penser.

— J'aimerais bien !

Laura se redressa pour écarter ses cheveux de son visage, se blottit ensuite de nouveau contre Gabe, et elle le sentit alors esquisser un léger mouvement de recul.

Avait-elle baissé dans son estime, maintenant qu'il connaissait toute son histoire ? se demanda-t-elle, le cœur serré.

— Ne te tracasse pas, déclara-t-il. Tout ira bien.

— Je serai sûrement moins nerveuse quand j'y serai, mais là, je tourne et je retourne dans ma tête ce que je dirai à Lorraine, j'ai peur de ne pas...

Des cris venant de la nurserie interrompirent Laura.

— Je vais voir ce qu'il a, annonça aussitôt Gabe.

— Apporte-le-moi, s'il a faim. Je le nourrirai ici.

La hâte avec laquelle Gabe sortit du lit augmenta l'inquiétude de la jeune femme : lui répugnait-elle à ce point, pour qu'il soit si impatient de quitter ses bras ?

Les pleurs de Michael s'arrêtèrent quelques instants plus tard, reprirent de plus belle peu de temps après... Laura entendait son mari parler au bébé d'une voix douce, et ses doutes se dissipèrent peu à peu ; les manières brusques de

Gabe ne reflétaient en rien sa nature profonde. Il avait des mouvements d'humeur, mais c'était un homme foncièrement tendre et généreux — l'antithèse de Tony, dont les dehors aimables dissimulaient un caractère narcissique et violent.

Non, Gabe était trop sensible pour ne pas faire la part des choses, pour mépriser la victime plutôt que le bourreau, et elle n'avait donc pas baissé dans son estime. Sa nervosité de ce soir était juste due aux craintes que lui inspirait à lui aussi l'entrevue du lendemain avec Lorraine Eagleton.

Les cris perçants que poussait maintenant Michael firent comprendre à Laura l'origine du problème, et quand Gabe regagna la chambre avec leur fils dans les bras, elle expliqua en allumant la lampe de chevet :

— Il perce une dent. Donne-le-moi ! Je vais l'allaiter, cela le calmera peut-être.

Gabe obéit, mais au lieu de se recoucher comme elle l'espérait, il se dirigea vers la fenêtre et se plongea dans la contemplation du jardin, faiblement éclairé par les rayons de la lune.

Le remède imaginé par la jeune femme fut efficace. Les hurlements de Michael cédèrent la place à de petits cris plaintifs, puis à un bienheureux silence.

— Gabe ?

— Oui ?

— J'ai un marché à te proposer. Dis-moi ce qui te tracasse, pose-moi toutes les questions que tu veux, et j'y répondrai franchement. Ce sera ensuite à mon tour de t'en poser une.

— L'interrogatoire auquel Me Quartermain t'a soumise ne t'a pas suffi ?

C'était donc ça..., songea Laura. Le récit de ses malheurs avait révolté Gabe, et il n'arrivait ni à exprimer ni à surmonter son indignation.

Elle se cala plus confortablement contre l'oreiller et déclara :

— Ce que tu as appris ce soir sur moi t'a bouleversé ?

— Evidemment ! Tu ne pensais tout de même pas que j'allais y rester indifférent !

— J'aurais préféré ne pas en parler devant toi, mais...

— Le problème n'est pas là ! Que je les connaisse ou non,

ces brutalités ont eu lieu, et je me demande comment tu peux encore laisser un homme te toucher.

— Tu m'as souvent reproché de te comparer à Tony, et à juste titre, alors ne fais pas la même chose. Il est vrai qu'à une certaine époque, la seule vue d'un homme me donnait envie de m'enfuir en courant, mais je suis parvenue à maîtriser cette peur irraisonnée en écoutant des femmes qui avaient vécu la même expérience et réussi à prendre un nouveau départ. Le seul fait de savoir que c'était possible m'a été d'un grand secours. J'admets aussi avoir éprouvé de l'appréhension à l'idée de consommer notre mariage ; je craignais que l'ombre du passé ne s'interpose entre nous, mais je me trompais. Quand je suis dans tes bras, je ne pense qu'à toi, et je ne me sens ni souillée ni asservie, mais traitée en égale.

Pendant que Laura parlait, Gabe s'était mis à marcher de long en large dans la pièce. Elle lui tendit la main, mais il ignora son geste et s'écria, les poings serrés :

— Si Tony Eagleton était encore vivant, je le tuerais de mes propres mains ! Je regrette presque qu'il soit déjà mort !

— Ne dis pas cela ! C'était un déséquilibré, je m'en rends compte seulement maintenant, mais j'aurais dû le comprendre bien avant, et ne pas attendre si longtemps pour le quitter.

— Tu avais peur et tu étais seule au monde... Il est normal que tu aies hésité à partir.

— Non, j'aurais pu aller me réfugier chez Geoffrey. Je sais qu'il m'aurait aidée, mais je ne l'ai pas fait parce que j'avais trop honte, et trop peu confiance en moi. Ma grossesse m'a finalement permis de me rebeller : je devais désormais protéger l'enfant qui grandissait en moi. C'est à ce moment-là que j'ai commencé à remonter la pente, mais tu as été le meilleur des remèdes contre le dégoût que j'avais de moi-même, en me permettant de redevenir une femme à mes propres yeux.

Gabe garda le silence, et Laura chercha désespérément les mots qui l'apaiseraient, qui le convaincraient de tourner, lui aussi, la page.

— Ni toi ni moi n'avons le pouvoir de modifier le passé, reprit-elle, mais nous ne devons pas le laisser détruire ce que nous avons réussi à construire ensemble.

— Quand tu as parlé de consulter un avocat, cet après-midi, j'ai cru que tu voulais divorcer, déclara Gabe d'un ton pensif.

— Divorcer ?

— Oui, et j'ai eu l'impression que tout s'écroulait autour de moi. Je n'arrivais pas à imaginer mon existence sans toi.

— Il te serait resté mon portrait, souligna la jeune femme, songeant à la remarque de Marion sur les artistes qui s'amourachaient de leur modèle.

— Il n'aurait fait que me rappeler ton absence. J'ai peut-être changé ta vie, mon ange, mais pas plus que tu n'as changé la mienne.

— Rassure-toi, jamais je ne te quitterai. Je t'aime, Gabe. Michael et toi êtes ce que j'ai de plus précieux au monde.

Parce qu'elle se gardait encore d'espérer que Gabe partage ses sentiments, Laura n'attendait pas de lui des mots d'amour. Il se contenta en effet de venir s'asseoir près d'elle et de lui prendre la main, mais ce geste lui dit au moins qu'il n'avait plus peur de la toucher.

— J'ai besoin de toi, murmura-t-il. Trop, peut-être…

— Pas de mon point de vue à moi.

— Le bébé s'est endormi… Je vais le coucher, et nous serons ensuite plus tranquilles pour… discuter.

Devinant ce que cachait cet euphémisme, Laura obéit en souriant, mais Michael se réveilla et se remit à pleurer dès que Gabe le souleva.

Ils le bercèrent, lui appliquèrent du baume sur les gencives, le promenèrent chacun leur tour… En vain : à peine le posaient-ils dans son berceau que ses cris reprenaient, et il fallait alors tout recommencer.

— Il est inutile que nous soyons deux à veiller, finit par observer Laura. Va te recoucher !

— Non, vas-y, toi !

— Comme nous ne céderons ni l'un ni l'autre, nous allons devoir trouver un compromis.

— D'accord ! Tu vas t'asseoir dans le rocking-chair pendant que j'essaie encore de calmer ce petit monstre, et si je n'y suis pas parvenu dans un quart d'heure, nous inverserons les rôles.

Trop fatiguée pour argumenter, la jeune femme s'exécuta.

Elle se lova dans le fauteuil et ferma les yeux pendant que Gabe poursuivait :

— Il m'est arrivé, dans ma folle jeunesse, de passer une nuit blanche à boire, jouer aux cartes ou me livrer à d'autres formes de divertissement, mais jamais je ne me suis senti aussi fourbu qu'en ce moment.

— Quand Michael sera grand, nous nous rappellerons pourtant avec nostalgie ces heures d'insomnie… et celles qui nous attendent encore.

— Merci de me remonter le moral !

Michael ne pleurant plus depuis au moins trente secondes, Gabe alla se pencher sur le berceau, plein d'espoir. Il vit que le bébé commençait à s'assoupir, mais il resta près de lui, en retenant son souffle, de peur de le réveiller, le temps qu'il soit complètement endormi.

Gabe recula sur la pointe des pieds, puis se tourna vers Laura, le doigt posé sur la bouche pour lui demander de ne faire aucun bruit, mais c'était une précaution inutile : elle dormait aussi profondément que leur fils, les jambes repliées sous elle dans une position qui devait être très inconfortable. Il la souleva dans ses bras et la porta dans leur chambre, mais elle ouvrit alors les yeux et, au lieu de se diriger vers le lit, il s'approcha de la fenêtre et murmura :

— Le soleil se lève… Regarde comme c'est beau !

L'aurore transformait le ciel en une toile où un pinceau invisible aurait étalé des couleurs toujours changeantes. Au fil des minutes, les gris devenaient mauves, les bleus se paraient d'or et les roses se métamorphosaient en rouges de plus en plus éclatants.

Laura contemplait ce magnifique spectacle avec le sentiment de vivre l'un des moments les plus importants de son mariage. Pour la première fois, Gabe lui faisait partager ses émotions de peintre et lui permettait ainsi de pénétrer dans son jardin secret. Sa chaleur l'enveloppait, ses bras musclés la tenaient serrée contre lui dans une étreinte à la fois tendre et ferme, leurs cœurs battaient à l'unisson dans un silence complice, et elle sut alors, sans qu'il eût besoin de le dire, que sa colère contre Tony l'avait quitté. Comme elle, il avait décidé de se tourner vers l'avenir, et le dernier obstacle serait levé quand il aurait assez confiance en elle pour lui parler de son frère disparu.

Ils seraient ensuite libérés des fantômes du passé, et la vie, *leur* vie, reprendrait tous ses droits.

Gabe sentait se répandre en lui une onde tiède qui se faufilait peu à peu dans les recoins de son âme, où soufflait encore le vent glacé du chagrin et des remords. Laura lui avait de nouveau déclaré son amour, et il la croyait, maintenant. L'intensité de la communion qui les unissait en cet instant, au-delà des mots, au-delà des gestes, ne pouvait venir que de l'élan de deux cœurs au diapason l'un de l'autre. Il se rendait compte qu'il n'avait pas encore pleinement mesuré la profondeur de ses sentiments pour elle. Il avait d'abord admis la désirer, puis l'aimer, mais il comprenait pour la première fois qu'elle était à lui comme aucune femme ne pourrait jamais l'être, et lui à elle comme aucun homme ne pourrait jamais l'être.

Et quand ils firent l'amour, un peu plus tard, ce fut lentement, voluptueusement, avec de doux soupirs et de tendres murmures plutôt que dans la fièvre et l'urgence de la passion. Ils s'endormirent ensuite, étroitement enlacés, baignant dans la lumière du jour qu'ensemble ils avaient vu naître, et qui avait à présent chassé les dernières ombres de la nuit.

— Je sais que j'ai raison d'essayer de trouver un accord avec Lorraine, déclara Laura à Gabe en sortant de l'ascenseur de l'hôtel Fairmont, et c'est moi qui en dicterai les conditions, mais je suis tout de même contente que tu sois là !

— Tu peux encore me laisser mener seul cet entretien. Le fait de la revoir risque de te déstabiliser.

— Non, je dois me prouver à moi-même que je suis capable de l'affronter. J'en ai besoin, mais…

— Mais ?

— Ne perds pas ton sang-froid, je t'en prie ! Des cris et des reproches auraient pour seul résultat de la braquer.

— Je ne crie jamais ! protesta Gabe. J'élève juste un peu la voix de temps en temps, pour obliger les gens à m'écouter.

Sa mauvaise foi amusa Laura, mais toute sa nervosité

revint quand ils s'arrêtèrent devant la porte de la chambre. Après un instant d'hésitation, elle frappa, et Lorraine leur ouvrit, le visage plus sévère et l'air plus hautain que jamais. Elle salua la jeune femme d'un bref signe de tête, puis se tourna vers Gabe.

— Ravie de faire votre connaissance, monsieur Bradley... Laura ne m'avait pas dit que vous l'accompagneriez.

— Tout ce qui concerne Laura et Michael me concerne aussi, madame Eagleton, indiqua Gabe avant d'entrer sans attendre d'y être invité.

— Cette sollicitude vous honore, susurra Lorraine, mais ce sont des problèmes familiaux que Laura et moi avons à régler. J'espère que vous le comprendrez...

— Je le comprends parfaitement, et cela me donne d'autant plus de raisons de rester, car ma femme, mon fils et moi formons une famille.

Gabe et Lorraine se défièrent du regard, et ce fut la seconde qui baissa les yeux la première.

— Si vous insistez..., déclara-t-elle. Asseyez-vous, je vous en prie ! Je vais commander du thé.

— Ne prenez pas cette peine, dit Laura. Cet entretien ne devrait pas durer très longtemps.

— Comme vous voudrez.

Après avoir refermé la porte et pris place dans un fauteuil, face à ses visiteurs, Lorraine expliqua :

— Mon mari aurait aimé être là, mais ses affaires l'ont empêché de faire le voyage. Je tiens cependant à préciser que je parle en notre nom à tous les deux, et que ma position n'a pas changé depuis hier : j'ai toujours l'intention d'emmener le fils de Tony à Boston, et de lui donner l'éducation qui convient à un Eagleton.

— Et moi, je vous répète que c'est hors de question, répliqua Laura. Michael est une personne, madame Eagleton, et non un bien que Tony vous aurait légué. Il a ici tout ce dont il a besoin : deux parents qui l'aiment, et l'assurance de ne jamais manquer de rien sur le plan matériel. C'est un très bel enfant, plein de vie et de santé, et cela devrait suffire à vous rendre heureuse. En tant que grand-mère, vous êtes naturellement en droit d'avoir des contacts avec lui, et je suis prête à discuter des droits de visite...

— Nous discuterons en effet de droits de visite, coupa Lorraine, mais pas des miens, des vôtres ! Et si j'ai voix au chapitre, ils seront extrêmement limités !

Puis elle se tourna vers Gabe et enchaîna :

— Vous n'avez sûrement pas envie d'élever l'enfant d'un autre, monsieur Bradley... Il n'est pas de votre sang, et s'il porte votre nom, c'est uniquement parce que vous avez épousé sa mère avant sa naissance et, pour une raison qui m'échappe, déclaré à l'état civil que vous étiez son père biologique.

Gabe prit une cigarette et l'alluma sans se presser. Laura l'avait supplié de ne pas perdre son sang-froid et, bien qu'il se sût incapable de contenir longtemps sa colère, il ne voulait pas la laisser éclater trop vite.

— Il y a beaucoup de choses qui vous échappent, madame Eagleton, se borna-t-il à souligner.

— J'imagine que vous avez de l'affection pour Laura, observa Lorraine d'un ton presque indulgent. Tony en avait, lui aussi.

Ces mots manquèrent faire oublier à Gabe ses bonnes résolutions, mais il parvint à n'exprimer sa fureur qu'en foudroyant son interlocutrice du regard et en ripostant d'une voix sèche :

— Je vous interdis de comparer mes sentiments pour Laura avec ceux de votre fils !

Lorraine tressaillit, mais elle se reprit aussitôt et remarqua posément :

— J'ignore ce qu'elle vous a dit...

— La vérité ! s'écria Laura en posant la main sur le bras de Gabe pour l'empêcher de parler à sa place. Je lui ai dit que Tony était un déséquilibré, et vous le saviez très bien, mais vous avez préféré fermer les yeux sur ses dérèglements plutôt que de l'admettre.

— Je ne resterai pas une minute de plus à vous écouter calomnier mon fils ! Cette conversation est terminée ! Partez tout de suite !

— Non, vous allez m'écouter ! Vous vous y êtes refusée, quand j'avais désespérément besoin d'aide, et vous avez même refusé d'entendre les appels au secours que vous lançait Tony en poussant toujours plus loin ses excès de toutes sortes... Vous étiez au courant de son alcoolisme, de ses infidélités et des violences qu'il m'infligeait, mais vous avez fait comme si de rien n'était, et votre silence ne vous a pas seulement rendue complice de ses actes, il l'a aussi privé des soins qui, à terme, auraient pu le guérir.

— Ce qui se passait entre Tony et vous ne me regardait pas.

— Libre à vous de vous donner ainsi bonne conscience, mais je vous préviens, Lorraine : si vous ouvrez la boîte de Pandore, ne vous étonnez pas de voir en sortir des choses que vous auriez voulu garder secrètes.

C'était la première fois que Laura appelait Lorraine Eagleton par son prénom, et l'intéressée parut comprendre ce que cela signifiait : la femme craintive et malléable d'autrefois avait relevé la tête et se considérait désormais comme son égale.

— Vos menaces ne m'impressionnent pas, déclara-t-elle néanmoins. La justice n'aura aucun mal à déterminer qui, d'une aventurière aux mœurs dissolues ou de grands-parents honorablement connus, est le plus apte à élever un Eagleton !

— Je vous déconseille d'insulter de nouveau ma femme, intervint Gabe, sinon ce sont plus que des menaces qui vous attendent.

Le sentant sur le point de perdre son calme, Laura l'invita à se maîtriser en lui prenant la main et en la serrant dans la sienne.

— Vous n'avez plus le pouvoir ni de m'effrayer ni de me manipuler, Lorraine, souligna-t-elle. Vous savez très bien que j'étais fidèle à Tony.

— Ce n'est pas ce qu'il disait !

— Alors comment pouvez-vous être sûre que Michael est son fils ?

Un lourd silence accueillit cette remarque. Laura ouvrit la bouche pour protester, mais un froncement de sourcils de Gabe l'en dissuada. Lorraine avait pâli, et ce fut d'une voix mal assurée qu'elle finit par répondre :

— J'en suis sûre parce que Laura est trop...

— Ah bon ? Voilà qui est étrange..., susurra Gabe. Vous avez l'intention de prouver qu'elle trompait son mari, mais vous excluez totalement la possibilité qu'elle ait été enceinte d'un autre homme que Tony... Il y a là une contradiction qu'aucun juge ne manquera de rclever.

— Un test ADN suffira à établir si Tony est ou non le père de cet enfant, et je le ferai faire! Vous ne croyez tout de même pas que je vais élever un bâtard!

— Ce test montrera que Michael est bien votre petit-fils, indiqua Laura, mais cela ne vous empêchera pas de continuer à le considérer comme une chose, et non comme une personne. Vous ne voulez pas nous le prendre parce que vous pensez qu'il sera plus heureux avec vous, mais par pur égoïsme.

— Qu'en savez-vous? rétorqua Lorraine.

— C'est très simple. Vous ne vous êtes jamais enquise de sa santé, vous n'avez jamais demandé à le voir, ne serait-ce qu'en photo, pas une fois je ne vous ai entendue l'appeler par son prénom... Cela confirme ce que je vous ai dit hier : vous ne l'aimez pas, et ma décision est prise, maintenant. Il n'est plus question d'accord à l'amiable, c'est désormais à la justice de trancher. Gabe et moi avons déjà mis notre avocat au courant de la situation, nous nous battrons, et nous gagnerons! Et dans l'intervalle, je serai allée raconter aux médias l'enfer que m'ont fait vivre les grands Eagleton de Boston!

Les mains de Lorraine se crispèrent sur les bras de son fauteuil.

— Vous n'en aurez pas le courage, déclara-t-elle.

— Si! Quand il s'agit de protéger mon fils, je suis prête à tout.

— Admettons, mais qui vous croira? Mon mari et moi nierons tout en bloc, et ce sera votre parole contre la nôtre.

— Je ne suis pas inquiète. Les gens reconnaîtront dans mes propos l'accent de la vérité.

Les mâchoires serrées, Lorraine se tourna vers Gabe.

— Vous avez conscience du tort que cette publicité va vous causer, monsieur Bradley? Vous avez vraiment envie de voir votre réputation et celle de vos parents ternie à cause d'une femme et d'un enfant qui n'est même pas de votre sang?

— Ma réputation m'indiffère, répondit Gabe. Quant à

mes parents, l'hypocrisie leur a toujours fait horreur, et ils se réjouissent à l'idée que la vôtre éclate au grand jour.

— Ecoutez, Lorraine, intervint Laura, vous avez perdu votre fils et je compatis à votre douleur, mais je ne vous laisserai pas le remplacer par le mien. Je paierai le prix qu'il faudra pour défendre les véritables intérêts de Michael, mais vous aussi.

— Votre avocat peut prendre contact avec nous, si vous décidez d'aller jusqu'au procès, madame Eagleton, dit Gabe en se levant, imité par Laura. Permettez-moi cependant de vous rappeler que vous n'avez plus en face de vous une jeune femme sans ressources et seule au monde, mais la famille Bradley tout entière.

Dès qu'ils furent dans le couloir, il passa un bras autour des épaules de Laura et, la sentant trembler, il la serra plus fort contre lui.

— Tu m'as impressionné, mon ange, déclara-t-il. Je doute que personne ait jamais remis Lorraine à sa place comme tu viens de le faire.

— Ça n'a pas été aussi difficile que je le pensais, expliqua Laura, rouge de fierté. Elle me terrifiait, autrefois, mais j'ai pitié d'elle, maintenant. C'est une femme très malheureuse, qui se raccroche à son sens de l'honneur familial pour ne pas sombrer.

— L'honneur n'a rien à voir là-dedans !

— Non, mais c'est ainsi que les choses lui apparaissent, à elle.

Main dans la main, ils se dirigèrent vers l'ascenseur et, quand ils eurent regagné le hall de l'hôtel, Gabe suggéra avec un tendre sourire :

— Je te propose d'oublier Lorraine Eagleton pour aujourd'hui. Nous pourrons très bientôt l'oublier pour toujours, mais en attendant, je connais un petit restaurant, pas loin d'ici, où les gens paient très cher pour s'asseoir sur des chaises inconfortables et être assourdis par le vacarme ambiant.

— Comment résister à une offre aussi tentante ? s'écria Laura en riant. Mais il est encore trop tôt pour dîner.

— Qui te parle de dîner ? Nous allons nous installer sur la terrasse, et je regarderai tous les hommes dévorer des yeux ma ravissante épouse pendant que nous viderons une bouteille de champagne.

— Tu ne crois pas que nous devrions attendre d'être assurés de notre victoire pour l'arroser ?

— Nous gagnerons, tu l'as dit toi-même, et nous fêterons aussi cet événement au champagne, le moment venu. C'est à la métamorphose d'un ange en dragon que je veux boire aujourd'hui.

— Et si l'ange ne revenait jamais ? demanda la jeune femme d'un air malicieux. Si tu devais passer le restant de tes jours avec un dragon ?

— Je connais un moyen d'apprivoiser les dragons...

Et Gabe embrassa Laura, sans se soucier des personnes qui les entouraient. Et quand il s'arrêta, Laura ne se sentait ni ange ni dragon, mais merveilleusement femme.

12

— Vous avez l'air épuisée, observa Amanda en pénétrant dans le vestibule.

— Michael perce une dent, expliqua Laura, mais il vient enfin de s'endormir et, avec un peu de chance, il ne se réveillera pas avant une heure.

— Vous auriez dû en profiter pour aller vous reposer.

— Je l'aurais fait si vous n'aviez pas téléphoné pour m'annoncer votre visite.

— C'est vrai, admit Amanda sans juger utile de s'excuser, mais rassurez-vous, je ne resterai pas longtemps… Gabe est là ?

— Non, il est sorti. Vous voulez boire quelque chose ? Un café, ou une boisson fraîche ?

— Rien, merci. Venez plutôt vous asseoir avec moi dans le salon. Vous tenez à peine debout !

Laura appréciait maintenant le franc-parler de sa belle-mère. Amanda pouvait être brusque, voire tranchante, mais, contrairement à la plupart des gens, elle avait l'immense mérite de dire ce qu'elle pensait, et de penser ce qu'elle disait. La jeune femme la suivit donc docilement et s'installa en face d'elle dans un fauteuil.

— Comment va Gabe ? déclara Amanda.

— Il ne dort pas beaucoup en ce moment, lui non plus.

— Vous avez eu des nouvelles de Lorraine Eagleton ou de son avocat ?

— Aucune.

— Et ça vous inquiète, j'imagine ?

— Oui. Je ne peux pas m'empêcher de voir dans ce silence le calme qui précède la tempête.

— La tempête étant le procès dont elle vous a menacée ?

— Exactement.

— Et cette perspective vous effraie ?

— Un peu, mais je me battrai, et je n'hésiterai pas à révéler aux médias le vrai visage des Eagleton, comme je l'ai annoncé à Lorraine.

— C'est tout ce que je voulais entendre, et quand cette affaire sera enfin réglée, vous pourrez passer à la suite.

— La suite ?

— Oui, vous devrez décider de ce que vous allez faire de votre vie.

— Elle est déjà toute tracée, il me semble.

— Vraiment ? Gabe a sa peinture, mais vous, qu'avez-vous, à part Michael ? La maternité apporte de grandes joies, mais elle ne permet pas à toutes les femmes de se réaliser pleinement, et je vois en vous des possibilités qui resteront inexploitées, même si vous donnez à Michael toute une ribambelle de frères et de sœurs.

Cette remarque tira Laura de la torpeur dans laquelle le seul fait d'être assise l'avait plongée. Gabe et elle n'avaient encore jamais parlé d'avoir d'autres enfants... En désirait-il ? Et elle ?

La réponse à cette dernière question lui vint aussitôt. A la seule idée de porter l'enfant de Gabe, une joie immense lui gonfla le cœur.

— Ayant passé plus de vingt ans sous le même toit que Gabe, reprit Amanda, je connais ses habitudes. Je sais qu'il peut s'enfermer dans son atelier et ne plus en sortir pendant des journées entières.

— C'est un grand artiste, et je trouve normal de m'effacer quand il travaille.

— Sans doute, mais vous avez, vous aussi, des capacités qu'il serait dommage de sacrifier en vous consacrant uniquement à votre famille.

Amanda ouvrit son sac à main et en sortit une carte qu'elle posa sur la table avant de poursuivre :

— Il y a en ville une association qui s'occupe de femmes

battues. C'est une petite structure dont les moyens financiers sont malheureusement très limités. Je compte la subventionner, mais elle a également besoin de bénévoles pour écouter, soutenir et conseiller les victimes de violences conjugales.

— Je ne suis pas psychologue.

— Non, mais vous avez connu le même genre d'épreuve, et cela vaut tous les diplômes.

Les quelques réunions d'organisations similaires auxquelles Laura avait assisté l'avaient beaucoup aidée, et l'idée de mettre son expérience au service des autres la tentait, mais l'effrayait aussi un peu.

— Je ne sais pas, murmura-t-elle. Je...

— Contentez-vous pour l'instant d'y réfléchir. Je vous laisse, à présent.

— Non, attendez ! Comment se fait-il que vous ayez la carte de cette association ?

— Cliff et moi y sommes allés hier.

— Pourquoi ?

— Parce que nous voulions mieux comprendre une personne de notre entourage que nous aimons beaucoup... Non, ne vous levez pas ! Je connais le chemin... Embrassez Gabe de ma part, et dites-lui que son père se demande s'il aura jamais le plaisir de jouer de nouveau au poker avec lui. Il adore perdre de l'argent !

— Entendu, et merci, Amanda. Je n'ai pas eu de mère, et celle que je me suis inventée ne vous ressemblait pas du tout, mais je commence à penser que j'ai gagné au change.

— Et moi qui ai toujours regretté de ne pas avoir eu de fille, je suis ravie d'en avoir trouvé une.

A peine Amanda avait-elle quitté la pièce que les paupières de Laura se fermèrent et qu'elle sombra dans un profond sommeil.

Lorsque Gabe pénétra dans le salon, il vit Laura endormie dans un fauteuil. Elle était si belle qu'il aurait aimé avoir son carnet à croquis pour pouvoir la dessiner, mais il n'avait pas la force d'aller le chercher. Après avoir posé contre le mur le gros paquet qu'il avait rapporté, il s'installa dans le canapé, allongea les jambes et s'assoupit aussitôt.

Les pleurs du bébé les réveillèrent tous les deux. Gabe poussa un grognement, mais ne bougea pas, et Laura, après être restée un moment à se demander ce qu'il faisait là, se leva avec effort et se rendit au premier étage.

Gabe la rejoignit dans la nurserie au moment où elle finissait de changer Michael, et il dit d'un air goguenard :

— J'arrive trop tard pour te proposer d'effectuer cette noble tâche à ta place.

— Dis plutôt que tu as attendu pour monter d'être sûr que je m'en serais chargée ! répliqua la jeune femme avec un sourire indulgent. Depuis combien de temps es-tu rentré ?

— Assez longtemps pour m'apercevoir que mon épouse n'a rien de mieux à faire que de se prélasser dans un fauteuil toute la journée.

Ignorant la moue faussement indignée de Laura, Gabe prit Michael dans ses bras et déclara :

— Si nous le tenons éveillé jusqu'à ce soir, tu penses qu'il nous laissera dormir cette nuit ?

— Je n'en sais rien, mais ça vaut la peine d'essayer.

Gabe s'assit alors par terre et se mit à chatouiller, à soulever dans les airs et à amuser par toutes sortes de jeux le bébé qui riait aux éclats. Ce spectacle attendrissant redonna de l'énergie à Laura.

— Tu étais vraiment fait pour être père, dit-elle en allant s'asseoir près de Gabe.

— Je n'y avais jamais songé avant, mais je reconnais que la paternité a ses bons côtés.

— Ta mère est venue, pendant que tu étais sorti, et elle m'a laissé les coordonnées d'une association qui s'occupe de femmes battues.

— Elle estime que tu as encore besoin de soutien psychologique ?

— Non, elle m'a au contraire suggéré d'intégrer cette structure en tant que conseillère bénévole.

— Tu ne crains pas de réveiller ainsi tous tes mauvais souvenirs ?

— Non. Plus j'y pense, plus je désire aider ces femmes

en leur montrant qu'il est possible de retrouver l'estime de soi-même et la capacité d'aller de l'avant.

— Je croyais que tu reprendrais un jour ton métier de mannequin.

— Non, je n'en ai aucune envie. Si je suis la suggestion de ta mère, je me sentirai vraiment utile, mais je voulais d'abord t'en parler.

— Pour que je te donne ma bénédiction ? Tu n'en as pas besoin.

— J'aimerais pourtant l'avoir.

— Tu l'as, à condition que tu ne présumes pas de tes forces.

Laura sourit. Gabe la considérait toujours comme une petite chose fragile — beaucoup plus fragile qu'elle ne l'avait jamais été.

— Tu me sous-estimes, dit-elle, et cela me prouve que nous ne nous connaissons pas encore très bien, tous les deux.

— Je sais que tu passes des heures dans ton bain, et que tu dors toujours la fenêtre ouverte.

— Non, je suis sérieuse, Gabe ! L'autre nuit, je t'ai proposé un marché : tu me poserais toutes les questions que tu voudrais, j'y répondrais franchement, et ce serait ensuite à mon tour de te demander quelque chose… Tu te rappelles ?

— Oui.

— Eh bien, mon tour n'est jamais venu.

Plus fatigué que Michael par leurs jeux, Gabe le cala sur ses genoux, lui donna un anneau en caoutchouc à mâchonner et s'adossa au divan.

— Je t'écoute, indiqua-t-il.

— Le jour de l'orage, en allant fermer les fenêtres de ton atelier, j'ai vu des tableaux empilés contre les murs, et je me suis permis de les regarder. Je n'aurais peut-être pas dû…

— Ce n'est pas grave.

— Il y en a un en particulier qui a retenu mon attention : le portrait de ton frère. J'aimerais que tu me parles de lui.

Gabe resta si longtemps silencieux que Laura faillit lui dire qu'il n'était pas obligé de répondre, que c'était sans importance… Mais elle aurait menti. C'était très important, au contraire, car elle avait la certitude que la mort de son frère hantait toujours Gabe, que c'était la raison de son long séjour dans le Colorado et de sa réticence, même après tout ce temps, à exposer ses œuvres.

— Tu dois me faire confiance comme je t'ai fait confiance en remettant ma vie et celle de Michael entre tes mains, murmura-t-elle, sinon nous serons toujours des étrangers l'un pour l'autre.

Sa prière fut enfin entendue. Gabe tressaillit, l'air de sortir d'un rêve éveillé, et déclara d'une voix d'abord étranglée, puis de plus en plus ferme :

— Mon frère avait trois ans de moins que moi. Enfants, nous nous entendions assez bien mais uniquement parce qu'il avait un caractère accommodant et parvenait à désamorcer mes colères d'un simple sourire. Il possédait un don inné pour régler les conflits qui l'a tout naturellement amené à devenir avocat. Mais au lieu de se spécialiser en droit privé, ce qui lui aurait permis de gagner beaucoup d'argent, il est entré au bureau d'aide juridictionnelle de Washington.

» Les mauvaises langues n'ont pas manqué de dire qu'il avait assez de fortune personnelle pour se contenter d'un salaire de fonctionnaire, mais je sais, moi, qu'il aurait de toute façon choisi cette voie. Avec ou sans portefeuille d'actions pour assurer ses revenus, sa générosité l'aurait poussé à aider les plus pauvres. Ce n'était pas un saint, mais il avait le cœur sur la main, et un charme, un charisme, une vitalité qui le rendaient irrésistible. »

— Oui, j'ai vu tout cela dans son portrait. Et aussi l'amour que tu avais pour lui.

— Je l'aimais, en effet, mais je ne lui ai jamais dit, et je le regretterai toute ma vie.

— Il le savait. Il lui suffisait de regarder le portrait.

Le bébé commençait à geindre. Gabe se leva et entreprit de le promener dans la pièce, mais il n'interrompit pas son récit pour autant. Il trouvait beaucoup moins difficile de parler de son frère à Laura qu'il ne l'avait imaginé.

— Je l'ai harcelé pendant des années pour qu'il me permette de le peindre… Sans résultat, mais lors d'une partie de poker, nous avons mis en jeu cinq séances de pose, et j'ai gagné — une quinte flush contre un brelan de dames. Il est mort à peine un mois plus tard.

— Comment ?

— Dans un accident. Il effectuait alors des recherches en Virginie pour compléter le dossier d'un prévenu, et le petit avion de transport régional qu'il a pris pour se rendre à New York s'est écrasé quelques minutes après le décollage. Il allait au vernissage d'une exposition de mes tableaux... Jamais je ne me le pardonnerai.

— Pourquoi ? Tu n'as rien à te reprocher !

— Si. Il venait à New York pour moi, et cela lui a coûté la vie. Ma mère est restée prostrée dans sa chambre pendant des jours et des jours tandis que mon père errait dans la maison comme une âme en peine, et je ne savais ni quoi dire ni quoi faire pour les réconforter. Comment l'aurais-je pu, d'ailleurs, puisque tout était ma faute ?

Le cœur déchiré, Laura rejoignit Gabe. Il était allé se poster devant la fenêtre après avoir couché le bébé, et elle lui passa un bras autour de la taille.

— Je n'ai jamais perdu un être cher, déclara-t-elle d'une voix douce, mais maintenant que je vous ai, Michael et toi, je peux imaginer ton chagrin. Pourtant tu n'as pas à te sentir coupable : tu n'es pas responsable de l'accident qui a tué ton frère.

— Pas directement, mais sans moi et ma stupide exposition, il serait toujours vivant, et si le destin avait décidé que l'un de nous devait mourir dans la fleur de l'âge, c'est moi qu'il aurait dû choisir, parce que Michael était de loin le meilleur de nous deux.

— Pourquoi te comparer à lui ? Vous étiez différents, mais vous avez brillamment exploité vos talents respectifs.

— Le décès de mon frère m'a privé de la capacité de peindre, et je suis parti m'installer dans le Colorado pour voir si je la retrouverais en quittant des lieux où tout me rappelait Michael. Je m'étais remis à travailler quand nous nous sommes rencontrés ; je commençais même à envisager de rentrer à San Francisco et de reprendre une vie normale, mais je ressentais encore un grand vide... Tu l'as comblé.

— J'en suis très heureuse, mais il te reste un pas à franchir pour te réconcilier avec toi-même et panser ainsi tes dernières plaies. Sors de ton atelier les tableaux que tu y gardes enfermés depuis deux ans. Si ton frère était assez fier de toi pour vouloir aller à cette exposition, il est temps que tu en organises une autre. Tu la lui dédieras, et ce sera la meilleure façon de manifester cet amour que tu regrettes tant de ne pas lui avoir exprimé.

Sur le point de repousser cette suggestion, Gabe se surprit à dire à la place :

— Michael se serait très bien entendu avec toi.

— Il aurait donc été de mon avis.

— Sans doute.

— Alors tu vas exposer ces tableaux ?

— Oui. Je demanderai dès demain à Marion de prendre les dispositions nécessaires.

La mention de ce nom fit passer sur le visage de Laura une ombre qui, bien que fugitive, n'échappa pas à Gabe.

— Quelque chose te tracasse ? s'enquit-il.

— Non, rien.

— Tu mens très mal, mon ange… Je sais que vous avez des rapports tendus, Marion et toi, mais je te répète que mes relations avec elle sont strictement professionnelles.

— Je t'ai déjà expliqué ce que j'aurais fait, si je n'en avais pas été sûre.

— En effet, et comme tu es toujours là, où est le problème ?

— Il n'y en a pas.

— Tu préfères que j'aille poser la question à Marion ?

— Non !

— Alors réponds-moi, sinon je vais la voir séance tenante !

Laura hésita encore un instant, mais Gabe ne lui laissait pas le choix…

— Le jour où je me suis rendue à la galerie, déclara-t-elle, tu nous as surprises, Marion et moi, au beau milieu d'une discussion un peu… orageuse. Tu t'en souviens ?

— Parfaitement.

— C'était à ton sujet que nous nous disputions, tu l'as compris, mais tu n'as visiblement pas entendu le début de notre conversation. Marion pense que ma présence dans ta vie nuit à ta carrière, et elle a décidé de m'en chasser en donnant mes coordonnées aux Eagleton. Ils auraient sûrement fini par me retrouver sans son aide, mais je ne lui pardonnerai jamais de les avoir appelés.

— Pourquoi ne m'en as-tu parlé tout de suite ? s'écria Gabe, blême de rage.

— Je ne voulais pas t'ennuyer avec ça.

— M'ennuyer ?

— Oui, tu as plus besoin de Marion que de moi, et…

— Qu'est-ce que tu racontes ? Comment peux-tu croire que Marion passe avant ma femme et mon fils ?

— Elle m'a dit que…

— Peu importe ! C'est ce que je dis, moi, qui compte !

Mais Gabe ne lui avait jamais dit qu'il l'aimait, songea tristement Laura.

— Marion ne perd rien pour attendre ! reprit-il. Je vais annuler le contrat qui nous lie, et confier mes intérêts à une autre galerie.

— Ta carrière ne risque pas d'en souffrir ?

— Ma carrière ? Mais que dois-je donc faire pour te convaincre que… Zut ! Le téléphone ! Reste là ! Je descends répondre, et je reviens juste après.

Gabe quitta la pièce comme une trombe, laissant Laura à ses sombres réflexions. Il allait certainement mettre à exécution son projet de renvoyer Marion, mais ce ne serait pas pour venger le tort causé à une épouse qu'il aimait. Marion avait commis l'erreur de se mêler de sa vie privée, et c'était de cela qu'il voulait la punir.

Pour se consoler, Laura se dit que la conversation qu'ils venaient d'avoir avait été constructive, Gabe lui avait enfin parlé de son frère, et elle avait réussi à le persuader d'exposer ses œuvres. Il ne l'aimait pas et ne l'aimerait peut-être jamais, mais elle savait qu'il lui serait fidèle, et Michael avait en lui un père merveilleux… N'était-ce pas déjà plus qu'elle n'espérait avoir un jour ? Si, et pourtant…

— Laura ?

Pour que Gabe ne devine pas sa détresse, elle plaqua un sourire sur son visage avant de se tourner vers la porte.

— Oui ?

— C'était Me Quartermain. L'avocat des Eagleton l'a

appelé il y a quelques minutes pour lui dire qu'ils renonçaient à demander la garde de Michael.

— Il... il en est sûr ? bredouilla la jeune femme. Ils ne risquent pas de changer d'avis ?

— Non. Leur décision est ferme et définitive.

Maintenant qu'elle n'en avait plus besoin pour défier les Eagleton, Laura sentit ses forces la quitter.

Des larmes lui montèrent aux yeux et se mirent à couler sur ses joues, mais elle n'en avait pas honte ; c'était des larmes de joie à l'idée que le cauchemar était enfin terminé.

Gabe s'approcha de Laura et l'enlaça avant de lui annoncer une nouvelle qui allait peut-être la peiner :

— Les Eagleton prétendent maintenant que Michael n'est pas le fils de Tony, afin de le priver de ses droits sur leur futur héritage. Un test ADN suffirait cependant à...

— Non ! C'est très bien ainsi. S'ils avaient réclamé un droit de visite, je le leur aurais accordé, mais je suis soulagée de savoir que Michael n'aura aucun contact avec eux... Je ne te remercierai jamais de t'être battu à mes côtés, Gabe !

— Tu n'as pas à me remercier. C'est toi qui as tenu tête à Lorraine.

— Oui, et à présent, personne ne pourra plus jamais nous prendre Michael... J'ai envie de chanter, de danser...

— Je te promets de fêter dignement l'événement dès que nous serons en état de le faire, c'est-à-dire après avoir dormi une semaine entière ! Dans l'immédiat, je vais appeler mes parents pour les mettre au courant.

— Je donnerai son bain à Michael, pendant ce temps, et nous te rejoindrons en bas tout de suite après.

Quand Laura descendit au rez-de-chaussée, presque une heure plus tard, elle avait troqué son jean mouillé contre un pantalon blanc et un chemisier bleu pâle. Le bain avait mis Michael de joyeuse humeur, et laissé sur leur peau à tous les deux une bonne odeur de savon et de talc.

Gabe, qui les attendait au pied de l'escalier, les caressa du regard avant de prendre le bébé dans ses bras et de lui chatouiller le ventre.

— Tu m'as l'air bien réveillé..., observa-t-il. Si on allait se promener dans le jardin, maintenant ?

— Où trouves-tu toute cette énergie ? demanda la jeune femme en étouffant un bâillement. Tu ne dors pas plus que moi !

— C'est le résultat de trente années de vie saine... et de nombreuses nuits passées à jouer aux cartes.

— Ton père te fait dire que vos parties de poker lui manquent. Tu pourrais en organiser une ce soir et y emmener Michael... Cela me permettrait de rattraper un peu de sommeil.

— Tu es vraiment épuisée, n'est-ce pas ?

— Moi ? Je suis en pleine forme ! Je pensais que ça se voyait !

— Je vais m'occuper de Michael, et tu pourras ainsi te reposer, mais je veux te montrer quelque chose avant.

— Non, plus tard ! J'arrive à peine à garder les yeux ouverts.

— S'il te plaît ! C'est important !

— Bon, d'accord... Je suis trop fatiguée pour discuter.

Le bébé calé sur sa hanche et son bras libre entourant les épaules de Laura, Gabe se dirigea vers le salon, ouvrit la porte...

A la vue du tableau accroché au-dessus de la cheminée, la jeune femme s'arrêta net. Elle avait assisté à sa création, du premier coup de pinceau au dernier, et pourtant elle avait l'impression de le découvrir. A la galerie, il lui était apparu comme une magnifique œuvre d'art, digne de figurer dans un musée ou dans la plus prestigieuse des collections privées, mais ici, dans ce salon éclairé par les feux du soleil couchant, il devenait l'illustration et le symbole d'une histoire que Gabe et elle étaient seuls à connaître. Il prenait une dimension personnelle, il faisait partie d'eux, et, pour la première fois, Laura eut le sentiment que la maison de Gabe était aussi la sienne.

— C'est très beau, murmura-t-elle, mais je ne savais pas que tu voulais le garder. Plusieurs personnes ont même proposé de l'acheter, d'après ce que Marion m'a dit.

— Je n'ai jamais eu l'intention de le vendre. Je vis ici depuis près de dix ans, mais je n'avais encore ni peint ni trouvé aucun tableau que j'aie eu envie de mettre à cet endroit. Et puis nos chemins se sont croisés, et de notre rencontre est née la meilleure œuvre que j'aie jamais réalisée et que je réaliserai jamais.

— Comment peux-tu le savoir ? Ta carrière est loin d'être terminée.

— Tu ne comprends pas, mon ange.

— Que devrais-je comprendre ?

— Ce que je ressens pour toi. Il m'a fallu attendre aujourd'hui pour m'apercevoir que tu n'en avais pas la moindre idée.

— Bien sûr que si ! Tu as besoin de moi et de Michael. La famille que nous formons tous les trois te donne une nouvelle raison de vivre et remplit le vide laissé par la mort de ton frère.

— C'est bien ce que je pensais... Assieds-toi, maintenant, et regarde attentivement ce portrait ! Michael est en train de s'endormir, je vais aller le coucher, et quand je reviendrai, tu me diras ce que tu as vu.

Le ton grave de Gabe intrigua Laura. Elle ouvrit la bouche pour lui demander des explications, mais il avait déjà quitté la pièce. Elle s'installa sur le canapé et attendit son retour, les yeux fixés sur le tableau.

— Alors ? déclara Gabe deux minutes plus tard en s'asseyant près d'elle.

— Je me vois telle que tu me voyais à ce moment-là, et je me trouve un peu trop vulnérable, un peu trop triste.

— C'est tout ? s'exclama Gabe, agacé.

— Non. Je vois aussi une femme seule, mais décidée à défendre l'enfant qu'elle porte.

— Tu ne regardes pas bien ! Moi, je lis autre chose sur le visage de cette femme.

— Oui, elle est en train de tomber amoureuse, chuchota Laura. Tu avais déjà conscience, alors, de mes sentiments pour toi ?

— Non. Je croyais seulement peindre ceux que je voulais t'inspirer, et je ne me suis pas rendu compte tout de suite que je peignais aussi les miens.

Le cœur de Laura bondit dans sa poitrine. Les tableaux de Gabe étaient le reflet de ses émotions les plus profondes, alors pouvait-elle espérer...

— Et quelle est la nature de ces sentiments ? murmura-t-elle.

— Tu ne le vois pas ?

— Ça ne me suffit pas. Je veux l'entendre.

C'était précisément ce que Gabe avait cherché à éviter, parce qu'il n'était pas à l'aise avec les mots et craignait que le langage ne trahisse sa pensée. Il devait pourtant essayer, l'enjeu était trop important.

Prenant la main de Laura dans la sienne pour se donner du courage, il expliqua d'une voix basse et lente :

— J'ai tout de suite éprouvé pour toi une attirance irrésistible, et je me suis dit que c'était mal. Tu étais enceinte, désemparée, entièrement dépendante de moi... Je n'avais pas le droit de te désirer. J'avais juste le devoir de t'aider.

— Tu l'as fait, et je t'en serai éternellement reconnaissante.

— Je ne veux pas de ta reconnaissance ! s'écria Gabe en fusillant Laura du regard.

La jeune femme sourit. Les mouvements d'humeur de son mari ne l'effrayaient plus ; elle sentait au contraire un grand calme l'envahir, et la certitude lui vint que jamais elle n'oublierait Gabe tel qu'il était en ce moment — les cheveux en désordre, les manches de sa chemise grise relevées jusqu'aux coudes et les yeux lançant des éclairs.

— Entendu, déclara-t-elle, je t'épargnerai désormais l'expression de ma gratitude. Je me contenterai de te dire que je t'aime, et que je t'aimerai jusqu'à la fin de mes jours, mais il faut en échange que tu répondes à une question : tes sentiments vont-ils à l'image que tu as fixée sur la toile, à la mère de Michael, ou à la personne que je suis ?

— Aux trois, ensemble et séparément. Même si nous nous étions rencontrés ailleurs, et dans d'autres circonstances, je serais tombé amoureux de toi. Peut-être pas aussi vite, et les choses auraient sans doute été moins compliquées, mais tu m'étais destinée. Je t'aime, Laura... C'est pour cela que je t'ai épousée, et non pour te rendre service.

— Alors je retire ce que j'ai dit ! s'exclama Laura en riant. Puisque tu m'as épousée par pur égoïsme, je n'ai aucune raison de t'en être reconnaissante... Tu es content, maintenant ?

— Non, je suis heureux, mon ange, rectifia Gabe en se penchant vers elle.

Juste avant que leurs lèvres ne se joignent, une pensée

traversa l'esprit de Laura : l'ange de Gabriel était plus qu'un portrait. Il vivait dans le cœur de Gabe et y vivrait à jamais.

C'était sa place, celle qu'elle avait longtemps cherchée, et enfin trouvée.

L'INVITÉE DE L'HIVER

1

Il avait choisi la maison pour l'atmosphère étrange qui s'en dégageait. Ryan en fut certaine dès qu'elle la vit en haut de la falaise. Construite en pierres grises, elle était complètement isolée et tournait le dos à l'océan Pacifique. Il n'y avait en elle aucune symétrie, mais plutôt une sorte d'anarchie, avec des pans de différentes hauteurs qui s'élevaient par endroits et lui donnaient une grâce sauvage. Accessible par une route en lacet, perchée sur la falaise, avec comme toile de fond un ciel d'orage, c'était une demeure à la fois splendide et sinistre.

On la croirait sortie d'un vieux film, pensa Ryan, alors qu'elle passait en première pour monter la côte.

Elle avait entendu dire que Pierce Atkins était excentrique. Cette maison semblait le confirmer.

Il ne manque que le tonnerre, un peu de brouillard et le hurlement des loups pour compléter le tableau, songea-t-elle, amusée.

Elle arrêta la voiture et observa de nouveau la demeure. Il n'en existait sûrement pas une seule comme celle-là dans un rayon de deux cent cinquante kilomètres autour de Los Angeles.

Ailleurs non plus, d'ailleurs, corrigea-t-elle intérieurement.

Quand elle sortit de la voiture, le vent la fouetta, rabattant ses cheveux sur son visage et gonflant sa jupe. Elle eut envie d'aller jusqu'au promontoire pour voir la mer, mais elle préféra y renoncer et se hâta de gravir les marches du perron. Après tout, elle n'était pas venue jusqu'ici pour admirer la vue.

Le heurtoir était ancien et pesant, et quand elle le laissa retomber, il émit un bruit sourd, impressionnant.

Tout en attendant qu'on lui ouvre, Ryan se rendit compte qu'elle était en train de faire passer fébrilement sa serviette d'une main dans l'autre. Inutile d'essayer de se persuader qu'elle n'était pas nerveuse, songea-t-elle, elle savait pertinemment que son père serait furieux si elle revenait sans avoir obtenu la signature de Pierce Atkins au bas du contrat qu'elle venait lui proposer. Non, pas furieux, rectifia-t-elle. Silencieux. Personne ne savait utiliser le silence avec autant d'efficacité que Bennett Swan.

Je ne repartirai pas les mains vides, se dit-elle pour se rassurer. *Je sais comment m'y prendre avec les artistes. J'ai passé des années à les observer, et...*

La porte s'ouvrit brusquement, interrompant le cours de ses pensées, et ses yeux s'agrandirent de surprise. L'homme qui se tenait devant elle mesurait au moins deux mètres, et ses épaules étaient presque de la largeur de la porte. Quant à son visage... Ryan se dit que c'était indiscutablement l'être le plus laid qu'elle ait jamais rencontré. Sa figure était large et pâle. Son nez avait certainement été cassé et s'était ressoudé suivant un angle étrange. Il avait de petits yeux marron, d'une teinte terne, assortis à ses cheveux épais et en broussaille.

Atmosphère..., songea de nouveau Ryan. Décidément Atkins avait le sens du détail.

— Bonjour, dit-elle. Je suis Ryan Swan. M. Atkins m'attend.

— Mademoiselle Swan.

Sa voix, lente et grave, s'accordait parfaitement avec son physique. Lorsqu'il se recula pour la laisser passer, Ryan dut se forcer à passer devant lui pour entrer dans la pièce. De gros nuages noirs, un maître d'hôtel impressionnant, une inquiétante maison sur une falaise battue par les flots... Oh ! oui, décida-t-elle, Atkins savait parfaitement camper un décor.

Tandis que la porte se refermait derrière elle, Ryan jeta un rapide coup d'œil aux alentours.

— Attendez ici, lui ordonna le laconique majordome en traversant le hall d'un pas étonnamment léger pour un homme aussi grand.

— Oui, bien sûr, merci beaucoup, murmura-t-elle dans son dos.

Les murs blancs étaient drapés de lourdes tapisseries. Celle qui se trouvait le plus près d'elle — une scène médiévale aux couleurs délavées — représentait le jeune Arthur retirant l'épée de la pierre, avec Merlin l'Enchanteur à l'arrière-plan, debout dans un halo de lumière. Ryan hocha la tête. C'était une œuvre exquise qui convenait bien à quelqu'un comme Atkins. Derrière elle se trouvait une psyché au cadre ornementé. Elle se retourna et observa son reflet dans le miroir.

Constatant qu'elle était décoiffée, elle se dit avec contrariété que cela seyait mal à une représentante de la société Swan Productions et lissa ses mèches ébouriffées et humides. Un mélange d'anxiété et d'excitation avait obscurci le vert de ses yeux et fait rougir ses joues. Elle inspira profondément et s'obligea à se calmer tout en tirant sur sa veste.

Elle s'éloigna rapidement du miroir en entendant un bruit de pas. Pas question qu'elle se laisse surprendre en train de se refaire une beauté. Surprise, elle vit le majordome entrer de nouveau dans la pièce. Seul. Ryan réprima un élan de contrariété.

— Il vous attend en bas.

— Oh !

Elle ouvrit la bouche pour ajouter quelque chose, mais l'homme avait déjà tourné le dos. Elle se força à lui emboîter le pas.

Le couloir tournait vers la droite. Les talons de ses chaussures claquaient sur le sol tandis qu'elle courait pour suivre l'allure du majordome. Brusquement ce dernier s'arrêta, et elle faillit lui rentrer dedans.

— Là, en bas.

Il avait ouvert une porte et s'éloignait déjà.

— Mais…

Ryan lui lança un regard furieux et commença à descendre l'escalier mal éclairé.

Tout cela est vraiment ridicule, se dit-elle.

La plupart des rendez-vous d'affaires avaient lieu dans des bureaux ou des restaurants. Pas dans des endroits de ce genre !

Enfin, c'est le show-business…, songea-t-elle, désabusée.

Répercuté par l'écho, le bruit de ses pas résonnait. Aucun son ne montait du bas. Oh ! oui, conclut-elle, Atkins savait camper un décor. Elle commençait à le détester de tout son être. Son cœur battait à tout rompre lorsqu'elle prit le dernier virage de l'escalier en colimaçon.

Le sous-sol était immense. Des caisses, des malles et tout un attirail hétéroclite étaient entassés çà et là, pêle-mêle. Les murs étaient lambrissés, le sol carrelé, mais il n'y avait aucune décoration dans la pièce. Tout en descendant les dernières marches, Ryan regarda autour d'elle en fronçant les sourcils.

Il l'observait. Il avait le don de rester comme cela, absolument immobile et concentré. C'était essentiel à son art. Il savait également jauger rapidement quelqu'un, ce qui faisait aussi partie de son métier. Elle était plus jeune qu'il ne l'aurait cru. Petite, l'air fragile, des attaches fines, des cheveux blonds légèrement ondulés qui entouraient un visage aux traits délicats... et un menton volontaire.

Il nota qu'elle était contrariée, mais pas du tout inquiète. Il esquissa un sourire, mais ne fit pas le moindre mouvement dans sa direction, la laissant à loisir examiner la pièce. Très femme d'affaires, pensa-t-il. Avec son tailleur bien coupé, ses chaussures élégantes, sa serviette de prix et ses mains extrêmement féminines. Intéressante.

— Mademoiselle Swan.

Ryan sursauta, puis jura intérieurement. Elle regarda l'endroit d'où venait la voix, mais ne vit que des ombres.

— Vous êtes très rapide.

Il bougea finalement, et Ryan vit qu'il se tenait sur une petite estrade. Il portait des vêtements noirs et se fondait dans l'ombre. Elle fit un effort pour ne pas montrer son agacement.

— Monsieur Atkins, dit-elle en s'avançant vers lui, un sourire professionnel plaqué sur le visage. Vous avez une maison étonnante.

— Merci.

Il ne descendit pas de son estrade pour l'accueillir, et c'est elle qui dut lever les yeux vers lui. Elle eut la surprise de constater qu'il était plus impressionnant en chair et en os qu'à l'écran. Normalement, c'était plutôt l'inverse. Elle avait vu son spectacle, bien sûr. Depuis que son père était tombé malade et l'avait à contrecœur chargée de ce contrat, elle avait passé deux soirées entières à visionner toutes les cassettes existantes de Pierce Atkins.

Impressionnant, décida-t-elle en observant son visage mince et anguleux, ses cheveux noirs, un peu trop longs. Il avait une petite cicatrice sur le menton, une bouche mince, des sourcils bien dessinés, légèrement relevés. Mais ce qui la fascina le plus, ce furent ses yeux. Elle n'en avait jamais vu d'aussi sombres, d'aussi profonds. Etaient-ils gris ? Etaient-ils noirs ? Pourtant ce n'était pas leur couleur qui la déconcertait, mais l'absolue concentration qui s'y lisait. Sa gorge se serra et elle avala sa salive. Elle eut l'impression qu'il lisait dans ses pensées.

Il était considéré comme le plus grand magicien de ces dix dernières années, voire de cette seconde moitié du xxe siècle. Ses illusions et ses évasions étaient audacieuses, brillantes et inexplicables. En croisant son regard, Ryan comprit soudain pourquoi on le présentait comme un enchanteur.

Elle fit un effort pour sortir de l'état second dans lequel elle s'était brusquement retrouvée plongée et se força à continuer. Elle ne croyait pas à la magie.

— Monsieur Atkins, mon père vous prie de l'excuser de n'avoir pu venir lui-même. J'espère...

— Il va déjà mieux.

Elle s'arrêta, confuse.

— Oui, en effet, dit-elle, attirée de nouveau par son regard.

Pierce Atkins descendit vers elle en souriant.

— Il m'a appelé, il y a une heure, mademoiselle Swan. Il s'agit d'une communication téléphonique, pas de télépathie.

Ryan lui lança un coup d'œil furieux, et le sourire d'Atkins s'élargit.

— Avez-vous fait bonne route ?

— Oui, merci.

— Un peu longue, peut-être, dit-il. Asseyez-vous.

Il tira une chaise et elle s'assit en face de lui.

— Monsieur Atkins, commença-t-elle, se sentant plus à

son aise maintenant que les négociations étaient sur le point de commencer, je sais que mon père a déjà étudié longuement avec vous et votre agent la proposition de Swan Productions, mais peut-être voulez-vous que nous examinions ensemble certains détails.

Elle posa sa serviette sur la table et poursuivit :

— Je suis ici pour répondre à toutes vos interrogations.

— Est-ce que vous travaillez pour Swan Productions depuis longtemps, mademoiselle Swan ?

Bien que la question n'ait rien à voir avec sa présentation, Ryan se résolut à y répondre.

— Cinq ans, monsieur Atkins. Je vous assure que je suis qualifiée pour répondre à vos questions et pour négocier certains termes du contrat si nécessaire.

Sa voix était très douce, mais elle semblait nerveuse. Pierce le remarqua à la manière dont elle avait soigneusement posé ses mains sur la table.

— Je suis sûr que vous êtes qualifiée, mademoiselle Swan, reconnut-il. Votre père n'est pas un homme facile à contenter.

Une expression de surprise, teintée d'appréhension, passa dans les yeux de Ryan.

— En effet, répondit-elle calmement. Vous pouvez donc être certain de bénéficier de la meilleure publicité, du meilleur personnel de production et du meilleur contrat qui soient. Des émissions spéciales de trois heures, pendant trois ans, à des heures de grande écoute et produites avec un budget qui en garantira la qualité.

Elle fit une courte pause.

— Un arrangement intéressant aussi bien pour vous que pour Swan Productions.

— Peut-être.

Il la regardait trop attentivement. Elle s'obligea à ne pas bouger. Gris, remarqua-t-elle. Ses yeux étaient gris, aussi gris que possible sans jamais virer au noir.

— Bien entendu, reprit-elle, votre carrière repose essentiellement sur des shows en public, dans des salles de spectacle et des théâtres, à Las Vegas, au lac Tahoe, au London Palladium et d'autres endroits encore.

— Une illusion n'a pas de valeur si elle est filmée, mademoiselle Swan. Un film peut être truqué.

— Oui, je sais. Pour avoir un impact, un tour doit être réalisé en public.

— Illusion, corrigea Pierce. Je ne fais pas de tours.

Ryan se figea. Il avait les yeux plongés dans les siens.

— Illusion, rectifia-t-elle avec un mouvement de tête. Les émissions spéciales seront enregistrées en studio, en présence d'un public. La publicité...

— Vous ne croyez pas à la magie, n'est-ce pas, mademoiselle Swan ?

Il avait un léger sourire sur les lèvres et une nuance d'amusement dans la voix.

— Monsieur Atkins, vous avez beaucoup de talent, dit-elle prudemment. J'admire votre travail.

— Vous êtes diplomate, conclut-il en s'appuyant contre le dossier de sa chaise. Et cynique. J'aime ça.

Ryan ne prit pas sa remarque pour un compliment. Il se moquait d'elle sans même essayer de se cacher.

Fais ton travail, se dit-elle en serrant les dents.

— Monsieur Atkins, si nous pouvions parler des termes du contrat...

— Je ne parle jamais d'affaires sans savoir qui j'ai en face de moi.

Ryan prit sa respiration.

— Mon père...

— Je ne suis pas en train de parler avec votre père, dit doucement Pierce Atkins en l'interrompant.

— Je n'avais pas l'intention de vous raconter ma vie, répondit-elle d'un ton brusque.

Elle regretta immédiatement ses paroles et pensa qu'elle ne pouvait pas se permettre de perdre patience. Pourtant Pierce Atkins souriait, ravi.

— Je ne pense pas que ce soit nécessaire.

Avant même qu'elle ne comprenne ce qu'il faisait, il avait pris sa main.

« Jamais plus ! »

La voix qui retentit derrière elle la fit sursauter.

— Ce n'est que Merlin, annonça Pierce avec douceur tandis qu'elle tournait la tête.

Un grand mainate noir se tenait dans une cage sur sa droite. Ryan inspira profondément et tenta de maîtriser sa nervosité. L'oiseau la regardait fixement.

— Très intelligent, réussit-elle à dire tout en regardant l'oiseau avec méfiance. C'est vous qui lui avez appris à parler ?

— Mmm.

« J'te paye un verre, mon chou ? »

Les yeux écarquillés, Ryan eut un rire étouffé en se retournant vers Pierce qui jeta un coup d'œil désabusé vers l'oiseau.

— Mais je ne lui ai pas appris les bonnes manières.

Elle s'obligea à garder son sérieux.

— Monsieur Atkins, si nous pouvions…

— Votre père aurait voulu un fils.

Ryan oublia ce qu'elle allait dire et le fixa intensément.

— Ce qui rend les choses difficiles pour vous.

Pierce la regardait de nouveau dans les yeux. Il tenait toujours sa main dans la sienne sans la serrer.

— Vous n'êtes pas mariée et vous vivez seule. Vous êtes une femme réaliste qui se considère comme étant très pragmatique. Vous avez du mal à vous contrôler, même si vous faites des efforts pour y arriver. Vous êtes une personne qui ne prend pas de risques, mademoiselle Swan. Vous ne faites pas facilement confiance aux autres et vous êtes prudente dans vos relations. Vous êtes impatiente car vous avez quelque chose à prouver, aussi bien à vous-même qu'à votre père.

Son regard se fit moins direct et s'adoucit quand il lui sourit.

— Jeu de société, mademoiselle Swan, ou télépathie ?

Profitant du fait que Pierce avait lâché sa main, Ryan la posa sur ses genoux. Elle n'avait pas apprécié la justesse de ses propos.

— Juste un peu de psychologie d'amateur, dit-il d'un ton léger, visiblement ravi de sa stupéfaction. La connaissance de Bennett Swan et la compréhension du langage du corps.

Il haussa les épaules.

— Pas de tour de magie, mademoiselle Swan. Seulement des suppositions. Sont-elles justes ?

Ryan serra ses deux mains sur ses genoux avec force. Elle sentait encore sa chaleur sur sa paume.

— Je ne suis pas venue ici pour jouer à des petits jeux avec vous, monsieur Atkins.

— Non, je sais, dit-il avec un sourire irrésistible. Vous êtes venue pour conclure une affaire, mais j'ai l'habitude de faire les choses comme je veux et quand je veux. Mon métier développe l'excentricité. Faites-moi plaisir.

— Je fais de mon mieux.

Elle prit une profonde inspiration et s'appuya contre le dossier de sa chaise.

— Je pense que l'on peut dire sans se tromper que nous prenons tous les deux notre profession au sérieux, reprit-elle.

— Je suis d'accord.

— Vous comprendrez donc que mon travail est de vous faire signer ce contrat.

Elle poursuivit, pensant qu'un peu de flatterie ne pourrait pas faire de mal.

— Nous vous voulons parce que vous êtes le meilleur dans votre domaine.

— J'en suis conscient, répondit-il sans sourciller.

— Conscient que nous vous voulons ou conscient que vous êtes le meilleur ? s'entendit-elle demander.

Il lui lança un sourire séducteur.

— Les deux.

Ryan inspira à fond en se souvenant que les artistes étaient souvent impossibles.

— Monsieur Atkins..., reprit-elle.

Avec un battement d'ailes, Merlin quitta le dessus de sa cage sur lequel il était posé, descendit en piqué et vint atterrir sur son épaule. Ryan se figea, le souffle coupé.

— Mon Dieu ! murmura-t-elle.

Ça dépasse l'entendement, pensa-t-elle, hébétée.

Pierce fronça les sourcils en regardant l'oiseau qui fermait ses ailes.

— Bizarre, il n'a jamais fait ça avec personne avant.

— Quelle chance j'ai ! murmura Ryan.

Tout en essayant de rester parfaitement immobile, elle se

demanda si les oiseaux mordaient. Elle décida qu'elle n'avait pas envie d'attendre pour le savoir.

— Pensez-vous que vous pourriez... euh, le persuader d'aller se percher ailleurs ?

Pierce fit un petit geste de la main, et Merlin quitta l'épaule de Ryan pour aller se poser sur la sienne.

— Monsieur Atkins, s'il vous plaît. Je sais qu'un homme qui fait votre métier a un penchant pour... les ambiances.

Ryan inspira profondément pour essayer de se calmer, mais elle n'y parvint pas.

— Il est très difficile de parler affaires dans un cachot, déclara-t-elle tout en balayant la pièce de son bras. Avec un oiseau fou qui me plonge dessus et...

L'éclat de rire de Pierce l'arrêta net. Perché sur l'épaule du magicien, l'oiseau avait refermé ses ailes et la fixait de ses yeux couleur acier.

— Ryan Swan, je sens que je vais vous apprécier. Je travaille dans un cachot, dit-il gentiment, parce que c'est un endroit isolé et tranquille. L'illusionnisme demande plus que des compétences, il nécessite beaucoup d'organisation et de préparation.

— Je comprends, mais...

— Nous parlerons affaires pendant le dîner, dit-il, l'interrompant soudain.

Ryan se leva en même temps que lui. Elle n'avait pas prévu de rester plus d'une heure ou deux et il lui fallait encore une bonne demi-heure pour descendre la falaise et regagner son hôtel.

— Vous n'avez qu'à rester dormir, ajouta Pierce, comme s'il lisait dans ses pensées.

— Je vous remercie de votre hospitalité, commença-t-elle en le suivant tandis qu'il se dirigeait vers l'escalier, l'oiseau toujours perché sur son épaule. Mais j'ai déjà une réservation dans un hôtel en ville. Demain...

— Vous avez vos bagages avec vous ?

Pierce s'arrêta pour prendre son bras avant de monter l'escalier.

— Oui, dans ma voiture, mais...

— Link va annuler votre réservation. Il va y avoir un

orage, dit-il en se tournant vers elle pour la regarder. Je ne supporterais pas de vous imaginer conduisant la nuit dans ces conditions.

Comme pour confirmer ses paroles, un coup de tonnerre éclata alors qu'ils arrivaient en haut des marches. Ryan marmonna quelque chose. Passer une seule nuit dans cette maison lui semblait totalement inconcevable.

« Rien dans ma manche », lança Merlin.

Elle lui jeta un regard plein de doutes.

2

Le dîner eut sur Ryan un effet apaisant. La salle à manger était immense. Sur l'un des côtés, il y avait un feu qui crépitait dans la cheminée et, à l'autre bout, une collection d'étains anciens. Une longue table de réfectoire était dressée au milieu, avec de la vaisselle en porcelaine de Sèvres et de l'argenterie de l'époque géorgienne.

— Link fait très bien la cuisine, dit Pierce Atkins tandis que le géant posait un poulet rôti sur la table.

Avant que Link quitte la pièce, Ryan jeta un coup d'œil sur ses mains impressionnantes. Elle prit lentement sa fourchette.

— Il est vraiment silencieux.

Pierce Atkins sourit et lui servit un verre d'un vin blanc aux reflets mordorés.

— Link ne parle que lorsqu'il a quelque chose à dire. Mais vous, mademoiselle Swan, aimez-vous la vie à Los Angeles ?

Ryan leva les yeux pour le regarder. Son regard était à présent amical. Il avait perdu l'air pénétrant et inquisiteur qu'il avait tout à l'heure. Elle s'autorisa à se détendre.

— Oui, je suppose. C'est pratique pour mon travail.

— Un peu surpeuplé, non ? demanda-t-il en coupant la volaille.

— Oui, c'est vrai, mais j'y suis habituée.

— Avez-vous toujours vécu à L.A. ?

— Oui, sauf pendant mes études.

Atkins remarqua un léger changement dans sa voix,

comme une nuance de ressentiment que personne d'autre que lui n'aurait remarquée. Il continua à manger.

— Où est-ce que vous avez étudié ?

— En Suisse.

— Un beau pays, dit-il en prenant son verre.

Mais elle n'avait pas aimé qu'on l'envoie au loin, songea-t-il.

— Et quand vous êtes revenue, vous avez commencé à travailler pour Swan Productions, n'est-ce pas ?

Ryan fronça les sourcils et fixa le feu.

— Lorsque mon père a compris que j'étais vraiment déterminée, il a fini par céder.

— Vous semblez savoir ce que vous voulez, commenta Pierce Atkins.

— C'est vrai, admit-elle. La première année, je me contentais de trier des papiers et de servir le café, mais je n'avais pas le droit de m'approcher des vedettes.

Sa contrariété s'évanouit et une lueur d'humour s'alluma dans ses yeux.

— Un jour, des documents ont atterri presque par erreur sur mon bureau. Mon père essayait de faire signer un contrat à Mildred Chase pour un minifeuilleton, et elle ne voulait rien entendre. Après avoir fait quelques recherches, je suis allée la voir.

Son visage s'éclaira à ce souvenir et elle sourit.

— Ce fut une expérience inoubliable. Elle vit dans une fabuleuse maison sur les collines, qui est surveillée par des gardes et une douzaine de chiens. Elle a un style très « vieil Hollywood ». Je pense qu'elle m'a laissée entrer parce que je l'intriguais.

— Qu'avez-vous pensé d'elle ? demanda-t-il, surtout pour qu'elle continue à parler et à sourire.

— Je l'ai trouvée merveilleuse. Une véritable *grande dame*. Si mes jambes n'avaient pas tremblé autant, je me serais inclinée devant elle. Deux heures plus tard, j'avais obtenu sa signature au bas du contrat, dit-elle avec un éclair de triomphe dans les yeux.

— Comment votre père a-t-il réagi ?

— Il était furieux.

Ryan prit son verre de vin. Le feu dessinait sur sa peau

un jeu d'ombre et de lumière. Plus tard, quand elle allait repenser à cette conversation, elle se demanderait pourquoi elle s'était confiée aussi facilement.

— Il m'a accablée de reproches pendant presque une heure.

Elle but une gorgée de vin et reposa le verre.

— Le lendemain, j'avais une promotion et un nouveau bureau. Bennett Swan apprécie les gens qui font avancer les choses.

— Est-ce le cas pour vous, mademoiselle Swan ? murmura Atkins.

— Généralement, répondit-elle d'une voix égale. Je suis douée pour gérer les détails.

— Et les gens ?

Ryan hésita avant de répondre. Il la fouillait de nouveau du regard.

— Presque tous.

Il lui souriait, mais ses yeux restaient inquisiteurs.

— Votre dîner vous plaît-il ?

— Mon...

Ryan hocha la tête pour échapper à son regard et regarda dans son assiette. Elle fut étonnée de constater qu'elle avait mangé une belle part de poulet.

— C'était très bon. Votre...

Elle le regarda de nouveau. Elle ne savait pas comment qualifier Link. Serviteur ? Esclave ?

— Ami, conclut doucement Pierce en buvant une gorgée de vin.

Ryan s'efforça de se défaire de l'impression désagréable qu'il parvenait à lire dans ses pensées.

— Votre ami est un merveilleux cuisinier.

— Les apparences sont souvent trompeuses, fit remarquer Pierce Atkins d'un ton amusé. Nous sommes l'un comme l'autre des marchands de rêves. Swan Productions vend des illusions, au même titre que moi.

Elle eut un rapide mouvement de recul lorsqu'il s'approcha d'elle. Il tenait dans sa main tendue une rose rouge à longue tige.

— Oh !

A la fois surprise et ravie, Ryan prit la fleur. Son parfum était doux et enivrant.

— J'imagine que c'est le genre de choses auxquelles il faut s'attendre quand on dîne avec un magicien, dit-elle en souriant, le visage au-dessus du bouton de rose.

— Les fleurs et les belles femmes sont faites les unes pour les autres.

La méfiance qu'il crut lire dans ses yeux l'intrigua.

Elle ne prend pas de risques, se dit-il de nouveau.

Il appréciait la prudence et la respectait. Il aimait aussi observer la manière dont les gens réagissaient.

— Vous êtes très belle, Ryan Swan.

— Merci.

Au ton presque guindé de sa réponse, Atkins se contracta légèrement.

— Encore un peu de vin ?

— Non merci, ça va.

Mais son cœur commençait à s'emballer. Elle posa la fleur à côté de son assiette et baissa les yeux sur son repas.

— Je ne connaissais pas cette partie de la côte, dit-elle sur le ton de la conversation. Habitez-vous ici depuis longtemps, monsieur Atkins ?

— Depuis quelques années.

Il fit tourner le vin dans son verre, mais elle remarqua qu'il ne buvait presque pas.

— Je n'aime pas la foule, reconnut-il.

— Sauf quand vous êtes sur une scène, fit-elle remarquer avec un sourire.

— Naturellement.

Lorsque Atkins se leva pour lui suggérer d'aller s'asseoir dans le salon, Ryan se rendit compte qu'ils n'avaient toujours pas parlé du contrat. Il fallait absolument qu'elle remette le sujet sur le tapis.

— Monsieur Atkins..., commença-t-elle tandis qu'ils entraient dans la pièce. Oh ! quel endroit merveilleux !

Elle eut la sensation de se retrouver au xviiie siècle, sans les toiles d'araignées et les vieilleries poussiéreuses. Les meubles brillaient et les fleurs étaient fraîches. Un petit piano droit se trouvait dans un coin, une partition ouverte posée sur le pupitre. Sur la tablette de la cheminée étaient disposées de petites figurines de verre soufflé. Une ménagerie, observa-t-elle en s'approchant : des licornes, des chevaux ailés, des centaures et même un chien à trois têtes. La collection de Pierce Atkins était tout sauf conventionnelle. Pourtant le feu qui brûlait dans l'âtre était classique et la lampe, posée sur un guéridon aux bords finement sculptés, était certainement une Tiffany. Le genre d'endroit que Ryan se serait attendue à trouver dans une confortable maison de campagne anglaise.

— Je suis content que vous aimiez, déclara Atkins, debout à côté d'elle. Mais vous avez l'air étonnée.

— Oui. L'extérieur ressemble à un décor de films d'horreur des années quarante, mais..., dit-elle avant de s'interrompre, horrifiée. Oh ! je suis désolée, je ne voulais pas...

Mais il souriait, visiblement enchanté par sa remarque.

— Elle a servi de toile de fond à plus d'un film de cette époque. C'est d'ailleurs pour cette raison que je l'ai achetée.

Ryan se détendit un peu pendant qu'elle parcourait la pièce.

— Je pensais que vous l'aviez choisie à cause de l'atmosphère étrange qui s'en dégageait.

Pierce Atkins leva un sourcil.

— J'ai un... faible pour les choses qui ont une apparence trompeuse aux yeux des autres.

Il se dirigea vers une table où une théière et des tasses étaient déjà disposées.

— Je suis désolé de ne pas pouvoir vous offrir de café, je n'en bois jamais. Mais le thé aux herbes est délicieux.

Il était déjà en train de servir quand Ryan s'approcha du piano.

— La tisane ira très bien, dit-elle distraitement.

La partition posée sur le piano était écrite à la main. Elle commença machinalement à la déchiffrer. La mélodie était envoûtante et romantique.

— C'est très beau, constata-t-elle en se tournant vers lui. Vraiment très beau. Je ne savais pas que vous écriviez de la musique.

— Ce n'est pas moi qui l'ai composée, répliqua Pierce en posant la théière. C'est Link.

Il vit les yeux de Ryan s'écarquiller d'étonnement.

— Il ne faut jamais se fier aux apparences, mademoiselle Swan.

Elle regarda ses mains.

— Je suis honteuse d'avoir porté un jugement aussi hâtif.

— Je n'avais pas l'intention de vous faire honte.

Pierce s'approcha d'elle et lui prit une nouvelle fois la main.

— La plupart des gens sont attirés par la beauté.

— Pas vous ?

— Je trouve la beauté attirante, rétorqua-t-il en la scrutant avec intérêt. Mais ensuite je cherche autre chose.

Elle éprouvait une impression étrange au contact de sa main. Sa voix n'était pas aussi ferme qu'elle l'aurait souhaité quand elle répondit :

— Et si vous ne trouvez pas ?

— Alors j'abandonne, dit-il simplement. Venez, votre thé va être froid.

Elle se laissa conduire jusqu'à sa chaise.

— Monsieur Atkins, je ne voudrais surtout pas vous offenser. Je ne peux pas me le permettre, mais…

Elle lâcha un soupir de frustration tout en s'asseyant.

— … Je pense que vous êtes un homme très étrange.

Il sourit, et elle trouva captivante la façon dont ses yeux se plissaient, une fraction de seconde avant sa bouche.

— Vous m'offenseriez si vous ne pensiez pas ainsi, mademoiselle Swan. Je n'ai aucune envie d'être comme tout le monde.

Il commençait à la fasciner. Ryan avait toujours eu soin de garder une certaine objectivité professionnelle lorsqu'elle traitait avec les vedettes. Il ne fallait surtout pas se laisser intimider, sinon on se retrouvait à ajouter des clauses au contrat et à faire des promesses irréfléchies.

— Monsieur Atkins, si nous parlions de notre contrat.

— J'y ai déjà beaucoup pensé.

Un coup de tonnerre fit trembler les vitres. Ryan jeta un coup d'œil vers la fenêtre tandis qu'il levait sa tasse.

— Les routes risquent d'être dangereuses cette nuit, commenta Atkins.

Il reporta son regard sur Ryan. Elle avait serré les poings sous l'effet du tonnerre.

— Avez-vous peur de l'orage ?

— Non, pas vraiment, assura-t-elle tout en relâchant lentement les doigts. Mais je vous suis reconnaissante de votre hospitalité. Je n'aime pas conduire dans ces conditions.

Elle prit sa tasse et essaya d'ignorer les éclairs qui déchiraient le ciel.

— Si vous avez des questions à me poser au sujet du contrat, je serai ravie d'y répondre.

— Je pense qu'il est tout à fait compréhensible, dit-il en portant la tasse à ses lèvres. Mon agent a d'ailleurs très envie que je le signe.

— Ah bon ?

Elle fit un effort pour cacher sa satisfaction. Il valait mieux qu'elle ne se réjouisse pas trop tôt.

— Je ne m'engage jamais sans être absolument sûr de ne pas le regretter. Je vous ferai part de ma décision demain.

Elle fit un signe de tête affirmatif. Il semblait sincère, et elle devinait que ni son agent ni personne ne parviendraient à l'influencer : il prenait ses décisions tout seul, un point c'est tout.

— Savez-vous jouer aux échecs, mademoiselle Swan ?

— Quoi ? demanda-t-elle distraitement en levant les yeux vers lui. Je vous demande pardon ?

— Savez-vous jouer aux échecs ? répéta-t-il.

— Oui, je sais. Pourquoi ?

— Je m'en doutais. Vous savez agir au bon moment et attendre quand il le faut. Voulez-vous faire une partie avec moi ?

— Oui, dit-elle sans hésiter, avec plaisir.

Il se leva, lui offrit la main et la conduisit jusqu'à une table qui se trouvait à côté de la fenêtre. Dehors, la pluie et le vent fouettaient les vitres. Mais, à la vue des pièces posées sur l'échiquier, elle oublia l'orage.

— Quel jeu merveilleux !

Elle souleva le roi des blancs. Il était très grand et sculpté dans du marbre.

— Arthur, remarqua-t-elle, saisissant ensuite la reine. Et Guenièvre.

Elle examina les autres pièces, une à une.

— Lancelot, le cavalier. Merlin, le fou. Et bien sûr Camelot, compléta-t-elle en faisant tourner la tour entre ses mains. Je n'en ai jamais vu d'aussi beaux.

— Prenez les blancs, proposa-t-il tout en s'installant devant les noirs. Jouez-vous pour gagner, mademoiselle Swan ?

Elle s'assit en face de lui.

— Oui, n'est-ce pas le cas de tout le monde ?

Il lui jeta un long regard énigmatique.

— Non. Certaines personnes jouent pour le plaisir de jouer.

Au bout de dix minutes, Ryan n'entendit plus le bruit de la pluie sur les carreaux. Pierce Atkins était un joueur à la fois habile et silencieux. Elle se surprit à observer ses mains pendant qu'il faisait glisser les pièces sur l'échiquier. De longues mains fines, aux doigts agiles. Il portait une bague à l'auriculaire, avec un symbole en forme de parchemin qu'elle ne reconnut pas. On disait ces mains capables de crocheter n'importe quelle serrure et de défaire n'importe quel nœud. Elle songea qu'elles ressemblaient plutôt à des mains de violoniste. Lorsqu'elle releva les yeux, il la regardait avec son petit sourire amusé. Elle fixa son attention sur sa stratégie.

Quand Ryan attaquait, il se défendait. Quand il avançait, elle contre-attaquait. Atkins apprécia d'avoir trouvé une partenaire à sa hauteur. Elle jouait prudemment avec, de temps en temps, de brusques élans impulsifs. Il pressentit que sa façon de jouer devait refléter sa personnalité. Elle ne semblait pas être du genre à se laisser facilement duper ou vaincre. Il admirait à la fois son esprit vif et la force qu'il sentait en elle et qui rendait sa beauté encore plus attirante.

Ses mains étaient douces. Tout en lui prenant son fou, il se demanda si sa bouche l'était tout autant, et combien de temps il lui faudrait pour s'en assurer. Il avait d'ores et déjà décidé qu'il finirait par le savoir ; c'était une question de temps. Et Pierce était bien placé pour connaître l'inestimable valeur du timing.

— Echec et mat, déclara-t-il tranquillement tandis que Ryan poussait un cri de surprise.

Elle étudia l'échiquier pendant un instant, puis un sourire éclaira son visage.

— Bon sang ! Je n'ai rien vu arriver. Etes-vous sûr que vous n'aviez aucune pièce cachée dans votre manche ?

« Rien dans ma manche », lança Merlin, à l'autre bout de la pièce.

Ryan lui jeta un coup d'œil en se demandant à quel moment il les avait rejoints.

— Je n'ai jamais recours à la magie quand les compétences suffisent, répondit Pierce, sans prêter attention à l'oiseau. Vous jouez bien, mademoiselle Swan.

— Pas aussi bien que vous, monsieur Atkins.

— Pour cette fois, approuva-t-il. Vous m'intéressez.

— Ah ! dit-elle en le regardant posément. Dans quel sens ?

— De différentes manières.

Il s'appuya contre le dossier et caressa la reine noire du doigt.

— Vous jouez pour gagner, mais vous savez aussi perdre. Est-ce toujours vrai ?

— Non.

Elle rit, mais se leva de table. Elle sentait la tension l'envahir de nouveau.

— Et vous, monsieur Atkins, savez-vous perdre ?

— Je perds rarement.

Lorsque Ryan releva les yeux, il se tenait debout à côté d'une autre table, un paquet de cartes dans les mains. Elle ne l'avait pas vu bouger, et cela la troubla.

— Connaissez-vous les tarots ?

— Non. Je veux dire, corrigea-t-elle, je sais qu'ils servent à dire la bonne aventure ou quelque chose de ce genre.

— Ou quelque chose de ce genre, répéta-t-il avec un petit rire en commençant à battre les cartes avec doigté. Rien de plus qu'un rituel, mademoiselle Swan. Un moyen de retenir l'attention et d'ajouter une touche de mystère à une certaine perspicacité, et à un bon sens de l'observation. La plupart des gens préfèrent se faire des illusions. Les explications déçoivent même les plus réalistes.

Elle traversa la pièce pour le rejoindre.

— Vous n'y croyez pas. Vous savez bien que de jolies cartes colorées ne suffisent pas à prédire l'avenir.

— Rien de plus qu'un outil, une diversion, précisa-t-il

en haussant les épaules. Un jeu, si vous préférez. Les jeux m'aident à me décontracter.

D'un geste rapide et efficace, Pierce forma un éventail avec les longues cartes et le posa sur la table.

— Vous faites cela très bien, murmura Ryan.

Ses nerfs étaient de nouveau tendus, mais elle n'aurait pas su dire pourquoi.

— Une compétence de base, que je pourrais vous apprendre facilement, dit-il, détendu. Vos mains sont habiles.

Il en saisit une, mais c'était son visage qu'il observait.

— Est-ce que je peux tirer une carte ?

Ryan retira sa main. Son pouls commençait à s'emballer.

— C'est votre jeu.

Avec un doigt, Pierce Atkins fit glisser une carte et la retourna d'un geste précis. Le Magicien.

— Confiance en soi et créativité, murmura-t-il.

— C'est vous, remarqua Ryan avec désinvolture, pour masquer la nervosité qui montait en elle.

— On dirait bien.

Atkins posa le doigt sur une autre carte qu'il retira du jeu. La Grande Prêtresse.

— Sérénité, dit-il rapidement. Force. Est-ce vous ?

— C'est facile pour vous de tirer la carte que vous voulez, après avoir triché en mélangeant le jeu, répondit-elle en haussant les épaules.

Atkins sourit, pas le moins du monde offensé.

— Choisissez la prochaine, vous qui êtes cynique, pour qu'on sache ce qui va se passer entre ces deux personnes. Prenez une carte, mademoiselle Swan. N'importe laquelle.

Contrariée, Ryan en tira une qu'elle lança à l'endroit sur la table. Elle étouffa un cri et fixa la carte en silence, le souffle coupé. Les Amants. Son cœur battait trop fort dans sa poitrine.

— Fascinant, murmura Atkins.

Il ne souriait plus et examinait la carte comme s'il ne l'avait jamais vue auparavant.

Ryan fit un pas en arrière.

— Je n'apprécie pas votre petit jeu, monsieur Atkins.

— Mmm ?

Son regard flotta un instant avant qu'il reporte les yeux sur elle.

— Non ? Bien, dans ce cas...

Il fit négligemment voltiger les cartes en l'air et les regroupa.

— ... je vais vous montrer votre chambre.

Pierce Atkins avait ressenti le même trouble que Ryan quand elle avait tiré cette fameuse carte. Il savait cependant que la réalité était souvent beaucoup plus étrange que n'importe quelle illusion qu'il pouvait concevoir. Mais il avait du travail et beaucoup de problèmes pratiques à régler concernant son prochain spectacle à Las Vegas, dans deux semaines. Pourtant, assis dans sa chambre, il pensait à Ryan et non aux mécanismes de ses numéros.

Elle avait un rire éclatant et plein d'énergie, qui lui plaisait autant que la voix prudente qu'elle prenait pour discuter d'un contrat et de ses clauses.

Il connaissait déjà leur engagement. Il n'était pas du genre à négliger ce genre de détails. Il n'apposait sa signature au bas d'aucun document sans en avoir saisi chaque nuance. Tant mieux si le public le considérait comme quelqu'un de mystérieux, de brillant et d'étrange. Son image était un mélange d'illusion et de réalité, et il préférait qu'il en soit ainsi. Il avait passé la seconde moitié de sa vie à organiser les choses à sa façon.

Ryan Swan. Atkins enleva sa chemise et la lança sur une chaise. Il n'était pas encore sûr de ce qu'il ressentait à son égard. Il avait vraiment l'intention de signer ce contrat, avant de la voir descendre les dernières marches de l'escalier. Mais l'instinct l'avait fait hésiter, et Pierce Atkins faisait totalement confiance à ses intuitions. Il lui fallait maintenant réfléchir à tout cela.

Les cartes n'avaient pas d'influence sur lui. Il savait les manipuler à sa guise. Les coïncidences, par contre, le troublaient. Etrange de voir Ryan tirer la carte symbolisant les amants au moment même où il se demandait quel effet ça lui ferait de la tenir dans ses bras.

Il s'assit en riant et commença à griffonner sur un bloc de papier. Le projet qu'il avait ébauché, pour un nouveau numéro, allait devoir être annulé ou modifié. Il se calma en tournant le problème dans sa tête comme il l'avait fait précédemment avec l'image de Ryan.

Il aurait peut-être été plus sage de signer les papiers dès le lendemain, et de la laisser poursuivre sa route. Il n'aimait pas qu'une femme envahisse ses pensées. Mais Pierce ne faisait pas toujours ce que la sagesse lui recommandait. Si cela avait été le cas, il serait encore à faire des tours de magie dans les clubs, à sortir des lapins de son chapeau et des écharpes colorées de ses manches, tout cela payé au tarif syndical. Aujourd'hui, il était capable de changer une femme en panthère et de passer au travers d'un mur de brique.

Et hop ! pensa-t-il. De la magie instantanée. Mais personne ne se souvenait des années de lutte, de frustration et d'échec. Là aussi, il avait organisé les choses à sa manière. Peu de gens savaient d'où il venait et qui il était avant d'avoir vingt-cinq ans.

Pierce reposa son stylo. Penser à Ryan Swan le mettait mal à l'aise. Il décida de descendre dans son atelier pour travailler jusqu'à ce qu'il y voie plus clair. C'est alors qu'il l'entendit hurler.

Ryan se déshabilla avec désinvolture. La colère lui faisait toujours cet effet. De la magie de salon, pensa-t-elle rageusement tout en baissant la fermeture Eclair de sa jupe. Ah, les gens du spectacle ! Elle aurait dû être habituée, pourtant.

Elle se remémora un rendez-vous qu'elle avait eu avec un comédien connu, le mois précédent. Il lui avait fait un numéro de vingt minutes avant qu'elle parvienne à discuter avec lui des modalités de sa participation à un show télévisé, produit par Swan Productions. Toute cette histoire avec les tarots n'était rien d'autre qu'un spectacle monté de toutes pièces pour l'impressionner, décida-t-elle en enlevant ses chaussures d'un coup de pied. Encore un artiste égocentrique et mal dans sa peau.

Ryan fronça les sourcils et déboutonna son chemisier. Elle

ne parvenait pas à analyser ses propres conclusions. Que ce soit sur scène ou en privé, Pierce Atkins ne ressemblait pas à l'image qu'elle se faisait d'un homme possédant ce genre de caractéristiques. Elle aurait juré qu'il avait été aussi surpris qu'elle quand elle avait tiré cette carte. Ryan retira son chemisier et le jeta sur le lit.

Bon, c'est un comédien, se dit-elle. *Un magicien est-il autre chose qu'un acteur intelligent et habile de ses mains ?*

A cette pensée, elle se rappela leur finesse et leur grâce tandis qu'elles saisissaient les pièces d'échecs en marbre noir. Mais elle choisit de ne plus y penser. Demain, elle obtiendrait sa signature au bas du contrat et elle s'en irait. Il la perturbait. Avant même qu'il donne sa petite représentation avec les cartes, il la troublait déjà.

Ses yeux ont quelque chose d'indéfinissable, se dit Ryan en frissonnant.

Il a une forte personnalité, c'est tout, décida-t-elle. *Il est attirant et très beau. Mais il a cultivé ces atouts, tout comme, sans doute, son air mystérieux et son sourire énigmatique.*

Des éclairs illuminèrent le ciel, et Ryan sursauta. Elle n'avait pas été totalement honnête avec Atkins. Les orages lui mettaient les nerfs à vif. Elle parvenait à rationaliser sa peur, mais, au fond, le tonnerre et les éclairs l'avaient toujours terrorisée. Elle détestait cette vulnérabilité, essentiellement féminine. Atkins avait raison : Bennett Swan aurait voulu avoir un fils. Et Ryan avait travaillé dur pour compenser le fait d'être une femme.

Va te coucher, s'ordonna-t-elle. *Va au lit, couvre-toi la tête avec les couvertures et ferme les yeux.*

Elle traversa la chambre d'un air décidé pour tirer les rideaux. Elle regarda dehors. Deux yeux verts lui rendirent son regard. Elle hurla.

Ryan traversa la pièce comme une flèche. Ses mains moites glissèrent sur la poignée. Quand Pierce Atkins ouvrit la porte, elle lui tomba dans les bras et s'accrocha à lui de toutes ses forces.

— Ryan, que diable se passe-t-il ?

Il l'aurait bien écartée, mais elle avait les bras étroitement noués autour de son cou. Elle semblait petite, sans ses talons hauts. Il pouvait deviner la forme de son corps tandis qu'elle se serrait désespérément contre lui. Tout en éprouvant un sentiment mêlé d'inquiétude et de curiosité, il sentit une puissante vague de désir le traverser. Contrarié, il la repoussa fermement en la saisissant par les bras.

— Que se passe-t-il ? demanda Atkins.

— La fenêtre, dit-elle.

Elle serait retournée se blottir dans ses bras, s'il ne l'avait pas tenue à distance.

— Là, près du lit.

Il l'écarta et alla voir de plus près. Ryan, les deux mains sur la bouche, s'appuya sur la porte qui se ferma en claquant.

Elle entendit Atkins jurer tout bas tandis qu'il ouvrait la fenêtre pour aller dehors. Lorsqu'il rentra, il tenait à bout de bras un énorme chat noir tout mouillé. Ryan s'effondra contre la porte avec un gémissement sourd.

— Mon Dieu ! Que va-t-il encore m'arriver ?

— Je vous présente Circé.

Atkins posa la chatte par terre. Elle se secoua rapidement, puis sauta sur le lit.

— Je ne savais pas qu'elle était dehors par un temps pareil, conclut-il.

Il se retourna pour regarder Ryan. S'il se moquait d'elle maintenant, elle ne le lui pardonnerait jamais. C'est donc avec un regard d'excuse qu'il lui dit :

— Je suis désolé. Elle a dû vous faire une belle frayeur. Voulez-vous que j'aille vous chercher un brandy ?

— Non merci, répondit-elle avec un long soupir. Un brandy ne me guérira pas de mon embarras.

— Il n'y a rien d'embarrassant dans le fait d'avoir peur.

Comme ses jambes tremblaient toujours, elle préféra rester appuyée contre la porte.

— Vous devriez me prévenir, s'il y a d'autres animaux de compagnie dans cette maison, dit-elle en s'efforçant de sourire. Comme ça, si je me réveille avec un loup couché à côté de moi, je n'aurai pas peur et je pourrai me rendormir.

Il ne répondit pas. Son regard la parcourait lentement, de la tête aux pieds. Elle se rendit compte qu'elle ne portait qu'un petit ensemble de lingerie de soie. Elle se raidit contre la porte et, quand les yeux de Pierce Atkins rencontrèrent les siens, elle resta figée sur place, sans voix. Avant même qu'il ne fasse le premier pas vers elle, sa respiration commençait à s'accélérer.

« Dis-lui de partir ! » lui souffla sa voix intérieure. Mais les mots refusaient de franchir ses lèvres. Son regard l'attirait comme un aimant. Lorsqu'il s'approcha d'elle, elle releva la tête afin de ne pas rompre le charme. Son cœur battait la chamade. Son corps tout entier vibrait de désir.

Je le veux. Cette constatation la stupéfia. *Je n'ai jamais voulu aucun autre homme avec cette intensité.*

Sa respiration s'affola. Celle d'Atkins restait calme et régulière. Il posa un doigt sur son épaule et fit glisser lentement la bretelle de son caraco. Ryan ne fit pas un mouvement. Il la regardait intensément tandis qu'il faisait tomber l'autre bretelle. Le petit morceau de soie descendit jusqu'à la pointe de ses seins et s'y suspendit dangereusement. Au moindre geste, il glisserait jusqu'à ses pieds. Elle resta clouée sur place, hypnotisée.

Atkins leva les mains et releva les mèches qui tombaient sur son visage. Il passa les doigts dans ses cheveux, se pencha vers elle, hésita un instant. Les lèvres de Ryan s'entrouvrirent en tremblant. Il attendit que ses yeux se ferment avant d'y poser sa bouche.

Elle était douce et ferme. Au début, elle ne fit qu'effleurer la sienne, comme pour l'apprivoiser. Puis il fit une petite pause, suspendant un instant son baiser. Etait-ce une promesse ou une menace ? Ryan n'aurait su le dire. Elle sentit que ses jambes étaient sur le point de céder et elle s'accrocha aux bras de Pierce. Leurs muscles étaient durs, mais le moment n'était pas encore venu d'y penser. Pour l'instant, il n'y avait que ses lèvres qui comptaient. Il l'embrassait à peine, mais ce simple contact lui coupait le souffle.

Il faisait durer le plaisir, la laissait sur sa faim. Ryan resserra désespérément l'étreinte de ses doigts sur ses biceps. La bouche de Pierce effleura ses lèvres, les pressa doucement, puis sa langue frôla la sienne. Il eut envie de caresser son corps, mais ses mains restèrent dans ses cheveux. Ce baiser, à lui seul, fit jaillir du fond de son être des ondes de plaisir intense.

Il avait déjà eu faim de nourriture, d'amour ou de femmes, mais il n'avait pas ressenti depuis longtemps un besoin aussi sauvage et déchirant. Pourtant, il se satisfaisait d'un avant-goût de sa saveur, douce et piquante à la fois. Tandis qu'il s'en imprégnait, il sut qu'il y aurait un temps où il en voudrait plus. Mais, pour l'heure, ses lèvres le contentaient.

Pierce sentit qu'il avait atteint le point de non-retour et qu'il ne pourrait bientôt plus faire marche arrière. Il releva la tête et attendit que Ryan ouvre les paupières.

Ses yeux étaient troubles et d'un vert assombri. Il remarqua qu'elle semblait aussi abasourdie qu'excitée. Il savait qu'il aurait pu la prendre maintenant, ici même, debout. Il suffisait qu'il l'embrasse et qu'il fasse glisser le petit bout de soie qu'elle portait. Mais il n'en fit rien. Ryan desserra les doigts, et ses bras retombèrent. Sans rien dire, il la contourna et ouvrit la porte. Le chat sauta du lit pour se glisser dans l'entrebâillement, avant que Pierce la referme derrière lui.

3

Au matin, les seuls vestiges de l'orage étaient le goutte-à-goutte régulier de l'eau de pluie qui tombait du balcon de la chambre. Ryan s'habilla avec soin. Il fallait absolument qu'elle ait retrouvé sa maîtrise d'elle-même quand elle descendrait. Les choses auraient été bien plus faciles si elle avait pu se convaincre qu'elle avait rêvé, que Pierce Atkins n'était jamais venu dans sa chambre, qu'il ne lui avait jamais donné ce baiser étrange et envoûtant. Mais non, il ne s'agissait pas d'un songe.

Ryan avait trop le sens des réalités pour prétendre le contraire ou pour se trouver des excuses. Tout en pliant le tailleur qu'elle avait porté la veille, elle reconnut qu'elle était en grande partie responsable de ce qui était arrivé. Elle s'était comportée comme une idiote en poussant ce hurlement, tout cela parce qu'un chat voulait échapper à la pluie. Elle s'était jetée dans les bras d'Atkins, quasiment nue et les nerfs à fleur de peau. Pour finir, et c'était ce qui la dérangeait le plus, elle n'avait rien fait, elle ne s'était pas débattue, elle n'avait proféré aucune protestation indignée.

Il l'avait peut-être hypnotisée, se dit-elle avec un sourire tout en se brossant les cheveux. Sa façon de la regarder, la manière dont sa volonté s'était annihilée… Avec un soupir de frustration, Ryan jeta la brosse dans la valise. Personne ne pouvait être hypnotisé par un simple regard.

Si elle voulait résoudre le problème, il fallait d'abord qu'elle se rende à l'évidence : elle voulait qu'il l'embrasse.

Et, lorsqu'il était passé à l'acte, elle s'était laissé dominer par son désir. Ryan fit claquer les fermetures de la valise, puis la posa près de la porte. Elle serait allée au lit avec lui. C'était un fait acquis. Inutile de se mentir à elle-même : s'il était resté, elle aurait fait l'amour avec lui, alors qu'elle ne le connaissait que depuis quelques heures.

Ryan inspira profondément et attendit un instant avant d'ouvrir la porte. Pour quelqu'un comme elle, qui se vantait d'avoir du bon sens, cette vérité était dure à affronter. Elle était venue jusqu'ici pour obtenir la signature de Pierce Atkins au bas du contrat et non pas pour coucher avec lui.

Pour l'instant, tu n'as fait ni l'un ni l'autre, se souvint-elle en faisant la grimace. *Mais aujourd'hui est un autre jour.*

Le moment était venu de se concentrer sur le contrat et d'oublier son désir. Ryan ouvrit la porte et descendit l'escalier.

La maison était calme. Après avoir jeté un rapide coup d'œil dans le salon et découvert qu'il était vide, elle traversa le hall. Elle voulait à tout prix mettre la main sur Atkins afin de conclure l'affaire pour laquelle elle était venue. Mais une porte ouverte sur sa droite l'invita à s'arrêter. Elle resta bouche bée devant ce qu'elle découvrit dans la pièce.

Il y avait des murs — littéralement des murs — de livres. Ryan n'en avait jamais vu autant chez un particulier, même pas dans la bibliothèque de son père. Bizarrement, elle savait que ces livres étaient plus qu'un simple investissement : ils étaient là pour être lus. Et Atkins les connaissait certainement tous. Elle entra dans la pièce pour regarder de plus près. Il y flottait un mélange d'odeurs de cuir et de bougie.

Robert-Houdin démasqué, par Harry Houdini ; *Les Frontières de l'inconnu*, par Arthur Conan Doyle ; *Les Illusionnistes et leurs secrets.* Des ouvrages, parmi beaucoup d'autres, sur la magie et les magiciens que Ryan ne fut pas étonnée de trouver chez Pierce Atkins. Mais il y avait aussi des livres de T. H. White, de Shakespeare, de Chaucer, ainsi que les poèmes de Byron et de Shelley. Intercalées entre les autres, des œuvres de Francis Scott Fitzgerald, de Norman Mailer et de Ray Bradbury. Ryan pensa à son père, qui connaissait, au centime près, le prix de chacun des ouvrages de sa bibliothèque, bien qu'il n'en ait pas lu plus d'une douzaine.

Il a des goûts très éclectiques, songea-t-elle tandis qu'elle parcourait la pièce. Des personnages ciselés et peints, qu'elle identifia comme étant les habitants de la Terre du Milieu de Tolkien, ornaient le manteau de la cheminée. Une sculpture en métal, très moderne, était posée sur le bureau.

Qui est Pierce Atkins ? s'interrogea Ryan. *Qui est-il vraiment ? Il est lyrique et fantasque en apparence, mais il a aussi les deux pieds ancrés dans la réalité.*

Elle fut irritée de constater à quel point elle avait envie de mieux le connaître.

— Mademoiselle Swan ?

Ryan se retourna précipitamment. Link était debout dans l'encadrement de la porte.

— Oh ! Bonjour.

Elle se demanda si son expression était désapprobatrice ou si c'était simplement son visage ingrat qui donnait cette impression.

— Je suis désolée, ajouta-t-elle. Peut-être n'aurais-je pas dû entrer ici ?

Link haussa ses épaules massives.

— S'il avait voulu vous en interdire l'accès, il aurait fermé la porte à clé.

— Oui, bien sûr, murmura Ryan, ne sachant si la remarque devait l'offenser ou l'amuser.

— Pierce vous fait dire que vous pourrez l'attendre en bas, après avoir pris votre petit déjeuner.

— Est-il sorti ?

— Oui, dit Link brièvement. Il court huit kilomètres par jour.

— Huit kilomètres ?

Mais Link tournait déjà les talons. Ryan traversa la pièce à toute vitesse pour le rejoindre.

— Je vais faire votre petit déjeuner, annonça-t-il.

— Juste du café, euh, du thé, corrigea-t-elle, se souvenant de la scène de la veille.

Elle ne savait pas comment l'aborder, mais elle se rendit compte qu'à force de courir après lui elle serait bientôt trop essoufflée pour parler.

— Link.

Ryan posa la main sur son bras, et il s'arrêta.

— J'ai lu votre composition hier soir, sur le piano.

Il la regarda dans les yeux, sans changer d'expression.

— J'espère que cela ne vous dérange pas, reprit-elle.

Il haussa de nouveau les épaules. Ryan en conclut qu'il se servait souvent de ce geste pour remplacer les mots.

— La mélodie est très belle, continua-t-elle.

Ryan eut la surprise de constater qu'il rougissait. Elle n'avait jamais imaginé qu'un homme de cette taille puisse se sentir gêné.

— Ce n'est pas encore terminé, marmonna-t-il.

Ryan, émue, dit en souriant :

— Ce qui est fait est déjà très beau. Vous avez beaucoup de talent.

Il frotta ses semelles sur le sol et s'éloigna d'un pas lourd en maugréant qu'il allait s'occuper de son thé.

Tout en grignotant ses toasts, Ryan songeait à la remarque de Pierce Atkins sur les apparences. Même si cette étrange visite n'avait pas d'autres résultats, elle aurait au moins appris quelque chose. Elle savait qu'elle ne porterait plus jamais de jugements hâtifs, basés sur des faux-semblants.

Elle traîna délibérément pour prendre son petit déjeuner, mais Atkins n'était toujours pas revenu quand elle le termina. Réticente à l'idée d'affronter le sous-sol, elle but son thé froid à petites gorgées et attendit. Finalement, elle se leva, ramassa sa serviette et se dirigea vers l'escalier.

La lumière avait été allumée, et elle en fut soulagée. Et même si un certain nombre de recoins restaient dans l'ombre, Ryan n'éprouva pas le même sentiment d'appréhension que la veille. Elle savait maintenant à quoi s'attendre.

Apercevant Merlin dans sa cage, elle se dirigea vers lui. Comme la porte était ouverte, elle resta prudemment à côté tout en l'observant. Elle n'avait pas envie qu'il se perche de nouveau sur son épaule, d'autant plus qu'Atkins n'était pas là pour le rappeler.

— Bonjour, dit-elle, curieuse de savoir s'il lui parlerait quand même, maintenant, alors qu'elle était seule.

Merlin la fixa un court instant.

— « J'te paye un verre, mon chou ? »

Elle rit et décida que celui qui lui avait appris à parler avait un curieux sens de l'humour.

— Merci, mais ce n'est pas mon truc, répondit-elle en se penchant en avant pour le regarder dans les yeux. Que sais-tu dire d'autre ? Je suis sûre qu'il t'a appris à dire pas mal de choses. Il doit avoir la patience de le faire.

Elle sourit, amusée de voir que l'oiseau semblait l'écouter avec attention.

— Es-tu un oiseau intelligent, Merlin ?

— « Hélas, pauvre Yorick ! » lança-t-il, affable.

— Bon sang ! Cet oiseau cite *Hamlet*.

Incrédule, elle reporta son attention sur l'estrade. Deux grandes malles, un panier d'osier, et une table longue et haute s'y trouvaient. Piquée par la curiosité, Ryan posa sa serviette par terre et gravit les marches. Sur la table étaient posés un jeu de cartes à jouer, deux cylindres vides, une bouteille de vin et des verres, ainsi qu'une paire de menottes.

Ryan prit les cartes et chercha à savoir comment il les marquait. Elle ne vit rien, même après les avoir bien examinées à la lumière. Elle les posa et observa les menottes, qui semblaient être les mêmes que celles de la police. En acier froid et hostile. Elle chercha une clé et n'en trouva pas.

Ryan avait fait des recherches concernant Pierce Atkins. Elle savait qu'aucune fermeture au monde ne lui résistait. On l'avait enfermé, pieds et mains menottés, dans un coffre fermé à triple tour. Il s'en était évadé en moins de trois minutes, libéré des menottes.

Impressionnant, songea-t-elle, étudiant toujours les bracelets d'acier. *Où est le truc ?*

— Mademoiselle Swan.

Elle laissa tomber les menottes avec fracas et se retourna vivement. Atkins se tenait debout juste derrière elle.

Il n'a pas pu descendre par l'escalier, pensa-t-elle

Elle l'aurait entendu arriver. Il devait certainement y avoir une autre entrée. Depuis combien de temps était-il là, à l'observer ? Il ne la quittait pas des yeux tandis que la chatte se frottait contre ses jambes en ondulant.

— Monsieur Atkins, réussit-elle à articuler d'une voix plutôt calme.

— J'espère que vous avez passé une bonne nuit, dit-il en la rejoignant. L'orage ne vous a-t-il pas empêchée de dormir ?

— Non.

Il avait l'air incroyablement frais et dispos pour quelqu'un qui venait de courir huit kilomètres. Ryan se souvint des muscles de ses bras. Il avait de la force et manifestement de l'endurance, aussi. Il la toisait presque, la scrutant intensément. Ses yeux ne contenaient plus aucune trace de la passion contenue qui semblait l'habiter hier soir.

Atkins changea abruptement de sujet et lui adressa un sourire. Puis il balaya la table d'un geste de la main.

— Que voyez-vous ici ?

— Quelques-uns de vos instruments.

— Ah ! mademoiselle Swan, vous avez toujours les pieds sur terre.

— J'aime à le croire, répondit-elle, agacée. Que suis-je censée y voir ?

Il sembla apprécier sa réponse et il versa un peu de vin dans un des verres.

— L'imagination, mademoiselle Swan, est un don inestimable. Etes-vous d'accord ?

— Oui, bien sûr, concéda-t-elle en regardant les mains du magicien avec attention. Jusqu'à un certain point.

— C'est vrai, approuva-t-il en lui montrant les cylindres vides. Mais peut-on y apporter la moindre restriction ? demanda-t-il tout en glissant un des cylindres à l'intérieur de l'autre. Croyez-vous que l'esprit ait le pouvoir de modifier les lois de la nature ?

Atkins plaça les deux cylindres sur la bouteille de vin et observa Ryan qui se concentrait toujours sur ses mains, les sourcils froncés.

— En théorie, répliqua-t-elle.

— Seulement en théorie.

Il retira le premier des cylindres et le plaça sur le verre de vin. Il souleva ensuite l'autre pour lui montrer que la bouteille était toujours en dessous.

— Mais pas en pratique, continua-t-il.

— Non.

Ryan surveillait attentivement chacun de ses gestes.

Impossible qu'il réussisse à changer quoi que ce soit, juste sous son nez.

— Où est le verre, mademoiselle Swan ?

— Ici, répondit-elle en montrant le premier cylindre.

— En êtes-vous sûre ?

Pierce Atkins souleva le tube. La bouteille était dessous. Ryan regarda le second cylindre, frustrée. Pierce le retira et révéla le verre à moitié plein.

— Apparemment, la théorie ne suffit pas, conclut-il en remettant les cylindres à leur place.

— Très malin, dit-elle, irritée de n'avoir rien perçu.

— Désirez-vous un peu de vin, mademoiselle Swan ?

— Non merci, je...

Elle n'avait pas fini sa phrase qu'il soulevait déjà le premier cylindre. A l'endroit où elle venait juste de voir la bouteille, le verre avait réapparu. Charmée malgré elle, Ryan se mit à rire.

— Vous êtes très fort, monsieur Atkins.

— Merci.

Il avait prononcé ce mot si sérieusement que Ryan leva les yeux. Le regard du magicien était calme et pensif. Intriguée, elle redressa la tête.

— Je suppose que vous ne m'expliquerez pas comment vous avez fait.

— Non.

— C'est bien ce que je pensais.

Elle souleva les menottes. Elle avait, pour l'instant, oublié sa serviette qui était restée au pied de l'estrade.

— Font-elles aussi partie de votre spectacle ? Elles ont l'air d'être vraies.

— Elles sont tout à fait vraies, répondit-il.

Il souriait de nouveau, satisfait d'avoir entendu son rire. Il savait qu'il n'oublierait pas son timbre, et qu'il lui reviendrait à l'esprit chaque fois qu'il penserait à elle.

— Elles n'ont pas de clés, fit-elle remarquer.

— Je n'en ai pas besoin.

Elle fit passer les menottes d'une main à l'autre tout en les étudiant attentivement.

— Vous êtes très sûr de vous.

— Oui.

Il avait mis une nuance d'amusement dans sa voix et elle s'interrogea sur ce qu'il lui réservait. Il lui tendit les mains, poignets serrés.

— Allez-y. Mettez-les-moi.

Ryan n'hésita qu'une seconde. Elle voulait le voir opérer, juste sous ses yeux.

— Si vous ne réussissez pas à les retirer, suggéra-t-elle en les fermant d'un coup sec, nous pourrons alors nous asseoir et parler de ce contrat.

Elle releva la tête et lui jeta un regard pétillant.

— Et quand vous l'aurez signé, nous appellerons un serrurier.

— Je ne pense pas que ce sera nécessaire.

Il brandit les menottes en les balançant devant elle, ouvertes.

— Oh ! Mais comment...

Elle laissa sa phrase en suspens et secoua la tête.

— ... Non, c'était trop rapide, conclut-elle en les lui prenant des mains.

Atkins aimait la façon dont son expression était passée de la stupéfaction au doute.

— Elles sont faites sur mesure, dit Ryan, retournant soigneusement les bracelets en tous sens. Il doit y avoir un bouton ou autre chose.

— Pourquoi ne les essayez-vous pas ? suggéra-t-il.

Il les referma sur ses poignets avant qu'elle puisse refuser. Il s'attendait à la voir se mettre en colère mais elle riait.

— Je me suis laissé piéger, constata-t-elle l'air enjoué.

Puis elle concentra son attention sur les menottes. Elle fit tourner ses poignets en vain dans tous les sens.

— Elles semblent vraies, sans aucun doute. Il faudrait se disloquer les poignets pour atteindre le bouton, s'il y en a un, murmura-t-elle entre ses dents.

Elle se débattit encore un moment. Elle essaya par tous les moyens de passer les mains par l'ouverture.

— Bon, d'accord, vous avez gagné, reconnut-elle en abandonnant la partie. Elles sont bien réelles, reconnut-elle avec un sourire. Pourriez-vous me tirer de là, maintenant ?

— Peut-être, murmura-t-il en prenant ses poignets.

— Quelle réponse réconfortante ! dit-elle sèchement.

Mais ils sentirent tous deux son pouls qui s'accélérait, au moment où Atkins l'effleura avec son pouce. Il continua à la regarder dans les yeux, jusqu'à ce qu'elle sente la même langueur que la veille l'envahir.

— Je crois..., commença-t-elle d'une voix rauque... Je crois que vous feriez mieux...

Les mots s'étranglèrent dans sa gorge quand la caresse se prolongea sur la veine de son poignet.

— Arrêtez ! ordonna-t-elle, pas du tout certaine d'avoir envie qu'il s'interrompe.

Sans dire un mot, Pierce souleva ses mains menottées et les posa derrière sa nuque. Elle se retrouva serrée contre lui.

Elle ne permettrait pas que la scène de la veille se reproduise. Elle allait protester.

— Non !

Elle se débattit en vain. Ses lèvres se posaient déjà sur les siennes.

La veille, sa bouche n'était pas aussi impatiente, ni ses doigts aussi actifs. Pierce lui prit la taille alors que sa langue forçait la barrière de ses lèvres. Ryan lutta contre le sentiment d'impuissance qui la paralysait — une impuissance liée à son propre désir plus qu'aux entraves de ses poignets. Elle s'abandonnait déjà corps et âme. Sa bouche était avide. Ses lèvres brûlaient, tandis que celles de Pierce étaient fraîches et fermes. Pendant qu'il la serrait plus fort contre lui, elle l'entendit murmurer quelque chose.

Une incantation, se dit-elle, prise de vertige. *Il est en train de m'ensorceler ; il n'y a pas d'autre explication.*

Pourtant, ce ne fut pas un cri de protestation, mais de plaisir qui s'échappa de ses lèvres lorsque les mains de Pierce remontèrent doucement jusqu'à ses seins. Il y dessina lentement de petits cercles avant que ses pouces ne viennent en caresser les mamelons. Ryan se pressa contre lui, mordillant sa lèvre inférieure tandis qu'une nouvelle vague de désir l'envahissait. Puis il plongea les mains dans ses cheveux, lui repoussant la tête en arrière, afin que sa bouche soit totalement à sa merci.

Il possède sûrement des pouvoirs magiques, pensa-t-elle.

Sa bouche, en tout cas, l'ensorcelait. Personne ne lui avait encore fait éprouver un tel plaisir rien qu'en l'embrassant.

Ryan voulait toucher sa peau, provoquer en lui un désir aussi intense que le sien. Elle pesta contre les menottes qui entravaient ses poignets et découvrit soudain qu'elle avait les mains libres. Ses doigts pouvaient maintenant lui caresser la nuque, s'enfouir dans ses cheveux.

Il la relâcha brusquement, aussi vite qu'il l'avait capturée. Il la tenait par les épaules et l'écartait de lui.

Confuse, encore vibrante de plaisir, Ryan le dévisagea.

— Pourquoi ?

Atkins ne répondit pas tout de suite. Il lui caressait les épaules d'un air songeur.

— J'ai eu envie d'embrasser Mlle Swan. Hier soir, c'est à Ryan que j'ai goûté.

— C'est ridicule.

Elle essaya de se libérer, mais il la tenait fermement.

— Non. Mlle Swan porte des tailleurs classiques et se tracasse au sujet de ses contrats. Ryan porte des dessous de soie et a peur de l'orage. Ce mélange me fascine.

Ces mots la troublèrent suffisamment pour qu'elle lui réponde d'une voix sèche et pleine de froideur :

— Je ne suis pas venue jusqu'ici pour vous fasciner, monsieur Atkins.

— Juste un petit à-côté, mademoiselle Swan.

Il sourit et lui embrassa les doigts. Elle retira vivement sa main.

— Il est temps de régler notre affaire.

— Vous avez raison, mademoiselle Swan.

Elle n'apprécia ni la lueur d'amusement dans ses yeux ni sa façon de prononcer son nom. Elle se rendit compte qu'il lui était complètement égal qu'il signe ou non le contrat. Elle voulait juste se libérer de son emprise.

— Bien, dans ce cas..., commença-t-elle en se penchant pour prendre sa serviette.

Elle tenait déjà la poignée quand Atkins posa sa main sur la sienne et l'enserra doucement.

— J'ai décidé de signer votre contrat, après quelques ajustements.

Ryan se força à retrouver son calme. Ajustement signifie

généralement argent. Elle négocierait donc avec lui afin de se débarrasser de cette affaire.

— Je serai heureuse de discuter avec vous des modifications que vous désirez apporter.

— Très bien. Je veux une collaboration directe avec vous. Je veux que ce soit vous qui vous occupiez de la production.

Les doigts de Ryan se raidirent sur la poignée.

— Moi ? Mais mon activité n'inclut pas la production. Mon père...

— Je n'ai pas l'intention de travailler avec votre père, mademoiselle Swan, ni avec aucun autre producteur, dit-il en l'interrompant, sa main serrant toujours doucement la sienne. Je veux travailler avec vous.

— Vous me flattez, monsieur Atkins, mais...

— Venez à Las Vegas dans deux semaines.

— Las Vegas ? Mais pour quoi faire ?

— Je voudrais que vous assistiez à mon spectacle avec attention. Il n'y a rien de plus précieux pour un illusionniste que l'avis d'une personne cynique. Votre présence m'obligera à être vigilant. Vous avez l'esprit critique, j'aime ça.

Ryan poussa un soupir. La critique aurait dû le déranger, non pas l'attirer, songea-t-elle.

— Monsieur Atkins, je suis compétente pour négocier des affaires, pas pour diriger une production.

— Vous m'avez dit que vous étiez douée pour les détails, lui rappela-t-il gentiment. Je vais aller contre mes principes pour me présenter à la télévision. Je veux quelqu'un comme vous pour s'occuper de tout. Pour être plus précis, continua-t-il, je veux que ce soit *vous* qui gériez les détails.

— Vous n'êtes pas raisonnable, monsieur Atkins. Votre agent serait sûrement de mon avis. Il y a chez Swan Productions de nombreuses personnes mieux qualifiées que moi pour produire l'émission.

— Voulez-vous que je signe ce contrat, mademoiselle Swan ?

— Oui, évidemment, mais...

— Alors faites les modifications, dit-il simplement. Et soyez au Caesar's Palace dans deux semaines.

Il se pencha pour prendre le chat dans ses bras.

— Je me réjouis de travailler avec vous.

4

Quatre heures plus tard, lorsqu'elle franchit la porte de son bureau de chez Swan Productions, Ryan enrageait encore.

Il a un sacré toupet, décida-t-elle. *Il pourrait remporter la palme d'or de l'individu le plus culotté du monde.*

Il se figurait qu'il avait gagné la partie. Croyait-il vraiment être la seule vedette de renom qu'elle soit capable d'inscrire au palmarès de Swan Productions ? Quelle incroyable prétention ! Ryan jeta brutalement sa serviette sur le bureau et se laissa tomber sur sa chaise. Pierce Atkins pouvait d'ores et déjà se préparer à une surprise.

Ryan s'appuya contre le dossier, croisa les doigts et attendit d'être suffisamment calme pour réfléchir. Atkins ne connaissait pas Bennett Swan. Celui-ci était habitué à prendre ses décisions tout seul. Les conseils des autres pouvaient être pris en considération et discutés, mais il ne se laissait jamais influencer, surtout quand il s'agissait d'une décision importante. En vérité, songea-t-elle, il y avait toutes les chances qu'il fasse exactement le contraire de ce qu'on attendait de lui. Il n'apprécierait certainement pas qu'on lui dicte le choix de la personne appropriée pour diriger la production. Particulièrement, se dit Ryan avec quelque regret, si cette personne était sa fille.

Son père allait exploser de colère quand elle lui ferait part des conditions imposées par Atkins. Malheureusement le magicien ne serait pas là pour en subir les retombées. Swan trouverait une autre vedette pour son programme, et

Atkins retournerait à ses petits numéros de bouteilles qui disparaissent.

Ryan s'absorba dans ses pensées. Elle n'avait aucune envie d'avoir à se préoccuper de convoquer des acteurs aux répétitions, d'élaborer des plannings de tournage et de résoudre les innombrables petits détails qu'implique la production d'un show télévisé de une heure — sans parler de la folie inhérente à une émission enregistrée en public. Que savait-elle de la résolution des problèmes techniques, des règles imposées par les syndicats et de la décoration de plateau ? La production est un travail complexe. Elle n'avait jamais eu la moindre envie de tenter sa chance dans ce secteur d'activité. Les tâches administratives et la gestion des détails préliminaires la contentaient parfaitement.

Elle s'appuya de nouveau contre le dossier, les coudes sur la table, le menton dans les mains.

Comme c'est ridicule, songea-t-elle, *de se mentir à soi-même. Et comme il serait épanouissant de mener à bien un projet du début à la fin.*

Elle avait des idées, beaucoup d'idées, qui étaient constamment étouffées dans l'œuf à cause des tracasseries administratives et juridiques qu'elle avait à résoudre.

Chaque fois qu'elle avait essayé de convaincre son père de lui donner sa chance dans le domaine de la création, elle avait rencontré le même refus inflexible. Elle n'avait pas d'expérience ; elle était trop jeune. Il oubliait délibérément qu'elle avait côtoyé le milieu du spectacle toute sa vie et qu'elle aurait vingt-sept ans le mois prochain.

Un des directeurs de production les plus talentueux avait réalisé, pour Swan Productions, un film qui avait gagné cinq prix. Et il n'avait que vingt-six ans à l'époque, se rappela Ryan avec indignation. Comment son père pouvait-il juger ses idées avant même de les avoir testées ? Elle avait juste besoin d'une opportunité.

Oui, elle devait admettre que rien ne lui conviendrait mieux que de suivre un projet depuis sa signature jusqu'à sa réalisation. Mais pas celui-là. Cette fois, elle allait reconnaître avec joie son manque de compétences et remettre Pierce Atkins et son contrat entre les mains de son père. Elle ressemblait suffisamment à une Swan pour détester qu'on lui pose un ultimatum.

« Faites les modifications ». Ryan proféra un grognement sarcastique et ouvrit sa serviette. Il avait dépassé les bornes, songea-t-elle, et, maintenant, il allait... Elle laissa sa phrase en suspens, le regard fixé sur les papiers soigneusement rangés. Une nouvelle rose rouge à longue tige y était posée.

— Comment a-t-il... ?

Son propre rire l'interrompit. Elle s'adossa et fit tourner la fleur sous son nez.

Il est malin, songea-t-elle en s'imprégnant du parfum capiteux. T*rès intelligent. Mais qui diable est-il ? Comment est-il devenu ainsi ?*

Assise dans son bureau fonctionnel et bien organisé, Ryan décida qu'elle avait très envie de le savoir, et que peut-être une explosion de colère et quelques intrigues seraient utiles pour y parvenir.

Il y avait des mystères enfouis au fond de l'âme d'un homme qui parlait d'une voix si calme et qui vous dominait d'un simple regard. Des énigmes dissimulées derrière des remparts de protection, songea-t-elle. Combien de murailles allait-elle devoir faire tomber avant de pouvoir accéder au tréfonds de son être ? Entreprise risquée, décida-t-elle, mais... Ryan se rappela en secouant la tête qu'on ne lui donnerait de toute façon pas l'occasion de le faire. Bennett Swan obligerait le magicien à signer le contrat selon ses propres termes ou il le rayerait de sa liste. Elle sortit le contrat de sa serviette et la referma d'un coup sec. Pierce Atkins ne faisait plus partie de ses préoccupations. Pourtant, elle tenait toujours sa rose à la main.

La sonnerie de son téléphone lui rappela qu'elle n'avait pas le temps de rêver éveillée.

— Oui, Barbara.

— Le patron veut vous voir.

Ryan fit la grimace. Bennett Swan avait eu connaissance de son arrivée au moment même où elle était passée devant la guérite du gardien.

— J'arrive tout de suite.

Laissant la rose sur son bureau, elle saisit le contrat.

Bennett Swan fumait un cigare cubain qui coûtait très cher. Il appréciait les choses de valeur. En fait, il aimait savoir qu'il pouvait se les payer. Entre deux costumes du même style et de la même qualité, il choisissait toujours le plus coûteux. C'était une question de fierté.

Les récompenses, accrochées sur les murs de son bureau, étaient elles aussi un motif d'orgueil. Bennett Swan était à la fois le créateur et le moteur de Swan Productions. Les oscars et les prix témoignaient de sa réussite. Au même titre que les peintures et les sculptures que son courtier en art lui avait conseillé d'acquérir.

Il aimait sa fille et aurait été choqué que quelqu'un prétende le contraire. Il était sûr d'être un père irréprochable. Il avait donné à Ryan tout ce que son argent pouvait lui offrir : les plus beaux vêtements, une nounou irlandaise quand sa mère était morte, des études coûteuses et, enfin, un emploi bien payé lorsqu'elle avait insisté pour travailler.

Il avait été obligé de reconnaître qu'elle était plus compétente qu'il ne l'imaginait. Ryan faisait preuve d'une vive intelligence et était douée pour couper court aux inepties et pour entrer directement dans le vif du sujet. Ce qui prouvait que l'argent investi dans cette école suisse avait porté ses fruits.

Il contempla les volutes de fumée qui montaient de son cigare. Sa fille l'avait bien récompensé. Il l'adorait.

Ryan frappa et entra. Il la regarda traverser le large espace, couvert d'une épaisse moquette, qui séparait son bureau de la porte. Une jolie fille, se dit-il. Comme sa mère.

— Tu voulais me voir ?

Elle attendit qu'il lui dise de s'asseoir. Swan n'était pas grand, mais il avait toujours compensé sa petite taille par un naturel expansif. D'un large geste du bras, il lui indiqua qu'elle pouvait prendre place. Il était encore beau, avec un visage buriné et bronzé que les femmes trouvaient attirant. Il avait pris un peu de poids ces cinq dernières années et perdu quelques cheveux. Mais, dans l'ensemble, il était toujours comme dans les souvenirs d'enfance de Ryan. Tandis qu'elle l'observait, elle sentit monter en elle un sentiment familier :

un mélange d'amour et de frustration. Ryan avait conscience des limites de l'affection que son père lui portait.

— Ça va mieux ? s'enquit-elle.

Elle remarqua que la grippe n'avait laissé aucune trace sur lui. Son visage coloré respirait la santé et ses yeux étaient brillants. Il balaya la question d'un geste. L'évocation de la maladie l'impatientait, surtout s'il s'agissait de la sienne. Il n'avait pas de temps pour cela.

— Alors, que penses-tu d'Atkins ? lui demanda-t-il quand elle fut installée.

L'interroger sur son opinion au sujet de quelqu'un était un des petits avantages qu'il lui concédait. Comme toujours, Ryan réfléchit soigneusement avant de répondre.

— C'est un homme singulier, énonça-t-elle sur un ton qui aurait fait sourire Pierce Atkins. Il a un talent extraordinaire et une forte personnalité. Je ne suis pas sûre que l'un et l'autre soient liés.

— Est-il excentrique ?

— Non, en tout cas ce n'est pas l'image qu'il veut donner de lui.

Ryan fronça les sourcils en pensant à sa maison et à son style de vie. *Les apparences.*

— Je pense que c'est un homme très profond, quelqu'un qui vit exactement de la façon qu'il a choisie. Sa profession est beaucoup plus qu'une simple carrière. Il s'y consacre avec la même ardeur qu'un peintre passionné pour son art.

Swan hocha la tête et souffla un nuage de coûteuse fumée.

— Il est en tête du box-office.

Ryan sourit et fit passer le contrat d'une main dans l'autre.

— Oui, car il est probablement le meilleur dans son domaine ; en plus, il est dynamique sur scène et quelque peu mystérieux en dehors. On dirait qu'il a verrouillé la porte dissimulant la première partie de sa vie et qu'il en a jeté la clé. Le public adore les énigmes, et il est le mystère personnifié.

— Et le contrat ?

Nous y sommes, pensa Ryan, se préparant au pire.

— Il voudrait donner son accord, mais sous certaines conditions. C'est-à-dire qu'il...

— Il m'a déjà fait part de ses exigences, dit Swan en l'interrompant.

L'exposé soigneusement préparé par Ryan tombait à l'eau.

— Il t'a déjà mis au courant ?

— Il m'a téléphoné, il y a deux heures.

Swan retira le cigare de sa bouche. Le diamant qu'il avait au doigt étincela tandis qu'il jetait un coup d'œil à sa fille.

— Il dit qu'il t'a trouvée à la fois cynique et pointilleuse. Il prétend que cela lui convient très bien.

— Je ne crois pas que ses tours soient autre chose qu'une mise en scène intelligente, rétorqua Ryan.

Elle était contrariée à l'idée qu'Atkins l'ait devancée en parlant à son père avant elle. Elle avait la désagréable impression qu'ils engageaient une nouvelle partie d'échecs. Il l'avait déjà vaincue une fois.

— Il a la manie d'introduire la magie dans la vie quotidienne. C'est efficace, mais c'est gênant pendant un rendez-vous d'affaires.

— Apparemment, tes insultes ont eu l'effet voulu, commenta Swan.

— Je ne l'ai pas insulté ! objecta-t-elle en se levant, le contrat dans la main. J'ai passé vingt-quatre heures dans cette maison, avec des oiseaux parleurs et des énormes chats noirs, et, malgré tout, je ne l'ai pas insulté. J'ai tout fait pour qu'il signe ce contrat, sauf me laisser enfermer dans une caisse et scier en deux.

Elle jeta les papiers sur le bureau de son père.

— Il y a des limites à ce que je suis disposée à faire pour satisfaire les caprices d'une vedette, même si elle est en tête du box-office.

Swan joignit les mains et la regarda.

— Il a dit également que ton mauvais caractère ne le dérangeait pas. Il n'aime pas les gens ennuyeux.

Ryan ravala les premiers mots qui lui vinrent à l'esprit et se rassit lentement.

— D'accord, tu m'as rapporté ses paroles. Mais toi, que lui as-tu dit ?

Swan prit son temps pour répondre. C'était la première fois qu'un professionnel faisait allusion au caractère de sa fille. Swan savait qu'elle en avait, mais aussi qu'elle le contrôlait quand elle faisait des affaires. Il décida de ne pas mentionner ce détail.

— Je lui ai dit que nous serions ravis de le satisfaire.

— Tu...

Les mots s'étranglèrent dans sa gorge avant qu'elle puisse terminer sa phrase.

— ... Tu as accepté ? Pourquoi ?

— Parce que nous voulons qu'il signe. Et que c'est toi qu'il a choisie comme collaboratrice.

Pas d'explosion, pensa-t-elle complètement déconcertée. A quel sortilège Atkins avait-il eu recours pour accomplir ce prodige ? Quel qu'il soit, elle ne se laisserait pas envoûter, se dit-elle, farouchement déterminée. Elle se leva de nouveau.

— Ai-je mon mot à dire à ce sujet ?

— Non. Pas tant que tu travailleras sous mes ordres, répondit Swan en jetant un coup d'œil distrait au contrat. Tu attendais avec impatience de t'essayer à la production. Je te donne ta chance. Et, ajouta-t-il en levant les yeux pour rencontrer son regard, je te surveillerai de près. Si tu ne réussis pas à t'en sortir, je te retire de l'affaire.

Elle contrôla difficilement la vague de fureur qui l'envahissait.

— Je n'ai pas l'intention de rater mon coup. Ce sera la meilleure de toutes les émissions que Swan ait jamais produites.

— Fais en sorte que ce soit vrai, dit-il en la mettant en garde. Et arrange-toi pour ne pas dépasser le budget. Occupe-toi de faire les modifications et envoie le contrat à son agent. Je veux qu'il soit signé avant la fin de la semaine.

— Ce sera fait.

Ryan ramassa les papiers avant de se diriger vers la porte.

— Atkins m'a dit que votre collaboration avait des chances d'être très positive, ajouta Swan tandis qu'elle ouvrait la porte avec brusquerie. Il a dit que c'était écrit dans les cartes.

Ryan tourna la tête et lui lança un regard furieux avant de sortir d'un pas décidé en claquant la porte derrière elle.

Swan eut un petit sourire. C'était vraiment sa mère toute crachée, songea-t-il. Puis il appuya sur un bouton pour appeler sa secrétaire. Il avait un autre rendez-vous.

S'il y avait une chose que Ryan détestait, c'était de se faire manipuler. Une fois sa colère retombée, elle se remémora la façon habile avec laquelle Atkins et son père avaient agi. Cela ne l'étonnait pas tellement de la part de Bennett Swan. Il savait que le meilleur moyen de lui faire accomplir quelque chose était de suggérer qu'elle ne puisse pas y parvenir. Mais, pour ce qui était d'Atkins, c'était différent. Il ne la connaissait pas, enfin cela n'aurait pas dû être le cas. Pourtant, il avait joué avec elle, subtilement, adroitement. Et il avait obtenu ce qu'il voulait.

Tandis qu'elle rédigeait le nouveau contrat, Ryan retournait ces pensées dans sa tête. Elle avait eu ce qu'elle voulait, en fin de compte. Elle décida de voir les choses sous un autre angle. Swan Productions aurait Atkins dans la poche pour trois émissions spéciales à des heures de grande écoute, et elle allait avoir sa chance en tant que productrice.

Ryan Swan, directrice de production. Elle sourit. Oui, son nouveau titre sonnait bien. Elle ressentit un frisson d'excitation et, prenant son agenda, calcula le temps nécessaire pour régler certains détails et pouvoir se consacrer entièrement à son nouveau travail.

Elle était penchée depuis une heure sur ses dossiers administratifs quand le téléphone sonna.

— Ryan Swan, répondit-elle d'un ton brusque en coinçant le combiné sur son épaule et en continuant à griffonner.

— Mademoiselle Swan, je vous dérange.

Personne ne prononçait son nom de cette façon. Ryan ravala la phrase qu'elle avait préparée pour répondre poliment :

— Ce n'est pas grave, monsieur Atkins. Que puis-je pour vous ?

Il rit, provoquant immédiatement sa contrariété.

— Qu'y a-t-il de si drôle ?

— Votre voix professionnelle est charmante, répondit-il d'un ton où perçait une nuance d'amusement. Je pensais qu'étant donné votre goût du détail vous aimeriez connaître les dates auxquelles j'aurai besoin de vous à Las Vegas.

— Le contrat n'est pas encore signé, monsieur Atkins, rétorqua Ryan d'une voix sèche.

— Je commence le 15, annonça-t-il comme si elle n'avait rien dit. Mais les répétitions auront lieu le 12.

Ryan fronça les sourcils tout en notant les dates. Elle l'imagina, dans sa bibliothèque, le chat sur les genoux.

— Mon contrat se terminera le 26, précisa-t-il.

Elle remarqua distraitement que c'était le jour de son anniversaire.

— Bon, d'accord. Nous pourrons donc commencer les mises au point préalables à la production la semaine suivante.

— Parfait, dit Atkins.

Il fit une petite pause avant de reprendre :

— Puis-je vous demander une faveur ?

— Vous pouvez toujours essayer, répondit Ryan prudemment.

— J'ai une représentation le 11 à Los Angeles. Pourriez-vous m'accompagner ?

— Le 11 ?

Ryan changea le combiné de place et tourna les pages de son agenda.

— A quelle heure ?

— A 14 heures.

— Oui, c'est d'accord, déclara-t-elle en notant le rendez-vous. Où devrons-nous nous retrouver ?

— Je viendrai vous chercher. A 13 h 30.

— O.K. pour 13 h 30. Monsieur Atkins...

Elle hésita, puis prit la rose sur son bureau.

— ... Merci pour la fleur.

— Ce fut un plaisir, Ryan.

Pierce Atkins raccrocha et resta assis un moment, perdu dans ses pensées. Il imagina Ryan qui tenait encore la fleur dans sa main. Savait-elle que sa peau était aussi douce qu'un pétale de rose ? Son visage, juste sous le menton... Il pouvait encore se souvenir de sa texture sous ses doigts. Il caressa l'échine de Circé, couchée sur ses genoux.

— Que penses-tu d'elle, Link ?

Le grand homme continua à remettre des livres à leur place et répondit sans se retourner :

— Elle a un rire charmant.

— Oui, je pense la même chose.

Atkins se rappelait parfaitement sa sonorité ; il se déclenchait au moment où on l'attendait le moins, totalement en contraste avec l'expression sérieuse qu'elle avait un instant auparavant. Son rire et sa passion l'avaient tous deux surpris. Il se remémora la chaleur de ses lèvres quand il l'embrassait. Il n'avait pas réussi à fournir le moindre travail, cette nuit-là. Il se la représentait au premier étage, étendue dans son lit, vêtue seulement de ce petit carré de soie.

Il n'aimait pas que sa concentration soit perturbée, pourtant il pensait sans cesse à elle. L'instinct, se souvint-il. Il suivait encore son instinct.

— Elle a dit qu'elle aimait ma musique, murmura Link tout en rangeant les livres.

Atkins leva les yeux, sortant de sa rêverie. Il savait à quel point Link était sensible à l'opinion d'autrui sur ses compositions.

— Elle a réellement beaucoup aimé. Elle a trouvé la mélodie que tu avais laissée sur le piano superbe.

Link hocha la tête. Pierce lui disait toujours la vérité.

— Tu l'aimes bien, n'est-ce pas ?

— En effet, répondit Pierce distraitement en caressant la chatte. Oui, je crois bien.

— Je suppose que tu vas faire ce truc pour la télévision.

— C'est un défi, rétorqua Pierce.

Link fit volte-face.

— Pierce ?

— Mmm ?

Link hésitait à poser la question. Il avait peur d'en connaître déjà la réponse.

— As-tu l'intention de faire ce nouveau numéro d'évasion à Las Vegas ?

— Non, dit Pierce en fronçant les sourcils.

Link eut un soupir de soulagement.

Pierce se souvint qu'il avait justement essayé d'y travailler, la nuit où Ryan avait dormi chez lui, dans une chambre située à quelques pas de la sienne.

— Non, je n'ai pas eu le temps de le mettre au point, reprit-il.

Le soulagement de Link fut de courte durée.

— Je le garderai pour l'émission spéciale, à la place.

— Je n'aime pas ça, répliqua-t-il, d'une façon si brusque que Pierce leva les yeux. Les choses peuvent mal tourner.

— Tout ira bien, Link. Il faut juste que je m'y attelle encore un peu avant de pouvoir l'utiliser.

— Le timing est trop court, insista Link en argumentant d'une manière inhabituelle. Tu pourrais le faire différemment ou juste le reporter à une autre fois.

— Tu t'inquiètes trop, assura Pierce. Il n'y aura pas de problèmes. Il ne me reste que quelques petits détails à régler.

Mais il ne faisait pas allusion aux mécanismes de son numéro d'évasion. Il pensait à Ryan.

5

Ryan se surprit à regarder l'horloge. *13 h 15*. Elle n'avait pas vu passer les jours qui avaient précédé son départ pour Las Vegas. Elle avait eu du travail par-dessus la tête et avait souvent passé plus de dix heures par jour à se débarrasser de toutes ses tâches administratives. Il fallait qu'elle ait l'esprit libre quand elle commencerait à produire l'émission spéciale. Elle avait l'intention de compenser son manque d'expérience en consacrant à la fois tout son temps et toute son énergie à ce projet.

Il lui restait encore à prouver, non seulement à elle-même et à son père, mais, en outre, à Pierce Atkins, que ses compétences allaient au-delà des contrats et de leurs clauses.

Oui, le temps avait passé rapidement, songea-t-elle. Mais certes pas cette dernière heure... *13 h 17.* Ryan prit un dossier et l'ouvrit en poussant un soupir de contrariété. Elle surveillait la pendule comme si c'était un amoureux qu'elle attendait et non un rendez-vous d'affaires. C'était ridicule. Pourtant, lorsqu'on frappa à la porte, elle releva vivement la tête et oublia les pages soigneusement dactylographiées, bien rangées dans la chemise posée devant elle. Contenant son impatience, elle répondit calmement :

— Entrez !

— Bonjour, Ryan.

Elle réprima sa déception en voyant Ned Ross entrer dans la pièce d'un air nonchalant. Il lui adressa un sourire raffiné.

— Bonjour, Ned.

Ned Ross. Trente-deux ans, blond et bien de sa personne, vêtu avec une élégance désinvolte typiquement californienne. Il avait des cheveux bouclés et portait un pantalon bien coupé, venant d'une boutique à la mode, et une chemise de soie classique. Ryan remarqua qu'il n'avait pas de cravate. Cela nuisait à son image, au même titre que le parfum subtil et frais de son eau de toilette la flattait. Ned était conscient de son charme et s'en servait intentionnellement.

Ryan se blâma sans conviction pour ces pensées critiques et lui rendit son sourire.

Ned était le second assistant de son père. Pendant des mois, et jusqu'à très récemment encore, il avait aussi été le chevalier servant de Ryan. Il l'avait invitée à dîner et à boire un verre, lui avait donné quelques excitantes leçons de surf, l'avait emmenée admirer les magnifiques couchers de soleil sur la plage et lui avait fait croire qu'elle était la femme la plus attirante et la plus désirable qu'il ait jamais rencontrée. Elle avait éprouvé une cuisante désillusion lorsqu'elle s'était rendu compte qu'il ne la courtisait pas pour elle-même, mais parce qu'elle était la fille de Bennett Swan.

— Le patron m'a demandé de faire le point avec toi avant que tu t'envoles pour Las Vegas.

Il s'assit sur un coin de son bureau et se pencha pour lui donner un léger baiser. Il avait encore des vues sur la fille de Bennett Swan.

— Et je voulais aussi te dire au revoir, ajouta-t-il.

— J'ai mis à jour tout mon travail, dit-elle en glissant avec désinvolture le dossier entre eux.

Elle avait encore du mal à croire que ce beau visage bronzé cachait un esprit hypocrite et ambitieux.

— J'avais l'intention de mettre mon père au courant moi-même.

— Il a un emploi du temps très chargé, répondit Ned avec décontraction en prenant le dossier pour le feuilleter. Il vient de prendre l'avion pour New York. Il ne reviendra pas avant la fin de la semaine.

— Oh !

Ryan regarda ses mains.

Il aurait pu prendre le temps de me prévenir, se dit-elle en soupirant.

Mais s'était-il jamais donné cette peine ? Et quand cesserait-elle enfin de s'attendre à ce genre d'attentions de sa part ?

Elle reprit le dossier et le posa devant elle.

— Bon, tu peux lui dire que tout est réglé. J'ai également rédigé un compte rendu.

— Toujours efficace, à ce que je vois.

Ned lui sourit, mais ne fit aucun mouvement pour partir. Il savait très bien qu'il avait commis un impair et perdu du terrain. Il fallait absolument qu'il reprenne l'avantage.

— Alors, ça fait quel effet d'avoir été promue productrice ?

— J'ai hâte de commencer.

— Cet Atkins, continua-t-il en feignant d'ignorer sa froideur, il semble un peu bizarre, non ?

— Je ne le connais pas assez pour en juger, répondit-elle évasivement.

Elle n'avait pas envie d'aborder le sujet avec Ned. La journée qu'elle avait passée avec Pierce lui appartenait.

— Ned, j'ai un rendez-vous dans quelques minutes, continua-t-elle en se levant. Alors, si tu veux bien...

— Ryan...

Ned lui prit les mains, comme il le faisait quand ils sortaient ensemble. Un geste qui l'avait toujours amusée.

— ... Tu m'as beaucoup manqué ces dernières semaines...

— Mais on s'est vus plusieurs fois, Ned.

Ryan laissa sans enthousiasme ses mains dans les siennes.

— Tu sais bien ce que je veux dire, Ryan.

Il lui caressa doucement les poignets. Sa voix était tendre et persuasive lorsqu'il ajouta :

— Tu es encore en colère contre moi pour avoir fait cette suggestion idiote ?

Elle leva les sourcils.

— Laquelle ? User de mon influence pour persuader mon père de te laisser diriger la production d'O'Mara ? Non, Ned, assura-t-elle d'une voix égale. Je ne suis pas fâchée contre toi. J'ai entendu dire que Bishop avait eu le poste, ajouta-t-elle, incapable de contenir cette petite pointe. J'espère que tu n'es pas trop déçu.

— Ça n'a pas d'importance, déclara-t-il, masquant sa contrariété par un haussement d'épaules. Laisse-moi t'inviter à dîner ce soir.

Ned l'attira un peu plus près, et Ryan ne résista pas. Elle voulait savoir jusqu'où il était capable d'aller.

— Dans ce petit restaurant français que tu aimes tant. On pourra remonter la côte en voiture et en profiter pour parler.

— Il ne t'est pas venu à l'esprit que je pouvais avoir un autre rendez-vous ?

Au moment où il allait poser sa bouche sur ses lèvres, la question l'arrêta net. L'idée qu'elle puisse sortir avec quelqu'un d'autre ne l'avait pas effleuré. Il était persuadé qu'elle était toujours folle de lui. Il avait consacré beaucoup de temps et fait de nombreux efforts pour y parvenir. Il en conclut qu'elle avait juste envie d'être persuadée.

— Annule-le, murmura-t-il.

Il l'embrassa doucement, sans même remarquer que son regard était froid et ses yeux grands ouverts.

— Non.

Ned ne s'attendait pas à essuyer un refus aussi catégorique. Il savait par expérience que Ryan était facile à émouvoir. En outre, il avait déçu les espérances d'une assistante de production très amicale pour tenter de la reconquérir. Sans se douter de ce qui l'attendait, il releva la tête pour la regarder.

— Voyons, Ryan, ne sois pas…

— Désolée.

Ryan retira vivement ses mains et regarda vers la porte.

— Mademoiselle Swan, dit Pierce en saluant de la tête.

— Monsieur Atkins.

Elle avait rougi, furieuse de s'être laissé surprendre dans une situation aussi compromettante. Pourquoi n'avait-elle pas demandé à Ned de fermer la porte derrière lui ?

— Ned, je te présente Pierce Atkins. Ned Ross, l'assistant de mon père.

— Monsieur Ross.

Atkins entra dans la pièce, mais ne tendit pas la main.

— C'est un plaisir de faire votre connaissance, monsieur Atkins, dit Ned avec un grand sourire. Je suis un de vos fans.

— Ah bon ?

Pierce lui adressa un sourire poli qui lui donna la sensation d'avoir été plongé dans un univers glacial et sombre.

Ned vacilla. Il retrouva ses esprits et se tourna vers Ryan.

— Bon séjour à Las Vegas, Ryan, dit-il tout en se dirigeant vers la porte. Ravi de vous avoir rencontré, monsieur Atkins.

Déconcertée, Ryan observa la retraite précipitée de Ned. Il ne subsistait plus rien de l'allure décontractée qui le caractérisait.

— Que lui avez-vous fait ? demanda-t-elle quand la porte se ferma.

Pierce leva un sourcil et s'avança vers elle.

— Qu'en pensez-vous ?

— Je ne sais pas, murmura Ryan. Mais quoi que ce soit, ne l'essayez jamais sur moi.

Il prit les mains de Ryan dans les siennes.

— Vos mains sont froides, Ryan. Pourquoi ne lui avez-vous pas simplement dit de partir ?

Il la troublait lorsqu'il l'appelait « Ryan ». Il la troublait quand il l'appelait « Mademoiselle Swan » avec cette voix légèrement moqueuse. Ryan baissa le regard sur leurs mains jointes.

— Je l'ai... C'est-à-dire, j'allais...

Elle se surprit à balbutier une explication.

— Nous ferions mieux d'y aller, sinon vous allez être en retard pour votre spectacle.

— Mademoiselle Swan...

Les yeux de Pierce étaient pleins d'humour tandis qu'il portait les mains de Ryan à ses lèvres. Ils ne contenaient plus aucune trace de froideur.

— ... Cet air sérieux et ce ton professionnel m'ont manqué.

La laissant sans voix, Pierce lui prit le bras et l'escorta jusqu'à la porte.

Après qu'ils se furent installés dans la voiture de Pierce et qu'ils eurent rejoint le flot du trafic, Ryan essaya d'engager une conversation superficielle. S'ils étaient destinés à travailler en étroite collaboration, il fallait qu'elle établisse rapidement des relations convenables.

La reine contre le deuxième fou, songea-t-elle en se souvenant de la partie d'échecs.

— Quel genre de numéro allez-vous faire pour le spectacle de cet après-midi ?

Atkins s'arrêta au feu rouge et lui lança un rapide coup d'œil. Ils échangèrent un regard bref mais intense.

— Un show est un show, répondit-il d'un air énigmatique. Vous ne semblez pas beaucoup aimer l'assistant de votre père.

Ryan se raidit. Il attaquait, elle se défendait.

— Il est compétent.

— Pourquoi lui avoir menti ? demanda Pierce avec douceur quand le feu passa au vert. Vous auriez pu lui dire que vous n'aviez pas envie de dîner avec lui, au lieu de prétendre que vous aviez déjà un rendez-vous.

— Qu'est-ce qui vous fait croire que je n'en ai pas ? rétorqua vivement Ryan, blessée dans son amour-propre.

Atkins s'engagea dans une rue perpendiculaire.

— Je voulais simplement savoir pourquoi vous aviez eu cette réaction.

Ryan n'apprécia pas le ton calme qu'il avait pris pour lui répondre.

— Ça ne regarde que moi, monsieur Atkins.

— Pourriez-vous laisser tomber le « monsieur Atkins » pour cet après-midi ?

Pierce entra dans un parking et trouva une place pour garer la voiture. Une fois le moteur arrêté, il lui fit un grand sourire.

Il est vraiment trop charmant, songea Ryan.

— Peut-être, dit-elle la bouche en cœur. Mais juste pour aujourd'hui. Est-ce que Pierce est votre vrai prénom ?

— Pour autant que je sache.

Ryan descendit du véhicule et remarqua qu'ils étaient sur le parking du plus grand hôpital de Los Angeles.

— Que vient-on faire ici ?

— J'ai un spectacle à y donner.

Pierce sortit du coffre un sac noir, pas très différent de celui qu'un médecin pourrait utiliser.

— Les instruments du métier, expliqua-t-il à Ryan en remarquant son air étonné. Mais pas de seringues ni de scalpels, promit-il.

Il lui tendit la main. Son regard était plongé dans le sien et il attendait patiemment pendant qu'elle hésitait. Elle l'accepta finalement, et ils entrèrent ensemble par une porte latérale.

Ryan ne se serait jamais attendue à passer l'après-midi dans le département de pédiatrie d'un hôpital. Elle n'aurait pas non plus imaginé que Pierce Atkins pourrait témoigner d'un quelconque intérêt pour les enfants. Au bout des cinq premières minutes, elle constata qu'il leur offrait beaucoup plus qu'un show et que, dans tous les tours qu'il avait dans son sac, il se donnait corps et âme.

Pourquoi? Il est beau, reconnut-elle avec un petit coup au cœur. *Il se produit dans les casinos de Las Vegas, où l'entrée coûte cent dollars par personne, il fait salle comble à Covent Garden, mais il vient ici juste pour donner du bon temps à une bande de gamins. Et il n'y a aucun journaliste pour en parler demain dans ses colonnes. Il est juste là pour apporter un peu de bonheur.*

Ce fut à cet instant, quoiqu'elle ne s'en rendît pas compte sur le moment, que Ryan tomba amoureuse de lui.

Elle le regarda tandis qu'il faisait glisser une balle d'un doigt à l'autre, en un mouvement incessant. Ryan était aussi fascinée que les enfants. Il eut un geste rapide de la main, et la balle disparut pour ressortir par l'oreille d'un garçon qui poussa un cri de joie.

Ses illusions étaient simples mais impressionnantes. Des petits tours d'adresse que même un amateur aurait pu réussir. La salle retentissait d'exclamations de surprise, de rires et d'applaudissements, qui avaient, à l'évidence, bien plus de valeur pour Pierce que le tonnerre d'acclamations que déclenchait la fin d'un numéro de magie complexe et risqué. Ses racines étaient ici, au milieu des enfants. Il ne l'avait jamais oublié. Il se souvenait trop bien de l'odeur d'antiseptique et de désodorisant qui régnait dans une chambre de malade.

— Vous remarquerez la superbe assistante que j'ai amenée avec moi, annonça Pierce en montrant Ryan.

Elle mit un court instant avant de comprendre qu'il parlait d'elle. Elle le regarda d'un air surpris, mais il se contenta de sourire.

— Aucun magicien ne se déplace sans assistante, Ryan.

Il leva le bras, la main tournée vers elle. Les rires et les applaudissements fusèrent, et elle se sentit obligée de le rejoindre.

— Que faites-vous ? s'enquit-elle rapidement.

Il se tourna vers le public d'enfants alités ou en fauteuils roulants et déclara avec décontraction :

— Je suis en train de faire de vous une star. Ryan va vous expliquer que si elle a un si joli sourire, c'est parce qu'elle boit trois verres de lait par jour. N'est-ce pas, Ryan ?

— Euh... en effet, dit-elle en embrassant du regard tous ces visages pleins d'attente. Oui, c'est vrai.

Que va-t-il faire ?

Jamais autant de regards curieux et d'yeux écarquillés ne s'étaient posés sur elle en même temps.

— Je suis sûr que tout le monde ici sait à quel point le lait est bon pour la santé.

Il n'obtint, pour toute réponse, que des approbations sans enthousiasme, mêlées à quelques plaintes étouffées. Pierce sembla surpris quand il ouvrit son sac et en retira un verre déjà à moitié plein d'un liquide blanc. Personne ne voulut savoir comment il ne s'était pas renversé pendant le voyage.

— Vous buvez tous du lait, n'est-ce pas ?

Il y eut des rires, cette fois, et encore quelques gémissements. Secouant la tête, Pierce sortit du sac un journal et commença à lui donner la forme d'un entonnoir.

— Voici un tour très délicat. Je ne sais pas si je réussirai à le faire, sauf si tout le monde promet de boire son lait ce soir.

Un concert de promesses s'éleva immédiatement. Ryan constata qu'il n'était pas seulement magicien : il était comme le joueur de flûte de Hamelin, tout aussi psychologue qu'amuseur. Mais cela revenait peut-être au même, en fin de compte. Elle remarqua qu'il la regardait en levant un sourcil.

— Oh, moi je promets, dit-elle gentiment.

Elle souriait, complètement subjuguée, comme les enfants.

— Bon, voyons ce qui va se passer. Pourriez-vous verser ce verre de lait là-dedans ? demanda-t-il à Ryan en lui tendant le verre. Doucement, faites attention, dit-il en adressant un clin d'œil à l'auditoire. Il ne faut surtout pas le renverser. C'est du lait magique, vous savez. Le seul que les magiciens puissent boire.

Pierce prit la main de Ryan et la guida, tenant l'entonnoir juste au-dessus de ses yeux.

Sa paume était ferme et chaude. Il émanait de lui un parfum qu'elle ne parvenait pas à définir. Une odeur de grand air, de forêt.

Ce n'est pas une senteur de pin, décida-t-elle, *mais quelque chose de plus mystérieux, de plus profond, de plus proche de la terre.*

Cet effluve provoqua en elle une réaction à la fois imprévue et inopportune. Elle essaya de se concentrer sur le fait de bien maintenir le verre au-dessus de l'entonnoir. Quelques gouttes de lait s'échappèrent.

— Où est-ce que tu achètes ton lait magique ? voulut savoir un des enfants.

— Oh, on ne peut pas l'acheter, répondit Pierce avec sérieux. Je dois me lever très tôt et jeter un sort à la vache pour qu'il le devienne. Bon, je crois que ça ira.

Pierce remit lentement le verre vide dans son sac.

— Maintenant, si tout s'est bien déroulé...

Il s'interrompit et plongea les yeux dans l'entonnoir d'un air préoccupé.

— C'était mon lait, Ryan, dit-il avec un air de reproche. Vous auriez pu boire le vôtre plus tard.

Au moment où elle ouvrait la bouche pour répondre, il secoua brusquement la main, et l'entonnoir s'ouvrit. Elle poussa un cri de surprise et se recula instinctivement afin d'éviter les éclaboussures. Mais le cône de papier était vide.

Les enfants hurlèrent de joie tandis qu'elle le regardait, le souffle coupé.

— Elle est quand même très belle, dit-il à la ronde tout en embrassant les doigts de Ryan. Même si elle est un peu trop gourmande.

— J'ai versé ce lait moi-même, fit-elle remarquer tandis qu'ils parcouraient le couloir qui menait aux ascenseurs. J'ai vu des gouttes qui s'échappaient du papier. Je les ai vues de mes propres yeux.

Pierce la poussa doucement dans l'ascenseur.

— Ah ! la façon dont les choses semblent être, et ce qu'elles sont en réalité... C'est fascinant, n'est-ce pas, Ryan ?

Elle perçut que l'ascenseur amorçait sa descente et resta silencieuse pendant un moment avant de répondre :

— Vous non plus n'êtes pas entièrement ce que vous paraissez, n'est-ce pas ?

— Non. N'est-ce pas le cas de tout le monde ?

— En une heure, vous avez fait plus de bien à ces enfants qu'une flopée de médecins.

Il baissa les yeux sur elle tandis qu'elle ajoutait :

— Et j'imagine que ce n'est pas la première fois que vous faites ce genre de choses.

— Non.

— Pourquoi ?

— Il ne fait pas bon vivre dans un hôpital lorsqu'on est enfant, répliqua-t-il simplement en guise de réponse.

— Aujourd'hui, vous leur avez prouvé le contraire.

Pierce prit de nouveau sa main quand ils arrivèrent au rez-de-chaussée.

— Aucun public n'est aussi difficile à contenter que les enfants. Ils sont très pragmatiques.

Ryan ne put retenir un rire et lui lança un rapide coup d'œil.

— Vous avez sûrement raison. Quel adulte aurait eu l'idée de vous demander où vous achetiez votre lait magique ? Je trouve que vous avez habilement répondu à la question.

— Je commence à avoir l'habitude. Les gamins vous obligent à garder les pieds sur terre. L'attention d'un adulte est plus facilement distraite grâce à de la poudre aux yeux ou un boniment bien mené, ajouta-t-il en lui souriant. Même la vôtre. Bien que vous n'ayez cessé de m'observer avec ces fascinants yeux verts.

Ryan parcourut le parking du regard tandis qu'ils franchissaient la porte. Il était presque impossible de s'intéresser à autre chose qu'à lui lorsqu'il vous regardait et vous parlait de la sorte.

— Pierce, pourquoi m'avez-vous demandé de vous accompagner aujourd'hui ?

— J'avais envie que vous me teniez compagnie.

— Je crois que je n'ai pas bien saisi, dit-elle en se tournant vers lui.

— Avez-vous vraiment besoin de tout comprendre ?

Sous les rayons du soleil, les cheveux de Ryan avaient la couleur du blé mûr. Pierce y passa les doigts pour prendre ensuite son visage dans ses mains, comme il l'avait fait cette fameuse nuit.

— Toujours ? compléta-t-il.

Ryan sentit son cœur cogner dans sa poitrine.

— Oui. Je crois...

Mais la bouche de Pierce était déjà posée sur la sienne, et son esprit se vida de toute pensée. Ce doux baiser faisait frémir tout son corps. Elle sentit une brûlante vague de désir l'envahir tandis que les doigts du magicien caressaient sa tempe et descendaient pour s'arrêter juste au-dessus de son cœur. Des gens passaient à côté d'eux, mais elle ne les voyait pas. Ils n'étaient que des ombres, des fantômes. Seules les mains et la bouche de Pierce comptaient.

Etait-ce un souffle de vent qu'elle sentit passer sur elle ou les doigts de Pierce qui glissèrent sur sa peau ? Lequel des deux murmura quelque chose, lui ou elle ? Elle ne sut le dire.

Pierce l'écarta un peu. Le regard de Ryan était flou. Il s'éclaircit, sa vision s'accommoda, comme si elle émergeait d'un songe. Mais il n'était pas encore prêt à voir ce rêve s'évanouir. Il la ramena vers lui et prit ses lèvres de nouveau, savourant leur goût intime, mystérieux.

Il dut lutter contre l'envie de la serrer avec force contre lui, d'écraser brutalement sa bouche chaude et consentante contre la sienne. Mais c'était une femme qui méritait qu'on la traite avec douceur. Ressentir un tel désir l'affligea, alors il l'élimina. Il y avait eu une époque où on l'avait enfermé dans un réduit obscur et sans air, où il avait dû refréner ce besoin de s'échapper, cette impatience qui le brûlait. Il se sentait maintenant presque gagné par la même panique irraisonnée. Quel effet avait-elle sur lui ? La question lui trottait dans la tête tandis qu'il l'enlaçait. Tout ce qu'il savait, c'est qu'il la voulait avec un désespoir dont il ne se serait pas cru capable.

Portait-elle encore des dessous de soie ? D'une étoffe fine, fragile, légèrement imprégnée de son parfum ? Il voulait lui faire l'amour à la lumière des bougies ou dans un champ baigné de soleil. Dieu ! comme il la désirait !

— Je veux rester avec vous, murmura-t-il, ce qui la fit frémir. Je vous désire. Venez avec moi, maintenant.

Il fit basculer sa tête et l'embrassa encore.

— Ryan, laissez-moi vous aimer, tout de suite.

— Pierce…

Le sol se dérobait sous ses pieds, elle luttait pour retrouver son assise. Elle s'appuya contre lui tout en secouant la tête.

— … Je ne vous connais pas.

Pierce contrôla un désir soudain et sauvage de la pousser dans sa voiture, de l'emmener chez lui, de l'attirer dans son lit.

— Non, dit-il, autant pour lui-même que pour Ryan.

Il la repoussa et, la tenant par les épaules, il l'étudia.

— Non, vous ne me connaissez pas. Et, pour une Mlle Swan, ce serait inacceptable.

Il n'aimait pas sentir son cœur s'affoler ainsi. Le calme et le contrôle de soi faisaient étroitement partie de son métier et, par conséquent, de lui-même.

— Quand vous me connaîtrez mieux, assura-t-il tranquillement, nous serons amants.

— Non.

Son ton froid et sans émotion avait provoqué l'objection véhémente de Ryan.

— Non, Pierce, nous ne serons pas amants, sauf si je le veux bien. Les marchés que je conclus concernent des contrats, non ma vie privée.

Pierce sourit. La contrariété qu'elle exprimait le conforta beaucoup plus que ne l'aurait fait sa docilité. Il se méfiait des gens qui cèdent trop facilement.

— Mademoiselle Swan, murmura-t-il en prenant son bras, les cartes nous ont déjà révélé la vérité.

6

Personne n'attendait Ryan à l'aéroport de Las Vegas. Elle avait insisté pour qu'il en soit ainsi. Après avoir retrouvé son calme, elle avait décidé qu'il serait dangereux d'établir des relations trop personnelles avec Pierce Atkins. Il valait mieux garder ses distances avec un homme qui avait le pouvoir de vous faire oublier le monde extérieur avec un baiser : telle était la nouvelle règle que Ryan Swan s'était imposée.

Pendant presque toute sa vie, elle avait été totalement soumise à son père. Il fallait qu'elle ait son accord avant d'entreprendre quoi que ce soit. Il ne lui avait peut-être pas consacré beaucoup de temps, mais il lui avait toujours donné son avis. Et il avait invariablement le dernier mot.

Elle avait attendu le jour de ses vingt ans pour jouir d'une certaine indépendance. Elle appréciait trop sa liberté pour se laisser dominer de nouveau. Elle savait par expérience que les hommes n'étaient pas toujours dignes de confiance. Pour quelle raison Atkins serait-il différent des autres ?

Après avoir payé le taxi, Ryan s'accorda quelques instants pour jeter un coup d'œil autour d'elle. Elle venait à Las Vegas pour la première fois. Même à 10 heures du matin, la ville avait de quoi surprendre. Le boulevard principal, le légendaire Strip, s'étendait à perte de vue, du nord au sud. Des deux côtés s'alignaient des enseignes d'hôtels casinos prestigieux. Les panneaux d'affichage annonçaient des noms célèbres en lettres énormes. Pour l'heure, le soleil brûlant inondait les rues ; la nuit, elles seraient baignées par la lumière des néons.

Ryan fit volte-face pour admirer le Caesar's Palace, un complexe à la fois gigantesque et somptueux. Au-dessus d'elle, sur la façade blanche, étaient inscrits en lettres colossales le nom de Pierce Atkins et la date de ses représentations. Que pouvait ressentir un homme comme lui en voyant son nom annoncé de façon aussi insolente ? s'interrogea-t-elle.

Elle prit ses bagages et s'engagea sur le tapis roulant qui menait à l'entrée en passant devant une fontaine étincelante de lumière.

Au moment où elle entrait dans le hall de l'hôtel, elle entendit les roulements et les tintements des machines à sous. Elle refréna son envie d'aller jeter un coup d'œil au casino au lieu de se présenter à l'accueil.

— Je suis Ryan Swan, annonça-t-elle en posant ses valises au pied du long comptoir. J'ai une réservation.

— Oui, mademoiselle Swan, dit le réceptionniste avec un grand sourire, sans même consulter son registre. Le groom va prendre vos bagages, ajouta-t-il en tendant la clé au jeune homme qui avait répondu à son appel. Je vous souhaite un très bon séjour, mademoiselle Swan. Si vous avez besoin de quoi que ce soit, nous sommes à votre disposition.

— Merci.

Ryan avait l'habitude qu'on lui témoigne une certaine déférence. Quand les gens s'apercevaient qu'elle était la fille de Bennett Swan, ils la traitaient comme si elle était un dignitaire en visite. Il n'y avait là rien de nouveau. C'était juste légèrement gênant.

L'ascenseur l'emmena jusqu'au dernier étage. Le groom, debout à côté d'elle, gardait un silence respectueux. Il la précéda le long du couloir, ouvrit la porte et se recula pour la laisser entrer.

Ryan eut une première surprise en découvrant que la pièce n'était pas une chambre mais une suite. Une seconde en se rendant compte qu'elle était déjà occupée. Atkins était assis sur le canapé, examinant des papiers étalés sur la table basse.

— Ryan, dit-il en se levant.

Ryan attendit que la porte se soit refermée sur le groom.

— Que faites-vous ici ? demanda-t-elle.

— J'ai une répétition prévue cet après-midi. Avez-vous fait bon voyage ?

— Oui, répondit-elle, contrariée par sa réponse et par les soupçons qui commençaient à s'insinuer dans son esprit.

— Voulez-vous boire quelque chose ?

— Non merci.

Elle examina la pièce, jeta un bref regard par la fenêtre puis, désignant l'ensemble d'un large geste, demanda :

— C'est quoi ça, exactement ?

Pierce leva un sourcil à cause du ton qu'elle avait pris, mais répondit gentiment :

— Notre suite.

— Oh ! non, dit-elle d'une voix tremblante. *Notre* suite !

Elle ramassa ses bagages et se dirigea vers la porte.

— Ryan.

Sa voix calme l'obligea à s'arrêter — et raviva sa colère. Elle laissa tomber ses valises et se retourna vers lui.

— Quelle ruse mesquine, quel habile stratagème ! Pensiez-vous vraiment pouvoir annuler ma réservation et...

— Et quoi ? dit-il en l'interrompant.

Elle désigna de nouveau la pièce.

— ... Me forcer à m'installer ici, avec vous, sans que je proteste ? Croyiez-vous réellement que j'allais sauter dans votre lit sans broncher. Quelle audace ! Comment osez-vous me mentir en m'affirmant que vous aviez besoin de moi pour assister à votre show, alors que vous vouliez juste que je réchauffe votre couche ?

L'inflexion de sa voix passa de l'accusation voilée à la fureur déchaînée avant que Pierce saisisse son poignet. La force avec laquelle il la serra la surprit et l'inquiéta.

— Je ne mens pas, rectifia-t-il doucement, mais ses yeux étaient plus sombres que jamais. Et je n'ai pas besoin de stratagèmes pour attirer une femme dans mon lit.

Elle n'essaya pas de se libérer. Son instinct lui conseillait de ne pas le faire, mais elle ne parvint pas à contrôler sa rage.

— Alors comment appelez-vous ceci ? rétorqua-t-elle.

— Un arrangement commode.

Il sentit son pouls qui s'emballait sous la pression de ses

doigts. La colère qu'il ressentait rendit sa voix dangereusement froide.

— Pour qui ? s'enquit-elle.

— Il va falloir que nous discutions d'un certain nombre de points dans les jours qui viennent, dit-il posément, sans pour autant relâcher son étreinte. Je n'ai pas l'intention de courir jusqu'à votre chambre chaque fois que j'aurai besoin de parler avec vous. Je suis ici pour travailler, et vous aussi.

— Vous auriez dû me consulter avant.

— Mais je ne l'ai pas fait, répondit-il d'un ton glacial. Et je n'oblige pas les femmes à coucher avec moi, sauf si elles le veulent bien, mademoiselle Swan.

— Je n'apprécie pas que vous ayez pris sur vous de changer l'organisation sans m'avertir.

Ryan décida de s'en tenir fermement à cette position, bien que ses genoux se soient mis à trembler. La maîtrise de Pierce sur sa propre colère la rendait encore plus effrayante.

— Je vous avais déjà prévenue : je fais les choses à ma manière. Si vous êtes inquiète, fermez votre porte à clé.

La moquerie contenue dans ses derniers mots l'incita à répondre d'une voix sèche :

— Cela ne servirait à rien. Il n'existe pas un seul verrou qui soit capable de vous retenir.

Les doigts de Pierce se resserrèrent rapidement, douloureusement sur son poignet et, soudain, il la lâcha.

— Peut-être, dit-il. Mais un simple *non* aurait été suffisant.

Il était parti avant que Ryan puisse répondre. Elle s'adossa contre la porte en frissonnant de tout son corps. Elle venait de se rendre compte à quel point elle avait eu peur. Elle était habituée à supporter les spectaculaires éclats de colère de son père ou ses silences boudeurs. Mais là...

Elle avait vu dans les yeux de Pierce une violence plus froide que la banquise. Ryan aurait préféré affronter n'importe quel homme hurlant plutôt que ce regard glacial.

Elle se massa distraitement le poignet. Les marques laissées par les doigts de Pierce l'élançaient. Elle avait raison de prétendre ne pas le connaître. Il était encore plus mystérieux qu'elle l'avait supposé. Un rempart était tombé, mais elle n'était pas sûre d'être en mesure d'affronter ce qu'elle avait découvert derrière. Elle resta appuyée un instant contre la porte en attendant que son tremblement se calme.

Elle jeta un regard circulaire sur la pièce et décida qu'elle avait peut-être eu tort de réagir aussi violemment, à cause d'un simple arrangement. Après tout, le fait de partager une suite revenait quasiment au même que d'avoir deux chambres attenantes.

Mais lui aussi avait eu tort, se dit-elle. Ils auraient facilement pu trouver un terrain d'entente, si seulement il lui avait fait part de ses intentions au lieu de la mettre devant le fait accompli. Lorsqu'elle avait quitté la Suisse, elle s'était fait la promesse de ne plus recevoir d'ordres de quiconque.

Et puis cette déclaration de Pierce la tracassait. Il n'obligeait pas une femme à coucher avec lui, sauf si elle le voulait bien. Elle n'était que trop consciente qu'ils savaient, l'un et l'autre, à quel point elle le désirait.

Un simple *non* aurait été suffisant. Oui, se dit-elle en soulevant ses valises, de cela elle pouvait être certaine : il n'était pas du genre à prendre une femme de force. Mais avec elle, ce ne serait pas nécessaire. Combien de temps allait-elle résister avant de lui céder ?

Ryan secoua la tête. Le projet était tout aussi important pour Atkins que pour elle. Ce n'était pas malin de commencer par se chamailler pour des problèmes de logement. Elle décida d'aller défaire ses valises.

Quand Ryan arriva au théâtre, la répétition avait déjà débuté. Pierce se tenait au centre de la scène. Il y avait une femme avec lui. Bien qu'elle soit habillée simplement, d'un jean et d'un sweat-shirt trop large, Ryan reconnut la sculpturale assistante aux cheveux roux qui accompagnait toujours Atkins pendant ses spectacles. Sur les bandes qu'elle avait visionnées, elle était vêtue de petits ensembles pailletés ou de robes vaporeuses.

Aucun magicien ne se déplace sans une superbe assistante.

Contrôle-toi Ryan, se dit-elle. *Ce ne sont pas tes affaires.*

Elle descendit tranquillement les marches et alla s'asseoir

au milieu du parterre. Pierce ne regarda pas une seule fois dans sa direction. Machinalement, Ryan se mit à réfléchir aux angles de prises de vues et aux décors.

Cinq caméras, pensa-t-elle, *et un arrière-plan plutôt discret. Rien qui risque de détourner l'attention du public. Quelque chose de sombre*, décida-t-elle, *qui fera ressortir l'image du magicien, plutôt que celle de l'homme de scène.*

Quelle ne fut pas sa surprise lorsque la femme se mit à tomber lentement en arrière et à flotter horizontalement au-dessus du sol. Ryan interrompit le cours de ses pensées pour regarder. Pierce ne faisait aucun boniment, seulement des gestes — de larges mouvements de bras qui balayaient l'espace, qui évoquaient le temps des magiciens en cape et de l'éclairage à la lumière des chandelles. L'assistante commença à tournoyer sur elle-même, lentement au début, puis de plus en plus vite.

Ryan avait déjà vu cette illusion en vidéo, mais y assister faisait un tout autre effet. Elle se rendit compte qu'elle retenait sa respiration et se força à expirer. L'abondante chevelure rousse et bouclée de la femme tournait avec le mouvement. Elle avait les yeux fermés, son visage semblait serein, et ses mains étaient posées l'une sur l'autre, sur son ventre. Ryan observait attentivement, cherchant à découvrir des fils, des trucs. Frustrée, elle s'appuya contre le dossier.

Elle ne put retenir un cri d'admiration quand la femme commença à rouler sur elle-même, tout en continuant à tourbillonner. Elle avait toujours la même expression de calme peinte sur le visage, comme si elle était endormie alors qu'elle virevoltait à un mètre au-dessus de la scène. D'un geste, Pierce arrêta le mouvement et la ramena lentement à la verticale, jusqu'à ce que ses pieds touchent le sol. Lorsqu'il passa la main devant son visage, elle ouvrit les yeux et sourit.

— J'étais comment ?

Ryan sursauta quand ces mots banals, proférés d'un ton joyeux, se répercutèrent sur les murs du théâtre.

— Bien, répondit simplement Pierce. Ce sera encore mieux avec l'accompagnement musical. Je veux des lumières rouges, quelque chose de chaud. Atténuées au début et qui aillent en s'intensifiant au fur et à mesure que la vitesse du tournoiement augmente.

Ayant donné ses directives au chef éclairagiste, il se tourna vers son assistante.

— Nous allons travailler les numéros de transport dans l'espace.

Pendant une heure, Ryan assista au spectacle, fascinée, frustrée mais indéniablement enchantée. Elle constata que la créativité de Pierce ne se limitait pas à la seule pratique de la magie. Il savait également manier les lumières et le son, mettre en valeur, accentuer, souligner chaque séquence de son show.

Un perfectionniste, remarqua Ryan. Il officiait tranquillement, sans le dynamisme dont il faisait preuve pendant les représentations ni l'aisance qu'il avait démontrée durant le spectacle dédié aux enfants. Il travaillait dur, c'était indéniable. Magicien peut-être, songea-t-elle, mais qui devait son génie à de longues heures de répétition et d'efforts. Plus elle l'observait et plus elle le respectait.

Ryan s'était demandé comment se déroulerait leur collaboration. Maintenant, elle le savait. Ils allaient se disputer, c'était prévisible, mais elle avait hâte de commencer. Cette émission allait être une vraie réussite.

— Voulez-vous venir ici, Ryan ?

Elle fut étonnée lorsqu'il l'appela. Elle aurait juré qu'il n'avait pas remarqué son arrivée. Fataliste, elle se leva. Elle commençait à se rendre compte que rien ne lui échappait. Pendant qu'elle s'approchait, il glissa un mot à son assistante. Elle eut un rire bref et l'embrassa sur la joue.

— Ouf ! Pour une fois je resterai en un seul morceau, dit-elle en souriant à Ryan qui montait sur la scène.

— Ryan Swan, dit Pierce. Bess Frye.

Vue de près, la femme n'était pas aussi belle qu'elle en avait l'air, remarqua Ryan. Elle n'avait pas les traits assez fins pour correspondre aux canons de la beauté classique. Ses cheveux étaient d'un roux éclatant et retombaient en dégradé autour d'un visage large, à la mâchoire carrée. Elle avait des yeux ronds, d'un vert plus foncé que ceux de Ryan. Son maquillage était aussi exubérant que sa tenue était décontractée, et elle était presque aussi grande que Pierce.

— Bonjour !

Le salut fut lancé avec chaleur. Bess tendit la main pour serrer celle de Ryan avec enthousiasme. Difficile d'imaginer cette femme en train de tournoyer à un mètre du sol.

— Pierce m'a parlé de vous.

— Ah ? dit Ryan en le regardant rapidement.

— Oh ! oui, répliqua-t-elle en posant la main sur l'épaule du magicien. Pierce pense que vous êtes très intelligente. Il aime les femmes cérébrales, mais il n'avait pas mentionné que vous étiez tellement jolie. Pourquoi ne m'as-tu pas dit qu'elle était belle, mon chou ?

— Pour que tu m'accuses de considérer les femmes comme de simples accessoires ? rétorqua-t-il en plongeant les mains dans ses poches.

Bess eut un autre éclat de son rire vigoureux.

— Lui aussi, il est intelligent, dit-elle à Ryan sur un ton de confidence. Alors c'est vous qui allez produire cette émission spéciale ?

— Oui, répondit Ryan en souriant, quelque peu étonnée par cette gentillesse débordante.

— Super ! Il est temps qu'une femme prenne enfin la relève. Je suis entourée d'hommes dans ce métier, mon chou. Je suis la seule personne du sexe féminin qui participe à la tournée. Il faut qu'on trouve un moment pour boire un verre ensemble et faire connaissance.

« J'te paye un verre, mon chou ? »

Ryan se souvint du mainate. Son sourire s'élargit.

— Ça me ferait très plaisir.

— Bon, il faut que j'aille voir ce que fabrique Link, avant que le patron décide de me remettre au boulot. A plus tard.

Bess sortit de la scène à grands pas — un mètre quatre-vingts d'enthousiasme débordant. Ryan resta debout à contempler sa silhouette jusqu'à ce qu'elle disparaisse.

— Elle est merveilleuse, murmura-t-elle.

— C'est ce que j'ai toujours pensé.

— Elle semble si calme sur scène, dit Ryan en souriant à Pierce. Travaille-t-elle avec vous depuis longtemps ?

— Oui.

La chaleur apportée par Bess s'estompait rapidement. Ryan s'éclaircit la voix et poursuivit :

— La répétition s'est très bien passée. Il faudra qu'on discute pour savoir lesquelles de ces illusions vous projetez d'incorporer à l'émission spéciale, et s'il y en a de nouvelles que vous avez l'intention de développer.

— Très bien.

— Il y aura naturellement des mises au point à faire pour adapter votre spectacle à la télévision, continua-t-elle, tentant d'ignorer ses réponses monosyllabiques. Mais j'imagine que vous voudrez une version concentrée de votre show.

— Oui, exactement.

Ryan connaissait Pierce depuis peu, mais elle avait déjà remarqué qu'il était doté d'une gentillesse naturelle et d'un solide sens de l'humour. A présent, son regard était méfiant et il semblait visiblement impatient de la voir tourner les talons. Les excuses qu'elle avait prévu de lui faire seraient peu appropriées face à une telle attitude.

— J'ai l'impression que vous êtes très occupé, dit-elle avec raideur tout en s'éloignant.

Elle prit conscience qu'elle souffrait d'avoir été repoussée ainsi. Il n'avait aucun droit de lui faire du mal. Elle quitta la scène sans se retourner.

Atkins l'observa jusqu'à ce que les portes situées au fond du théâtre se referment derrière elle en battant. Les yeux toujours fixés sur la sortie, il écrasa la balle qu'il avait dans la main et en fit une galette. Il avait des doigts puissants, il aurait pu lui broyer les os du poignet au lieu de se contenter d'y laisser des traces.

Il n'avait pas aimé voir ces ecchymoses. Il ne voulait pas se souvenir de la façon dont elle l'avait accusé de chercher à la prendre en traître. Il n'avait jamais eu besoin d'user de ce genre de stratagèmes avec les femmes. Pourquoi le ferait-il avec Ryan Swan ?

Il aurait pu la prendre, la première nuit, tandis que l'orage éclatait et qu'il tenait son corps serré contre le sien.

Pourquoi ai-je reculé ? s'interrogea-t-il en lançant la balle au loin.

Pourquoi ne l'avait-il pas attirée dans son lit à ce moment-là ? Et pourquoi avait-il hésité à lui faire partager le désir intense qu'il ressentait ? Parce qu'il avait lu dans son regard un mélange de panique et de consentement. Elle était vulnérable. Il s'était rendu compte qu'il l'était également et il avait eu peur. Mais elle continuait à hanter ses pensées.

Ce matin, quand il l'avait vue pénétrer dans la suite, vêtue d'un de ses fameux tailleurs bien coupés, son esprit s'était vidé de toute pensée. Comme lors de leur première rencontre, ses cheveux étaient décoiffés par le vent après le trajet en voiture. Il n'avait eu qu'une envie : la tenir contre lui, sentir ce corps si doux s'abandonner contre le sien.

Peut-être était-ce à cet instant précis que sa colère avait commencé à monter, pour exploser devant son regard accusateur et les mots blessants qu'elle avait prononcés.

Il regrettait de lui avoir fait mal. Pierce contempla ses mains et jura tout bas. Il n'avait pas le droit de la meurtrir, c'était l'acte le plus laid qu'un homme puisse infliger à une femme. Elle était plus faible que lui et il avait donné libre cours à cet… à son impatience, et fait usage de sa force, deux réactions qu'il s'était promis, il y a de cela très longtemps, de ne jamais avoir avec les femmes. Aucune provocation ne pouvait justifier son comportement. Il était le seul à blâmer pour cet écart de conduite.

Mais il ne pouvait pas s'absorber dans ce genre de pensées et travailler en même temps. Il avait besoin de toute sa concentration. La meilleure solution était de replacer leur relation dans le cadre que Ryan avait voulu dès le début. Ils se contenteraient d'avoir une collaboration professionnelle fructueuse, un point c'est tout. Il avait appris à contrôler son corps par le biais de sa volonté. Grâce à elle, il pourrait également maîtriser ses besoins et ses émotions.

Il se promit de se tenir à ces résolutions et fit demi-tour afin de consulter le personnel de sa tournée au sujet des accessoires.

7

Difficile de résister à l'attraction de Las Vegas. Une fois à l'intérieur des casinos, il était impossible de savoir s'il faisait jour ou nuit. Sans horloges pour donner l'heure et avec le tintement incessant des machines à sous en bruit de fond, on se sentait baigner dans une atmosphère d'intemporalité permanente, à la fois fascinante et déconcertante. Ryan remarqua des gens, en habits de soirée, qui prolongeaient leur nuit de jeu jusqu'en fin de matinée. Elle vit des milliers de dollars changer de mains aux tables de black-jack et de baccara. Elle retint plusieurs fois sa respiration tandis que la roulette tournait, le sort d'une petite fortune dépendant des caprices d'une boule en ivoire.

Elle savait que la fièvre du jeu pouvait avoir plusieurs visages : certains tranquilles ou sans passion, d'autres passionnés ou désespérés.

Les années qu'elle avait passées dans la très convenable école suisse avaient contribué à tempérer la passion du jeu que Ryan avait héritée de son père. Pour la première fois depuis longtemps, elle sentit l'excitation monter en elle. Elle résista, se disant qu'elle se contentait parfaitement de son rôle d'observatrice. Mais elle n'avait rien d'autre à faire et elle s'ennuyait.

Elle ne voyait Pierce que sur scène pendant les répétitions. Elle trouvait incroyable que deux personnes qui partageaient la même suite se croisent aussi rarement. Quelle que soit l'heure à laquelle elle se levait, même la plus matinale, il était déjà sorti. Une ou deux fois, alors qu'elle était déjà couchée depuis longtemps, elle avait entendu le bruit de la porte d'entrée qu'on fermait. Quand ils se parlaient, c'était pour échanger des idées concernant les modifications à apporter à son spectacle afin de l'adapter à la télévision. Leurs conversations se déroulaient calmement et se limitaient à la résolution de problèmes techniques.

Il fait tout ce qu'il peut pour m'éviter, pensa-t-elle, le soir de la première, *et il y réussit sacrément bien.*

S'il avait voulu prouver que leur cohabitation n'impliquait aucune relation intime, il avait atteint son but. C'était, bien sûr, ce qu'elle avait souhaité, mais leurs rapports amicaux lui manquaient. Tout comme les sourires spontanés qu'il lui adressait.

Ryan décida de suivre le spectacle depuis les coulisses. Les répétitions lui avaient déjà donné un aperçu des méthodes de travail de Pierce. Maintenant, elle voulait saisir des images que ni les spectateurs ni les caméras ne pourraient percevoir.

En faisant bien attention à ne pas gêner les cameramen et les machinistes, elle se posta dans un coin et observa. Dès la première salve d'applaudissements qui accueillit son entrée, Pierce avait déjà conquis l'auditoire.

Mon Dieu, qu'il est beau ! pensa-t-elle en appréciant la majesté de son allure.

Sa personnalité extraordinaire et son dynamisme auraient, à eux seuls, tenu la salle en haleine. Son charisme n'était pas feint. Au même titre que la couleur de ses cheveux, il faisait partie intégrante de sa nature. Il était vêtu de noir, comme à l'accoutumée, n'ayant pas besoin de porter des vêtements chamarrés pour que tous les yeux soient braqués sur lui.

Il parlait tout en faisant ses numéros. « Du boniment », aurait-il précisé, mais c'était beaucoup plus que cela. Il manipulait les émotions des gens au moyen des mots et de leur rythme. Il se jouait du public, puis le subjuguait complètement en faisant jaillir une flamme de sa paume nue ou grâce à un pendule en argent brillant qui se balançait, comme par enchantement, suspendu dans le vide. Le pragmatisme dont il faisait preuve lors des répétitions avait disparu. Il émanait de lui une aura sombre et mystérieuse.

Les numéros d'évasion la mettaient mal à l'aise. A la vue de ces volontaires, issus du public, clouant le couvercle d'une solide caisse d'emballage, elle sentait ses mains devenir moites. Elle imaginait Pierce, dans l'obscurité, sans air pour respirer. Son propre souffle se bloquait dans sa gorge. Mais, en moins de deux minutes, il s'était déjà libéré.

Le numéro final consista à enfermer Bess dans une cage, à fermer les rideaux qui l'entouraient et à la faire monter jusqu'au plafond, en lévitation. Lorsqu'il la fit redescendre, il y avait une jeune panthère au poil lustré au lieu de l'assistante. Face à l'intensité de son regard, au mystérieux jeu d'ombre et de lumière sur son visage, Ryan fut presque convaincue qu'il avait réussi à transcender les lois de la nature. A l'instant précis où le grand rideau allait tomber, le félin redevint Bess, et Pierce le Magicien se changea en enchanteur.

Ryan avait l'intention de le convaincre de lui expliquer au moins cette illusion, en termes simples qu'elle pourrait comprendre. Mais au moment où il sortit de scène, et où leurs yeux se rencontrèrent, elle oublia les paroles qu'elle avait préparées.

Son visage était en sueur à cause de la chaleur des projecteurs et de ses efforts de concentration. Elle eut envie de le toucher. A sa grande surprise, elle découvrit que sa performance avait éveillé en elle du désir. Une pulsion à la fois sauvage et intense, comme elle n'en avait jamais ressenti auparavant. Elle se vit entre ses bras puissants. Elle imagina ses lèvres, chaudes et sensuelles, qui se posaient sur sa bouche pour l'entraîner dans ce monde étrange et aérien dont il avait le secret. Elle se demanda quelle serait sa réaction si elle s'offrait à lui, maintenant. Répondrait-il à son attente sans rien dire, se contentant de l'emmener loin d'ici pour lui révéler la magie de ses charmes ?

Pierce s'arrêta en face d'elle et Ryan fit un pas en arrière, perturbée par les pensées qui lui avaient traversé l'esprit. Son sang bouillonnait dans ses veines, son corps la suppliait de faire le premier pas vers lui. Mais, trop consciente pour s'abandonner, elle refréna son désir et garda ses distances.

— Vous avez été merveilleux, dit-elle.

Mais elle comprit en proférant le compliment qu'elle avait mis trop de raideur dans sa voix.

— Merci.

Pierce s'éloigna sans rien ajouter.

Ryan ressentit une douleur dans les mains et se rendit compte qu'elle avait les ongles enfoncés dans la chair.

Cela ne peut pas durer, se dit-elle, et elle fit volte-face, décidée à le rattraper.

— Coucou, Ryan !

Elle s'arrêta net lorsqu'elle vit Bess passer la tête par la porte de sa loge.

— Comment avez-vous trouvé le spectacle ?

— Fantastique.

Elle jeta un coup d'œil dans le couloir. Pierce avait déjà disparu. C'était peut-être mieux ainsi.

— Je suppose que vous ne me dévoileriez pas le secret du numéro final ?

— Même pas si ma vie en dépendait, répondit Bess en riant. Entrez donc ; nous parlerons pendant que je me change.

Ryan remercia et ferma la porte derrière elle. Des odeurs de fard et de poudre flottaient dans la pièce.

— Ça doit faire une drôle d'impression d'être transformée en panthère.

— Oh ! mon Dieu, si vous saviez ! Pierce m'a déjà métamorphosée en tout un tas de créatures : sur pattes, avec des ailes, rampantes. Il m'a sciée en deux et m'a tenue en équilibre sur des épées. Une fois, il m'a fait dormir sur un lit de clous, à trois mètres au-dessus de la scène.

Tout en parlant, elle se déshabillait sans montrer aucune gêne, comme une gamine impudique.

— Vous devez avoir en lui une confiance absolue.

Ryan regarda autour d'elle en quête d'un endroit libre pour s'asseoir. Bess semblait avoir la particularité d'éparpiller ses affaires dans tous les coins.

L'assistante saisit un peignoir bleu pétrole posé sur l'accoudoir d'un fauteuil.

— Si je lui fais confiance ? reprit-elle en attachant sa ceinture. Il est le meilleur de tous, vous savez. Vous avez dû vous en rendre compte pendant les répétitions.

Assise devant le miroir, elle retirait son maquillage.

— Oui, répondit Ryan en pliant un chemisier chiffonné pour le poser à un autre endroit. Il est très exigeant.

— Vous n'avez encore rien vu. Il commence par élaborer ses illusions sur papier. Ensuite, enfermé dans son donjon, il les teste, encore et encore, avant de songer à nous révéler quoi que ce soit, à Link ou à moi.

Elle regarda Ryan avec un œil démaquillé et l'autre encore fardé à outrance.

— La plupart des gens ne se rendent pas compte de la quantité de travail nécessaire pour réussir ses numéros. Il veut donner aux gens cette impression de facilité.

— Et ses évasions, voulut savoir Ryan tout en défroissant les vêtements de Bess, sont-elles dangereuses ?

— Il y en a certaines que je déteste.

Bess enleva le reste de son fond de teint avec un mouchoir en papier. Son visage était étonnamment jeune et frais.

— Qu'il s'échappe de menottes ou d'une camisole de force est une chose, dit-elle en haussant les épaules et en se levant. Mais je n'ai jamais aimé le voir interpréter sa propre version du numéro de torture chinoise du fameux Houdini, ni l'évasion aux mille serrures qu'il a lui-même inventée.

— Pourquoi prend-il de tels risques, Bess ?

Ryan continua à arpenter la pièce nerveusement.

— Ses illusions seraient plus que suffisantes.

— Pas pour Pierce, expliqua Bess en mettant un soutien-gorge. Les évasions et le danger qui va avec elles sont indispensables. C'est comme ça depuis toujours.

— Mais pourquoi ?

— Parce qu'il veut toujours tester son potentiel. Il n'est jamais satisfait de ce qu'il a fait le jour précédent.

— Une mise à l'épreuve incessante, murmura Ryan, songeant qu'elle avait déjà deviné cette tendance, mais qu'elle était encore loin d'en comprendre les raisons. Depuis combien de temps êtes-vous avec lui, Bess ?

— Depuis ses débuts, répondit Bess en enfilant un jean. Dès le moment où il a commencé sa carrière.

— Comment est-il vraiment ? se surprit à demander Ryan. Qui est-il réellement ?

Bess jeta à Ryan un regard pénétrant.
— Pourquoi cette question ?
— Il..., commença-t-elle en s'interrompant, ne sachant plus quoi dire. Je ne sais pas.
— Vous vous intéressez à lui, n'est-ce pas ?
Ryan ne répondit pas tout de suite. Elle voulut nier, mais décida d'être franche. Elle se sentait en confiance.
— C'est vrai, finit-elle par reconnaître. J'ai de l'attirance pour lui.
— Allons boire un verre ensemble, suggéra Bess en passant sa chemise. On pourra parler.

Elles s'installèrent dans un box du bar de l'hôtel et Bess commanda deux cocktails au champagne.
— C'est moi qui paye, déclara-t-elle en allumant une cigarette. Ne dites surtout pas à Pierce que je fume, ajouta-t-elle avec un clin d'œil. Il désapprouve l'usage du tabac.
— Link m'a dit qu'il courait huit kilomètres par jour.
— Oui, c'est une pratique qu'il a depuis longtemps. Pierce modifie rarement ses vieilles habitudes, dit Bess en tirant une bouffée avec un soupir. Il a toujours été déterminé, vous savez ! Ça se voyait déjà quand il était petit.
— Vous connaissiez déjà Pierce lorsqu'il était enfant ?
— Nous avons grandi ensemble — Pierce, Link et moi.
Bess leva les yeux vers la serveuse et ordonna :
— Mettez ça sur ma note.
Puis elle reporta son attention sur Ryan.
— Pierce n'évoque jamais cette époque, pas même avec Link et moi qui sommes ses amis. Il fait comme s'il l'avait chassée de son esprit — ou, plutôt, il s'y emploie activement.
— Et moi qui croyais qu'il cherchait à soigner son image, murmura Ryan.
— Il n'en a pas besoin.
— Je suppose que c'est vrai, dit Ryan, leurs regards se rencontrant de nouveau. A-t-il eu une enfance malheureuse ?
Bess porta le verre à ses lèvres et but une longue gorgée.
— Et comment ! C'était un enfant chétif et malingre.
— Pierce ?

Médusée, Ryan songea au corps dur et musclé qu'elle connaissait.

— Lui-même ! confirma Bess en laissant échapper une version assourdie de son rire éclatant. C'est incroyable mais vrai. Il était petit pour son âge et les autres gamins le tourmentaient sans cesse. Ils avaient besoin d'un souffre-douleur. Personne n'aime grandir dans un orphelinat.

— Un orphelinat ?

Ce mot la fit sursauter. Elle examina la physionomie amicale de Bess et fut envahie par un élan de sollicitude.

— Tous les trois, vous, Pierce et Link ?

Bess haussa les épaules.

— Maudit endroit.

Le sentiment de détresse qui envahit Ryan se lut clairement dans ses yeux.

— Enfin, c'était mieux que la rue. On avait de quoi manger, un toit sur la tête et du monde autour de nous. Rien à voir avec ce que l'on peut lire dans *Oliver Twist.*

— Avez-vous perdu vos parents, Bess ? demanda Ryan, préférant montrer de l'intérêt plutôt qu'une compassion malvenue.

— Oui, quand j'avais huit ans. Et je n'avais personne pour s'occuper de moi. Link était dans le même cas, continua-t-elle sans autre trace d'apitoiement ou de regret. Presque tout le monde veut adopter des bébés. Ce n'est pas si facile de placer des enfants déjà grands.

Ryan sirota son cocktail pensivement.

— C'était il y a vingt ans, avant qu'on s'intéresse à l'adoption.

— Et qu'en était-il de Pierce ?

— En ce qui le concerne, la situation était différente. Il avait des parents. Mais ils refusaient de signer le consentement, donc personne ne pouvait l'adopter.

Ryan plissa le front en signe d'incompréhension.

— Mais, dans ce cas, que faisait-il dans un orphelinat ?

— Le juge avait ordonné que sa garde leur soit retirée. Son père...

Bess exhala un long nuage de fumée. Elle prenait des risques en racontant ces choses à Ryan. Pierce n'apprécierait certainement pas s'il l'apprenait. Elle espérait seulement que le jeu en vaudrait la chandelle.

— ... Son père était violent avec sa femme.

— Oh ! mon Dieu ! s'exclama Ryan, horrifiée, en fixant Bess du regard. Et... et il frappait aussi Pierce ?

— Parfois, répondit Bess calmement. Mais c'était surtout sa mère qui faisait les frais de sa brutalité. Il buvait des coups dans les bars et, quand il rentrait, il frappait sa femme.

Ryan sentit une douleur sourde l'envahir. Elle trempa ses lèvres dans sa boisson. Elle savait bien sûr que de tels malheurs existaient, mais elle avait toujours vécu dans un monde protégé. Ses propres parents l'avaient peut-être négligée, mais ils n'auraient jamais songé à lever la main sur elle. C'était la première fois qu'elle entrait en contact aussi intime avec la violence physique. Même en faisant tout son possible, elle ne parvenait pas à concevoir le genre d'horreurs que Bess relatait d'une voix si calme.

— Racontez-moi, demanda-t-elle finalement. J'aimerais tellement réussir à comprendre.

Elle prononça précisément les mots que Bess désirait entendre. Cette dernière approuva de la tête et poursuivit :

— A l'époque où il avait quatre ans, le père de Pierce a frappé sa femme si violemment qu'il l'a envoyée à l'hôpital. D'habitude, il enfermait le petit dans un placard avant de donner libre cours à sa fureur. Mais pas cette fois-ci. Ce jour-là, il lui a flanqué quelques coups de pied auparavant.

Ryan contrôla la révolte que ces paroles avaient provoquée et resta silencieuse. Bess la regardait sans détourner les yeux, tout en continuant à parler.

— C'est à ce moment-là que les travailleurs sociaux sont intervenus. Ils ont engagé une procédure et, après les séances de tribunal habituelles, ses parents ont été jugés inaptes à élever leur enfant, et Pierce a été placé dans cet orphelinat.

— Et sa mère, Bess, dit Ryan en secouant la tête pour essayer de comprendre, pourquoi n'a-t-elle pas quitté son mari afin de s'occuper de son fils ? Comment une femme normale peut-elle... ?

— Je ne suis pas psychiatre, dit Bess en lui coupant la parole. Pour autant que je sache, elle est restée avec son père.

— Et elle a abandonné son fils, murmura Ryan. Il a dû se sentir terriblement seul, effrayé et rejeté.

Elle s'interrogea sur l'ampleur du traumatisme qu'un tel choc avait pu provoquer dans l'esprit d'un enfant aussi jeune. A quel genre de compensations avait-il eu recours pour en atténuer les retombées ? Ce besoin de se délivrer de ces chaînes, de s'échapper d'une malle ou d'un coffre-fort, venait-il de son enfance, du temps où on l'enfermait dans un placard noir et étroit ? Etait-ce parce qu'il s'était senti un jour si vulnérable et désespéré qu'il s'efforçait constamment de tenter l'impossible ?

— Il aimait être seul, continua Bess en commandant une nouvelle tournée. C'est peut-être la raison pour laquelle tout le monde le maltraitait. Jusqu'à ce que Link arrive.

Bess sourit. Elle semblait se souvenir avec plaisir de cette partie de l'histoire.

— Personne n'a plus jamais osé toucher Pierce quand Link était dans les parages. Il était déjà deux fois plus grand que tous les autres. Et en plus, avec la tête qu'il a !

Elle rit encore mais sans aucune méchanceté.

— Lorsque Link est arrivé à l'orphelinat, personne ne lui parlait, sauf Pierce. Tout le monde les traitait comme des parias. J'étais une exclue, moi aussi. Dès lors, Link ne lâcha plus Pierce d'une semelle. Je ne sais pas ce qu'il serait advenu de lui, si Pierce n'avait pas été là. Ni de moi, d'ailleurs.

— Vous l'aimez vraiment, n'est-ce pas ?

Elle commençait à avoir des affinités certaines avec cette grande femme aux cheveux roux et au style exubérant.

— C'est mon meilleur ami, déclara simplement Bess. Ils m'ont acceptée dans leur club quand j'avais dix ans, expliqua-t-elle, souriant par-dessus le bord de son verre. Un jour, j'ai vu Link arriver et j'ai grimpé en haut d'un arbre pour lui échapper. Il me faisait une peur bleue. On l'appelait « *Missing Link* », le Maillon Manquant.

— Les enfants sont parfois cruels.

— Vous pouvez le dire ! Bon, juste au moment où il est passé dessous, la branche où je m'étais réfugiée s'est cassée, et je suis tombée. Il m'a rattrapée avant que je touche le sol, raconta-t-elle en posant le menton dans ses mains. Je n'oublierai jamais cet instant. Je me suis vue chuter comme une pierre et, une fraction de seconde plus tard, j'étais dans ses bras. Lorsque j'ai regardé son visage, j'ai cru que j'allais me mettre à hurler de terreur. Ça l'a fait rire. Je suis tombée amoureuse de lui sur-le-champ.

Ryan avala rapidement son champagne. Le regard rêveur dans les yeux de Bess était suffisamment évocateur.

— Vous... vous et Link, vous vous aimez ?

— Enfin, moi oui, en tout cas, rétorqua Bess d'un air contrit. Je suis folle de ce grand dadais depuis vingt ans. Mais il me voit toujours comme une petite fille. Même maintenant, alors que je mesure un mètre quatre-vingts ! conclut-elle en souriant avec un clin d'œil. Mais je suis en train de le travailler au corps.

— Et moi qui croyais que vous et Pierce..., commença Ryan sans finir sa phrase.

— Pierce et moi ? s'esclaffa Bess avec un rire énorme qui attira l'attention sur elles. Vous plaisantez ? Depuis le temps que vous côtoyez le show-business, vous devriez savoir comment distribuer les rôles, mon chou. Est-ce que j'ai l'air d'être le type de Pierce ?

— Bon, je..., dit Ryan, embarrassée par la franchise de Bess... Je n'ai aucune idée de ce que peut être le type de Pierce, compléta-t-elle en haussant les épaules.

Bess éclata de rire, le regard plongé dans son deuxième cocktail.

— Je vous croyais plus maligne, commenta-t-elle. Bref, il a toujours été un garçon tranquille mais, comment dire..., dit-elle en s'interrompant, fronçant les sourcils pour réfléchir. Passionné, vous comprenez ? Il avait du caractère.

Elle sourit de nouveau et roula les yeux.

— A l'époque, il laissait un œil au beurre noir en souvenir à tous ceux qui lui cherchaient des noises. Mais, en grandissant, il a appris à se contrôler. Il a décidé à coup sûr de ne pas suivre l'exemple de son père. Et Pierce n'est pas du genre à revenir sur ses décisions.

Ryan se remémora la froideur de sa colère, cette violence rentrée, et elle commença à en comprendre l'origine. Bess but une gorgée et prit un air mauvais pour raconter :

— A l'époque où il avait environ neuf ans, si je me souviens bien, il a eu cet accident. Enfin, c'est le nom qu'il a donné à ce qui s'est passé. Il a dévalé une volée de marches, la tête la première. Tout le monde savait qu'on l'avait poussé, mais il n'a jamais voulu le reconnaître. Je pense qu'il avait peur que Link commette un acte irréparable qui aurait pu lui attirer des ennuis. Il s'est brisé le dos en tombant. Les médecins pensaient qu'il ne pourrait plus jamais marcher.

— Oh ! non.

Bess avala d'un trait une bonne partie de son champagne.

— Si. Mais Pierce a déclaré que non seulement il remarcherait, mais qu'en plus il courrait huit kilomètres tous les jours.

— Huit kilomètres, murmura Ryan.

— Il n'en a pas démordu. Il s'est investi dans la rééducation comme si sa vie en dépendait. Et c'était peut-être le cas, remarqua-t-elle pensivement. Oui, c'était absolument vital. Il a passé six mois à l'hôpital.

— Je vois.

Elle se souvenait de la performance de Pierce dans le service de pédiatrie. Il se consacrait aux enfants de tout son être, il leur parlait, les faisait rire. Il créait la magie dans leurs vies.

— Pendant qu'il était hospitalisé, une infirmière lui a offert un coffret de magicien. Et voilà, dit Bess en portant un toast. Une simple boîte de magie à trois sous. Ce fut comme s'il avait toujours attendu ce moment ou comme s'il y avait été destiné depuis toujours. Quand il est sorti, il réussissait des tours que même un magicien professionnel avait du mal à faire, conclut-elle, un mélange d'amour et de fierté dans la voix. Il avait un don.

Ryan se représentait la scène : un garçon sombre et passionné, étendu dans un lit d'hôpital, qui découvrait, pratiquait, perfectionnait sa future activité.

Bess éclata de rire de nouveau.

— Ecoutez ça ! Un jour où je lui avais rendu visite à l'hôpital, il a mis le feu au drap, annonça-t-elle tandis qu'une expression horrifiée se peignait sur le visage de Ryan. Je vous jure que c'est vrai, je l'ai vu brûler. Ensuite il a tapoté le lit avec la main, il en a lissé la surface, expliqua-t-elle en mimant le geste sur la table, et tout était exactement comme avant. Aucune brûlure, aucun trou, pas même une tache de roussi. Ce sale môme m'a fait une de ces peurs !

Malgré la peine que lui inspirait Pierce, Ryan ne put s'empêcher de rire. Il s'était battu et avait vaincu.

— A la santé de Pierce ! dit-elle en levant son verre.

— Il le mérite !

Bess trinqua avec Ryan et but le reste de son verre.

— Pierce et Link ont quitté l'orphelinat quand ils avaient seize ans. Ils m'ont horriblement manqué. J'étais persuadée que je ne les reverrais jamais. J'ai passé les deux années les plus solitaires de ma vie. Quelque temps après, alors que j'étais serveuse dans un restaurant à Denver, j'ai vu Pierce entrer dans la salle. Je ne sais pas comment il avait fait pour me retrouver, il ne me l'a jamais dit, mais il est apparu et il m'a dit de démissionner. Il voulait que je travaille avec lui.

— Comme ça, de but en blanc ?

— Parfaitement.

— Et qu'avez-vous répondu ?

— Je n'ai rien dit du tout. Vous connaissez Pierce, dit Bess en souriant. J'ai obéi. Et on a pris la route. Buvez, mon chou ! Vous êtes en retard d'un verre.

Ryan l'examina un instant et avala le reste de son cocktail. Seul un homme exceptionnel pouvait obtenir une loyauté aussi absolue de la part d'une femme aussi forte.

— En général, je m'arrête à deux verres, dit Ryan en indiquant la coupe vide.

— Ce soir, ce sera une exception. J'ai besoin de boire du champagne quand je tombe dans la sentimentalité. Les premières années, nous nous sommes produits dans tous les endroits possibles et imaginables : fêtes pour enfants, soirées entre hommes, enfin tout ce qui se présentait. Pierce n'a pas son égal pour manipuler une foule bruyante et chahuteuse. Il suffit qu'il pose son regard sur quelqu'un et qu'il fasse jaillir une boule de feu de la poche de la personne, pour que le gars se calme immédiatement.

Ryan rit, imaginant la scène.

— Je vous crois ! Je suis certaine qu'il y serait parvenu sans même avoir recours au feu.

— Vous avez tout compris, déclara Bess, satisfaite de cette

réponse. Bref, il a toujours su qu'il réussirait et il a voulu que Link et moi, on l'accompagne. Ce n'était pourtant pas une obligation, mais Pierce est ainsi. Il est plutôt inaccessible et n'a pas beaucoup d'amis, mais quand il en a, c'est pour la vie, raconta-t-elle, faisant une pause pour siroter son champagne. Ni Link ni moi ne faisons le poids à ce niveau-là, ajouta-t-elle en se tapotant la tempe avec un doigt. Mais, pour Pierce, ce n'est pas important. Nous sommes ses amis, un point c'est tout.

— Et il les choisit très bien, dit doucement Ryan.

Bess lui adressa un sourire éclatant.

— Vous êtes très sympathique, Ryan. Une vraie dame. Pierce est le genre d'homme qui a besoin de quelqu'un comme vous dans sa vie.

Ryan eut un intérêt soudain pour le liquide contenu dans son verre.

— Pourquoi dites-vous ça ?

— Parce qu'il a de la classe. Il lui faut une femme qui lui ressemble et qui soit aussi chaleureuse que lui.

— Est-il chaleureux, Bess ? voulut savoir Ryan en relevant les yeux, cherchant ses mots. Il semble parfois tellement... distant.

— Savez-vous où il a récupéré cette stupide chatte ?

Ryan secoua la tête en signe d'ignorance.

— Elle avait été heurtée par une voiture et laissée sur le bord de la route. Pierce rentrait à la maison après une semaine de représentations à San Francisco. Il s'est arrêté et l'a emmenée chez le vétérinaire. Il a réveillé le pauvre homme à 2 heures du matin pour l'obliger à opérer un chat errant. Ça lui a coûté trois cents dollars, c'est Link qui me l'a dit, précisa-t-elle en prenant une autre cigarette. Vous connaissez beaucoup de gens qui feraient ça, vous ?

Ryan la scruta.

— Pierce n'apprécierait certainement pas d'apprendre que vous m'avez raconté sa vie, n'est-ce pas ?

— Non.

— Alors, pourquoi l'avez-vous fait ?

— C'est un truc que j'ai appris à force de le fréquenter.

Si vous plongez votre regard au plus profond des yeux de quelqu'un, vous saurcz si vous pouvez lui faire confiance.

Ryan la regarda en face et dit avec sincérité :

— Merci.

— Et puis, ajouta Bess d'un ton désinvolte en s'interrompant pour avaler encore un peu de champagne, il me semble que vous êtes amoureuse de lui.

Les mots que Ryan était sur le point de prononcer s'étranglèrent dans sa gorge. Elle eut un accès de toux.

— Buvez, mon chou. Rien de tel que l'amour pour vous faire avaler de travers. A l'amour donc ! dit-elle en trinquant avec Ryan. Et bonne chance à toutes les deux.

— Bonne chance pourquoi ? demanda Ryan à voix basse.

— On en aura besoin, avec des hommes comme eux.

Cette fois, ce fut Ryan qui commanda une autre tournée.

8

Ryan riait au moment où elle fit son entrée dans le casino avec Bess. Le champagne avait contribué à lui remonter le moral, mais c'était surtout la compagnie de la jeune femme qui l'avait réconfortée. Depuis qu'elle était rentrée de Suisse, elle ne s'était pas accordé beaucoup de temps pour se lier d'amitié avec quelqu'un. La rapidité avec laquelle elle avait trouvé une amie lui avait tourné la tête aussi sûrement que l'alcool.

— Alors, on fait la fête ?

Elles relevèrent la tête en même temps pour découvrir Pierce qui se tenait devant elles. Leurs visages reflétèrent la même culpabilité déroutée que celle de deux petites filles surprises la main dans la boîte à bonbons. Pierce leva un sourcil interrogatif. En réponse, Bess se pencha vers lui en riant et l'embrassa fougueusement.

— Juste une petite conversation entre filles, mon chou. Ryan et moi, on a découvert qu'on avait un tas de points communs.

— Ah bon ?

Il regarda Ryan qui pressait la main sur sa bouche pour étouffer un rire. Apparemment, elles ne s'étaient pas contentées de parler.

— N'est-il pas terrifiant quand il prend cet air sérieux ? dit Bess en regardant Ryan. Il fait cela mieux que personne, dit-elle en donnant à Pierce un nouveau baiser. Mais ne t'inquiète pas, je n'ai pas soûlé ton amie. Elle est simplement un peu plus décontractée que d'habitude. En plus, c'est une grande fille, ajouta-t-elle en regardant autour d'elle, la main toujours posée sur l'épaule de Pierce. Où est Link ?

— Il regarde le jeu de Keno.

— A tout à l'heure !

Elle fit un clin d'œil à l'intention de Ryan et s'éloigna.

— Elle est folle de lui, vous savez, dit Ryan sur un ton confidentiel.

— Oui, je sais.

Elle fit un pas vers lui.

— Il n'y a rien que vous ne sachiez déjà, monsieur Atkins, constata-t-elle, notant que sa bouche s'était arrondie lorsqu'elle avait mis l'accent sur son nom. Je voudrais savoir si un jour j'y aurai droit de nouveau.

— Droit à quoi ?

— A un sourire. Vous ne m'en avez pas fait un seul depuis des jours.

— C'est vrai ?

Il ne put réprimer un élan de tendresse intérieure, mais il se contenta d'un geste qui balaya les cheveux de son visage.

— Absolument aucun. J'espère que vous en êtes désolé.

— Oui.

Il avait laissé sa main sur l'épaule de Ryan et il l'observait avec attention. Il aurait préféré qu'elle ne le regarde pas ainsi. Malgré sa présence dans sa suite, il avait réussi à conserver la maîtrise de lui-même. Et voilà qu'entouré de monde, au milieu du bruit et des lumières, il sentait le désir qui naissait au creux de son ventre. Il retira sa main.

— Désirez-vous que nous montions ?

— J'avais l'intention de jouer au black-jack, dit-elle gravement. J'en ai envie depuis des jours, mais je me retenais, sous prétexte qu'il paraît que le jeu est une activité stupide. Je viens juste d'oublier ce précepte.

Pierce la retint par le bras avant qu'elle se mette en route.

— Combien d'argent avez-vous sur vous ?

— Oh, je ne sais pas, répondit Ryan en fouillant dans son sac. Environ soixante-dix dollars.

— C'est bon.

Même si elle perd tout, se dit Pierce, *ce montant ne laissera pas un gros trou dans son compte en banque.*

Il décida donc de l'accompagner.

Elle prit place à une table où le pari minimum était de dix dollars et lui dit tout bas :

— Il y a déjà des jours que j'espionne. Je sais déjà exactement ce qu'il faut faire.

— N'est-ce pas ce que tout le monde croit ? objecta-t-il entre ses dents tout en restant debout à côté d'elle. Donnez vingt dollars de jetons à madame, ordonna-t-il au croupier.

— Non, cinquante, corrigea Ryan en comptant les billets.

Pierce fit un petit signe affirmatif, et l'homme échangea l'argent contre des jetons colorés.

— Allez-vous participer ? s'enquit Ryan.

— Je ne joue jamais.

— Même pas lorsqu'on vous enferme dans une caisse et qu'on en cloue le couvercle ? répliqua-t-elle en haussant les sourcils.

Il la gratifia d'un de ces sourires nonchalants dont il était spécialiste.

— Ça, c'est mon métier.

La réponse la fit rire et elle demanda d'une voix malicieuse :

— Désapprouvez-vous le jeu, ainsi que les autres vices, monsieur Atkins ?

— Non.

Il sentit une nouvelle poussée de désir l'envahir. Il la contrôla sur-le-champ.

— Mais je préfère évaluer mes probabilités de succès par moi-même, dit-il en montrant de la tête les cartes qu'on distribuait. Il est impossible de battre le casino.

— J'ai l'impression que ce soir la chance me sourit.

Ryan retourna soigneusement les deux cartes qu'elle avait reçues. Un huit et un cinq. Elle prit une autre carte et bénéficia d'un autre cinq. Elle n'en demanda pas plus et attendit patiemment que les deux derniers joueurs soient servis.

Le croupier remporta la mise. Ryan compta de nouveau ses points, suivit le jeu et perdit de nouveau. Imperturbable, elle attendit que commence la troisième partie. Cette fois, elle tira un dix-sept. Mais avant qu'elle ait eu le temps de refuser la carte suivante, Pierce avait déjà hoché la tête en direction du croupier.

— Attendez..., commença Ryan.

— Prenez-la, dit-il simplement.

Elle haussa les épaules et obéit en soupirant. Vingt points. Les yeux écarquillés par la surprise, elle pivota sur sa chaise pour regarder Pierce, mais il avait le regard rivé sur le tapis. Le donneur termina avec dix-neuf et paya à Ryan ce qu'il lui devait.

— J'ai gagné ! s'exclama-t-elle ravie à la vue de la pile de jetons qu'on lui remettait. Comment avez-vous deviné ?

Il ne répondit pas, se contentant de lui sourire et d'observer le jeu avec attention.

Elle rit, comblée, puis se tourna de nouveau vers lui.

— Comment avez-vous fait ? Il y a trois jeux de cartes. Impossible que vous ayez mémorisé celles qui ont été distribuées et que vous en ayez déduit celles qui restaient dans le paquet.

Pierce garda le silence puis elle reprit en fronçant les sourcils :

— En êtes-vous capable ?

Pierce se borna à hocher tête. Puis il aida Ryan à gagner une autre partie.

— Vos lumières me seraient bien utiles, dit un homme en repoussant ses cartes avec dégoût.

— C'est un sorcier, vous savez, lui confia Ryan en se penchant vers lui. Je l'emmène partout.

— J'en aurais bien besoin d'un, moi aussi, déclara une jeune femme blonde tout près d'eux en glissant ses cheveux derrière ses oreilles.

Ses paroles étaient lourdes de sous-entendus. Ryan surprit le regard qu'elle lançait à Pierce tandis que de nouvelles cartes étaient distribuées.

— Propriété privée, annonça-t-elle froidement.

Elle ne vit pas Pierce derrière elle, qui levait les sourcils avec étonnement. La blonde replongea le nez dans son jeu.

Pendant l'heure qui suivit, la chance de Ryan — ou plutôt celle de Pierce — continua. Après quoi, considérant l'énorme pile de jetons qu'elle avait devant elle, il ouvrit son sac à main et fit tomber le tout à l'intérieur.

— Oh, attendez un peu ! Je commence seulement à m'échauffer.

— Le secret pour gagner, c'est de savoir s'arrêter à temps, dit-il en lui offrant son bras pour l'accompagner à la caisse.

— Mais j'avais envie de continuer, protesta-t-elle en jetant un regard de regret derrière elle.

— Pas ce soir.

En poussant un gros soupir, elle déversa en vrac le contenu de son sac sur le comptoir. Eparpillés parmi les jetons, il y avait un peigne, un tube de rouge à lèvres et une pièce écrasée par la roue d'un train. Pierce saisit la monnaie et l'examina.

— Un porte-bonheur, expliqua-t-elle.

— Vous êtes superstitieuse, mademoiselle Swan, murmura-t-il. Vous m'étonnez.

— Ce n'est pas de la superstition, objecta-t-elle en fourrant les billets dans son sac au fur et à mesure que le caissier les comptait. Ça porte chance.

— D'accord, j'ai saisi la nuance.

— Je vous aime bien, Pierce, avoua-t-elle en prenant son bras. Il fallait que je vous le dise.

— C'est vrai ?

— Oui, dit-elle avec franchise.

Elle pouvait lui avouer cela, songea-t-elle tandis qu'ils se dirigeaient vers les ascenseurs. Elle ne prenait aucun risque et c'était certainement vrai. Par contre, lui confesserait-elle ce que Bess avait affirmé avec une telle désinvolture ? Qu'elle était amoureuse de lui ? Non, c'était une déclaration trop audacieuse et qui ne reflétait pas forcément la réalité. Quoique... quoiqu'elle ait de plus en plus peur que ce soit la pure vérité.

— Est-ce que vous aussi vous m'aimez bien ? demanda Ryan, se tournant vers lui en souriant pendant que les portes de l'ascenseur se refermaient derrière eux.

Il lui caressa la joue du dos de la main.

— Oui, Ryan. Oui, je vous aime bien.

— Je n'en étais pas sûre.

Elle se rapprocha de lui, et il sentit un frisson lui parcourir l'échine.

— Parce que vous étiez fâché contre moi.

— Non, ce n'est pas vrai.

Elle le regardait sans ciller. Pierce eut la sensation que l'air qui l'enveloppait se raréfiait, comme quand le couvercle d'une malle ou d'un coffre se refermait sur lui. Il sentit les battements de son cœur s'accélérer, mais, grâce au contrôle absolu qu'il exerçait sur lui-même, il les ramena à leur rythme normal. Il était hors de question qu'il la touche de nouveau.

Ryan surprit dans ses yeux un éclair de désir et sentit le sien qui montait peu à peu. Un besoin intense de le toucher, de le caresser, de l'aimer l'envahit. Elle le connaissait mieux à présent, bien qu'il ne soit au courant de rien. Elle voulut faire le premier pas. Elle ébaucha un geste en direction de sa joue, mais Pierce attrapa sa main au vol au moment où les portes s'ouvraient.

— Vous devez être fatiguée, dit-il brusquement en la conduisant le long du corridor.

— Non.

Cette nouvelle sensation de pouvoir amusa Ryan. Il semblait avoir peur d'elle. Elle en avait l'intuition. Un sentiment étrange l'envahit soudain — un mélange d'ivresse, de victoire remportée et de certitude. Elle sut qu'elle le voulait à tout prix.

— Et vous, Pierce, êtes-vous fatigué ? demanda-t-elle lorsqu'il ouvrit la porte de la suite.

— Il est déjà tard.

Elle posa son sac et s'étira.

— Non, il n'est jamais trop tard à Las Vegas. N'avez-vous pas remarqué qu'ici le temps n'existe pas ? Il n'y a pas d'horloges, ajouta-t-elle en soulevant ses cheveux et en les laissant retomber doucement entre ses doigts. Comment savoir s'il est tôt ou tard, si on n'a pas idée de l'heure qu'il est ?

Elle repéra des papiers qui traînaient sur la table et se dirigea vers eux tout en se débarrassant de ses chaussures.

— Vous travaillez trop, monsieur Atkins, dit-elle en se retournant vers lui. Mlle Swan aussi, d'ailleurs.

Ses joues avaient rosi et ses cheveux tombaient sur ses

épaules. Un air de séduction brillait dans ses yeux vifs et pétillants. Il constata qu'elle lisait en lui comme dans un livre ouvert. Il sentit son désir palpiter. Il ne dit rien.

— Venez vous asseoir à côté de moi, murmura-t-elle. Parlez-moi de vos inventions.

Ryan se laissa tomber sur le canapé et prit une feuille couverte de dessins et d'annotations qui ne signifiaient absolument rien pour elle.

Pierce se décida finalement à bouger. Il se dit que c'était uniquement pour l'empêcher de semer la pagaille dans son travail.

— C'est trop compliqué à expliquer, dit-il en lui prenant le papier des mains et en le remettant à sa place.

— J'ai l'esprit vif, vous savez, rétorqua Ryan.

Elle le tira par le bras jusqu'à ce qu'il s'assoie à côté d'elle, et l'étudia en souriant.

— Savez-vous que, la première fois que vous m'avez regardée dans les yeux, j'ai cru que mon cœur allait s'arrêter, avoua-t-elle en posant la main sur la joue de Pierce. Et la nuit où vous m'avez donné ce baiser, j'ai su que mes craintes étaient fondées.

Pierce s'empara de la main de Ryan, sachant qu'il courait au désastre. Mais celle qui était encore libre glissa sur sa chemise et se posa sur son cou.

— Ryan, vous feriez mieux d'aller vous coucher.

Elle devina le désir qui perçait dans sa voix. Elle sentit sous ses doigts la pulsation affolée de ses veines. Son propre cœur commença à s'emballer en suivant le même rythme.

— Personne ne m'avait jamais embrassée de cette façon, dit-elle d'une voix étouffée.

Ses doigts descendirent jusqu'au premier bouton de sa chemise. Elle l'ouvrit, les yeux rivés sur les siens.

— Aucun homme avant vous ne m'avait fait un tel effet. Etait-ce un tour de magie, Pierce ?

Elle défit les deuxième et troisième boutons.

— Non.

Ses doigts qui couraient sur sa peau le rendaient fou et il leva le bras pour les retenir.

Elle se déplaça légèrement afin de lui mordiller le lobe de l'oreille.

— Si. J'en suis sûre. J'en suis même convaincue.

L'impact de ces mots chuchotés attisa au creux de son estomac le feu qui y couvait déjà. Le désir monta en lui et menaça d'exploser. Il la prit par les épaules et tenta de la repousser, mais elle avait déjà mis les mains sur son torse à présent dénudé. Sa bouche effleura son cou. Les doigts de Pierce se serrèrent tandis qu'il luttait désespérément contre ses pulsions.

— Ryan, articula-t-il enfin.

Malgré les efforts désespérés qu'il mobilisait pour retrouver sa concentration, il ne parvenait plus à stabiliser le rythme de son pouls.

— Qu'essayez-vous de faire ?

— Je cherche à vous séduire, murmura-t-elle en suivant des lèvres les caresses prodiguées par ses doigts. Est-ce que ça marche ?

Ses mains glissèrent de sa poitrine jusqu'à son abdomen et le frôlèrent légèrement. Elle perçut que le ventre de Pierce réagissait à ce contact en frissonnant et se fit plus audacieuse.

— Oui, ça fonctionne bien, reconnut-il.

Ryan eut un rire de gorge, presque moqueur, qui fit battre le cœur de Pierce encore plus vite. Bien qu'il parvînt encore à garder ses propres mains immobiles, il était désormais incapable d'empêcher Ryan de se servir des siennes. Elles étaient douces, excitantes, et il pouvait entendre le petit bruit de succion produit par sa bouche.

Elle fit tomber la chemise de ses épaules.

— En êtes-vous sûr ? murmura-t-elle. Mais peut-être ai-je tort, ajouta-t-elle en revenant à son menton, puis en donnant sur ses lèvres un petit coup de langue. Peut-être n'avez-vous pas envie que je vous touche ainsi, suggéra-t-elle tout en glissant un doigt le long de son torse jusqu'à la ceinture de son jean. Ou de celle-ci, dit-elle enfin, lui mordant doucement la lèvre inférieure, le regard toujours plongé dans le sien.

Elle s'était trompée : ses yeux étaient bien noirs, non gris. Le désir augmenta tellement qu'elle crut qu'elle allait s'y noyer. Elle trouva incroyable de vouloir quelqu'un avec une telle violence, une ardeur si forte que son corps en vibrait de plaisir et que son cœur menaçait d'éclater.

— J'ai eu envie de vous au moment où vous êtes sorti de scène tout à l'heure, déclara-t-elle d'une voix rauque. A cet instant précis, alors que j'étais encore à moitié persuadée que vous n'étiez pas humain. Et maintenant que je sais que vous êtes un homme et pas un sorcier, dit-elle en passant les mains sur son torse pour venir les nouer derrière sa nuque, je vous désire encore plus.

Elle abaissa son regard sur sa bouche, puis le releva pour le replonger dans le sien.

— Mais ce n'est peut-être pas réciproque. Peut-être ne me trouvez-vous pas… excitante ?

— Ryan…

Il ne parvenait plus à se concentrer, à contrôler ni son pouls ni ses pensées. Il n'avait même plus envie de sortir de cet état.

— … Il n'y aura bientôt plus moyen de faire marche arrière.

Elle éclata de rire, grisée par ses sens, emportée par son désir. Elle lui demanda, les lèvres tout près des siennes :

— C'est une promesse ?

Ryan se crut arrivée au paradis lorsque, enfin, il se décida à l'embrasser. Il pressa sa bouche contre la sienne, farouchement, intensément. En un clin d'œil, elle se retrouva couchée sous lui. Elle sentit son corps musclé se plaquer contre elle sans qu'il ait eu l'air de bouger. Il tirait sur son chemisier, s'énervait avec les boutons. Il en arracha deux qui volèrent et retombèrent quelque part sur la moquette avant que ses mains se posent sur ses seins. Ryan se cambra en gémissant ; elle désirait désespérément qu'il la caresse. La langue de Pierce s'insinua dans sa bouche et se mêla à la sienne.

Tous ses sens prenaient feu — des éclairs de chaleur la traversaient, des taches de couleur lui brouillaient la vue. Sa peau brûlait partout où il la touchait. Elle ne s'était même pas rendu compte qu'il l'avait déshabillée, qu'elle n'avait plus rien sur elle, et que leurs peaux nues se frottaient l'une à l'autre. Il lui mordit la poitrine, doucement, presque à la limite de la douleur. Il caressa un mamelon avec sa langue jusqu'à ce qu'elle se colle contre lui en gémissant.

Tandis qu'il cherchait l'autre sein de sa bouche, Pierce

sentait le cœur de Ryan qui battait à tout rompre. Les petits cris qu'elle poussait, ses mains avides qu'il sentait courir sur sa peau le menèrent au bord de la folie. Il s'était laissé piéger dans un brasier et, cette fois, il ne s'en échapperait pas. Il savait que leurs chairs fusionneraient, au point que rien au monde ne puisse les séparer. Provoquées par l'excitation, par l'odeur et le goût de la peau de Ryan, des sensations prodigieuses tourbillonnaient dans son esprit, comme un ouragan. Ce n'était plus du désir. Non, c'était beaucoup plus. C'était devenu une obsession.

Il glissa les doigts dans son intimité. Elle était si douce, si chaude et si moite que le peu de volonté qui lui restait s'envola aussitôt.

Il la pénétra avec une sauvagerie qui les stupéfia l'un et l'autre. Alors, déchaînée, elle se mit à bouger au même rythme que lui. Une jouissance inouïe le submergea, et il sut que les rôles avaient été inversés : c'est elle qui l'avait ensorcelé. Elle le possédait corps et âme.

Ryan sentait le souffle irrégulier de Pierce contre son cou. Elle entendait son cœur qui battait avec force.

Pour moi, pensa-t-elle rêveusement tandis que son esprit flottait encore dans les nimbes de la passion. *Il est à moi*, songea-t-elle encore et elle poussa un soupir. Comment Bess avait-elle réussi à deviner ses sentiments avant elle ? Ryan ferma les yeux et laissa ses pensées dériver.

Parce que cela se voyait comme le nez au milieu de la figure. Elle se demanda si le moment était venu de le dire à Pierce. Elle lui caressa les cheveux et décida d'attendre. Il fallait tout d'abord qu'elle s'habitue elle-même à cette idée avant de pouvoir lui révéler son amour. Pour l'instant, il lui semblait qu'elle avait l'éternité devant elle.

Elle poussa un murmure de protestation au moment où le poids de son corps la quitta. Elle ouvrit lentement les yeux. Pierce regardait ses mains. Il se maudissait intérieurement.

— Est-ce que je vous ai fait mal ? s'enquit-il brusquement d'une voix rude.

— Non, répondit-elle, d'abord étonnée, puis se souvenant de l'histoire que Bess lui avait racontée. Non, Pierce, pas du tout. Vous ne pouvez pas me blesser. Vous êtes trop doux pour cela.

Son regard sombre et angoissé revint se river au sien. Il n'y avait aucune forme de douceur en lui pendant qu'il lui avait fait l'amour. Seulement un besoin désespéré.

— Pas toujours, dit-il sèchement en attrapant son jean.

— Que faites-vous ?

— Je descends à la réception pour prendre une autre chambre, annonça-t-il en s'habillant rapidement tandis qu'elle le regardait sans comprendre. Je suis vraiment désolé de ce qui s'est produit. Je ne...

Il s'arrêta net lorsqu'il vit les yeux de Ryan se remplir de larmes. Il sentit son cœur se briser.

— Ryan, je suis désolé.

Il se rassit à côté d'elle et essuya ses pleurs avec son pouce.

— Je vous jure que j'avais fermement l'intention de ne pas vous toucher. Je n'aurais pas dû le faire. Vous aviez trop bu, je le savais et je n'aurais...

Elle repoussa sa main d'un coup sec.

— Je vous hais ! cria-t-elle. J'avais tort, vous *pouvez* me faire du mal. Pas la peine de descendre pour la chambre, ajouta-t-elle en ramassant son chemisier. Je m'en occupe. Je ne resterai pas une seconde de plus dans la même suite que vous. Vous avez transformé un événement merveilleux en une erreur accidentelle.

Elle était déjà debout, tirant sur son corsage qu'elle avait mis à l'envers.

— Ryan, je...

— Oh, taisez-vous !

Quand elle se rendit compte que les deux boutons du milieu manquaient, elle arracha sa blouse et se planta devant lui, nue et arrogante, les yeux étincelants de fureur. Il dut se retenir pour ne pas la plaquer par terre et la prendre de nouveau.

— Je savais exactement ce que je faisais, vous entendez ? Exactement ! Si vous croyez que je suis capable de me jeter dans les bras d'un homme parce que j'ai bu quelques verres de trop, vous vous trompez lourdement. J'avais envie de vous et je croyais que c'était réciproque. Donc, si erreur il y a eu, elle vient de vous.

— Non, Ryan, vous avez mal compris.

Sa voix était redevenue douce, mais quand il s'approcha et voulut la toucher, elle se recula vivement. La main de Pierce retomba lourdement sur sa cuisse. Il avoua, choisissant soigneusement ses mots :

— Je vous désirais vraiment; mais mon envie était trop forte, et je ne vous ai pas traitée avec la douceur que vous méritiez. J'ai beaucoup de mal à accepter le fait que je n'ai pas pu résister à mon attirance pour vous.

Elle resta quelques instants à l'étudier, puis elle essuya ses larmes avec le dos de sa main.

— Auriez-vous préféré y résister ?

— Là est le problème. J'ai essayé, mais je n'ai pas réussi. Et je n'ai jamais fait l'amour à une femme avec aussi peu... d'attentions. Vous êtes si menue, si fragile, murmura-t-il.

Moi, fragile ? songea-t-elle en levant les sourcils.

C'était la première fois qu'on lui disait cela. Dans d'autres circonstances, elle aurait pu en rire, mais en cet instant elle pressentit qu'il n'y avait qu'un seul moyen d'agir avec un homme comme Pierce.

— D'accord, dit-elle en remplissant ses poumons. Vous avez deux solutions.

— Lesquelles ? demanda Pierce d'un air étonné.

— Soit vous prenez une autre chambre, soit vous m'emmenez au lit et vous me faites encore l'amour, déclara-t-elle en faisant un pas vers lui. Tout de suite.

Il remarqua son air de défi et sourit.

— Et je n'ai pas d'alternative ?

— Si vous vous montrez récalcitrant, je peux toujours vous séduire de nouveau, dit-elle en haussant les épaules. C'est comme vous voulez.

Il plongea les doigts dans ses cheveux tout en l'attirant vers lui.

— Et si nous choisissions deux de ces trois options ?

— Lesquelles ? interrogea-t-elle en l'examinant.

Il se baissa pour atteindre sa bouche et lui donner un long et doux baiser.

— Je vous porte jusqu'au lit et vous me séduisez.

— Je suis une femme raisonnable, assura-t-elle tandis

qu'il la soulevait dans ses bras et se dirigeait vers la chambre à coucher. Je suis disposée à accepter un compromis, si j'y trouve mon compte.

— Mademoiselle Swan, murmura Pierce en la déposant sur le lit avec douceur, j'aime votre style.

9

Le corps de Ryan était tout endolori. Elle enfonça sa tête dans l'oreiller et se blottit entre les draps. Cette légère gêne était plutôt agréable. Elle lui rappelait la nuit dernière — une nuit qui avait duré jusqu'à l'aube.

Elle ne s'était jamais rendu compte qu'elle avait en elle autant de passion à donner ni de besoins à combler. Chaque fois qu'elle avait cru être épuisée, aussi bien physiquement que mentalement, il avait suffi qu'ils se touchent de nouveau pour que son énergie lui revienne et, avec elle, les irrépressibles exigences du désir.

Puis ils s'étaient endormis, serrés l'un contre l'autre, au moment où les lueurs rosées du soleil levant s'infiltraient dans la pièce. Balançant encore entre veille et sommeil, elle se glissa vers Pierce. Elle avait envie de le prendre dans ses bras.

Il n'y avait personne.

Confuse, elle ouvrit lentement les yeux. Lorsqu'elle passa la main sur les draps, elle découvrit qu'ils étaient froids. « Parti ? » pensa-t-elle, l'esprit encore ensommeillé. Pendant combien de temps avait-elle dormi sans lui ? Son bonheur s'évanouit. Elle toucha le lit une nouvelle fois.

Non, se dit-elle en s'étirant, *il est sûrement dans l'autre pièce. Il n'a pas pu m'abandonner ainsi.*

Elle sursauta quand le téléphone sonna et la réveilla pour de bon.

— Oui, bonjour.

Elle avait décroché à la première sonnerie. De sa main libre, elle repoussa les cheveux qui lui tombaient sur le visage.

Pourquoi la suite était-elle aussi silencieuse ?

— Mademoiselle Swan ?

— Oui, elle-même.

— Un instant, s'il vous plaît, Bennett Swan désire vous parler.

Ryan s'assit et remonta machinalement le drap sur sa poitrine. Désorientée, elle se demanda quelle heure il pouvait être. Et où Pierce avait pu disparaître.

— Ryan, il faut qu'on fasse le point.

Faire le point ? répéta-t-elle mentalement en entendant la voix de son père. Elle se força à rassembler ses idées.

— Ryan !

— Oui. Excuse-moi.

— Je n'ai pas que ça à faire.

Elle avait besoin d'une tasse de café et d'un peu de temps pour mettre de l'ordre dans ses idées.

— J'ai assisté à toutes les répétitions. Je pense qu'Atkins a une parfaite maîtrise à la fois de sa troupe et de sa technique, continua-t-elle en regardant autour d'elle en quête d'une trace de son amant. La première s'est déroulée hier soir et sa performance s'est révélée impeccable. Nous avons déjà discuté des modifications à apporter pour l'adaptation à la télévision, mais rien n'est encore fixé. Pour l'instant, quels que soient ses projets concernant de futurs numéros, il ne m'en a pas fait part.

— Je veux une idée précise du contenu des séquences d'ici à deux semaines. Il va peut-être y avoir des changements de programmation. Débrouille-toi pour mettre les choses au point avec Atkins. Il me faut une liste complète des numéros qu'il a l'intention de faire, ainsi qu'une évaluation du temps nécessaire pour les exécuter.

— Je sais. J'en ai déjà parlé avec lui, répondit froidement Ryan, contrariée que son père empiète ainsi sur son territoire. C'est moi la productrice, oui ou non ?

— Oui, répliqua-t-il. Je veux te voir dans mon bureau dès ton retour.

Il coupa la communication et Ryan raccrocha à son tour en poussant un soupir exaspéré.

Typique de Bennett Swan, pensa-t-elle.

Elle préféra chasser ce coup de fil de ses pensées et sauta du lit. Le peignoir de Pierce était posé sur le dossier d'une chaise. Elle s'en empara et le revêtit.

— Pierce ?

Ryan se précipita dans le salon. Pas un chat.

— Pierce ? appela-t-elle de nouveau.

Elle marcha sur un des boutons de son chemisier qu'elle avait perdus la veille. Elle le glissa distraitement dans la poche du peignoir avant de faire le tour des autres pièces.

Personne. Elle sentit une douleur sourde s'installer au creux de son estomac, puis se propager dans tout son corps. Il l'avait abandonnée. Incrédule, Ryan inspecta une nouvelle fois la suite.

Il a dû laisser un mot pour expliquer son absence.

Impossible qu'il se soit réveillé et soit parti en la laissant ainsi. Pas après la nuit dernière.

Mais elle ne trouva aucun indice de sa présence. Un grand froid l'envahit et elle frissonna.

Ma vie se déroule toujours selon le même scénario, constata-t-elle.

Elle se dirigea vers la fenêtre et son regard se fixa sur le paysage de néons éteints. Tous ceux pour qui elle avait eu de l'affection, tous les gens qu'elle avait aimés avaient fini par la quitter. Elle ne savait pas pourquoi elle espérait encore que cela change.

Tout avait commencé quand elle était enfant avec sa mère, une femme sophistiquée qui passait sa vie à suivre Bennett Swan à travers le monde.

« Tu es une grande fille, Ryan, et tu sais très bien te débrouiller toute seule. Je reviendrai dans quelques jours. »

Ou quelques semaines, se souvint Ryan. Certes, il y avait toujours eu une gouvernante, secondée par d'autres domestiques pour s'occuper d'elle. Non, elle n'avait jamais été ni négligée ni maltraitée. Seulement oubliée.

Cela avait continué avec son père, toujours en voyage, qui la prévenait à la dernière minute avant de s'envoler au loin.

Puis il l'avait expédiée dans cette école suisse qui figurait parmi l'élite des internats.

« Ma fille a la tête sur les épaules. Elle est parmi les meilleures de sa classe. »

Pour son anniversaire, il n'avait jamais manqué de lui faire parvenir un cadeau de prix, accompagné d'une petite carte venue du bout du monde où il lui conseillait de bien travailler. Elle avait répondu à ses attentes, cela allait de soi. Elle n'aurait surtout pas pris le risque de le décevoir.

Rien ne changera jamais, songea-t-elle en se retournant pour se regarder dans la glace. *Ryan est forte. Ryan a le sens pratique. Elle est différente des autres femmes. Elle n'a pas besoin qu'on lui fasse des câlins, qu'on lui témoigne de l'amour, de la tendresse.*

C'est certainement la vérité, se dit-elle. *Je suis vraiment idiote de souffrir pour si peu. Nous étions attirés l'un par l'autre. Nous avons passé la nuit ensemble. Pourquoi être si romantique ? Je n'ai aucun droit sur Pierce, ni lui sur moi.*

Elle passa la main sur le revers du peignoir, puis la laissa très vite retomber. Elle se déshabilla rapidement pour prendre sa douche.

Elle régla la température presque au maximum et ouvrit le robinet à fond. Elle laissa l'eau bouillante lui fouetter la peau. Il fallait absolument qu'elle arrête de penser. Elle savait pertinemment que, si elle faisait le vide dans son esprit, elle saurait ensuite ce qu'elle devrait faire.

La salle de bains était remplie de vapeur et les murs ruisselaient d'humidité lorsqu'elle sortit de la cabine pour s'essuyer. Ses mouvements avaient retrouvé leur vivacité. Elle avait du travail à faire, des notes à rédiger, des idées et des projets à mettre au propre. Ryan Swan, directrice de production. Il fallait qu'elle se concentre sur sa nouvelle fonction. Et qu'elle cesse de se tracasser pour des gens qui ne pouvaient pas, ou ne voulaient pas, lui donner ce qu'elle désirait. Elle devait se faire un nom dans la profession, et c'était la seule chose qui comptait vraiment.

Tandis qu'elle s'habillait, Ryan était parfaitement calme. Elle avait mis ses rêves en sommeil et avait récupéré toute son énergie. Il y avait des milliers de détails à régler ; des réunions à organiser; des responsables à consulter; des décisions à prendre. Elle était à Las Vegas depuis déjà assez longtemps. Les méthodes de travail de Pierce n'avaient presque plus de secrets pour elle. Et, ce qui était essentiel à ses yeux actuellement, elle avait une vision précise de ce qu'elle voulait montrer aux téléspectateurs. Dès son retour à Los Angeles, elle pourrait enfin commencer à mettre ses idées en pratique.

C'était sa première production et ce ne serait pas la dernière. Elle n'avait pas l'intention de laisser passer sa chance.

Elle passait le peigne dans ses cheveux mouillés quand la porte s'ouvrit.

— Vous voilà finalement réveillée! dit Pierce avec un sourire.

Il était sur le point de se diriger vers elle quand la colère blessée que reflétait son regard l'arrêta net. Il percevait les ondes rageuses qui émanaient d'elle.

— En effet, ça m'en a tout l'air, répondit-elle avec décontraction tout en continuant à se coiffer. Et depuis déjà un certain temps. J'ai reçu un coup de téléphone de mon père. Il voulait un rapport sur ce que nous avons fait.

— Ah bon?

Ce n'est pas à son père qu'elle semble en vouloir, décida Pierce en l'observant sans détourner les yeux.

— Avez-vous commandé quelque chose au service de chambre? s'enquit-il.

— Non.

— Voulez-vous prendre un petit déjeuner?

Il fit un autre pas vers elle, mais, sentant le mur auquel il se heurtait, n'alla pas plus loin.

— Non merci, sans façons, répondit-elle en prenant son mascara et en l'appliquant soigneusement sur ses cils. Je prendrai un café à l'aéroport. Je rentre à Los Angeles ce matin même.

L'intonation froide de sa voix lui serra le cœur. S'était-il trompé? La nuit qu'ils avaient passée ensemble représentait-elle si peu pour elle?

— Ce matin même? répéta-t-il en l'imitant. Pourquoi?

— Je pense avoir un aperçu assez précis de la façon

dont vous travaillez et de vos désirs concernant l'émission, répliqua-t-elle, les yeux fixés sur son reflet dans le miroir. Je vais commencer à travailler sur les étapes préliminaires, et nous fixerons un rendez-vous lorsque vous serez de retour en Californie. Je prendrai contact avec votre agent.

Pierce ravala les paroles qu'il allait prononcer. Il n'avait pas l'habitude de mettre des chaînes à quiconque, excepté à lui-même.

— Si c'est ce que vous voulez...

Les doigts de Ryan se serrèrent sur le tube de mascara, puis elle le remit à sa place.

— Nous avons chacun nos occupations. Les miennes sont à Los Angeles ; les vôtres ici, pour l'instant.

Au moment où elle se retourna pour se diriger vers la penderie, il posa la main sur son épaule. Il l'enleva aussitôt, car il sentit son corps se raidir.

— Ryan, vous ai-je blessée ?

— Me blesser ? répéta-t-elle tout en se dirigeant vers l'armoire. Je ne vois pas pourquoi.

Il y avait comme du dédain dans sa voix. Il ne réussit pas à saisir son regard pour en avoir confirmation.

— Je ne comprends pas, dit-il, debout derrière elle.

Ryan sortit une brassée de vêtements de la penderie.

— Mais le fait est là, continua-t-il en la faisant pivoter pour accrocher son regard. Je peux le deviner dans vos yeux.

— Il vaut mieux que vous oubliiez tout cela, dit-elle. Je vais d'ailleurs faire de même.

Elle voulut s'éloigner. Il la retint cette fois fermement.

— Comment pourrais-je oublier quelque chose avant de savoir de quoi il s'agit ?

Ses mains n'exerçaient qu'une légère pression sur elle. Pourtant, une certaine contrariété semblait s'être insinuée dans son ton.

— Ryan, dites-moi ce qui ne va pas.

— Laissez tomber, Pierce.

— Non, pas question.

Ryan tenta de s'échapper, mais il la retint.

Elle fit un effort désespéré pour rester calme.

— Vous m'avez *abandonnée* ! s'exclama-t-elle soudain en jetant ses vêtements par terre.

Sa colère avait explosé si soudainement que Pierce en resta sans voix et la regarda fixement tandis qu'elle poursuivait :

— Je me suis réveillée, et vous étiez parti sans rien dire. Je n'ai pas l'habitude des aventures d'un soir.

A ces mots, les yeux de Pierce étincelèrent.

— Ryan...

— Non, je ne veux rien savoir de vos excuses, dit-elle en secouant la tête avec véhémence. Je ne m'attendais pas à une telle attitude de votre part. Mais j'ai eu tort. Ce n'est pas grave. Pas besoin de prendre des gants avec une femme comme moi. Je suis accoutumée à me débrouiller toute seule.

Elle voulut se dérober, mais se retrouva pressée contre lui.

— Arrêtez ! Lâchez-moi ! Je dois faire ma valise.

Ignorant sa résistance, il la serra de plus près. La blessure l'avait touchée au plus profond d'elle-même, pensa-t-il. Elle ne datait pas d'hier, et il n'en était pas l'unique cause.

— Ryan, je suis désolé.

— Pierce, je veux que vous me laissiez partir.

— Si je ne vous retiens pas, vous ne m'écouterez pas, dit-il en caressant ses cheveux mouillés. Et je dois vous parler.

— Il n'y a rien à dire, rétorqua-t-elle sur un ton dur.

Il sentit un cuisant remords l'envahir. Comment avait-il pu être aussi stupide ? Et comment n'avait-il pas deviné la nature de ses besoins ?

Il la repoussa un peu afin de pouvoir la regarder dans les yeux.

— Ryan, j'ai déjà eu beaucoup d'aventures sans lendemain. Et je peux vous assurer que la nuit dernière n'avait rien à voir avec ça.

Elle secoua farouchement la tête et s'efforça de retrouver son aplomb.

— Ce n'est pas la peine de vous justifier.

Il posa ses mains sur les épaules de Ryan.

— Je ne mens jamais, je vous l'ai déjà dit. Ce qui s'est passé hier soir est très important pour moi.

— J'ai ouvert les paupières, et vous n'étiez plus là, dit-elle en avalant sa salive, puis elle ferma les yeux. Les draps étaient froids.

— Je regrette vraiment. Je suis juste descendu régler un ou deux détails concernant le spectacle de ce soir.

— Si au moins vous m'aviez réveillée...

— Je n'ai pas voulu le faire, Ryan, dit-il doucement. Et je n'aurais jamais imaginé que vous réagiriez de la sorte. Le soleil se levait quand nous nous sommes endormis.

— Mais vous vous êtes couché à la même heure que moi, protesta-t-elle en faisant une nouvelle tentative pour s'échapper. Pierce, je vous en prie ! implora-t-elle, puis elle se mordit la lèvre au moment où elle perçut le désespoir qu'elle avait mis dans ces mots. Lâchez-moi !

Il baissa les bras et l'observa tandis qu'elle rassemblait ses affaires. Etait-ce un sentiment de panique qu'il ressentait en la voyant ranger son chemisier dans sa valise ?

— Je n'ai pas besoin de beaucoup de sommeil. Cinq ou six heures par nuit me suffisent largement. J'ai cru que vous dormiriez encore quand je reviendrais.

— Je vous ai cherché, et il n'y avait personne, dit-elle simplement.

— Ryan...

Elle appuya ses doigts sur ses tempes un instant, puis poussa un gros soupir.

— Non, cela n'a pas d'importance. Je suis désolée. Je me comporte comme une idiote. Ce n'est pas votre faute, Pierce. C'est moi qui suis coupable. J'en demande toujours trop. Et je suis ensuite étonnée quand je n'obtiens pas ce que je désire, ajouta-t-elle tout en se remettant à ranger rapidement ses affaires. Je n'avais pas l'intention de vous faire une scène, Pierce. N'y pensez plus, s'il vous plaît.

— C'est impossible, murmura-t-il.

— Je me sentirais moins bête si c'était le cas, dit-elle, tentant de garder un ton léger. Mettez mon attitude sur le compte de la mauvaise humeur due au manque de sommeil. Mais il faut vraiment que j'y aille. J'ai du pain sur la planche.

Il l'avait pourtant percée à jour dès le début — sa manière de réagir à des mots doux, son plaisir évident quand il lui avait offert la rose. C'était une femme romantique et émotive, mais qui faisait tout son possible pour le dissimuler. Pierce se maudit intérieurement. Il imagina ce qu'elle avait dû ressentir en trouvant le lit vide, après ce qui s'était passé entre eux la nuit précédente.

— Ryan, ne partez pas.

Les mots eurent du mal à franchir ses lèvres. Il n'avait jamais demandé cela à quiconque.

Les doigts de Ryan hésitèrent sur les fermetures de la valise. Elle la boucla néanmoins, la posa sur le sol et fit volte-face.

— Pierce, je ne suis pas fâchée, franchement. Peut-être juste un peu gênée, reconnut-elle en ébauchant un sourire. Mais il faut vraiment que je rentre afin de me mettre au travail. Il risque d'y avoir des changements de programmation et...

— Restez ! dit-il en l'interrompant soudain, incapable de se contenir. S'il vous plaît !

Ryan demeura un instant silencieuse. Son cœur se serra à la vue de la détresse que ses yeux semblaient refléter. Il avait dû lui en coûter de faire cette requête. Tout comme elle trouva difficile de demander :

— Pour quoi faire ?

— Parce que j'ai besoin de vous, avoua-t-il, reprenant son souffle après cet aveu qui le laissa pantois. Je ne veux pas vous perdre.

Ryan fit un pas vers lui.

— Est-ce si important ?

— Oui. Oui, ça l'est.

Elle s'immobilisa, indécise. Mais elle découvrit qu'elle était incapable de se convaincre de franchir le seuil.

— Prouvez-le !

Il s'approcha d'elle et l'enlaça. Elle ferma les yeux. C'était exactement ce dont elle avait besoin — juste qu'il la prenne dans ses bras. Elle sentit son torse ferme sous sa joue, ses bras musclés qui l'entouraient. Elle devina qu'il la tenait comme si elle était un objet précieux. Il avait déclaré qu'il lui trouvait un air fragile. Pour la première fois de sa vie, elle eut envie de l'être.

— Oh, Pierce, je suis une imbécile.

Il releva son menton avec un doigt et l'embrassa.

— Non. Non, vous êtes un ange, dit-il avec un sourire

en posant son front sur le sien. Allez-vous vous plaindre la prochaine fois que je vous réveillerai après cinq heures de sommeil ?

Elle rit et lui passa les bras autour du cou.

— Jamais. Ou peut-être un tout petit peu.

Elle lui souriait, mais le regard de Pierce se fit soudain sérieux. Il posa sa main derrière la nuque de Ryan avant de venir à la rencontre de sa bouche.

Et tout recommença comme au premier jour : la douceur de ses lèvres, leur légère caresse qui l'excitait tant. Lorsqu'il l'embrassait ainsi, elle se retrouvait totalement impuissante. Impossible de bouger ou de protester. Elle n'avait d'autre choix que de le laisser agir à sa guise, à son rythme.

Pierce comprit que c'était à son tour de mener la danse. Ses mains se déplacèrent tendrement tandis qu'il la déshabillait. Il fit glisser son chemisier sur ses épaules, puis le long de son dos. La blouse tomba en ondoyant sur le sol. Chaque fois que ses mains l'effleuraient, elle sentait des frissons lui parcourir la peau.

Tout en lui mordillant les lèvres, il défit le bouton du pantalon de Ryan, le baissa sur ses hanches et joua avec la minuscule bande de soie et de dentelle qui lui remontait haut sur la taille. Elle retint son souffle, puis gémit quand il glissa un doigt dans sa culotte. Elle s'attendait à ce qu'il l'enlève, mais il ne le fit pas. A la place, sa main remonta sur ses seins, les caressant, jouant avec, jusqu'à ce que son corps soit saisi de tremblements.

— J'ai envie de toi, dit-elle, frémissante. Est-ce que tu sais à quel point ?

— Oui, répondit-il en couvrant son visage d'une myriade de petits baisers, légers comme des plumes. Oui.

— Fais-moi l'amour, Pierce, murmura Ryan dans un souffle. Prends-moi.

— C'est ce que je fais, dit-il à voix basse en pressant sa bouche sur son cou, sentant ses veines qui battaient au même rythme affolé que son cœur.

— Maintenant, implora-t-elle, trop faible pour l'attirer vers elle.

Il eut un rire de gorge qui venait du tréfonds de son être et la souleva pour la porter jusqu'au lit.

— La nuit dernière, vous m'avez rendu fou en me touchant de cette façon, mademoiselle Swan.

Son index descendit le long de son corps, s'attarda sur le doux renflement entre ses jambes. Lentement, paresseusement, sa bouche suivit le même chemin.

La veille, la folie s'était emparée de lui. Il avait ressenti de l'impatience, du désespoir. Il lui avait fait l'amour passionnément, encore et encore. Il n'avait pas pris le temps de l'apprécier vraiment, comme s'il avait été affamé, possédé par une avidité insatiable. Maintenant, et quoiqu'il la désirât tout autant, il parvenait à se contenir. Il voulait la goûter, la savourer, s'imprégner de son odeur.

Les membres de Ryan pesaient des tonnes. Impossible de les bouger. Elle ne pouvait que se soumettre, le laisser la toucher, la caresser et l'embrasser partout où il le décidait. La force qui l'avait envahie hier soir avait été remplacée par une douce faiblesse dans laquelle elle se laissait engloutir.

La bouche de son amant s'attarda sur ses hanches, puis sa langue s'aventura un peu plus bas. Ses mains frôlaient sa peau, suivaient les contours de ses seins, effleuraient son cou et ses épaules. Au lieu de la posséder, il allumait son désir. A la place de satisfaire ses besoins, il la laissait sur sa faim.

Il prit la ceinture de sa culotte de soie entre ses dents et la baissa de quelques centimètres. Ryan gémit et se cambra. Mais ce fut la chair de ses hanches qu'il baisa et savoura, lui donnant la sensation d'avoir presque perdu la raison. Elle s'entendit soupirer son nom, d'une voix basse et désespérée, mais il ne répondit pas. Sa bouche était occupée à lui faire des choses merveilleuses dans le pli du genou.

Ryan sentit la peau brûlante du torse nu de son amant, qui passait sur ses jambes. Depuis combien de temps avait-il ôté sa chemise ? Elle n'aurait su le dire. Jamais elle n'avait eu une conscience aussi aiguë de son corps. Elle n'aurait pas imaginé que le contact d'un simple doigt sur sa peau pourrait lui procurer un plaisir aussi divin qu'enivrant.

Malgré la conscience qu'elle avait de son dos plaqué contre le lit, Ryan, l'esprit embrumé, eut l'impression que son corps flottait. Il la faisait léviter, il la soulevait au-dessus du sol. Sa magie l'emmenait au septième ciel, mais la transe dans laquelle elle était plongée n'avait rien d'une illusion.

Ils étaient maintenant complètement nus, leurs deux corps intimement mêlés. Sa bouche se posa de nouveau sur la sienne. Il l'embrassa lentement, intensément, et ce baiser la laissa sans forces. Ses mains aux doigts agiles l'excitaient profondément. Elle n'aurait jamais cru que la passion pourrait provoquer en elle deux effets si différents : l'impression d'avoir à la fois l'esprit dans les nuages et le corps dévoré par un feu brûlant.

La poitrine de Ryan se soulevait et s'abaissait au rythme de ses halètements, mais il la fit encore languir. Il voulait lui faire ressentir d'abord toutes les sombres délices dont il avait le secret, tirer d'elle jusqu'à la dernière once de plaisir. Sa chair ressemblait à de l'eau sous ses mains : elle coulait, ondulait, ruisselait. Il mordit doucement ses lèvres tuméfiées. Il attendit qu'elle pousse un ultime gémissement, et que son abandon soit total.

— Maintenant, mon amour ? demanda-t-il, sa bouche parcourant son visage de légers, presque imperceptibles baisers. Maintenant ?

Elle ne réussit pas à répondre. Elle semblait déjà dans un état second, au-delà des mots et de la raison. C'était ainsi qu'il la voulait. Enivré, excité, il rit et pressa ses lèvres sur sa gorge.

— Tu m'appartiens, Ryan. Dis-moi que tu es à moi.

— Oui, dit-elle d'une voix rauque et presque imperceptible. A toi, confirma-t-elle, mais les mots s'étranglèrent dans sa gorge au moment où elle les prononçait. Prends-moi.

Elle ne s'entendit pas parler. Elle crut avoir prononcé ces paroles mentalement. Quand soudain il la pénétra. Ryan haleta et se cambra pour venir à sa rencontre. Les mouvements de Pierce restaient toujours aussi désespérément lents.

Elle sentait son sang qui rugissait dans ses veines tandis qu'il amenait ses sens à l'apogée de la volupté. Ses lèvres frôlèrent les siennes, capturèrent chaque souffle frémissant qui s'en échappait.

Subitement, il écrasa sa bouche contre celle de Ryan —

envolée la douceur, finis les préliminaires. Elle poussa un cri lorsqu'il commença à bouger en elle avec une fureur aussi soudaine que sauvage. Le feu de l'amour les consuma, leurs corps et leurs lèvres fusionnèrent jusqu'à ce qu'elle pense qu'ils étaient déjà passés dans l'au-delà.

Pierce était allongé sur elle, la tête reposant entre ses seins. Il pouvait entendre son cœur qui battait à tout rompre. Elle tremblait encore de tout son corps. Les bras de Ryan l'enserraient, et une de ses mains était enfouie dans ses cheveux. Il n'avait pas envie de bouger. Il voulait que cet instant magique se prolonge, qu'elle soit à lui, son corps nu contre le sien. Ce désir violent et possessif l'ébranla. Il n'était pas dans ses habitudes de réagir ainsi. Du moins pas avant de la rencontrer. Mais le sentiment était trop fort pour qu'il y résiste.

— Dis-le-moi encore une fois, implora-t-il en soulevant la tête pour la regarder.

Ryan ouvrit lentement les yeux. Elle était enivrée d'amour, rassasiée de plaisir.

— Te dire quoi ?

Il chercha sa bouche de nouveau, s'attarda sur ses lèvres pour en savourer le goût une dernière fois. Quand il se redressa, son regard était sombre et exigeant.

— Dis-moi que tu es à moi, Ryan.

— Oui, Pierce, murmura-t-elle tandis que ses paupières retombaient. Pour aussi longtemps que tu me voudras, soupira-t-elle avant de s'endormir.

Pierce fronça les sourcils à cette réponse et ouvrit la bouche pour parler, mais la respiration de Ryan était devenue lente et régulière. Il se déplaça pour s'allonger à son côté et se serra contre elle.

Cette fois, il attendrait qu'elle se réveille.

10

Jamais le temps n'était passé aussi rapidement. Ryan aurait dû s'en réjouir. Une fois l'engagement de Pierce à Las Vegas terminé, ils pourraient s'atteler à leur projet pour la télévision. Un programme qui lui tenait à cœur, et qu'elle était impatiente d'entreprendre, aussi bien pour elle que pour lui. Elle avait pleinement conscience que ce travail représentait un tournant décisif dans sa carrière.

Elle se rendait compte qu'elle aurait pourtant préféré que les heures ne filent pas si vite. La ville de Las Vegas avait quelque chose de fantasque, avec ses rues tapageuses, ses casinos flamboyants et son atmosphère hors du temps. Là, baignant dans cette ambiance magique, il lui semblait normal de l'aimer et de partager la même vie que lui. Ryan n'était pas sûre que les choses seraient aussi simples après leur retour dans le monde réel.

Ils vivaient tous les deux au jour le jour. Ni l'un ni l'autre n'abordaient l'avenir. L'accès de possessivité que Pierce avait eu l'autre matin ne s'était pas reproduit, et Ryan en arrivait même à douter qu'il ait jamais eu lieu. Elle croyait presque avoir rêvé les mots profonds et insistants qu'il avait proférés — « Dis-moi que tu es à moi. »

Il n'avait pas exigé qu'elle les redise et n'avait pas non plus prononcé d'autres déclarations d'amour. Il faisait preuve d'une douceur, parfois extrême, dans ses propos, ses regards ou ses gestes. Mais il y avait toujours une certaine retenue dans son attitude. Tout comme dans celle de Ryan à son égard. Accorder leur confiance n'était facile ni pour l'un ni pour l'autre.

Le soir de la dernière représentation, Ryan s'habilla avec soin. Elle voulait que cette soirée soit spéciale. Champagne, décida-t-elle en se glissant dans une robe vaporeuse et bariolée, colorée de toutes les nuances de l'arc-en-ciel. Elle en ferait livrer dans la chambre après le spectacle. Avant que leur idylle se termine, il fallait que la dernière nuit qu'ils passeraient ensemble soit la plus longue possible.

Ryan s'étudia dans le miroir d'un œil critique. La robe était transparente et d'un style nettement plus audacieux que celui qu'elle portait d'habitude. Elle songea en riant que Pierce aurait dit que ce genre était plus approprié à Ryan qu'à Mlle Swan. Et il aurait eu raison, comme toujours. En cet instant, elle n'avait aucune envie d'avoir l'air sérieux. Demain, il serait bien assez tôt pour porter des vêtements stricts.

Elle appliqua des petites touches de parfum sur ses poignets, puis dans le creux de ses seins.

— Ryan, si tu veux qu'on dîne avant le spectacle, tu devrais te dépêcher. Il est déjà...

Pierce s'interrompit en entrant dans la pièce. Surpris, il s'arrêta net pour la regarder. La robe flottait par endroits, s'accrochait à d'autres. Le tissu, qui retombait en volutes seyantes sur sa poitrine, avait des couleurs qui se mélangeaient comme une peinture oubliée sous la pluie.

— Tu es si belle, murmura-t-il, sentant l'habituel frisson de plaisir lui parcourir la peau. Comme un rêve merveilleux !

Lorsqu'il lui parlait ainsi, elle sentait son cœur qui fondait et battait plus vite en même temps. Elle se dirigea vers lui et lui passa les bras autour du cou.

— Un rêve ? Quel genre de songe voudrais-tu que je sois ? dit-elle en embrassant ses deux joues tour à tour. Serais-tu capable d'en invoquer un pour moi, Pierce ?

Il enfouit son visage dans son cou et se dit qu'il n'avait jamais désiré quelque chose, ou plutôt quelqu'un, avec autant d'intensité.

— Tu sens le jasmin. Tu me rends fou.

— C'est un envoûtement féminin, dit Ryan. Destiné à ensorceler l'enchanteur.

— Ça marche comme sur des roulettes !

Elle eut un rire de gorge et se serra plus fort contre lui.

— N'était-ce pas un sort jeté par une femme qui causa la ruine finale de Merlin ?

— As-tu fait des recherches sur le sujet ? lui demanda-t-il à l'oreille. Attention, je suis dans le métier depuis plus longtemps que toi, continua-t-il en lui soulevant le menton et en posant ses lèvres sur les siennes. Tu sais qu'il est dangereux de se frotter à un magicien.

Elle remonta le long de sa nuque pour aller plonger ses doigts dans son épaisse chevelure.

— Sauf que je ne suis vraiment pas prudente. Mais alors pas du tout.

Pierce ressentit le même mélange d'énergie et de faiblesse qui l'envahissait toujours lorsqu'il la tenait dans ses bras. Il l'enlaça de plus près, juste pour le plaisir de sentir son corps contre le sien. Ryan devina qu'il luttait contre ses pulsions et demeura passive. Il y avait en lui tellement d'émotions, pensa-t-elle. Il pouvait à tout moment décider soit de les extérioriser, soit de les contenir. Elle ne parvenait jamais à être certaine du choix qu'il ferait. Mais sa propre attitude n'était-elle pas en tout point similaire ? s'interrogea-t-elle. Elle l'aimait, pourtant elle avait été incapable de le lui dire. Même quand ils faisaient l'amour, et que le plaisir montait, les mots n'avaient pu franchir ses lèvres.

— Seras-tu dans les coulisses ce soir ? lui demanda-t-il. J'aime sentir ta présence derrière moi.

— Oui.

Ryan releva la tête et sourit. Il était si rare qu'il sollicite une faveur de sa part.

— Un de ces jours, poursuivit-elle, je réussirai à percer un de tes secrets. Même *ta* main ne peut pas être constamment aussi rapide que la vue.

— Ah bon ? dit-il avec un sourire, amusé de sa perpétuelle détermination à le prendre en défaut. A propos du dîner…

Il s'interrompit pour jouer avec la fermeture Eclair de sa robe. Il aurait aimé savoir ce qu'elle portait dessous. S'il le décidait, il pourrait la descendre, et le vêtement tomberait à ses pieds avant qu'elle puisse s'en rendre compte.

— Quel dîner ? demanda-t-elle, un éclair de malice dans les yeux.

Quelqu'un frappa à la porte, et il poussa un juron.

— Pourquoi ne transformes-tu pas cette personne, quelle qu'elle soit, en crapaud ? suggéra Ryan.

Puis, soupirant, elle posa sa tête sur son épaule.

— Non, ce serait mal élevé, je suppose.

— Je trouve l'idée plutôt séduisante.

Elle éclata de rire et s'écarta de lui.

— Je vaïs voir qui c'est, dit-elle en jouant avec le premier bouton de sa chemise. Attention à ne pas oublier ce que tu as derrière la tête pendant que je me débarrasse de cet importun.

— Ne t'inquiète pas, j'ai une mémoire infaillible, rétorqua-t-il en souriant.

Il la lâcha et l'observa tandis qu'elle s'éloignait.

Ce n'est pas Mlle Swan qui a choisi cette robe, décida-t-il.

— Un paquet pour vous, mademoiselle Swan.

Ryan prit des mains du coursier le petit paquet bien enveloppé ainsi que la lettre qui l'accompagnait.

— Merci.

Après avoir refermé la porte derrière elle, elle posa le colis et ouvrit l'enveloppe. Le mot était court et tapé à la machine.

Ryan,

Je veux ton rapport en bonne et due forme. J'attends un exposé complet sur le projet avec Atkins dès ton retour. La première réunion aura lieu dans une semaine. Joyeux anniversaire.

Ton père.

Ryan relut la note deux fois, puis elle jeta un rapide coup d'œil au paquet. Pour rien au monde, il n'aurait oublié son anniversaire, songea-t-elle en parcourant les caractères dactylographiés pour la troisième fois. Bennett Swan ne manquait jamais à son devoir. Elle se sentit gagnée par une vague de sentiments où la déception et la colère côtoyaient la futilité. Des émotions qui étaient familières à la fille unique de Bennett Swan.

Pourquoi ? se demanda-t-elle. Pourquoi n'avait-il pas attendu qu'elle rentre pour lui donner son cadeau en mains propres ? Pourquoi ce billet impersonnel, qui ressemblait à un télégramme et qui était visiblement une formule toute faite rédigée par sa secrétaire ? Pourquoi, enfin, n'étaient-ce pas des mots d'amour qu'il lui avait envoyés ?

— Ryan ?

Pierce l'observait. Il l'avait vue lire la lettre. Et avait surpris le vide dans son regard.

— De mauvaises nouvelles ?

Elle secoua la tête, glissa la note dans son sac à main et répondit vivement :

— Non, ce n'est rien. Allons dîner. Je meurs de faim.

Elle souriait en lui tendant le bras, mais le chagrin qu'il lisait dans ses yeux ne faisait aucun doute. Pierce garda le silence et prit sa main. En quittant la suite, il jeta un coup d'œil au paquet qu'elle n'avait pas pris la peine d'ouvrir.

Comme Pierce le lui avait demandé, Ryan assista au spectacle depuis les coulisses. Elle avait neutralisé dans son esprit toutes les pensées qui concernaient son père. C'était sa dernière nuit de liberté, et elle était bien décidée à ce que rien ni personne ne la lui gâche.

C'est mon anniversaire, se dit-elle, *et je le fêterai intérieurement et sans le dire à personne.*

Elle n'avait pas mentionné l'événement à Pierce parce qu'elle l'avait elle-même oublié avant de recevoir le courrier de son père. Elle décida qu'il serait ridicule de le lui dire. Après tout, elle avait vingt-sept ans aujourd'hui et elle était bien trop vieille pour tomber dans la sentimentalité pour si peu de chose.

— Tu as été merveilleux, comme toujours, déclara-t-elle à Pierce au moment où il sortait de scène sous des tonnerres d'applaudissements. Quand vas-tu te décider à me dévoiler l'énigme de ta dernière illusion ?

— La magie, mademoiselle Swan, ne s'explique pas.

— Je sais que Bess est dans sa loge en ce moment, affirma-t-elle en plissant les yeux, et la panthère…

Il l'interrompit et lui prit la main pour la conduire jusqu'à sa propre loge.

— Les explications sont décevantes. L'esprit humain est un paradoxe.

— Dis-le-moi ! implora-t-elle, sachant pertinemment qu'il n'avait pas l'intention d'élucider quoi que ce soit.

Il s'efforçait de garder son sérieux tandis qu'il enlevait sa chemise.

— Tout le monde veut croire à l'impossible, poursuivit-il en se dirigeant vers la salle de bains pour se doucher. Mais personne n'y réussit. Là réside toute la fascination. Si l'impossible n'est *pas* concevable, comment a-t-il pu se dérouler au nez et à la barbe de tous les spectateurs ?

— C'est exactement ce que j'aimerais savoir, cria Ryan pour couvrir le bruit de la douche.

Lorsqu'il en sortit, une serviette nouée autour des hanches, elle le regarda droit dans les yeux et dit sur un ton catégorique :

— En tant que productrice, j'ai le droit de…

— Produire, affirma-t-il, et il enfila une chemise propre. Moi je m'occupe de l'impossible.

— Ça me rend dingue de ne pas comprendre, avoua-t-elle sombrement tout en boutonnant la chemise de Pierce.

— Oui, dit-il, se contentant de sourire quand elle riva ses yeux aux siens.

Elle eut un haussement d'épaules et dit pour le contrarier :

— Ce ne sont que des trucs.

— Ah bon ? répliqua-t-il, un sourire toujours aussi aimable et énervant sur les lèvres.

Ryan savait avouer sa défaite quand elle y était confrontée. Elle soupira.

— Je suppose que je n'arriverai pas à t'arracher des aveux, même sous la torture.

— Quel genre de supplices as-tu derrière la tête ?

Elle éclata de rire et pressa sa bouche contre la sienne.

— Ceci, et ce n'est que le début, promit-elle d'un air menaçant. Je vais te conduire à côté et te torturer jusqu'à te rendre fou. Ensuite tu m'avoueras tout ce que je veux savoir.

— Intéressant, dit Pierce en entourant ses épaules de son bras pour l'entraîner dans le couloir. Mais ça risque de prendre pas mal de temps.

— Je ne suis pas pressée, répondit-elle gaiement.

Ils passèrent dans la pièce voisine et, au moment où Pierce s'apprêtait à pousser la porte, Ryan posa sa main sur la sienne.

— C'est ta dernière chance avant que je ne me fâche, prévint-elle. Je vais te faire parler.

Il se contenta de lui sourire et ouvrit la porte.

— Joyeux anniversaire !

Les yeux de Ryan s'écarquillèrent de surprise. Bess, toujours en costume de scène, tenait une bouteille de champagne dans la main tandis que Link faisait son possible pour que le jet qui en sortait tombe dans son verre. Ryan, abasourdie, fixa son regard sur le couple.

— Joyeux anniversaire, Ryan, déclara Pierce en déposant un léger baiser sur ses lèvres.

— Mais, comment... ? dit-elle en s'interrompant soudain pour le regarder. Comment as-tu deviné ?

Bess fourra un verre de champagne dans les mains de Ryan, puis la serra rapidement dans ses bras.

— C'est reparti pour un tour ! Buvez, mon chou ! Ce n'est pas tous les jours votre anniversaire, juste une fois par an. Les bouteilles sont de ma part : une qu'on va boire maintenant et l'autre pour plus tard, ajouta-t-elle en faisant un clin d'œil à Pierce.

— Merci, dit Ryan, plongeant un regard désarmé dans son verre. Je ne sais plus quoi dire.

— Link a quelque chose à vous donner, déclara Bess.

Le grand homme remua, mal à l'aise quand tous les yeux se tournèrent vers lui.

— Je vous ai acheté un gâteau, grommela-t-il.

Puis il s'éclaircit la voix.

— Il en fallait un pour un jour aussi spécial.

Ryan traversa la pièce pour admirer un mille-feuille décoré d'un glaçage rose et jaune aux couleurs délicates.

— Oh, Link ! Il est magnifique !

— Vous devez couper le premier morceau, précisa-t-il.

— Oui. Dans un instant.

Elle se mit sur la pointe des pieds, passa ses bras autour de la nuque du géant et l'attira vers elle pour poser sur ses lèvres un gros baiser.

— Merci, Link.

Il devint tout rouge, sourit, puis, jetant à Bess un regard désespéré, il répondit :

— De rien.

— Moi aussi, j'ai pensé à vous.

Ryan, le sourire toujours aux lèvres, se tourna vers Pierce.

— Aurai-je aussi droit à un baiser ? implora-t-il.

— Pas avant que j'aie reçu mon cadeau.

— Quelle femme vénale ! s'indigna-t-il en lui tendant une petite boîte de bois.

Le coffret était ancien et sculpté. Ryan passa les doigts sur sa surface et en sentit les reliefs, usés par le temps et les manipulations. Elle l'ouvrit et découvrit un petit pendentif en argent suspendu à une chaîne du même métal.

— Oh ! comme c'est beau ! murmura-t-elle.

— Une croix *ansée*, expliqua-t-il, sortant le bijou de sa boîte pour le passer autour du cou de Ryan. Un symbole égyptien, qui représente la vie. Ce n'est pas une superstition, ajouta-t-il gravement. C'est un porte-bonheur.

Elle se souvint de sa pièce de monnaie écrasée et l'enlaça.

— Pierce ! Tu n'oublies donc jamais rien ?

— Non. Maintenant, tu me dois un baiser.

Ryan s'exécuta et oublia soudain complètement qu'ils n'étaient pas seuls.

— Hé ! Ecoutez, on aimerait bien goûter à ce gâteau, n'est-ce pas, Link ? dit Bess.

Elle passa le bras autour de la large taille de son ami et sourit à Ryan quand celle-ci refit surface.

— Sera-t-il aussi bon qu'il est beau ? se demanda Ryan à voix haute tout en prenant le couteau. Je ne me rappelle pas depuis combien de temps je n'ai pas eu droit à un gâteau d'anniversaire. Pour vous, Link, le premier morceau, annonça-t-elle en se léchant les doigts. Délicieux, constata-t-elle avant de couper une nouvelle part. Je me demande comment vous avez pu deviner. J'avais moi-même oublié avant...

Elle s'interrompit, posa le couteau et se raidit.

— Tu as lu le mot de mon père, s'indigna-t-elle en regardant Pierce d'un air accusateur.

— Quel mot ? s'enquit-il visiblement déconcerté.

Elle poussa un profond soupir, sans remarquer que Bess s'était emparée du couteau et avait pris la relève.

— Tu as fouillé dans mon sac et tu as lu ma lettre.

— Moi, fouiller dans ton sac ? répéta Pierce en levant un sourcil. Ryan, crois-tu vraiment que je sois capable d'un geste aussi déplacé ?

Elle réfléchit un court instant avant de répondre :

— Oui, je le crois.

Bess eut un ricanement, mais il la regarda à peine. Il accepta un morceau de gâteau.

— Un magicien n'a pas besoin de s'abaisser à faire les poches pour glaner des renseignements.

Link éclata d'un rire profond, qui sonna comme un grondement et qui fit sursauter Ryan.

— Comme la fois où tu as pris les clés de ce type dans sa poche, à Détroit ? rappela-t-il à Pierce.

— Ou les boucles d'oreilles de cette femme à Flatbush ? renchérit Bess. Personne n'est aussi doué que toi dans ce domaine, Pierce.

— Vraiment ? lança Ryan en portant de nouveau le regard sur Pierce qui mangeait tranquillement son mille-feuille et se taisait.

— Il rend toujours les objets à leur propriétaire à la fin du show, continua Bess. Heureusement qu'il n'a pas choisi la voie de la délinquance. Imaginez ce qui aurait pu se passer s'il avait fracturé les coffres de l'extérieur au lieu de le faire de l'intérieur !

— Fascinant, commenta Ryan en plissant les yeux en direction de Pierce. J'adorerais en savoir plus.

— Et le coup où tu t'es échappé de cette prison à Wichita, Pierce ? continua Bess complaisamment. Tu sais, quand on t'avait enfermé pour...

— Encore un peu de champagne, Bess, suggéra Pierce en soulevant la bouteille pour verser le liquide pétillant dans le verre de son assistante.

Link eut un autre rire tonitruant.

— J'aurais voulu voir la tête du shérif quand il a déverrouillé la cellule et l'a trouvée vide et bien rangée.

— Ah! Il s'est aussi évadé de prison, remarqua Ryan, captivée.

— Houdini aussi faisait cela couramment, dit Pierce en lui tendant un verre.

— Ouais, sauf que lui s'arrangeait avec les flics avant, objecta Bess en gloussant à la vue du regard de Pierce.

— Alors comme ça, il est pickpocket et il s'est échappé d'une prison! s'exclama Ryan.

Elle savoura la gêne feinte qu'elle remarqua dans les yeux du magicien. Elle n'avait pas eu beaucoup d'occasions de le prendre en défaut.

— Y a-t-il d'autres détails que je devrais connaître? continua-t-elle.

— Il me semble que tu en sais déjà bien assez, commenta Pierce.

— Oui, acquiesça-t-elle en lui donnant un baiser sonore. Et voilà le plus beau cadeau d'anniversaire que j'aie jamais reçu.

Bess s'empara de la bouteille de champagne à moitié vide.

— Viens, Link, on y va. On va boire ce qui reste et finir ta part de gâteau ailleurs. Laissons Pierce se dépatouiller de cette situation tout seul. Au fait, tu devrais lui raconter l'histoire du représentant de commerce de Salt Lake City.

— Bonne nuit, Bess, déclara Pierce avec affabilité.

Et il eut droit à un autre gloussement.

Bess entraîna Link vers la sortie.

— Encore bon anniversaire, Ryan.

— Merci beaucoup, Bess. Et merci à vous aussi, Link.

Ryan attendit que la porte se soit refermée avant de se tourner vers Pierce.

— Avant que nous abordions le sujet du représentant de commerce, tu vas me dire pourquoi tu as été enfermé dans cette cellule à Wichita, dit-elle en souriant des yeux par-dessus le bord de son verre.

— Oh, juste un malentendu.

Elle leva un sourcil.

— C'est ce qu'on dit toujours. Un mari jaloux, peut-être?

— Non, un shérif énervé, qui s'est retrouvé attaché au bar

avec ses propres menottes, répondit Pierce en haussant les épaules. Mais il n'a pas été reconnaissant quand je l'ai délivré.

Ryan étouffa un rire.

— Oui, j'imagine très bien.

— Un petit pari que nous avions fait, ajouta Pierce. Et qu'il a perdu.

— Alors, au lieu de payer son dû, il t'a jeté en prison, conclut Ryan.

— Quelque chose dans ce goût-là.

— Tu es capable de tout, dit Ryan en poussant un soupir. Je suppose que je suis à ta merci, ajouta-t-elle, posant son verre et se dirigeant vers lui. C'était vraiment gentil de ta part d'avoir organisé cette petite fête. Merci.

Il repoussa de sa main les cheveux qui tombaient sur le visage de Ryan. Il embrassa ses paupières en songeant au chagrin qu'il avait lu dans ses yeux à la lecture de la lettre de son père.

— Quel air sérieux ! murmura-t-il. Ne vas-tu pas ouvrir le cadeau de ton papa, Ryan ?

Elle secoua la tête et se laissa aller contre lui. Elle posa la joue sur son épaule.

— Non, pas ce soir. Demain. J'ai déjà reçu les présents qui comptaient pour moi.

— Mais il ne t'a pas oubliée.

— Non, impossible qu'il omette cette date ! Elle était sûrement marquée sur son planning. Oh, je suis désolée, dit-elle en hochant la tête de nouveau et en se détournant. C'était une réflexion mesquine. J'en demande toujours trop. Il m'aime vraiment, mais à sa manière.

Pierce serra ses mains dans les siennes.

— Il n'en connaît pas d'autres.

Le regard de Ryan revint sur Pierce. La contrariété qui était peinte sur son visage se mua en compréhension.

— Oui, tu as raison. Je n'avais jamais vu les choses de cette façon. Je fais constamment des efforts pour lui plaire dans l'espoir qu'un jour il me dise : « Ryan, je t'aime. Je suis fier d'être ton père. » C'est idiot, constata-t-elle avec un soupir. Je suis une femme adulte, mais je continue à espérer.

— Nous ne cesserons jamais d'attendre cela de la part de nos parents, dit-il en la serrant contre lui.

Elle pensait à l'enfance de Pierce pendant qu'il se posait des questions sur celle qu'elle avait pu avoir.

— Nous ne serions pas les mêmes si nos parents avaient agi différemment avec nous, n'est-ce pas ?

— Non, certainement.

Ryan rejeta la tête en arrière.

— Je ne voudrais pas que tu sois différent, Pierce. Tu es exactement ce dont je rêve, déclara-t-elle en pressant sa bouche contre la sienne avec avidité. Emmène-moi au lit, murmura-t-elle. Dis-moi ce à quoi tu pensais quand nous avons été interrompus, il y a de cela si longtemps.

Pierce la souleva, et elle se laissa aller avec délices dans ses bras puissants.

— En fait, commença-t-il en se dirigeant vers la chambre, je me demandais ce que tu portais sous ta robe.

Ryan rit et appuya ses lèvres contre son cou.

— En réalité, quasiment rien qui mérite d'être mentionné.

Le silence et l'obscurité régnaient dans la chambre. Ryan était étendue, lovée contre Pierce. Il jouait distraitement avec ses cheveux blonds. Comme elle était absolument immobile, il croyait qu'elle dormait. Peu lui importait d'être lui-même réveillé. Il pouvait ainsi jouir de sa peau contre la sienne, de la texture de sa chevelure soyeuse. Pendant son sommeil, il avait tout loisir de la toucher, sans pour autant provoquer son désir, juste dans le but de sentir sa présence à son côté. Il détestait imaginer qu'elle ne serait pas dans son lit la nuit prochaine.

— A quoi penses-tu ? demanda-t-elle à voix basse, le faisant sursauter.

— A toi, répondit-il en se serrant contre elle. Je croyais que tu étais endormie.

Il sentit ses cils qui frôlaient son épaule alors qu'elle ouvrait les yeux.

— Non, je pensais aussi à toi, dit-elle en suivant sa mâchoire avec le doigt. Comment t'es-tu fait cette cicatrice ?

Il ne répondit pas tout de suite. Ryan songeait au passé de son amant, qu'elle avait exploré involontairement.

— Je suppose que c'est en livrant une bataille avec une sorcière, dit-elle d'un ton léger, regrettant déjà d'avoir posé cette question.

— Rien d'aussi romantique. J'ai fait une chute du haut d'un escalier quand j'étais enfant.

Elle retint son souffle pendant un instant. Elle ne s'attendait pas à ce qu'il dévoile spontanément des détails sur sa vie, même de manière aussi évasive. Elle changea de position et posa la tête sur sa poitrine.

— Un jour, je suis tombée d'un escabeau et je me suis retrouvée avec une dent qui branlait. Quand mon père s'en est aperçu, il a piqué une colère terrible. Je me souviens que j'étais terrorisée à l'idée qu'elle tombe, et qu'il me répudie.

— Te terrifiait-il autant que cela ?

— J'avais peur de sa désapprobation. Je suppose que c'est ridicule.

— Non.

Pierce continua à lui caresser les cheveux, le regard fixé sur le plafond sombre.

— On a tous peur de quelque chose.

Elle eut un petit rire.

— Même toi ? Je ne savais pas que tu craignais quoi que ce soit.

— Si. Ne pas réussir à m'échapper quand je suis enfermé, murmura-t-il.

Surprise, Ryan leva les yeux et surprit l'éclat de son regard dans la pénombre.

— Tu veux dire, au cours d'une de tes évasions ?

— Pardon ?

Il ramena ses pensées vers elle. Il ne s'était pas rendu compte qu'il avait parlé tout haut.

— Pourquoi fais-tu ce genre de numéro, si ça te fait cet effet ?

— Crois-tu qu'en ignorant une phobie on puisse s'en guérir ? Lorsque j'étais petit, on me bouclait dans un placard, et je ne parvenais pas à m'en échapper, dit-il calmement.

Maintenant, on m'enferme dans une malle ou un coffre-fort, et je réussis à m'évader.

— Oh, Pierce, dit Ryan en retournant se blottir contre son torse. Ne te sens surtout pas obligé de m'en parler.

Mais il ne pouvait plus retenir ses paroles. Depuis son enfance, c'était la première fois qu'il se livrait ainsi.

— Tu sais, je crois que les odeurs restent toujours gravées dans notre esprit. Celle de mon père ne s'est jamais effacée de ma mémoire. Ce n'est que dix ans après l'avoir vu pour la dernière fois que je l'ai identifiée. Il sentait le gin. J'aurais été incapable de le décrire physiquement, mais je me souvenais encore de son odeur.

Il continuait à fixer le plafond tout en parlant. Ryan eut la certitude qu'il avait oublié sa présence et qu'il s'était replongé dans son passé.

— Une nuit, quand j'avais environ quinze ans, j'étais descendu à la cave. J'aimais bien explorer cet endroit pendant que tout le monde dormait. Je suis tombé sur le concierge écroulé dans un coin, ivre mort, une bouteille de gin à côté de lui. Je me rappelle encore la terreur que cet effluve a éveillée en moi. Je suis resté planté là pendant un moment, sans parvenir à savoir ce qui avait pu provoquer cette réaction. Puis je me suis avancé et j'ai ramassé la bouteille. Alors j'ai compris ce qui s'était passé. Et ma peur a cessé immédiatement.

Pierce resta silencieux pendant un long moment, et Ryan l'imita. Elle attendit, désirant qu'il continue à se confier, tout en sachant pertinemment qu'elle ne pouvait pas formuler cette demande. Hormis le bruit des battements de son cœur contre son oreille, le silence les entourait.

— C'était un homme très cruel et très malade, murmura Pierce, et elle sut qu'il parlait encore de son père. Durant des années, j'ai cru que j'avais hérité de la même maladie.

Elle le serra plus fort et fit un signe négatif.

— Il n'y a aucune cruauté en toi, dit-elle à voix basse.

— Penserais-tu la même chose si tu savais d'où je viens ? Me laisserais-tu encore te toucher ?

Ryan releva la tête et ravala ses larmes. Mais elle ne détourna pas son regard.

— Bess m'a tout raconté. Et pourtant je suis ici.

Il ne dit rien, mais elle sentit que sa main était brusquement retombée de ses cheveux.

— Tu n'as pas le droit de lui en vouloir. C'est la femme la plus loyale que j'aie jamais rencontrée. Elle m'a conté ton histoire car elle semblait avoir deviné ce que j'éprouvais pour toi et le besoin que j'avais de te comprendre.

— Quand ? demanda-t-il sans faire un geste.

— La nuit de la première, dit Ryan lentement, cherchant à discerner l'expression de Pierce malgré les ténèbres qui la masquaient. Tu avais prédit que nous serions amants quand je te connaîtrais mieux. Tu avais raison, conclut-elle d'une voix tremblante en avalant sa salive. Le regrettes-tu ?

Il lui sembla qu'il mettait une éternité avant de répondre. Pierce l'attira vers lui et lui embrassa la tempe.

— Non. Comment pourrais-je avoir des regrets d'être ton amant ?

— Alors, tu ne dois pas être fâché qu'elle m'ait fait ces confidences. Tu es l'homme le plus merveilleux que j'aie jamais rencontré.

Il rit, mi-amusé, mi-ému. Comme délesté d'un poids, comme s'il ressentait un immense soulagement.

— Ryan, je ne parviens pas à croire ce que tu viens de me dire.

Elle leva le menton. Non, elle n'allait pas se mettre à pleurer.

— C'est la vérité, mais c'est la dernière fois que je te le dis. Sinon, tu vas devenir vaniteux comme un paon, déclara-t-elle en posant la main sur sa joue. Mais je vais te laisser en profiter, juste pour ce soir. Et cela mis à part, ajouta-t-elle en lui tirant l'oreille, j'aime la façon dont tes sourcils se relèvent, dit-elle en l'embrassant sur la bouche, puis elle couvrit son visage d'une myriade de baisers. Ainsi que la manière que tu as d'écrire ton nom.

— La manière que j'ai de quoi ?

— De signer les contrats, précisa-t-elle en continuant son manège. Ta signature est superbe. Et toi ? Qu'aimes-tu chez moi ?

— Ton goût, répondit-il aussitôt. Il est délicieux.

Ryan lui mordit la lèvre inférieure, mais il se contenta

de rouler sur elle et de lui infliger pour toute punition un délicieux baiser.

— Je savais que ces compliments te rendraient prétentieux, dit-elle d'un air dégoûté. Je vais dormir.

— Je ne crois pas, rectifia Pierce en revenant à sa bouche.

Il avait raison, comme toujours.

11

Le moment de se séparer de Pierce se révéla être une des épreuves les plus difficiles que Ryan ait affrontées jusque-là. Elle fut tentée de se soustraire à ses obligations, d'oublier ses ambitions, pour l'implorer de l'emmener. Sa réussite professionnelle ne semblait-elle pas dérisoire, si elle devait se retrouver sans lui ? Elle eut envie de lui dire qu'elle l'aimait, et que rien d'autre n'avait d'importance.

Mais quand ils se quittèrent, à l'aéroport, elle s'efforça de garder le sourire. Elle l'embrassa pour lui dire au revoir et lâcha prise. Elle allait monter dans sa voiture et conduire jusqu'à Los Angeles. Quant à lui, il remonterait la côte jusque chez lui. Le travail qui les avait réunis les séparait pour l'instant.

Ils n'avaient pas encore parlé de l'avenir. Ryan savait déjà que Pierce éviterait le sujet. Elle s'était sentie rassurée lorsqu'il lui avait confié, brièvement, quelques secrets concernant son passé. C'était déjà un premier pas, peut-être le plus grand que l'un ou l'autre ait déjà fait.

Ryan songea que seul le temps révélerait si ce qui s'était construit à Las Vegas perdurerait ou s'estomperait. La période d'attente venait de commencer. Elle savait que, s'il devait ressentir de la nostalgie, celle-ci se manifesterait maintenant, pendant qu'ils étaient séparés. L'éloignement n'avait pas toujours pour effet de renforcer les sentiments. Il permettait également au cœur et à l'esprit de refroidir leur ardeur. Les doutes s'insinuaient habituellement lorsqu'on avait le loisir de réfléchir. Elle aurait sa réponse quand il reviendrait à Los Angeles pour leur première réunion.

Au moment où elle entra dans son bureau, Ryan regarda sa montre et se rendit compte avec regret que le temps et les horaires faisaient de nouveau partie de sa vie. Il y avait à peine une heure qu'elle avait quitté Pierce, et son absence lui pesait déjà. Pensait-il à elle en cet instant précis ? Et si elle se concentrait de toutes ses forces, devinerait-il qu'il occupait son esprit ? Ryan prit place derrière son bureau en soupirant. Depuis qu'elle avait fait sa connaissance, son imagination s'était débridée. Elle fut obligée d'admettre qu'il y avait même des fois où elle en arrivait à croire à la magie.

Que vous arrive-t-il, mademoiselle Swan ? N'avez-vous plus les pieds sur terre ? se demanda-t-elle. *C'est l'amour*, pensa-t-elle en mettant le menton dans ses mains. *Lorsqu'on est amoureux, plus rien n'est impossible.*

Qui pourrait dire pourquoi son père était tombé malade et l'avait envoyée à ce rendez-vous avec Pierce à sa place ? Quelle force occulte avait guidé sa main quand elle avait choisi cette carte fatidique dans le jeu de tarots ? Pourquoi la chatte avait-elle décidé d'apparaître justement à sa fenêtre, cette nuit-là, pendant l'orage ? Bien sûr, il existait certainement des explications logiques à toutes les étapes qui l'avaient conduite à la situation actuelle. Mais une femme amoureuse n'a rien à faire de la raison.

C'*était* de la magie, décida Ryan avec un sourire. Elle l'avait senti dès le premier instant où leurs regards s'étaient croisés. Elle avait juste eu besoin d'un peu de temps pour accepter la réalité. Et maintenant qu'elle y était parvenue, elle n'avait d'autre choix que d'attendre pour voir si leur relation durerait. Non, corrigea-t-elle, sa décision était déjà prise. Elle allait faire en sorte que cela soit le cas. S'il fallait de la patience, elle en aurait. S'il fallait de l'action, alors elle agirait. Elle avait bien l'intention de mettre tout en œuvre pour que leur histoire se prolonge, même si elle devait pour cela apprendre les techniques du sortilège.

Elle s'appuya contre le dossier de sa chaise et secoua la tête. De toute façon, rien ne pouvait être entrepris avant qu'il réapparaisse dans sa vie, ce qui prendrait une bonne semaine.

En attendant, elle devait se mettre au travail. Impossible qu'elle se contente d'effacer d'un geste les journées qui restaient jusqu'à son retour. Il valait mieux qu'elle s'occupe de son travail. Elle sortit donc les notes qu'elle avait prises à Las Vegas et se mit à les mettre au propre. Moins de trente minutes plus tard, la sonnerie de son téléphone retentissait.

— Oui, Barbara.

— Le patron veut vous voir.

Ryan eut un froncement de sourcils à la vue du désordre qui régnait sur son bureau.

— Maintenant ?

— Oui.

— Bien, merci.

Elle jura tout bas et rangea ses papiers en séparant ceux qu'elle emmènerait. Elle se dit qu'il aurait pu lui laisser au moins le temps de s'organiser. Mais elle dut se faire une raison : il n'allait pas manquer de la chapeauter au cours de ce projet. Elle était encore loin d'avoir fait ses preuves aux yeux de Bennett Swan. Consciente de ce fait, elle glissa les feuilles dans une chemise et s'en fut à la rencontre de son père.

— Bonjour, mademoiselle Swan, dit la secrétaire du patron en levant les yeux quand Ryan fit son entrée. Avez-vous fait bon voyage ?

— Oui, merci.

Ryan surprit le bref regard que la femme lança sur les discrètes et coûteuses grappes de perles qui étaient suspendues à ses oreilles. Elle avait décidé de porter le cadeau d'anniversaire de son père, sachant qu'il voudrait constater par lui-même que le présent était à la fois approprié et apprécié.

— M. Swan a dû s'absenter un instant, mais il revient tout de suite. Il demande que vous l'attendiez dans son bureau. M. Ross y est déjà.

— Bienvenue, Ryan.

Ned se leva tandis qu'elle fermait la porte derrière elle. Il tenait à la main une tasse de café fumante.

— Bonjour, Ned. Tu participes aussi à la réunion ?

— M. Swan veut que je travaille avec toi sur l'émission, dit-il avec un sourire charmeur, sur un ton d'excuse. J'espère que cela ne te dérange pas.

Impassible, elle posa la chemise sur le bureau et accepta le café que Ned lui tendait.

— Bien sûr que non. Quel sera ton rôle ?

— Je serai coordinateur de production. Ne t'inquiète pas, ce projet reste ton bébé, Ryan.

— Oui.

Avec toi pour me chapeauter, pensa-t-elle avec amertume. Swan serait donc toujours celui qui mène la barque.

— Alors, Las Vegas, c'était bien ?

— Fantastique ! dit-elle en se dirigeant vers la fenêtre.

— J'espère que tu as quand même trouvé du temps pour tenter ta chance. Tu travailles trop, Ryan.

Elle toucha la croix *ansée* autour de son cou.

— J'ai joué au black-jack et j'ai gagné.

— C'est vrai ? Bravo ! Je suis content pour toi.

Elle but son café et reposa sa tasse.

— Je pense avoir une bonne notion de ce qui conviendra à la fois à Pierce, à Swan Productions et à la chaîne de télévision. On n'a pas besoin de vedettes de renom pour faire monter l'audimat. Je ne crois pas qu'il soit utile d'inviter plus d'une star à participer au spectacle. Concernant les décors, j'aurai besoin de discuter avec les designers, mais j'ai déjà une idée assez bien définie de ce que je désire. Au sujet des commanditaires...

— On parlera affaires plus tard, dit Ned en l'interrompant.

Il se dirigea vers elle et enroula une mèche de ses cheveux autour de son doigt. Ryan ne bougea pas et continua à regarder par la fenêtre.

— Tu m'as beaucoup manqué, Ryan, reprit-il doucement. Il m'a semblé que ton absence avait duré des mois.

— Bizarre, murmura-t-elle en regardant un avion qui traversait le ciel. Quant à moi, je n'ai jamais vu une semaine passer aussi vite.

— Chérie, vas-tu me punir encore longtemps ?

Il embrassa son front. Ryan ne ressentait pas de rancœur à son égard. En fait, elle n'éprouvait plus aucun sentiment pour lui. Etrangement, l'attirance que Ned sentait pour elle avait augmenté depuis qu'elle l'avait rejeté. Elle n'était plus la même désormais, mais il ne parvenait pas à mettre le doigt sur ce qui avait changé. Il poursuivit.

— Si tu voulais m'en donner l'opportunité, je pourrais me faire pardonner.

— Je n'essaye pas de te punir, Ned, dit Ryan en se tournant vers lui. Je suis désolée que tu aies cette impression.

— Tu es toujours fâchée contre moi.

Elle soupira et décida qu'il valait mieux éclaircir la situation.

— Non, je t'ai déjà dit que ce n'était pas le cas. J'étais en colère, et aussi blessée, mais cela n'a pas duré. Je n'ai jamais été amoureuse de toi, Ned.

Il n'apprécia pas les plates excuses que ses paroles sous-entendaient. Il objecta, sur la défensive :

— Nous commencions seulement à nous connaître.

Elle secoua la tête quand il lui prit les mains.

— Non, je crois que tu ne sais rien de moi. Et, ajouta-t-elle sans ressentiment, soyons honnêtes, ce n'est pas du tout ce que tu recherchais.

— Ryan, combien de fois devrais-je encore te demander pardon pour cette suggestion idiote, dit-il, un mélange de chagrin et de regret dans la voix.

— Ce n'est pas ce que je désire, Ned. J'essaye juste d'être claire. Tu as eu tort de croire que j'avais une quelconque influence sur mon père. Tu en as certainement plus que moi.

— Ryan...

— Non, écoute-moi, insista-t-elle. Tu as pensé qu'il m'écouterait parce que je suis sa fille. Ce n'est pas vrai, et cela ne l'a jamais été. Les gens avec qui il travaille ont beaucoup plus de poids sur lui. Tu as perdu ton temps en cultivant notre relation dans ce but. Et, cela mis à part, je n'ai aucun intérêt pour un homme qui veut m'utiliser comme tremplin. Je suis certaine que notre collaboration professionnelle se passera très bien, mais je ne désire pas avoir de relations avec toi en dehors du travail.

Tous deux sursautèrent en entendant la porte de la pièce se refermer.

— Ryan... Ross, dit Bennett Swan en se dirigeant vers son bureau pour y prendre place.

— Bonjour, dit Ryan.

Elle hésita un peu avant de prendre une chaise. Elle cherchait ses mots. Elle se demandait ce qu'il avait pu saisir de leur conversation. Comme son visage ne reflétait rien, elle prit la chemise avant de reprendre :

— Je n'ai qu'un bref compte rendu de mes idées au sujet du spectacle d'Atkins. Je n'ai pas eu le temps de rédiger un rapport complet.

Il fit un geste de la main pour indiquer à Ned qu'il pouvait s'asseoir et alluma un cigare.

— Donne-moi ce que tu as déjà fait.

— Son show est très bien ficelé, expliqua Ryan en croisant les doigts pour se donner une contenance. Tu as toi-même visionné les bandes et tu as sans doute remarqué que sa performance va de la simple dextérité manuelle à des illusions complexes et élaborées. C'est un homme extrêmement créatif.

Swan émit un grognement qui aurait pu passer pour une approbation et tendit la main pour prendre le rapport de Ryan. Elle se leva, le lui remit et se rassit. Elle remarqua qu'il ne semblait pas être dans un de ses bons jours. Quelqu'un l'avait certainement contrarié. Elle fut reconnaissante que ce ne soit pas elle.

— Ce n'est pas très consistant, dit-il d'un air renfrogné.

— Je ferai en sorte qu'il le soit dès ce soir.

— Je prendrai contact avec Atkins moi-même, la semaine prochaine, déclara-t-il en feuilletant les papiers. J'ai choisi Coogar comme réalisateur.

— Parfait. J'aime bien travailler avec lui. Je voudrais Bloomfield comme décorateur de plateau, dit-elle avec désinvolture tout en retenant son souffle.

Swan releva les yeux et l'observa. Il avait fait le même choix qu'elle. Il avait pris cette décision moins de une heure auparavant. Ryan soutint son regard dur sans ciller. Swan se demanda s'il devait être content ou ennuyé que sa fille ait pris de l'avance sur lui.

— Je vais y réfléchir, dit-il en se penchant de nouveau sur le compte rendu.

Ryan expira silencieusement.

— Il a déjà son propre compositeur, fit remarquer Ryan en pensant à Link. Ainsi que sa troupe et son organisation.

Si des difficultés devaient se présenter, je dirais qu'elles consisteraient à le faire collaborer avec notre équipe sur le plateau. Il fait toujours les choses à sa façon.

— On pourra toujours s'arranger, grogna-t-il. Ross sera chargé de la coordination, ajouta-t-il en relevant les yeux pour rencontrer ceux de sa fille.

Ryan soutint son regard.

— C'est ce que j'ai cru comprendre. Je sais que je ne peux pas contester ton option, mais je pense que, si c'est moi qui produis ce projet, je devrais pouvoir choisir mon équipe moi-même.

— Tu n'as pas envie de travailler avec Ross ? s'enquit Swan, comme si Ned n'était pas là.

— Si. Lui et moi allons très bien nous entendre, rétorqua-t-elle doucement. Je suis sûre que Coogar connaît déjà les cameramen avec qui il veut travailler. Ce serait ridicule de s'en mêler, ajouta-t-elle d'une voix légèrement dure. Je sais aussi qui *je* veux avec moi pour ce projet.

Swan s'appuya contre le dossier et tira un moment sur son cigare. Ses joues avaient rougi, ce qui était un signe de colère imminente.

— Que diable connais-tu à la production ?

— Suffisamment pour mener à bien cette émission, et pour qu'elle soit un succès. Ce sont exactement les conseils que tu m'as donnés, il y a quelques semaines.

Swan avait déjà eu le temps de regretter l'impulsion qui lui avait fait céder à la requête de Pierce Atkins.

— Tu es la productrice officielle, dit-il sèchement. Ton nom sera au générique. Contente-toi de faire ce qu'on te dit.

Ryan sentit son estomac se contracter, mais elle continua pourtant à le fixer durement.

— Si c'est comme cela que tu envisages les choses, retire-moi de l'affaire, dit-elle en se levant lentement. Mais si je reste, je ne veux pas me contenter de voir mon nom défiler au générique. Je connais les méthodes de travail de cet homme et aussi la télévision. Si cela ne te suffit pas, trouve quelqu'un d'autre.

— Assieds-toi ! cria-t-il.

Ned s'enfonça un peu plus dans sa chaise, mais Ryan ne bougea pas.

— Je t'interdis de me poser des ultimatums. Il y a quarante ans que je suis dans ce métier, dit Swan en frappant sur le bureau avec sa main. *Quarante ans !* Tu connais la télévision, ajouta-t-il avec mépris. La mise en place d'un spectacle en direct n'a rien à voir avec les modifications à apporter à un satané contrat. Je n'ai pas l'intention de laisser une petite fille hystérique faire appel à moi pour m'annoncer un problème technique, cinq minutes avant la diffusion.

Ryan ravala sa fureur puis répondit froidement :

— D'abord, je ne suis pas hystérique et, ensuite, je n'ai jamais fait appel à toi pour quoi que ce soit.

Complètement sidéré, il la fixa. Le petit remords qui lui serra le cœur rendit sa colère encore plus explosive.

— C'est ta première production, répliqua-t-il sèchement. Et c'est grâce à moi que tu as eu cette opportunité. Tu vas écouter les conseils que je te donne.

— Tes conseils ? objecta Ryan, les yeux brillants mais la voix ferme. Je les ai toujours respectés, mais aujourd'hui tu ne m'en as donné aucun. Seulement des ordres ! Je n'ai rien à faire de tes faveurs, conclut-elle en se retournant pour se diriger vers la porte.

— Ryan ! hurla-t-il.

Son ton révélait une fureur absolue. Personne au monde ne l'avait jamais traité ainsi. Elle ignora l'injonction.

— Reviens ici et assieds-toi. *Jeune dame !* rugit-il.

— Je ne suis pas ta jeune dame, répondit-elle en tournant vivement les talons. Je suis ton employée.

Interloqué, il la fixa. Que pouvait-il répondre à cela ? Il montra impatiemment une chaise de la main.

— Assieds-toi, dit-il de nouveau, mais elle n'en fit rien. Allez, allez, assise, répéta-t-il avec dans la voix plus d'exaspération que de colère.

Ryan revint et reprit calmement sa place.

— Emportez les notes de Ryan et commencez à travailler sur le budget, ordonna-t-il à Ned.

— Oui, monsieur.

Reconnaissant d'avoir été renvoyé, Ned prit le dossier et

s'en alla. Swan attendit que la porte se soit refermée avant de reporter son regard sur sa fille.

Pour la première fois de sa vie, il demanda :

— Que veux-tu ?

Tous deux se rendirent compte ensemble de ce que cette question avait de nouveau. Ryan prit son temps pour faire le tri entre ses sentiments personnels et ses ambitions professionnelles.

— Le même respect que tu aurais envers n'importe quel autre producteur.

— Sauf que toi, tu n'as aucune référence, fit-il remarquer.

— C'est vrai, concéda-t-elle. Mais je ne risque pas d'en avoir, si tu continues à me mettre des bâtons dans les roues.

Swan poussa un soupir, vit que son cigare était éteint et le laissa tomber dans un cendrier.

— La chaîne a un créneau horaire provisoire pour le troisième dimanche de mai, à 22 h 51, horaire de la côte Est.

— Ce qui ne nous laisse que deux mois.

Il approuva de la tête.

— Ils veulent l'émission avant l'été. A quelle vitesse es-tu capable de travailler ?

Ryan leva un sourcil et sourit.

— Suffisamment vite. Je veux que ce soit Elaine Fisher la vedette invitée.

Swan plissa les yeux en l'observant.

— Ce sera tout ? demanda-t-il sèchement.

— Non, mais c'est un début. Elle a du talent, elle est belle et elle a le même succès avec les femmes qu'avec les hommes. En plus, elle a l'habitude des représentations en public, que ce soit en clubs ou sur une scène de théâtre, fit-elle remarquer en regardant Swan qui fronçait les sourcils sans rien dire. Son apparence franche et candide sera un parfait contraste avec celle de Pierce.

— Elle est en train de tourner à Chicago.

— Le tournage se termine la semaine prochaine, dit Ryan en souriant calmement. Et elle a un contrat avec nous. Si le film se termine avec une ou deux semaines de retard, cela n'aura pas d'importance, ajouta-t-elle tandis qu'il gardait le silence. Nous n'aurons pas besoin d'elle en Californie pour plus de quelques jours. C'est Pierce la vedette.

— Elle a peut-être d'autres engagements, fit-il remarquer.

— Elle s'arrangera.

— Appelle son agent.

Ryan se leva de nouveau.

— C'est ce que j'ai l'intention de faire. Je vais organiser une rencontre avec Coogar et je reviendrai te voir ensuite.

Elle s'interrompit un instant, puis impulsivement fit le tour de son bureau pour venir à son côté.

— Il y a des années que je te vois à l'œuvre. Je ne m'attends pas à ce que tu aies confiance en moi comme en toi-même ou en quelqu'un qui a de l'expérience. Et si je commets des erreurs, je n'aimerais pas que tu les laisses passer. Mais si cette émission est réussie, et je ferai tout pour qu'elle le soit, je veux être sûre que c'est grâce à *moi*, et pas seulement parce que j'ai le titre officiel.

— Ce sera ton émission, dit-il simplement.

— Exactement. Pour beaucoup de raisons, ce projet me tient à cœur. Je ne peux pas te promettre que je ne ferai pas de bêtises, mais je peux te jurer que je suis la personne qui y travaillera avec le plus d'acharnement.

— Ne laisse pas Coogar te bousculer, marmonna-t-il après un moment. Il aime rendre les producteurs fous.

— J'en ai entendu parler, ne t'inquiète pas, dit Ryan avec un sourire.

Elle allait partir quand elle se souvint. Elle hésita un peu, puis elle se pencha vers lui pour l'embrasser sur la joue.

— Merci pour les boucles d'oreilles. Elles sont ravissantes.

Swan lui jeta un coup d'œil. Le bijoutier avait assuré à sa secrétaire qu'elles feraient un cadeau approprié et un bon investissement. Il s'interrogea sur ce qu'il avait écrit sur le mot qui les accompagnait. Embarrassé à l'idée qu'il était incapable de s'en souvenir, il décida d'en solliciter une copie à Barbara.

— Ryan.

Swan lui prit la main. Lorsqu'il la vit plisser les paupières d'étonnement, il baissa les yeux. Il avait surpris toute la conversation avec Ned avant d'entrer. Les propos qu'ils avaient échangés l'avaient autant irrité que dérangé. Maintenant, voyant la stupéfaction que son geste avait provoquée chez sa fille, il se sentit frustré.

— Tu t'es bien amusée à Las Vegas ? demanda-t-il, ne sachant pas quoi dire d'autre.

— Oui.

Elle hésita sur le thème à aborder, puis elle décida de se cantonner au travail.

— Je pense que j'ai bien fait d'y aller. Le fait de voir la performance de Pierce d'aussi près m'a permis de me faire une opinion. J'ai eu une vue d'ensemble bien plus précise que sur une vidéo. Et j'ai pu faire la connaissance de son équipe. Il y aura moins de soucis quand ils devront travailler avec moi.

Elle reporta le regard sur leurs mains jointes et sentit la confusion l'envahir. Se pourrait-il qu'il soit malade ? s'interrogea-t-elle en lui jetant un bref coup d'œil.

— J'aurai un résumé plus complet à te montrer dès demain.

Swan attendit qu'elle ait terminé.

— Ryan, tu as eu quel âge hier ?

Il l'observait attentivement.

— Vingt-sept ans.

Une expression déconcertée se peignit sur son visage.

Vingt-sept ans ! pensa-t-il. Il inspira longuement, puis lâcha sa main.

— J'ai dû perdre quelques années en route, grommela-t-il. Va donc téléphoner à Coogar, dit-il en fouillant dans les papiers qui se trouvaient sur son bureau. Et envoie-moi un mémo après avoir pris contact avec l'agent de Fisher.

— D'accord.

Swan la regarda se diriger vers la porte. Lorsqu'elle fut partie, il s'appuya contre le dossier de son fauteuil, en songeant avec perplexité qu'il commençait à se faire vieux.

12

Ryan trouvait que la production lui donnait autant de tracas administratifs que les contrats. Elle passait son temps assise dans son bureau, pendue au téléphone, ou dans d'autres salles à assister à des réunions. La tâche se révéla difficile, épuisante et loin d'être aussi prestigieuse qu'elle l'aurait cru. Les heures semblaient longues, les problèmes se succédaient. Elle découvrit pourtant qu'elle aimait ce travail. Après tout, elle était la fille de son père.

Swan ne lui avait pas donné carte blanche, mais l'affrontement qui les avait opposés, le matin de son retour, avait porté ses fruits. Il prêtait désormais une oreille attentive à ses remarques. Elle constatait avec surprise que la plupart de ses propositions étaient bien accueillies. Il ne les refusait pas de façon arbitraire, comme elle l'avait craint, mais se contentait parfois d'y apporter certaines modifications. Bennett Swan connaissait son affaire sur le bout des doigts. Ryan écoutait ses conseils et en tirait des leçons.

Ses journées étaient bien remplies et mouvementées. Ses nuits étaient vides. Ryan avait conscience que Pierce ne lui téléphonerait pas. Ce n'était pas son genre. Il devait être dans son atelier, absorbé dans ses préparatifs, en train de s'entraîner et de perfectionner ses numéros. Elle doutait même qu'il se rende compte du temps qui passait.

Elle pouvait bien sûr lui téléphoner, pensa-t-elle tout en déambulant dans son appartement désert. Elle pourrait inventer n'importe quelle excuse pour motiver son appel.

Comme, par exemple, la modification prévue au planning des enregistrements. C'était un motif valable, mais elle savait pertinemment qu'il en avait déjà été informé par son agent. Il y avait encore au moins une douzaine de détails qu'ils pourraient mettre au point avant le rendez-vous de la semaine suivante.

Ryan jeta un coup d'œil pensif vers le téléphone, puis secoua la tête. Ce n'était pas de travail qu'elle voulait s'entretenir avec lui. Et elle n'avait pas l'intention de se servir des affaires comme prétexte. Elle décida de se préparer un dîner léger et se dirigea vers la cuisine.

Pierce répétait son numéro d'illusion aquatique pour la troisième fois. Sa performance était presque parfaite, mais il n'était toujours pas satisfait. Il songea de nouveau que la vision de la caméra serait infiniment plus précise que l'œil des spectateurs. Toutes les fois où il s'était observé sur des vidéos, il avait repéré des imperfections dans son jeu. Peu lui importait d'être le seul à remarquer ces défauts, l'unique fait qu'ils existent le préoccupait. Il recommença tout.

Le calme régnait dans sa salle de travail. Il savait que Link jouait du piano à l'étage, mais aucun son n'en filtrait. D'ailleurs, même s'ils s'étaient trouvés dans la même pièce, il ne l'aurait pas entendu. Il observa d'un œil critique son image dans un grand miroir. Entre ses bras tendus l'un au-dessus de l'autre flottait un tube rempli d'eau. Le liquide semblait scintiller tandis que le cylindre montait et descendait entre ses mains. L'eau. Un des quatre éléments qu'il prétendait dominer pour le programme de Ryan.

Il évoquait cette émission comme étant celle de Ryan, pas la sienne. Et il pensait à elle au lieu de se concentrer sur son travail. D'un geste gracieux, Pierce renversa l'eau dans une cruche de verre.

Il avait failli lui téléphoner au moins une douzaine de fois. Une nuit, à 3 heures du matin, ses doigts avaient ébauché les premiers chiffres de son numéro. Sa voix... Il aurait juste voulu entendre sa voix. Mais il avait interrompu son geste, fidèle à son serment de ne jamais imposer de contraintes à personne. Ce coup de fil aurait sous-entendu qu'il s'attendait à ce qu'elle soit chez elle pour décrocher. Or, Ryan était libre de son emploi du temps ; il n'avait aucun droit sur elle. Ni d'ailleurs sur quiconque. Même la cage de son oiseau restait ouverte en permanence.

De toute sa vie, il n'avait jamais appartenu à personne. Les assistantes sociales lui avaient inculqué des règles et témoigné de la compassion, mais, en fin de compte, il n'avait jamais été qu'un nom de plus sur leur liste. La justice avait fait en sorte qu'il soit convenablement placé, et qu'on s'occupe bien de lui. Le tribunal l'avait enchaîné à deux êtres qui ne voulaient pas de lui, mais ne lui avaient pas rendu pour autant sa liberté.

Même lorsqu'il aimait les gens — comme c'était le cas avec Link et Bess —, il acceptait les attaches qui les liaient, mais ne demandait rien en échange. C'était peut-être la raison pour laquelle il imaginait continuellement des évasions toujours plus compliquées. Chaque défi lui prouvait qu'il était impossible de retenir quelqu'un pour toujours.

Malgré tout, il pensait à elle au lieu de travailler.

Pierce se saisit des menottes et les étudia. Elles s'étaient parfaitement ajustées aux poignets de Ryan. Il l'avait retenue prisonnière à ce moment-là. Sans y penser, il referma un des bracelets sur son poignet droit et joua avec l'autre. Il imagina la main de Ryan attachée à la sienne.

Il se demanda si tel était vraiment son désir. Voulait-il vraiment l'enchaîner à lui ? Il se souvint qu'il suffisait qu'il la touche pour que l'ivresse le submerge. Qui des deux avait ligoté l'autre ? Contrarié, Pierce se libéra en ouvrant la menotte aussi vite qu'il l'avait fermée.

« Redoublons, redoublons de travail et de soins », croassa Merlin du haut de son perchoir.

Pierce lui jeta un regard amusé.

— Je pense que tu as parfaitement raison, murmura-t-il, jouant un instant avec les bracelets. Mais toi non plus, tu ne pourrais pas lui résister.

— *Abracadabra !*

— Abracadabra, c'est sûr, approuva distraitement Pierce. Mais lequel des deux est l'ensorceleur, dans l'histoire ?

Ryan était sur le point d'entrer dans son bain lorsqu'elle entendit frapper à la porte.

— Bon sang !

Agacée d'avoir été interrompue, elle remit son peignoir et alla répondre. Tout en ouvrant la porte, elle échafaudait un moyen de se débarrasser de l'intrus avant que l'eau de son bain refroidisse.

— Pierce !

Il vit ses yeux s'écarquiller de surprise, puis il y lut du bonheur. Un mélange de soulagement et de plaisir l'envahit. Elle se jeta dans ses bras.

— Je ne rêve pas. C'est vraiment toi ? demanda-t-elle.

Elle pressa ses lèvres sur les siennes. Le désir qu'elle ressentait le traversa et se mêla au sien.

— Cinq jours, murmura-t-elle en l'enlaçant. Sais-tu combien d'heures il y a dans cinq jours ?

— Cent vingt, dit Pierce en s'écartant pour lui sourire. Nous ferions mieux de rentrer. Tes voisins sont en train de se rincer l'œil.

Ryan le tira à l'intérieur et le poussa contre la porte qui se referma d'un coup sec.

— Embrasse-moi. Serre-moi fort. Suffisamment pour compenser ces cent vingt heures perdues.

Il posa sa bouche sur la sienne. Elle sentit le contact de ses dents contre ses lèvres tandis qu'il poussait un gémissement et l'écrasait contre lui. Pierce lutta pour se rappeler qu'elle était fragile et pour contenir sa force. Mais les mains de Ryan le parcouraient, sa langue cherchait la sienne. Puis elle éclata de ce rire rauque et sensuel, qui avait le don de le rendre fou.

— Oh, c'est bien toi, dit Ryan avec un soupir, posant sa tête sur son épaule. Tu es vraiment là.

Et toi ? Es-tu réelle ? songea-t-il, étourdi par ce baiser.

Au bout d'un moment, elle se dégagea de son étreinte.

— Que fais-tu là, Pierce ? Je ne t'attendais pas avant lundi ou mardi.

— Je voulais te voir, répondit-il simplement en lui caressant la joue. Te toucher.

Ryan prit sa main et y pressa ses lèvres. Un feu s'éveilla au creux de l'estomac du magicien.

— Tu m'as manqué, murmura-t-elle en plongeant ses yeux dans les siens. Tu ne peux pas imaginer à quel point. Si j'avais su que souhaiter ta présence te ferait apparaître, je l'aurais désirée plus fort.

— Je n'étais pas sûr que tu serais disponible.

Elle posa ses mains sur sa poitrine.

— Pierce, dit-elle d'une voix douce, crois-tu vraiment que j'aie envie d'être avec quelqu'un d'autre ?

Il la regarda dans les yeux en silence, mais elle sentit les battements de son cœur s'accélérer sous ses doigts.

— Tu m'empêches de travailler, avoua-t-il enfin.

Ryan pencha la tête, perplexe.

— Vraiment ? Pourquoi ?

— Tu occupes mes pensées quand tu ne devrais pas.

— Je suis désolée, s'excusa-t-elle avec un sourire qui montrait clairement qu'elle ne l'était pas. Je te fais perdre ta concentration ?

— Oui.

Elle glissa ses bras autour de son cou.

— C'est vraiment dommage, reconnut-elle d'une voix où perçait un mélange de malice et de séduction. Que vas-tu faire pour y remédier ?

Pour toute réponse, Pierce la fit tomber par terre. Son geste fut si rapide et inattendu que Ryan poussa un petit cri qu'il étouffa d'un baiser. En un clin d'œil, il lui avait retiré son peignoir. Il l'entraîna si vite vers l'apogée du désir que sa volonté s'envola. Elle n'eut d'autre choix que se soumettre au besoin désespéré qu'ils avaient l'un de l'autre.

Pierce retira ses propres vêtements à la vitesse de l'éclair. Il ne lui laissa pas le loisir de l'explorer. D'un mouvement continu, il la propulsa au-dessus de lui, la souleva comme une plume et la fit redescendre pour s'enfoncer profondément en elle.

Stupéfaite, Ryan poussa un cri joyeux. La rapidité de l'attaque l'avait étourdie. Le feu du désir l'avait mise en nage. Ses yeux s'agrandirent sous l'effet d'un plaisir intense. Elle pouvait entrevoir le visage trempé de Pierce. Il avait les yeux fermés, ses traits semblaient transfigurés par la passion. Elle percevait chacun de ses halètements alors qu'il lui enserrait les hanches de ses longs doigts pour les faire bouger à l'unisson des siennes. Puis elle sentit sa vue qui se brouillait. Un voile blanc se matérialisa devant ses yeux. Elle s'appuya sur la poitrine de Pierce pour ne pas tomber. Mais elle s'enfonçait dans le brouillard, lentement, inexorablement, vidée de toute substance.

Lorsque les brumes se dissipèrent, il la tenait dans ses bras. Il avait la tête enfouie dans ses cheveux. Encastrés l'un dans l'autre, leurs corps en sueur ne faisaient qu'un.

— Maintenant, je sais que tu es réelle, murmura Pierce en déposant un baiser sur sa bouche. Comment te sens-tu ?

— Chavirée, avoua-t-elle dans un souffle. Et aussi merveilleusement bien.

Pierce eut un rire. Il se leva et la souleva dans ses bras.

— Je vais t'emmener au lit et te faire l'amour encore une fois avant que tu aies eu le temps de récupérer.

— Mmm... oui, acquiesça-t-elle en enfouissant son visage dans le creux de son cou. Mais je ferais mieux de vider la baignoire, d'abord.

Pierce leva un sourcil et ébaucha un sourire. Tout en portant Ryan à demi somnolente dans ses bras, il fit le tour de l'appartement jusqu'à ce qu'il trouve la salle de bains.

— Etais-tu dans ta baignoire lorsque j'ai frappé ?

Ryan poussa un soupir et se pelotonna contre lui.

— Quasiment. J'avais la ferme intention de me débarrasser dare-dare de celui qui venait me déranger.

D'un petit mouvement du poignet, Pierce ouvrit à fond le robinet d'eau chaude.

— Je n'avais pas remarqué.

— Tu n'avais donc pas deviné ma résistance à te céder ?

— Je suis vraiment obtus par moments, reconnut-il. L'eau doit être bonne à présent.

— Certainement.

— Tu n'y vas pas de main morte avec le bain moussant.

— Hum-hum. Oh !

Ryan écarquilla brusquement les yeux quand il la plongea dans le bain.

— Froide ? s'enquit-il en souriant.

— Non.

Elle s'assit et coupa l'eau bouillante qui jaillissait du robinet dans l'air saturé de vapeur. Elle le contempla quelques instants avec plaisir — son corps élancé, aux formes sveltes et aux hanches étroites, ses muscles fuselés. Elle pencha la tête sur le côté et, l'index recourbé dans les bulles, proposa poliment :

— Veux-tu en profiter ?

— L'idée m'avait traversé l'esprit.

Elle lui fit signe de s'approcher.

— Je t'en prie. Je t'invite. J'ai été très impolie tout à l'heure. Je ne t'ai même pas proposé un verre, dit-elle en souriant avec insolence.

Le niveau d'eau monta lorsque Pierce entra dans le bain. Il prit place en face d'elle, assis à l'autre bout de la baignoire.

— Je ne bois pas souvent, lui rappela-t-il.

Elle approuva d'un air grave.

— Oui, je sais. Vous ne fumez pas, vous buvez rarement et vous ne jurez presque jamais. Vous êtes un modèle de vertu, monsieur Atkins.

Il lui jeta une poignée de mousse.

— Quoi qu'il en soit, continua-t-elle en s'essuyant la joue, je voulais vous voir au sujet du projet pour les décors. Je vous passe le savon ?

Il le lui prit des mains.

— Merci, mademoiselle Swan. Vous vouliez me parler des décors ?

— Ah ! oui. Je suis sûre que tu vas adorer, même si tu risques d'y apporter quelques petites modifications.

Elle changea de position et poussa un léger soupir lorsque ses jambes frôlèrent les siennes.

— J'ai dit à Bloomfield, reprit-elle, que je voulais une ambiance médiévale, d'un style plutôt sophistiqué, tout en restant sobre.

— Pas d'armures ?

— Non, juste une atmosphère. Un peu sombre et mystérieuse, comme...

Elle laissa sa phrase en suspens lorsqu'il saisit son pied et commença à le savonner.

— Comme ? voulut-il savoir.

— Une harmonie de couleurs douces, dit-elle, sentant des ondes de plaisir lui parcourir la jambe. Des tons chauds. Comme dans ton salon.

Pierce passa à un massage de son mollet.

— Tu n'as prévu qu'un seul projet pour les décors ?

Quand les doigts savonneux de Pierce remontèrent le long de sa jambe, un frisson parcourut son corps pourtant immergé dans l'eau bouillante.

— Oui. J'ai pensé — mmm... — j'ai voulu donner une impression... une sensation...

Il l'observait tout en continuant son manège.

— Quel genre de sensation ?

Il leva une main et lui savonna les seins avec de petits mouvements circulaires tout en lui caressant l'intérieur de la cuisse avec l'autre.

— Du sex-appeal, murmura Ryan dans un souffle. Tu es très sexy quand tu es sur scène.

— Vraiment ?

Bien que prise dans le tourbillon du désir, elle perçut de l'amusement dans sa voix.

— Oui, spectaculaire et d'une sensualité plutôt décontractée. Lorsque je te regarde faire ta performance...

Les mots s'étranglèrent dans sa gorge. Elle chercha à reprendre sa respiration. Le parfum enivrant des sels de bain lui montait à la tête. Elle sentait le clapotis de l'eau sous sa poitrine, la main habile de Pierce juste au-dessus.

— Tes mains..., réussit à dire Ryan tandis qu'un désir brûlant l'enflammait.

— Quoi, mes mains ? demanda-t-il tout en glissant un doigt dans son intimité.

— Elles sont magiques, dit-elle d'une voix qui tremblait. Pierce, je ne peux pas parler quand tu me fais ce genre de choses.

— Tu veux que j'arrête ?

Mais elle ne le voyait plus. Ses yeux s'étaient fermés. Il

continua à la fixer, se contentant de la toucher du bout des doigts pour l'exciter.

— Non !

Elle chercha sa main sous l'eau et la pressa contre elle.

L'eau fit des vagues lorsqu'il s'avança pour lui mordiller les seins, puis la bouche.

— Ryan, tu es si belle, si douce. Quand j'étais seul, au milieu de la nuit, je pouvais te voir. Je m'imaginais te caressant de cette façon. Je ne parvenais pas à me contenir.

Elle mit la main dans ses cheveux et attira son visage pour que sa bouche se colle à la sienne.

— Continue. Il y a déjà trop longtemps que j'attends.

— Cinq jours, murmura-t-il en lui écartant les jambes.

— Toute ma vie.

A ces mots, il fut traversé par des sentiments que l'urgence de sa passion ne lui permit pas d'analyser. Il fallait qu'il lui fasse l'amour, tout simplement.

— Pierce, murmura doucement Ryan, nous allons couler.

— Retiens ta respiration, lui conseilla-t-il.

Et il la posséda.

Le lendemain matin, Pierce se garait sur la place réservée à Ryan dans l'immense parking de Swan Productions.

— Je suis certaine que mon père voudra te rencontrer, dit-elle. Et je suppose que tu aimerais aussi faire la connaissance de Coogar.

— Puisque je suis ici, autant en profiter, acquiesça Pierce en coupant le contact. Mais c'est toi que je suis venu voir.

Ryan se pencha vers lui en souriant et l'embrassa.

— Je suis si contente que tu l'aies fait. Vas-tu rester tout le week-end ou es-tu obligé de rentrer ?

Il releva une mèche blonde et la lui mit derrière l'oreille.

— Nous verrons.

Elle se glissa hors de la voiture. Elle savait qu'elle ne pouvait pas s'attendre à une réponse plus précise.

— La première réunion importante n'est pas prévue

avant la semaine prochaine, mais je pense que tout le monde s'adaptera.

Ils entrèrent dans l'immeuble.

— Je vais leur téléphoner de mon bureau.

Elle le conduisit d'un bon pas le long des couloirs, adressant un signe de tête, ou parfois une parole, à ceux qui la saluaient. Dès l'instant où elle avait franchi le seuil, remarqua Pierce, elle était rentrée dans la peau de son personnage de femme d'affaires.

— Je ne sais pas où est Bloomfield aujourd'hui, poursuivit-elle quand ils furent dans l'ascenseur. Mais au cas où il ne serait pas disponible, je pourrais me procurer le projet, et nous l'étudierons ensemble.

Pendant qu'ils montaient, elle passa mentalement en revue le programme de sa journée et le modifia en fonction de la présence de Pierce.

— Il faudrait aussi revoir le timing, précisa-t-elle. Nous disposons de cinquante-deux minutes. Et...

— Voulez-vous dîner avec moi ce soir, mademoiselle Swan ?

Ryan leva les yeux, vit qu'il lui souriait et perdit le fil de ses pensées. Son regard la troublait. Il l'empêchait de se souvenir de son planning. Seules les réminiscences de la nuit dernière lui revenaient à la mémoire.

— Je pense que je pourrai vous trouver un créneau, monsieur Atkins, murmura-t-elle lorsque les portes de l'ascenseur s'ouvrirent.

Ryan appuya sur un bouton pour qu'elles ne se referment pas.

— Et puis, arrête de me regarder de cette façon, implora-t-elle dans un souffle. Tu me perturbes.

— Vraiment ? dit Pierce en se laissant entraîner dans le couloir. On pourrait considérer que ce sont des représailles pour compenser toutes les fois où tu m'as empêché de me concentrer.

Troublée, elle le fit entrer dans son bureau.

— Si nous parvenons à monter ce spectacle..., commença-t-elle.

— Oh, mais j'ai une confiance totale en Mlle Swan.

C'est une femme très organisée et tout à fait fiable, déclara Pierce avec décontraction.

Il prit une chaise et attendit qu'elle soit installée derrière sa table de travail.

— Tu as décidé de me compliquer la vie, n'est-ce pas ?

— Il y a des chances.

Fronçant le nez dans sa direction, elle décrocha le téléphone et composa un numéro.

— Ryan Swan à l'appareil, annonça-t-elle en se détournant délibérément de Pierce. Pourrais-je parler à mon père, s'il vous plaît ?

— Veuillez patienter un instant, mademoiselle Swan.

Un moment plus tard, son père lui répondait d'un ton impatient :

— Fais vite, je suis occupé.

— Je suis désolée de te déranger, dit-elle machinalement. Pierce Atkins est dans mon bureau. J'ai pensé que tu avais peut-être envie de le rencontrer.

— Que fait-il ici ? interrogea Swan.

Puis il ordonna avant qu'elle puisse ouvrir la bouche :

— Fais-le monter.

Il raccrocha sans attendre son accord.

— Il voudrait te voir maintenant, annonça Ryan en reposant le combiné.

Pierce hocha la tête, et ils se levèrent en même temps. La brièveté de leur échange lui avait donné un aperçu de la nature de leurs relations. Il en apprit bien davantage, quelques minutes plus tard, après avoir pénétré dans la salle de Swan.

Celui-ci se leva et fit le tour de son imposant bureau, la main tendue.

— Monsieur Atkins, quelle agréable surprise ! Je ne pensais pas vous rencontrer avant la semaine prochaine.

— Monsieur Swan.

Pierce lui serra la main et remarqua qu'il ne prenait pas la peine de saluer sa fille.

— Asseyez-vous, je vous en prie, suggéra-t-il d'un geste large. Que puis-je vous offrir ? Un café ?

— Non, rien, merci.

— Nous sommes très heureux de travailler avec vous, monsieur Atkins, déclara Swan en s'installant de nouveau à sa table. Swan Productions met tout en œuvre pour que cette émission soit un succès. La campagne promotionnelle a déjà démarré, et nous avons également contacté la presse.

— Je sais. Ryan me tient régulièrement informé.

— Bien sûr, acquiesça Swan en faisant un signe de tête à sa fille. Les prises de vues auront lieu dans le studio 25. Ryan pourra sûrement s'arranger pour vous le faire visiter aujourd'hui. Et pour vous accompagner partout où vous le désirez pendant votre séjour.

Il jeta un coup d'œil à Ryan.

— Oui, bien entendu. Je pensais que M. Atkins aimerait voir Coogar et Bloomfield, si toutefois ils sont disponibles.

— Occupe-toi de tout cela, ordonna-t-il en la congédiant. Monsieur Atkins, j'ai reçu une lettre de votre agent. Il y a quelques points que j'aimerais éclaircir avec vous avant votre rencontre avec les membres de l'équipe artistique.

Pierce attendit que Ryan ait refermé la porte derrière elle.

— C'est avec Ryan que je travaille, monsieur Swan. Je me suis engagé envers vous à cette condition.

Cette déclaration ébranla Swan. Mais il avait pour règle d'être toujours aux petits soins avec ses vedettes.

— Naturellement, répondit-il enfin. Je peux vous assurer qu'elle s'est investie à fond dans votre projet.

— Je n'en doute pas.

Swan affronta posément les yeux gris et le regard inquisiteur du magicien.

— Je l'ai nommée productrice comme vous l'avez exigé.

— Votre fille est une femme très intéressante, monsieur Swan.

Pierce fit une pause et observa les yeux de Swan qui se rétrécissaient.

— Sur le plan professionnel, j'entends, compléta-t-il habilement. J'ai entièrement confiance en ses capacités. Elle a l'esprit vif et observateur et elle est très consciencieuse.

— Je suis ravi de constater que vous en êtes satisfait.

Swan n'était pas certain de saisir les sous-entendus que les paroles de Pierce semblaient contenir.

— Il faudrait être incroyablement stupide pour ne pas l'être, répliqua Pierce en poursuivant, sans laisser à Swan le temps de réagir. Sous-estimez-vous le talent et le professionnalisme, monsieur Swan ?

Swan étudia Pierce un instant puis il s'appuya contre son dossier.

— Je ne serais pas à la tête de Swan Productions, si c'était le cas, fit-il remarquer avec ironie.

— Donc, nous nous comprenons, conclut doucement Pierce. Maintenant, dites-moi, quels sont les points que vous vouliez éclaircir ?

Il était déjà 5 h 15 lorsque la rencontre que Ryan avait organisée entre Bloomfield et Pierce se termina. Elle avait couru toute la journée pour programmer des réunions de dernière minute, tout en effectuant les tâches prévues dans son emploi du temps. Elle n'avait pas trouvé un seul instant pour un tête-à-tête avec Pierce. Aussi poussa-t-elle un soupir de soulagement, tandis qu'ils traversaient le corridor en sortant du bureau de Bloomfield.

— Bon, je crois qu'on a fini. Rien de tel que l'apparition inopinée d'un magicien pour chambouler tout le monde. Tout professionnel chevronné qu'il soit, Bloomfield attendait avec impatience que tu sortes un lapin de ton chapeau.

— Je n'avais pas de chapeau, fit remarquer Pierce.

— Ce petit détail t'arrêterait-il ? dit-elle en regardant sa montre. Il va falloir que je passe à mon bureau. J'ai deux ou trois détails à régler, entre autres faire le point avec mon père et l'informer que la vedette a été bien traitée, puis…

— Il n'en est pas question.

— Pourquoi pas ?

Ryan leva les yeux, surprise.

— Il y a un problème ?

— Non, répéta Pierce. Tu ne retourneras pas là-bas. Ni pour régler quoi que ce soit ni pour discuter avec ton père.

Ryan se mit à rire de nouveau et continua à marcher en direction de son bureau.

— Ça ne sera pas long, vingt minutes environ.

— Vous avez accepté de dîner avec moi, mademoiselle Swan, lui rappela-t-il.

— Dès que j'aurai mis de l'ordre dans mes affaires.

— Tu pourras le faire lundi matin. Il n'y a rien d'urgent, n'est-ce pas ?

— Eh bien, non, mais…

Elle s'interrompit en sentant quelque chose lui entraver le poignet. Son regard se fixa sur les menottes.

— Pierce, que fais-tu ?

Elle tira sur son bras, mais découvrit qu'il était fermement attaché au sien.

— Je t'emmène dîner.

— Pierce, enlève-moi ce truc, ordonna-t-elle d'une voix autant exaspérée qu'amusée. C'est ridicule.

— Plus tard, promit-il.

Il l'entraîna vers l'ascenseur et attendit sagement que celui-ci arrive à leur étage tandis que deux secrétaires observaient avec curiosité le couple ainsi enchaîné.

— Pierce, chuchota-t-elle, ôte-moi ça tout de suite. Tu ne vois pas qu'on nous dévisage.

— Qui ?

— Pierce, je ne plaisante pas !

Elle poussa un gémissement frustré lorsque les portes en s'ouvrant révélèrent d'autres membres du personnel de Swan Productions à l'intérieur. Pierce entra, et elle n'eut d'autre choix que le suivre.

— Tu vas me le payer, marmonna-t-elle en évitant de croiser les regards scrutateurs.

— Dites-moi, mademoiselle Swan, dit Pierce d'une voix affectueuse, est-ce toujours aussi difficile de vous convaincre d'honorer un rendez-vous à dîner ?

Elle répondit d'un marmonnement inintelligible et se força à regarder droit devant elle.

Elle traversa le parking, toujours menottée à Pierce.

— Bon, la plaisanterie a assez duré. Retire-les. Je ne me suis jamais sentie aussi mal à l'aise de ma vie ! As-tu la moindre idée de…

Il interrompit ses protestations en posant sa bouche sur la sienne.

— J'ai eu envie de ce baiser toute la journée, avoua-t-il.

Puis il l'embrassa de nouveau avant qu'elle puisse répliquer.

Ryan fit de son mieux pour garder son air contrarié. La bouche de son amant était si douce, tout comme sa main qui s'attardait dans le creux de ses reins. Elle se rapprocha de lui, mais lorsqu'elle commença à lever les bras avec l'intention de les nouer autour de son cou, les menottes l'en empêchèrent.

— Non, arrête ! déclara-t-elle d'une voix ferme, se souvenant de la première fois où il l'avait piégée. Tu ne t'en tireras pas si facilement.

Elle se dégagea de son étreinte, sur le point de se mettre en colère. Mais il lui sourit.

— Va au diable, Pierce, dit-elle dans un soupir. Embrasse-moi.

Il lui donna un baiser léger sur la bouche.

— Vous êtes très excitante quand vous êtes en colère, mademoiselle Swan, murmura-t-il.

— J'*étais* en colère, marmonna-t-elle, ses lèvres sur les siennes. Non, je *suis* toujours en colère.

— Et vous m'excitez.

Il l'emmena vers la voiture.

Levant leurs deux poignets attachés en l'air, elle l'interrogea du regard.

— Et maintenant, comment fait-on ?

Pierce ouvrit la portière de la voiture et lui fit signe de monter.

— Pierce ! implora-t-elle d'une voix exaspérée en secouant son bras. Enlève-moi ça. Tu ne peux pas conduire dans ces conditions.

— Bien sûr que si. Il faut juste que tu fasses un peu d'escalade, lui expliqua-t-il en la poussant du coude dans la voiture.

Ryan resta assise un instant sur le siège du conducteur et lui lança un regard furieux.

— C'est absurde.

— Oui, admit-il, mais je m'amuse beaucoup. Pousse-toi.

Elle songea, tout d'abord, à refuser, mais elle se rendit compte qu'il pourrait simplement la prendre à bras-le-corps et la déposer à la place du passager. Elle réussit à enjamber l'obstacle sans difficulté, mais néanmoins sans grâce. Pierce lui adressa un autre sourire tout en tournant la clé de contact.

— Mets ta main sur le levier de changement de vitesse, et tout ira bien.

Ryan obéit. Il garda sa paume posée sur le dessus de sa main tandis qu'il enclenchait la marche arrière.

— Combien de temps exactement vas-tu nous laisser ces menottes ?

— Voilà une question intéressante. Je n'ai pas encore décidé.

Il sortit du parking et prit la direction du nord.

Ryan secoua la tête et se mit à rire malgré elle.

— Tu sais, si tu m'avais dit que tu étais aussi affamé, je t'aurais accompagné sans résister.

— Je n'ai pas faim, dit-il d'un ton décontracté. Je pensais que nous pourrions nous arrêter pour manger en route.

— Quelle route ? Pour aller où ?

— Chez moi.

— Chez toi ?

Elle jeta un coup d'œil par la vitre et s'aperçut qu'ils se dirigeaient vers la sortie de Los Angeles, mais dans la direction opposée à celle de son appartement.

— On va chez *toi* ? demanda-t-elle d'un ton incrédule. Pierce, c'est à deux cent quarante kilomètres d'ici.

— Plus ou moins, reconnut-il. Ta présence n'est pas indispensable à Los Angeles avant lundi.

— Lundi ! Tu veux dire que nous allons rester là-bas pendant deux jours ? Mais c'est impossible, annonça-t-elle, au paroxysme de l'exaspération. Tu ne peux pas simplement me faire monter dans ta voiture et m'emmener en week-end.

— Pourquoi pas ?

— Eh bien, je..., commença-t-elle en cherchant un défaut dans le raisonnement sans faille de Pierce. Parce que ce n'est pas possible. Tout d'abord, je n'ai pas de vêtements et...

— Tu n'en auras pas besoin.

Elle interrompit brusquement ses explications et le fixa. Elle sentit un étrange mélange d'excitation et de panique l'envahir.

— J'ai l'impression que tu es en train de me kidnapper.

— Exactement.

— Oh.

— Y vois-tu une objection ? demanda-t-il en la regardant furtivement.

— Je t'en ferai part lundi, répondit-elle en s'installant confortablement sur le siège, décidée soudain à profiter de son enlèvement.

13

Ryan se réveilla dans le lit de Pierce. Lorsqu'elle ouvrit les yeux, elle découvrit que la chambre était déjà inondée de soleil. Il faisait pourtant à peine jour quand il lui avait murmuré à l'oreille qu'il descendait travailler. Elle saisit l'oreiller de son amant, le serra contre elle et s'attarda encore quelques minutes entre les draps.

Quel homme surprenant ! songea-t-elle.

Elle n'aurait jamais imaginé qu'il ait le culot d'utiliser des menottes pour l'emmener en week-end avec, pour seul bagage, les vêtements qu'elle avait sur le dos. Elle aurait dû être furieuse, indignée.

Ryan enfouit son visage dans l'oreiller de Pierce. Comment aurait-elle pu lui en vouloir ? Etait-il possible d'être en colère contre un homme parce qu'il vous révélait — d'un regard, d'une caresse — qu'il avait besoin de votre présence et qu'il vous désirait ? Avait-on le droit d'être fâchée parce qu'un homme avait tellement envie de vous qu'il allait jusqu'à vous enlever et vous faire l'amour comme si vous étiez l'être le plus cher au monde ?

Elle s'étira avec volupté, puis prit sa montre sur la table de nuit. Elle fut stupéfaite de voir qu'il était déjà 9 h 30. Se pouvait-il qu'il soit si tard ? Il lui semblait qu'il n'y avait qu'un instant que Pierce l'avait quittée. Elle sauta du lit et se dépêcha d'aller prendre une douche. Ils avaient à peine deux jours à passer ensemble; elle n'avait pas l'intention de gâcher ce temps précieux en dormant.

Lorsqu'elle revint dans la chambre, drapée dans une serviette, Ryan étudia ses vêtements d'un air dubitatif. Elle admit qu'il était certainement agréable de se faire kidnapper par un superbe magicien, mais elle regretta néanmoins qu'il ne lui ait pas laissé le temps de faire sa valise. Avec philosophie, elle se résolut à vêtir le tailleur qu'elle avait porté la veille. Il faudrait bien qu'il lui trouve des vêtements propres, songea-t-elle, mais pour l'instant, elle devrait se contenter de ceux-ci.

Consternée, elle se rendit compte qu'elle n'avait même pas pris son sac à main. Il était resté dans le dernier tiroir de son bureau. Elle se regarda dans le miroir et fit la grimace. Ses cheveux étaient ébouriffés, et son maquillage avait disparu. Elle soupira en songeant qu'elle ne disposait pas même d'un peigne ou d'un tube de rouge à lèvres. Elle compta sur les talents de magicien de Pierce pour les faire apparaître. C'est avec cette idée en tête qu'elle descendit, résolue à le trouver.

A peine parvenue au bas de l'escalier, elle rencontra Link qui s'apprêtait à sortir.

— Bonjour, dit-elle.

Elle hésitait, ne sachant pas trop comment expliquer sa présence. Il ne s'était pas montré, la nuit dernière, quand ils étaient arrivés.

— Salut, lui répondit-il en souriant. Pierce m'a dit que vous étiez ici.

— Oui, je... Il m'a invitée à passer le week-end.

Il lui sembla que c'était la meilleure façon de résumer la situation.

— Je suis content que vous soyez venue. Vous lui manquiez beaucoup.

A ces mots, le regard de Ryan s'éclaira.

— Lui aussi, il m'a manqué. Où est-il ?

— Dans la bibliothèque. Il téléphone.

Il marqua un temps d'arrêt tandis qu'une légère rougeur envahissait ses joues.

Elle descendit la dernière marche en esquissant un sourire.

— Qu'est-ce qu'il y a, Link ?

— Je... euh... J'ai fini de composer cette musique que vous aviez aimée.

— Oh, c'est merveilleux. J'adorerais l'écouter.

— La partition est posée sur le piano, précisa-t-il en regardant ses pieds, l'air affreusement gêné. Si vous voulez, vous pourrez la jouer plus tard.

Elle voulut lui prendre la main, comme s'il avait été un petit garçon, mais elle sentit qu'un tel geste accentuerait son embarras.

— Vous ne serez pas là ? Je ne vous ai jamais entendu interpréter vos morceaux au piano.

— Non, je...

Il rougit jusqu'aux oreilles et la regarda furtivement.

— Bess et moi... eh bien, elle avait envie d'aller à San Francisco, expliqua-t-il en s'éclaircissant la voix. Elle adore les balades en tramway.

— Quelle bonne idée, Link !

Elle décida impulsivement d'essayer de donner un coup de pouce à son amie.

— C'est une femme formidable, n'est-ce pas ?

— Oh oui, c'est vrai. Bess est unique, admit-il volontiers.

Puis il regarda de nouveau par terre.

— Elle a exactement la même opinion de vous.

Il lui jeta un bref regard, puis ses yeux se fixèrent au loin.

— Vous croyez ?

— J'en suis certaine, répondit Ryan d'un ton sérieux, malgré son envie de sourire. Elle m'a raconté l'histoire de votre rencontre. J'ai trouvé ça terriblement romantique.

Link eut un petit rire nerveux.

— Elle était très jolie, à l'époque. Elle l'est toujours d'ailleurs, et il y a beaucoup d'hommes qui lui tournent autour, pendant les tournées.

— Je m'en doute, acquiesça-t-elle pour l'inciter à se déclarer. Mais je crois qu'elle a un faible pour les musiciens. Les pianistes plus particulièrement, ajouta-t-elle alors qu'il tournait le regard vers elle. Surtout ceux qui ont un don pour composer de belles musiques romantiques. Vous perdez du temps, vous ne croyez pas ?

Link la fixait comme s'il essayait de comprendre le sens de ses paroles.

— Hein ? Oh, oui, dit-il en fronçant les sourcils, puis il

hocha la tête. Oui, certainement. Je ferais mieux d'aller la chercher, maintenant.

Elle se décida à prendre sa main et la serra rapidement.

— Amusez-vous bien.

— D'accord.

Il sourit et se dirigea vers la porte. Il s'arrêta, la main sur la poignée, et la regarda par-dessus son épaule.

— Ryan, est-ce vrai qu'elle aime les pianistes ?

— Oui, Link, elle les adore.

Il eut un large sourire et ouvrit la porte.

— Au revoir.

— Au revoir, Link. Embrassez Bess de ma part.

Lorsque la porte se referma, Ryan demeura un moment dans l'entrée.

Quel homme adorable ! pensa-t-elle, et elle croisa les doigts pour que Bess arrive à ses fins.

Ils seront heureux ensemble, pourvu que Link parvienne enfin à surmonter sa timidité.

Ryan eut un sourire satisfait et se dit qu'elle avait joué de son mieux son premier rôle d'entremetteuse. La suite dépendrait d'eux.

Elle traversa le hall et se dirigea vers la bibliothèque. La porte était ouverte, et la voix grave de Pierce parvenait jusqu'à elle. Ce son suffit à la remuer au plus profond de son être. Il était là, avec elle, et ils étaient seuls. Debout dans l'encadrement de la porte, elle s'immobilisa. Leurs regards se croisèrent.

Pierce lui sourit et, poursuivant sa conversation, il lui fit signe d'entrer.

— Je vous enverrai les précisions exactes par écrit.

Il contempla Ryan tandis qu'elle entrait dans la pièce. Il s'étonna de constater que, même vêtue d'un de ses tailleurs classiques, elle ne manquait jamais de l'exciter.

— Non, il faut que tout soit prêt dans trois semaines. Impossible de vous accorder plus de temps, continua-t-il tout en gardant les yeux fixés sur le dos de Ryan. J'ai besoin de temps pour m'entraîner avant d'être sûr de pouvoir utiliser le matériel.

Ryan se retourna, s'assit sur l'accoudoir d'un fauteuil et

l'observa. Il était vêtu d'un jean et d'un sweat-shirt à manches courtes. Ses cheveux étaient en bataille, comme s'il venait d'y passer la main. Elle songea qu'elle ne l'avait jamais trouvé aussi beau. Ainsi installé dans son fauteuil confortable, il paraissait plus détendu qu'à l'accoutumée. Elle pouvait pourtant percevoir l'énergie à l'état pur qui semblait émaner de lui, que ce soit sur scène ou en dehors. Mais, là, il l'avait mise en veille, songea-t-elle. Il se sentait plus à l'aise dans sa maison que n'importe où ailleurs.

Une idée coquine s'insinua dans son esprit : elle pourrait peut-être lui faire perdre un peu de son sang-froid.

Elle se leva négligemment et recommença à flâner dans la pièce tout en retirant ses chaussures. Elle choisit un livre sur l'étagère, le feuilleta, puis le remit à sa place.

— Je voudrais que vous m'envoyiez la liste des éléments dans son intégralité, précisa Pierce.

Il examina Ryan qui enlevait sa veste et la posait sur le dossier d'une chaise.

— Oui, c'est exactement ce que je veux. Si vous...

Il s'interrompit au moment où elle se mit à déboutonner son chemisier. Elle leva les yeux et lui sourit.

— Si vous pouviez me contacter lorsque vous aurez...

Le chemisier glissa sur le sol. Elle baissa avec désinvolture la fermeture Eclair de sa jupe.

— Quand vous aurez en main..., reprit Pierce, s'efforçant de suivre le cours de ses pensées, les... euh... tous les éléments, j'organiserai leur transport.

Après avoir ôté sa jupe, elle se pencha en avant et entreprit de détacher ses bas.

— Non, ça ne sera pas... ce n'est pas nécessaire.

Elle rejeta ses cheveux en arrière et lui adressa un autre sourire. Ils se regardèrent intensément pendant quelques secondes.

— Oui, marmonna Pierce dans le combiné. Oui, c'est parfait.

Elle laissa tomber sa paire de bas sur le petit tas déjà formé sur le sol par le reste de ses vêtements et se redressa. Son caraco était lacé sur sa poitrine. D'une main, Ryan tira sur le ruban du petit nœud logé entre ses seins. Elle regarda

Pierce dans les yeux et sourit en voyant son regard descendre jusqu'à ses doigts qui desserraient lentement le ruban.

— Pardon ?

Pierce secoua la tête. Les paroles de son correspondant, à l'autre bout du fil, ressemblaient à un bourdonnement confus.

— Pardon ? répéta-t-il tandis que la lingerie s'ouvrait.

Ryan la retira d'un mouvement lent.

— Je vous rappellerai plus tard, finit-il par dire en reposant le combiné.

— As-tu terminé ? demanda Ryan en s'avançant vers lui. Je voudrais te parler de ma garde-robe.

— J'adore celle que tu portes en ce moment.

Il l'attira sur ses genoux et pressa sa bouche sur la sienne. Elle s'abandonna au désir sauvage et irrésistible qui émanait de ce baiser.

— Etait-ce un appel important ? s'enquit-elle alors que les lèvres de Pierce descendaient jusqu'à son cou. Je ne voulais pas te déranger.

— Tu ne me déranges jamais.

Ses mains cherchèrent ses seins. Il poussa un grognement quand il en prit possession.

— Bon Dieu, tu me rends fou ! dit-il d'une voix rauque et insistante en la faisant glisser sur le sol. Maintenant ?

— Oui, eut-elle juste le temps de répondre.

Couché sur elle, il tremblait de tout son corps. La pensée le traversa que personne avant elle n'avait réussi à lui faire perdre ainsi son contrôle. Cette constatation le terrifia. Il était submergé par l'envie de se lever et de partir — pour se prouver qu'il en avait encore le pouvoir. Mais il ne bougea pas.

— Tu es dangereuse, murmura-t-il à son oreille.

— Mmm, c'est-à-dire ?

— Tu connais mes faiblesses, Ryan Swan. Peut-être es-tu justement mon seul point faible.

— Et cela ne te plaît pas ?

— Je ne sais pas, avoua-t-il en soulevant la tête pour la regarder.

Ryan leva le bras et balaya tendrement de la main les cheveux qui lui tombaient sur le visage.

— Cela n'a aucune importance. Aujourd'hui, il n'y a que toi et moi qui comptons.

Il la contempla longuement. Son regard était aussi intense que celui qu'il avait eu le premier jour où leurs yeux s'étaient rencontrés.

— Plus je suis avec toi et plus j'ai l'impression que c'est le cas.

Le visage de Ryan s'éclaira et elle le serra tendrement dans ses bras.

— La première fois que tu m'as embrassée, j'ai oublié le reste du monde. J'ai essayé de me convaincre que tu m'avais hypnotisée.

Pierce rit, se redressa et lui caressa la poitrine. Ses mamelons étaient durcis, et elle frissonna à ce contact.

— As-tu la moindre idée de l'envie désespérée que j'avais de te faire l'amour, cette nuit-là ?

Son pouce allait et venait légèrement sur les pointes de ses seins. Il sentit le souffle de Ryan s'accélérer. Il continua.

— Je ne parvenais plus à travailler, je n'arrivais pas à dormir. J'étais allongé sur mon lit et je t'imaginais, vêtue seulement de ce petit bout de soie et de dentelle.

— Moi aussi, j'avais envie de toi, dit Ryan d'une voix rauque, sentant la passion l'enflammer. J'étais choquée de constater que je te voulais alors que je te connaissais depuis à peine quelques heures.

— Je t'aurais fait l'amour comme maintenant, tu sais.

Il posa sa bouche sur ses lèvres. Il s'en servit jusqu'à ce que les siennes soient chaudes, abandonnées, avides. Repoussant ses cheveux, il y plongea les mains, puis sa langue entra en action.

Elle eut l'impression que ce baiser durerait toujours. Leurs bouches se séparaient, se retrouvaient, encore et encore, et de petits sons étouffés, murmurés, s'en échappaient. La sensation était douce, presque insupportablement agréable. Elle l'enivrait, l'électrisait. Il lui caressait les épaules, s'attardait sur leurs rondeurs tout en continuant à l'embrasser. Pour Ryan, plus rien n'existait en dehors de ses lèvres.

Quel que soit l'endroit de son corps qu'il touchait, elles ne s'éloignèrent pas des siennes. Quelles que soient les caresses que ses mains lui prodiguaient, son baiser la retenait prisonnière. Il semblait que le goût de la bouche de Ryan lui était devenu aussi indispensable que sa propre respiration. Elle s'agrippa à ses épaules et, sans s'en rendre compte, y enfonça ses ongles. Elle ne pensait qu'à une chose : qu'il l'embrasse éternellement.

Il savait que son corps lui appartenait totalement, et ses caresses se portaient sur les points qui leur procuraient, à tous deux, le plaisir le plus intense. Quand le désir devint trop pressant, elle ouvrit les jambes. Il sillonna l'intérieur de sa cuisse avec un doigt, se délectant de sa texture soyeuse et de ses tremblements. Sur le chemin de l'autre jambe, il s'arrêta brièvement sur son intimité, sans jamais lâcher sa bouche.

Il se servit de ses dents et de sa langue, puis seulement de ses lèvres. Il sentit des frissons délicieux lui parcourir la peau tandis que, dans son ivresse, elle murmurait son nom. Il aimait caresser les subtiles rondeurs de ses hanches, la courbe pure de sa taille. Ses bras étaient doux et lisses comme du satin. Le simple fait de les toucher lui procurait un plaisir intarissable. Elle était sienne — cette pensée le traversa, et il dut contrôler un besoin urgent de la prendre sur-le-champ. Mais il laissa son baiser parler à sa place. Il exprimait des désirs secrets, impérieux, et une tendresse infinie.

Même quand il la pénétra, Pierce ne cessa de jouir de la saveur de sa bouche. Il la prit lentement, attendit que monte son plaisir, refrénant sa passion jusqu'à ce qu'il ne lui fût plus possible de la contenir plus longtemps.

Leurs lèvres étaient encore scellées lorsqu'elle poussa un cri en atteignant le point culminant.

Seulement elle, pensa-t-il, pris de vertige en reprenant son souffle, le nez dans ses cheveux parfumés. *Juste elle.*

Ryan noua ses bras autour de son cou pour le garder serré. Il sut alors qu'il s'était fait piéger.

Quelques heures plus tard, Ryan posait deux biftecks sur le gril. Elle portait un jean appartenant à Pierce, retenu à la taille par une ceinture. Elle en avait retroussé plusieurs fois les jambes pour l'adapter aux siennes. Le sweat-shirt était beaucoup trop large pour ses hanches. Elle avait roulé les manches jusqu'au coude tandis qu'elle l'aidait à préparer le dîner.

— Fais-tu aussi bien la cuisine que Link ? demanda-t-elle en se retournant pour regarder Pierce qui ajoutait des croûtons à la salade qu'il était en train de préparer.

— Non. Lorsque l'on se fait kidnapper, mademoiselle Swan, on ne peut pas s'attendre à des repas gastronomiques.

Ryan vint se placer derrière lui et passa les bras autour de sa taille.

— Allez-vous exiger une rançon ?

Elle posa la joue sur son dos et poussa un soupir d'aise. Elle n'avait jamais été aussi heureuse de sa vie.

— Peut-être. Quand j'en aurai terminé avec vous.

Elle le pinça très fort, mais il ne broncha pas.

— Salaud, dit-elle avec tendresse.

Elle glissa ses mains sous sa chemise pour caresser son torse. Cette fois, elle le sentit réagir.

— Ryan, tu me déconcentres.

— C'était bien mon intention. Ce n'est pas chose facile avec toi, tu sais.

— Tu y arrives à merveille, affirma-t-il, sentant ses mains qui remontaient.

— Parviens-tu réellement à te disloquer les épaules pour t'échapper d'une camisole de force ? demanda-t-elle alors que, de ses doigts, elle constatait la solidité de leurs articulations.

Il continua à couper des petits dés de fromage pour la salade et lui demanda d'un air amusé :

— Où as-tu entendu dire cela ?

— Oh, quelque part, répondit-elle évasivement, pour ne pas lui avouer qu'elle avait dévoré absolument tout ce qui avait été écrit à son sujet. J'ai également entendu dire que tu possédais un contrôle total de tes muscles.

Elle les sentait rouler sous ses doigts agiles. Elle se serra contre lui et s'imprégna avec délices du léger parfum de forêt qui émanait de sa peau.

— As-tu aussi entendu des rumeurs au sujet de mon alimentation qui est basée uniquement sur certaines plantes et racines que je récolte à la pleine lune ?

Il lança un petit morceau de fromage dans sa bouche avant de se retourner pour la prendre dans ses bras.

— Ou sur le fait que j'ai étudié l'art de la magie au Tibet quand j'avais treize ans ?

— Non, mais j'ai lu que le fantôme de Houdini t'avait donné des cours particuliers.

— Vraiment ? J'ai dû louper celle-là. C'est très flatteur.

— Toutes ces informations ridicules publiées à ton sujet t'amusent beaucoup, n'est-ce pas ?

— C'est sûr, confirma-t-il en posant un baiser sur son nez. J'aurais un piètre sens de l'humour si ce n'était pas le cas.

— Et bien entendu, avec toi, la réalité et l'imaginaire sont tellement difficiles à différencier que personne ne sait jamais où est la vérité, et qui tu es réellement.

Il enroula une mèche de ses cheveux autour de son doigt.

— C'est vrai. Mais il y a aussi le fait que plus on publie d'articles sur mon compte, plus ma vie privée est protégée.

— Ce qui est très important pour toi.

— Quand on a vécu à l'endroit où j'ai grandi, on apprend à préserver son intimité.

Elle s'accrocha à lui et pressa son visage contre son torse. Pierce mit la main sous son menton et lui releva la tête. Elle avait les yeux brillants de larmes.

— Ryan, dit-il avec circonspection, il ne faut pas que cela te rende triste.

Elle secoua la tête, devinant sa répugnance à recevoir des témoignages de compassion. Bess avait réagi de la même façon.

— Oui. Je sais, mais c'est difficile de ne pas avoir ce genre de sentiments envers un petit garçon.

Il esquissa un sourire et passa un doigt sur ses lèvres.

— Il ne se laissait pas abattre, affirma-t-il en se dégageant de son étreinte. Tu ferais mieux de retourner les biftecks.

Ryan obéit, sachant pertinemment qu'il voulait changer de sujet. Comment pouvait-elle lui faire comprendre qu'elle était avide de connaître le moindre détail le concernant qui pourrait le rapprocher d'elle ? Et puis, pensa-t-elle, elle avait peut-être tort de vouloir évoquer le passé alors qu'elle avait si peur d'aborder l'avenir.

— Comment aimes-tu ta viande ? lui demanda-t-elle en se penchant sur le gril.

— Mmm, à point, répondit Pierce qui semblait visiblement davantage intéressé par sa chute de reins que par le degré de cuisson de la viande. C'est Link qui a préparé la sauce de salade. Elle est délicieuse.

— Où a-t-il appris à cuisiner ? s'enquit-elle en retournant le deuxième bifteck.

— Il n'avait pas le choix. Il adore manger. Et on a traversé une période de vaches maigres pendant les tournées, les premiers temps. Il s'est avéré qu'il se débrouillait bien mieux que Bess ou moi pour ouvrir les boîtes de conserve.

Ryan pivota et lui sourit.

— Tu savais qu'ils allaient à San Francisco aujourd'hui ?

— Oui, dit-il en levant un sourcil. Et alors ?

— Depuis le temps que ça dure entre eux, tu aurais pu essayer de faire avancer les choses, constata-t-elle en agitant la fourchette à long manche. Après tout, ce sont tes amis.

— C'est justement la raison pour laquelle je ne m'en mêle pas, répondit-il doucement. Et toi, qu'as-tu manigancé ?

— Bon, je ne me suis pas immiscée dans leurs affaires, rétorqua-t-elle en reniflant. Je leur ai juste donné un petit coup de pouce. J'ai mentionné que Bess avait un faible pour les pianistes.

— Je vois.

— Il est trop timide. Il aura atteint l'âge de la retraite avant d'avoir trouvé le courage de... de...

— De quoi ? voulut savoir Pierce avec un sourire.

— ... De faire n'importe quoi, conclut-elle. Et arrête de me regarder de cet air concupiscent.

— Moi ?

— Oui, toi. Et tu le sais parfaitement. En tout cas...

Elle poussa un cri quand elle sentit quelque chose lui frôler les chevilles. La fourchette tomba par terre avec fracas.

— Ce n'est que Circé. Elle est attirée par l'odeur de la viande, fit remarquer Pierce.

Ryan soupira, ce qui le fit sourire. Il ramassa l'ustensile et le rinça tandis que la chatte se frottait contre les jambes de Ryan en ronronnant amoureusement.

— Elle va faire le maximum pour te convaincre qu'elle mérite aussi un petit cadeau.

— Tes animaux ont le chic pour me prendre par surprise.

— Désolé, dit-il avec un rire qui montrait bien qu'il ne l'était pas.

Ryan mit les mains sur ses hanches.

— Tu adores me voir paniquer, n'est-ce pas ?

— J'aime te voir, tout simplement, déclara-t-il en riant et en la soulevant dans ses bras. Même si je dois admettre que je trouve quelque peu attirant de te regarder t'affairer dans la cuisine, nu-pieds et avec mes vêtements sur le dos.

— Oh, dit-elle d'un air entendu. Le syndrome de l'homme des cavernes qui ressort.

Il fourra son nez dans son cou.

— Oh, non, mademoiselle Swan. C'est moi qui suis votre esclave.

Ryan considéra les avantages qu'elle pourrait tirer de cette déclaration.

— Vraiment ? Alors, mets la table. Je meurs de faim.

Ils dînèrent à la lumière des bougies. Ryan ne fit pas attention à ce qu'elle mangeait. Elle ne pensait qu'à Pierce. Il y avait du vin — doux et moelleux —, qui aurait aussi bien pu être de l'eau, pour l'importance que cela avait. Dans son sweat-shirt et son jean trop larges, elle ne s'était jamais sentie si féminine. Son regard lui révélait en permanence à quel point il la trouvait belle, désirable et captivante. Il la courtisait comme s'ils n'avaient jamais été amants.

Il la faisait rayonner d'un regard, d'un mot doux ou par le simple contact de ses mains sur sa peau. Elle se sentait comblée et presque confuse de constater combien il était romantique. Il aurait dû savoir que, de toute manière, elle l'aimerait toujours. Pourtant, il la courtisait. Ses mots et ses compliments, prononcés à la lumière des chandelles, semblaient ceux d'un homme passionné. Ryan tomba une nouvelle fois amoureuse.

Ils s'attardèrent à table, longtemps après que tous les deux eurent perdu tout intérêt pour le repas. Le vin se réchauffa, les bougies se consumèrent. Il se satisfaisait du plaisir de la contempler dans la lumière vacillante, d'apprécier le son de sa voix tranquille. Quels que soient les désirs qu'il sentait monter en lui, il parvenait à les apaiser juste en parcourant le dos de sa main. Il ne désirait rien d'autre qu'être avec elle.

La passion arriverait plus tard, il le savait. La nuit, dans la pénombre, lorsqu'elle serait allongée à son côté. Mais, pour l'instant, son sourire lui suffisait.

— Tu vas m'attendre dans le salon ?

Il lui embrassa les doigts, un par un. Un frisson délicieux remonta le long du bras de Ryan.

— Je vais t'aider à débarrasser, dit-elle.

Mais ses pensées étaient loin, très loin, des contingences domestiques.

— Non, je vais m'en occuper, assura-t-il, retournant la main de Ryan et pressant ses lèvres sur sa paume. Attends-moi là-bas.

Ses genoux tremblaient, mais elle se leva quand il l'attira. Elle ne parvenait pas à détacher ses yeux de lui.

— Tu ne seras pas long ?

— Non, promit-il en faisant glisser ses mains le long de ses bras. Je ferai vite, mon amour, ajouta-t-il en l'embrassant tendrement.

Ryan était sur un petit nuage tandis qu'elle traversait le hall. Ce n'était pas à cause du baiser, non, mais des derniers mots tendres qu'il avait prononcés. C'étaient eux qui avaient fait battre son cœur. Il lui semblait presque inconcevable que de simples paroles, en apparence anodines, puissent provoquer chez elle un tel effet, surtout après ce qui s'était passé entre eux. Mais Pierce réfléchissait toujours soigneusement avant de parler.

La nuit qui va suivre promet d'être enchanteresse, songea-t-elle en pénétrant dans le salon. *Faite pour l'amour romantique.*

Elle traversa la pièce et regarda par la fenêtre. Comme un fait exprès, la pleine lune brillait dans le ciel. Dans le silence qui régnait, elle pouvait entendre les vagues qui se brisaient sur les rochers.

Ils se trouvaient sur une île, imagina Ryan. Petite et balayée par les vents, située au milieu d'un océan sombre. Les nuits y étaient longues. Il n'y avait ni téléphone ni électricité. Impulsivement, elle s'éloigna de la fenêtre et se décida à allumer les bougies dispersées dans la pièce. Dans la cheminée, un feu était préparé. Elle mit son allumette sous le petit bois sec, qui s'alluma en crépitant.

Elle se redressa et regarda autour d'elle. L'éclairage correspondait exactement à ses désirs : tamisé, avec des ombres mouvantes. Il apportait une touche de mystère à l'ambiance et semblait refléter ses propres sentiments.

Elle baissa les yeux et brossa son sweat-shirt. Si seulement elle avait eu autre chose à se mettre. Une jolie robe, par exemple, blanche et légèrement transparente. Mais peut-être l'imagination de Pierce se révélerait-elle tout aussi fertile que la sienne.

Il manque la musique, pensa-t-elle soudain.

Il devait y avoir une chaîne stéréo, mais elle n'avait aucune idée de l'endroit où elle se trouvait. Elle eut une inspiration soudaine et se dirigea vers le piano.

La partition de Link l'attendait. Entre les lueurs du feu, derrière elle, et la lumière des bougies posées sur le piano, elle avait juste assez de clarté pour lire les notes. Elle s'assit et commença à jouer. Il ne lui fallut que quelques instants pour se laisser envoûter par la mélodie.

Pierce, debout dans l'encadrement, l'observait. Elle avait les yeux fixés sur le papier posé devant elle, mais il remarqua qu'ils semblaient rêveurs. Il ne l'avait encore jamais vue ainsi, complètement absorbée dans ses pensées. Comme il ne voulait pas rompre le charme, il ne bougea pas. Il aurait pu rester là éternellement à la regarder.

A la lueur des bougies, ses cheveux blonds en retombant sur ses épaules en volutes vaporeuses dessinaient une auréole autour de son visage pâle. Seuls ses yeux semblaient sombres et reflétaient l'émotion qu'elle éprouvait. Il sentit la légère odeur qui flottait dans l'air : un mélange de fumée et de cire fondue. Il savait qu'il n'oublierait jamais cette scène. Les années pourraient passer, il lui suffirait de fermer les yeux pour la revoir en cet instant, pour entendre la musique et sentir le parfum des bougies qui se consumaient.

— Ryan.

Il avait prononcé son nom dans un murmure, mais elle posa ses yeux dans les siens.

Elle souriait, mais la lumière oscillante fit miroiter les larmes qu'elle avait dans les yeux.

— C'est tellement beau.

— Oui.

Pierce avait peur de ne pas dire ce qu'il fallait. Un mot, un geste inappropriés risquaient de briser l'enchantement. Après tout, ce qu'il avait devant les yeux, l'émoi qu'il ressentait, pouvaient n'être qu'une illusion, un rêve.

— S'il te plaît, rejoue-moi ce morceau.

Même quand les premières notes se firent entendre, il ne se rapprocha pas. Il voulait que tout reste exactement identique. Ses lèvres entrouvertes dont il pouvait sentir le goût dans sa bouche. La texture de sa joue, s'il avait décidé d'y poser sa main. Elle aurait alors relevé les yeux, l'aurait contemplé en souriant, avec cette chaleur particulière dans le regard. Mais il n'en fit rien, se contenta de s'imprégner de sa présence en cet instant spécial, comme hors du temps.

Les flammes des bougies se dressaient de toute leur hauteur. Une bûche se consumait dans l'âtre. Puis le morceau se termina.

Elle le regarda. Pierce se dirigea vers elle.

— Je ne t'ai jamais autant désirée, dit-il à voix basse. Et je n'ai jamais eu aussi peur de te toucher.

Elle garda les doigts légèrement posés sur les touches.

— Peur ? Pourquoi ?

— Si j'avais fait un geste, ma main aurait pu te traverser. Et j'aurais pu m'apercevoir que tu n'étais qu'un rêve.

Ryan lui prit la main et la pressa contre sa joue.

— Non, nous ne rêvons pas. Ni l'un ni l'autre.

La peau de Ryan était chaude sous ses doigts et bien réelle. Il fut envahi par une vague de tendresse irrépressible. Il souleva son autre main et la tint dans la sienne, comme si elle était en cristal.

— Si tu devais faire un vœu, Ryan, juste un, ce serait quoi ?

— Que ce soir, seulement cette nuit, tu ne penses à rien ni à personne d'autre que moi.

Ses yeux brillaient dans la lumière douce des flammes

dansantes. Pierce l'aida à se lever et prit son visage entre ses mains.

— Tu gâches tes vœux, Ryan, en demandant quelque chose qui existe déjà.

Il lui embrassa les tempes puis les joues. Sa bouche frémissait d'envie de goûter la sienne.

— Je veux imprégner ton esprit, le remplir, murmura-t-elle d'une voix tremblante. Afin qu'il n'y ait plus de place pour quoi que ce soit d'autre. Ce soir, je veux qu'il n'y ait que moi. Et demain…

— Chut !

Pour la faire taire, il l'embrassa. Un baiser tellement doux qu'elle s'abandonna à la promesse de ce qui allait suivre. Elle ferma les yeux, et il lui parcourut délicatement les paupières de ses lèvres.

— Il n'existe que toi au monde, Ryan. Viens, allons nous coucher. Je vais t'en donner la preuve.

Prenant sa main, il l'entraîna. Il fit le tour de la pièce en éteignant toutes les bougies sauf une, qu'il emporta. Sa flamme vacillante leur montra le chemin.

14

Ils durent se séparer une nouvelle fois. Ryan savait que c'était indispensable au bon déroulement des préparatifs de l'émission spéciale. Lorsqu'il lui manquait trop, il lui suffisait de se rappeler la magie de la dernière nuit qu'ils avaient passée ensemble. Ce souvenir lui permettait de tenir le coup jusqu'à ce qu'elle soit de nouveau dans ses bras.

Au cours des semaines qui suivirent, ils se croisèrent néanmoins de temps à autre, mais leurs rapports se cantonnèrent à des relations strictement professionnelles. Si elle le voyait à l'occasion des réunions ou pour régler certains points concernant son spectacle, il gardait encore secret le contenu de celui-ci. Ryan n'avait aucune idée de la composition de ses différents numéros. Il lui avait donné une liste détaillée des illusions qu'il avait l'intention d'exécuter et de leur ordre chronologique, mais s'était contenté du strict nécessaire au sujet de leurs mécanismes.

Ryan trouvait cette attitude frustrante, mais elle n'avait que peu d'autres motifs de se plaindre. La performance et ses décors se construisaient selon le plan que Pierce, Bloomfield et elle-même avaient établi en dernier lieu. Elaine Fisher avait signé le contrat pour son apparition en tant que vedette invitée. Ryan s'en était sortie honorablement pendant des séries de réunions, souvent aussi ardues que sensibles, auxquelles elle participait. Pierce aussi, d'ailleurs, se remémora-t-elle avec un sourire amusé.

Avec ses silences prolongés et quelques mots prononcés

calmement, il avait plus de poids qu'une douzaine de directeurs affolés et querelleurs. Il supportait leurs revendications, leurs réclamations, sans jamais se départir de son amabilité et s'en tirait toujours à son avantage.

Il n'avait pas accepté qu'on fasse appel à un scénariste professionnel. Il avait dit non, tout simplement. Et il s'y était tenu, car il savait qu'il avait raison. Il avait son propre compositeur, son directeur attitré et son équipe personnelle qui s'occupait des accessoires. Personne ne parvint à influer sur sa décision de placer ses propres employés aux postes clés.

Pierce faisait les choses à sa façon et ne se soumettait que lorsque cela l'arrangeait. Il avait l'art de garder le contrôle sans faire de vagues.

Ryan avait cependant du mal à travailler, perturbée par les restrictions qu'il leur imposait, à son équipe et à elle-même.

— Pierce, déclara-t-elle après l'avoir coincé sur la scène pendant une pause entre les répétitions, il faut que je te parle.

— Mmm ? répondit-il tout en observant sa troupe qui installait les torches destinées à la prochaine séquence.

— Pierce, c'est important.

— Oui, je t'écoute.

Elle tira sur son bras afin d'attirer son attention.

— Tu ne peux pas refuser à Ned l'accès de la scène durant les répétitions.

— Si, je peux. Et je l'ai fait. Ne t'en a-t-il pas fait part ?

— Si, il me l'a dit, confirma-t-elle avec un soupir exaspéré. Pierce, il est le coordinateur de production. En tant que tel, il a parfaitement le droit d'être ici.

— Il est toujours dans mes jambes.

— Pierce !

— Quoi ? demanda-t-il gentiment en se tournant vers elle. Vous ai-je déjà dit que vous étiez très jolie aujourd'hui, mademoiselle Swan ? Votre tailleur est ravissant.

Elle essaya d'ignorer son regard amusé.

— Ecoute, Pierce, tu dois laisser un peu plus de place à mon équipe. Ta troupe est tout à fait compétente mais tes employés ne connaissent rien à la télévision.

Il feignit l'étonnement de façon convaincante.

— Que veux-tu que je fasse ?

— J'aimerais que tu permettes à Ned de faire son job et à mon personnel d'entrer dans le studio.

— Certainement, admit-il. Mais pas quand je répète.

— Pierce, dit-elle d'un air menaçant, il faut que tu fasses un certain nombre de concessions pour la télévision.

— J'en suis bien conscient, Ryan, et je les ferai, concéda-t-il en lui embrassant un sourcil. Mais quand je serai prêt.

— Et combien de temps cela prendra-t-il ?

— Encore quelques jours, assura-t-il en saisissant sa main.

— Très bien, dit-elle en soupirant. Mais, d'ici à la fin de la semaine, les éclairagistes devront participer aux répétitions.

Il lui secoua la main avec solennité.

— C'est promis. Rien d'autre ?

— Si, rétorqua-t-elle en redressant les épaules et en le regardant fermement. La première séquence dépasse le temps prévu de dix secondes. Il va falloir que tu la raccourcisses afin de l'adapter à la page de publicité qui est prévue ensuite.

— Non, c'est toi qui vas modifier ton programme, objecta-t-il.

Et il s'en alla après lui avoir donné un baiser.

Avant d'avoir eu le temps de protester, elle découvrit un bouton de rose accroché sur le revers de sa veste. Un mélange de contentement et de fureur l'envahit, mais il était déjà trop tard pour agir.

— C'est quelqu'un, n'est-ce pas ?

Ryan tourna la tête. Elaine Fisher se tenait à côté d'elle.

— Oui, sans aucun doute, reconnut-elle. J'espère que vous êtes satisfaite, mademoiselle Fisher. Votre loge vous convient-elle ?

Elaine lui adressa un grand sourire plein de charme.

— Oui, elle est parfaite.

Puis elle jeta un coup d'œil à Pierce et lâcha un de ces rires vifs et pétillants dont elle avait le secret.

— Il faut que je vous l'avoue, j'aimerais assez l'avoir à ma disposition.

— Je ne pense pas pouvoir vous contenter sur ce plan, mademoiselle Fisher, répliqua Ryan avec raideur.

— Oh, ma chère, je pourrais me débrouiller toute seule, s'il ne vous regardait pas de cette manière, répondit-elle avec un clin d'œil amical. Mais, bien sûr, si vous n'êtes pas intéressée, je peux toujours essayer de le consoler.

L'actrice avait un charme auquel il était difficile de résister.

— Cela ne sera pas nécessaire, rétorqua Ryan en souriant. C'est au producteur de contenter les vedettes, vous savez.

— Pourquoi n'essayez-vous pas de me dégotter un clone ? demanda-t-elle en quittant Ryan pour se diriger vers Pierce.

Quand elle les vit travailler ensemble, Ryan constata que son intuition ne l'avait pas trompée : ils s'accordaient parfaitement. Le charme ingénu de l'actrice et sa beauté cachaient un talent fou et un véritable don pour la comédie. Un savant dosage qui correspondait exactement à ce que Ryan avait souhaité.

Ryan attendit en retenant son souffle tandis qu'on allumait les torches. Elle voyait cette illusion du début à la fin pour la première fois. De longues flammes dansèrent, projetant une lumière presque aveuglante, jusqu'à ce que Pierce étende ses mains pour l'atténuer. Il se tourna ensuite vers Elaine.

— Attention de ne pas brûler ma robe, dit celle-ci en plaisantant. Elle n'est pas à moi. Elle est louée.

Au moment où il commençait à la faire léviter, Ryan griffonna une note sur son cahier afin de garder l'improvisation à la mémoire. Puis Elaine se mit à flotter juste au-dessus des flammes.

— Tout se passe bien, on dirait.

Ryan leva les yeux et sourit à Bess.

— Oui, Pierce est tellement perfectionniste que le contraire serait impossible. Il est vraiment infatigable.

— J'en sais quelque chose.

Elles l'observèrent en silence quelques instants, puis Bess déclara en serrant le bras de Ryan :

— Je ne peux pas m'en empêcher, dit-elle à mi-voix pour ne pas perturber la répétition. Il faut que je vous le dise.

— Quoi ?

Bess sourit et se pencha pour lui murmurer à l'oreille :

— J'aurais voulu annoncer la nouvelle à Pierce avant, mais... Link et moi...

Ryan lui coupa la parole et la serra dans ses bras.

— Oh, toutes mes félicitations !

— Vous ne m'avez pas laissée finir, dit Bess en riant.

— Vous étiez sur le point de me dire que vous alliez vous marier.

— Bon, oui, c'est vrai, mais...

— Félicitations, répéta Ryan. Quand cela s'est-il décidé ?

Bess eut un air légèrement hébété et se gratta la tête.

— Pratiquement à l'instant. J'étais dans ma loge en train de me préparer lorsqu'il a frappé à la porte. Il n'a pas osé entrer. Il est resté debout dans l'encadrement en frottant ses semelles sur le sol, vous savez, comme il fait d'habitude. Et, tout à coup, il m'a demandé si je voulais bien me marier, continua Bess en secouant la tête avec un autre rire. J'étais tellement étonnée que je lui ai demandé avec qui.

— Oh, Bess, vous n'avez pas fait ça !

— Si. Qui peut s'attendre à ce genre de proposition au bout de vingt ans ?

— Pauvre Link, murmura Ryan en souriant. Et qu'a-t-il répondu ?

— Il est resté cloué sur place pendant une minute, à me regarder en rougissant, puis il a dit : « Ben, avec moi, je suppose. » C'était vraiment romantique, conclut-elle en gloussant doucement.

— Je suis tellement heureuse pour vous.

— Merci, déclara Bess en poussant un gros soupir. Mais ne dites rien à Pierce, d'accord ? Je préfère que ce soit Link qui le fasse.

— Je serai muette comme une tombe, promit Ryan. Allez-vous vous marier bientôt ?

Bess lui adressa un sourire de travers.

— Ça, c'est sûr, mon chou. Je suppose que nous attendrons la diffusion de l'émission, puis nous sauterons le pas.

— Allez-vous continuer à travailler avec Pierce ?

Bess lui lança un regard étonné.

— Bien sûr. Nous formons une équipe. Link et moi allons certainement vivre chez moi, mais il est hors de question que nous arrêtions la scène.

— Bess, dit doucement Ryan, il y a quelque chose que je voulais vous demander. Concernant le numéro final, Pierce m'a juste dit qu'il s'agissait d'une évasion, et qu'elle durerait quatre minutes et dix secondes. Savez-vous quelque chose de plus à ce sujet ?

Bess haussa les épaules nerveusement.

— Il garde le secret parce qu'elle n'est pas encore tout à fait au point.

— C'est-à-dire ? insista Ryan.

— Je n'en ai aucune idée, sauf…, reconnut-elle, partagée entre ses doutes et sa loyauté. Sauf qu'elle fait peur à Link.

Ryan posa la main sur son bras.

— Pourquoi ? Est-ce dangereux ? Y a-t-il des risques ?

— Ecoutez, Ryan, toutes les évasions en comportent, mis à part celles où il se contente de se débarrasser d'une camisole de force ou d'une paire de menottes. Mais il est très fort, précisa-t-elle en observant Pierce qui faisait redescendre Elaine jusqu'au sol. Il va avoir besoin de moi dans un instant.

Ryan la retint fermement par le bras.

— Bess, dites-moi ce que vous savez.

— Ryan, répliqua-t-elle avec un soupir, je comprends ce que vous pouvez ressentir, mais je dois me taire. Le travail de Pierce ne concerne que lui.

— Je ne vous demande pas de violer la charte éthique des magiciens, objecta Ryan avec impatience. De toute façon, il devra me dire ce qu'il en est, le moment venu.

— Alors, il le fera, assura-t-elle.

Elle lui tapota la main et s'en alla.

Les répétitions se poursuivirent comme d'habitude avec Pierce. Après avoir assisté à une réunion de production en fin d'après-midi, Ryan décida d'aller l'attendre dans sa loge. Le problème posé par le numéro final l'avait rongée toute la journée. Elle n'avait pas aimé l'inquiétude qu'elle avait décelée dans les yeux de Bess.

La loge attribuée à Pierce était spacieuse et cossue. Elle comportait une moquette épaisse et un canapé confortable, suffisamment large pour être transformé en lit. Il y avait aussi un téléviseur à grand écran, une chaîne stéréo de bonne qualité et un bar bien achalandé, auquel elle savait que Pierce n'avait jamais touché. Deux très belles lithographies étaient accrochées au mur. C'était le genre d'endroit que Swan réservait à des artistes exceptionnels. Ryan doutait fort que

Pierce y ait passé plus d'une demi-heure par jour, au cours de ses différents séjours à Los Angeles.

Ryan fouilla dans le réfrigérateur, trouva une petite bouteille de jus d'orange et se prépara un verre avant de s'enfoncer dans le canapé. Paresseusement, elle s'empara du livre qui se trouvait sur la table. Elle remarqua qu'il appartenait à Pierce. Encore un ouvrage sur Houdini. Avec un intérêt absent, elle se mit à en parcourir les pages.

Lorsque Pierce entra dans la pièce, il la trouva pelotonnée sur le divan. Elle avait déjà lu la moitié du volume.

— On fait des recherches ?

Ryan releva brusquement la tête.

— Parvenait-il vraiment à faire tout cela ? Je veux dire, ces numéros où il avalait une bobine de fil et des aiguilles et où il les recrachait ensuite enfilées. Ce n'est pas possible, n'est-ce pas ?

— Si, dit-il en enlevant sa chemise.

Ryan plissa les yeux et le regarda.

— Sais-tu faire ça, toi ?

— Je n'ai pas l'habitude de copier les illusions des autres, répondit-il en souriant. As-tu passé une bonne journée ?

— Oui. Il paraît qu'il avait une poche sous la peau.

Cette fois, il éclata de rire.

— Ne crois-tu pas que tu aurais trouvé la mienne, si j'en avais une ?

Ryan posa le livre et se leva.

— Il faut que je te parle.

Il la prit dans ses bras et commença à parcourir son visage de baisers.

— D'accord. Dans quelques minutes. Ces trois derniers jours ont été bien longs sans toi.

— C'est toi qui es parti, dit-elle d'un ton boudeur.

— Il fallait que je règle quelques détails. Ici, je n'arrive pas à me concentrer.

— D'où l'utilité du donjon, murmura-t-elle en lui prenant de nouveau les lèvres.

— Exactement. Nous allons dîner ensemble ce soir, dans un endroit avec des coins sombres et des bougies.

— Il y a tout cela dans mon appartement, dit-elle dans un souffle. Là, nous serons seuls.

— Tu vas encore essayer de me séduire.

Ryan rit et oublia ce qu'elle avait voulu dire.

— J'en ai bien l'intention.

— Vous devenez impudente, mademoiselle Swan, constata-t-il en la repoussant. Ne croyez pas que je sois un homme facile.

— J'adore les défis.

Il frotta son nez contre le sien.

— Votre fleur vous a-t-elle plu ?

Elle passa les bras autour de son cou.

— Beaucoup. Merci. Elle m'a empêchée de te harceler.

— Je sais. Tu trouves difficile de travailler avec moi, n'est-ce pas ?

— Extrêmement. Mais si tu laisses quiconque produire ta prochaine émission, je saboterai chacune de tes illusions.

— Bon, dans ce cas, il faudra que je te garde tout en me protégeant.

Il posa doucement sa bouche sur ses lèvres. Ryan fut inondée par une vague d'amour si soudaine et si intense qu'elle s'accrocha à lui.

Elle voulut s'exprimer rapidement, avant que la peur familière ne l'en empêche.

— Pierce, lis dans mes pensées, ordonna-t-elle, les yeux étroitement fermés, enfouissant son visage dans le creux de son épaule. Peux-tu le faire ?

L'urgence qu'il sentit dans sa voix l'obligea à s'écarter afin de l'étudier. Elle ouvrit des yeux écarquillés, et il y lut un mélange de peur et de détresse. Il y vit aussi autre chose qui lui provoqua un coup au cœur.

— Ryan ?

Pierce leva la main jusqu'à sa joue, effrayé de découvrir un sentiment qui ne concernait que lui. Affolé aussi par sa réalité.

— Je suis terrifiée, murmura-t-elle. Les mots ne parviennent pas à franchir mes lèvres. Peux-tu les deviner ? dit-elle d'une voix entrecoupée en se mordant la lèvre afin de contrôler son tremblement. Si tu n'y parviens pas, je comprendrai. Ce n'est pas pour autant que cela changera quoi que ce soit.

Oui, il pouvait les imaginer. Mais elle avait tort. Une fois ces paroles prononcées, tout serait différent. Il n'avait pas voulu que cela se produise, mais il savait néanmoins qu'ils en arriveraient là. Il l'avait su au moment même où il l'avait vue descendre les marches qui menaient à son atelier. Elle était la femme qui bouleverserait sa vie. Quels que soient les pouvoirs qu'il possédait, dès qu'il aurait dit ces trois mots, seule véritable incantation dans un monde fait d'illusions, il serait partiellement à sa merci.

— Ryan.

Il hésita quelques instants tout en sachant qu'il n'y avait pas moyen d'interrompre ce qui était déjà un fait accompli.

— Je t'aime.

Elle laissa échapper un soupir de soulagement.

— Oh, Pierce, j'ai eu si peur que tu ne veuilles pas comprendre, dit-elle en se serrant de toutes ses forces contre lui. Je t'aime tant. De toute mon âme, ajouta-t-elle en tremblant. C'est tellement bon, n'est-ce pas ?

Il sentit son cœur qui battait au même rythme que le sien.

— Oui. Oui, c'est bon.

— Je ne savais pas que je pouvais ressentir un tel bonheur. J'aurais voulu te le dire auparavant, susurra-t-elle tout contre sa gorge, mais j'éprouvais une telle appréhension… Et, maintenant, ça paraît ridicule.

Il la pressa plus fort contre lui, mais il restait encore sur sa faim.

— Nous étions tous les deux dans le même cas. Nous avons perdu du temps.

— Mais tu m'aimes, murmura-t-elle, juste pour l'entendre prononcer de nouveau la phrase magique.

— Oui, Ryan. Je t'aime.

— Allons chez moi, Pierce, supplia-t-elle. Allons-y. J'ai envie de toi.

— Hum ! A vos ordres !

Ryan rit en rejetant la tête en arrière.

— Maintenant ? Ici ?

— Ici et maintenant, approuva Pierce, prenant plaisir à voir l'éclair de malice qui passa dans ses yeux.

— Quelqu'un pourrait entrer, objecta-t-elle en s'éloignant de lui.

Pierce ne répondit rien, s'approcha de la porte et tourna le verrou.

— Ça m'étonnerait.

Ryan se mordit la lèvre pour retenir un sourire.

— Oh ! on dirait que je vais être victime d'un viol.

— Tu peux toujours essayer d'appeler à l'aide, suggéra Pierce en faisant glisser la veste de ses épaules.

— Au secours, cria-t-elle à voix basse tandis qu'il déboutonnait son chemisier. J'ai l'impression que personne ne m'a entendue.

— Alors, je crois que tu vas vraiment te faire violer.

— Oh, super ! murmura-t-elle au moment où sa blouse tomba sur le sol.

Ils rirent de la simple joie d'être amoureux. Ils s'embrassèrent et s'enlacèrent comme si le lendemain n'existait pas. Ils se murmurèrent des mots doux et soupirèrent de plaisir. Et même lorsque la passion s'intensifia et que leur désir devint incontrôlable, l'allégresse qui les soulevait resta teintée d'innocence.

Il m'aime, pensa Ryan en passant les mains sur son dos musclé. *Il m'appartient.*

Elle répondit avec ferveur à son baiser.

Elle m'aime, songea Pierce en sentant sa peau brûler sous ses doigts. *Elle m'appartient.*

Il chercha sa bouche et la savoura.

Ils se donnèrent l'un à l'autre, ils reçurent l'un de l'autre, jusqu'à ce que la fusion soit totale. Une passion grandissante, une tendresse infinie et une liberté nouvelle imprégnaient leur union. Après l'explosion, ils furent pris de vertige à la pensée que, pour eux, ce n'était que le commencement.

— Moi qui pensais que c'était au producteur d'attirer la vedette dans son lit, murmura Ryan.

— N'est-ce pas ce que tu as fait ? remarqua-t-il en lui passant les doigts dans les cheveux.

Avec un gloussement, Ryan l'embrassa entre les deux yeux.

— Il fallait que tu croies que l'idée venait de toi.

Elle se releva et attrapa son chemisier. Pierce s'assit derrière elle et fit glisser un doigt le long de sa colonne vertébrale.

— Tu vas quelque part ?

— Ecoute, Atkins, tu as gagné ton bout d'essai, annonça Ryan et elle poussa un petit cri quand il lui mordit l'épaule. J'en ai fini avec toi, à présent.

Pierce s'appuya sur ses coudes et la regarda s'habiller.

— Ah bon ?

Elle se glissa en frétillant dans ses sous-vêtements, puis se mit à accrocher ses bas.

— Jusqu'à ce qu'on arrive à la maison, dit-elle, jetant un coup d'œil à la nudité de son amant. Tu ferais mieux de te rhabiller avant que je change d'avis, sinon on va finir enfermés dans l'immeuble toute la nuit.

— Je peux nous faire sortir d'ici quand je veux.

— Mais il y a des alarmes.

— Ryan, vraiment ! dit-il en s'esclaffant.

Elle lui décocha un regard en coin.

— Je suppose qu'il vaut mieux que tu n'aies pas choisi la voie du crime.

— Il est beaucoup plus simple de gagner de l'argent en crochetant des serrures. Les gens sont fascinés à l'idée de payer pour constater que c'est toujours faisable, expliqua-t-il avec un sourire en se redressant. Mais ils n'apprécient pas qu'on le fasse bénévolement.

Elle le regarda avec curiosité et pencha la tête sur le côté.

— Es-tu déjà tombé sur un verrou qui te résiste ?

— Si on y met le temps nécessaire, dit Pierce en récupérant ses vêtements, n'importe quelle fermeture peut être forcée.

— Sans outils ?

Il leva un sourcil.

— Il y a différentes sortes d'outils.

— Je vais devoir vérifier si tu n'as pas une poche sous ta peau, dit-elle en fronçant les sourcils.

— Quand tu voudras, approuva-t-il obligeamment.

— Tu pourrais au moins être gentil et m'enseigner un seul de tes trucs. Celui où tu te délivres des menottes, par exemple.

Il secoua la tête et enfila son jean.

— Hum, hum. Il pourrait encore m'être utile.

Ryan haussa les épaules comme si le sujet ne l'intéressait plus et commença à boutonner son chemisier.

— Ah, j'allais oublier. Je voulais te parler de ton numéro final.

Pierce prit une chemise propre dans l'armoire.

— Quel est le problème ?

— C'est précisément ce que j'aimerais savoir. Que prévois-tu exactement à ce sujet ?

— Ce sera une évasion, je te l'ai déjà dit, précisa-t-il en enfilant sa chemise.

— J'ai besoin d'une explication un peu plus précise, Pierce. L'émission passe dans dix jours.

— Je suis en train d'y travailler.

Reconnaissant le ton caractéristique qu'il avait mis dans sa réponse, Ryan fit un pas vers lui.

— Tu ne fais pas un spectacle en solo, Pierce. N'oublie pas que c'est moi qui suis chargée de la production ; c'est toi-même qui l'as voulu. Je peux supporter quelques-unes de tes excentricités concernant le personnel, déclara-t-elle en faisant mine d'ignorer son air indigné. Mais je dois savoir précisément ce dont il s'agit. Tu ne peux pas me maintenir dans l'ignorance alors qu'il reste à peine deux semaines avant l'enregistrement.

— Je vais m'évader d'un coffre-fort, dit-il simplement en lui tendant sa chaussure.

Elle s'en saisit, mais continua à l'observer.

— C'est tout ? Il y a autre chose, Pierce. Ne me prends pas pour une idiote.

— J'aurai les pieds et les mains menottés.

Ryan se baissa pour récupérer son autre chaussure. La réticence permanente qu'il avait à donner des précisions provoqua en elle une véritable panique. Elle fit une pause car elle voulait recouvrer un ton ferme.

— Quoi d'autre, Pierce ?

Il garda le silence et finit de boutonner sa chemise.

— C'est un genre de poupées russes. Une boîte, dans une boîte, dans une boîte. Un truc vieux comme le monde.

La peur de Ryan monta d'un cran.

— Trois coffres ? Imbriqués les uns dans les autres ?

— Exactement. Chacun d'eux étant légèrement plus grand que le précédent.

— Hermétiques ?

— Oui.

Ryan sentit un grand froid l'envahir.

— Je n'aime pas ton numéro.

Il lui adressa un regard calme et posé.

— Tu n'as pas besoin de l'aimer, Ryan, ni de te faire du souci.

Elle avala sa salive.

— Il y a autre chose, n'est-ce pas ? Je le sais bien. Dis-moi toute la vérité.

— Le dernier coffre sera équipé d'un minuteur, dit-il, impassible. J'ai déjà utilisé ce procédé.

Elle sentit une onde glacée lui parcourir le dos.

— Un minuteur ? Non, ce n'est pas possible. C'est de la folie.

— Pas du tout, répliqua Pierce. Il y a des mois que j'en peaufine les mécanismes et le timing.

— Quel timing ?

— J'aurai assez d'oxygène pour respirer pendant trois minutes.

Trois minutes ! pensa-t-elle en s'efforçant de ne pas perdre pied.

— Et combien de temps l'évasion va-t-elle durer ?

— Pour l'instant, elle dépasse à peine les trois minutes.

— A peine..., répéta Ryan, abasourdie. Et si quelque chose tournait mal ?

— Aucun risque, Ryan. J'ai déjà tout passé en revue, des centaines de fois.

Elle fit deux pas pour s'éloigner, puis se retourna brusquement.

— Il est hors de question que je te laisse faire. Tu n'as qu'à présenter le numéro de la panthère à la place, mais pas celui-là.

— Ce sera cette évasion ou rien, Ryan, confirma-t-il d'un ton calme et sans appel.

Prise de panique, elle s'agrippa à ses bras.

— Non, Pierce ! Je refuse. Je vais l'éliminer du programme. Utilise une de tes autres illusions ou inventes-en une nouvelle mais pas celle-ci.

Sa voix ne changea pas de tonalité quand il baissa les yeux sur elle.

— Tu n'as pas le droit de la supprimer. C'est moi qui ai le dernier mot. Lis le contrat.

Elle blêmit et s'éloigna de lui.

— Bon sang! Je me fiche de ce maudit contrat. Je sais ce qu'il contient. Je l'ai rédigé moi-même!

— Donc tu reconnais que tu n'as pas le droit de m'empêcher de faire cette évasion, remarqua-t-il tranquillement.

Des larmes jaillirent de ses yeux, mais elle les refoula d'un battement de paupières.

— Je ne te laisserai pas faire. C'est impossible.

— Je suis désolé, Ryan.

Elle respirait avec difficulté, submergée par un mélange de colère et de peur. Elle avait perdu tout espoir de le convaincre.

— Je trouverai un moyen de tout annuler. Le programme et le contrat.

— Peut-être, dit-il en la prenant par les épaules. Mais je la ferai quand même, Ryan. Le mois prochain, à New York.

Désespérée, elle s'accrocha de nouveau à ses bras.

— Pierce, je t'en prie. Tu pourrais y laisser ta peau. Ça n'en vaut pas la peine. Pourquoi as-tu toujours besoin de tenter le diable?

— Parce que j'en ai la capacité. C'est mon travail, Ryan. Comprends-moi.

— Je comprends que je t'aime. Cela n'a-t-il aucune importance à tes yeux?

— Tu sais très bien que si, rétorqua-t-il brutalement. Et à quel point c'est vrai.

Elle s'arracha furieusement à lui.

— Non, je n'en ai aucune idée. Je constate seulement que tu as l'intention de passer outre, même si je te supplie à genoux. Et tu crois que je vais te regarder risquer ta vie sans mot dire, juste pour que tu récoltes quelques applaudissements et une bonne critique?

Le premier éclair de colère passa dans les yeux de Pierce.

— Cela n'a rien à voir. Tu devrais mieux me connaître.

— Non. Non, je ne sais rien de toi, dit-elle, accablée. Comment pourrais-je comprendre pourquoi tu t'acharnes tellement ? Cet exploit n'est d'aucune utilité ni pour le spectacle ni pour ta carrière.

Il lutta intérieurement pour contenir son impatience et parvint à répondre calmement :

— Pour moi, il est important.

— Pourquoi ? demanda-t-elle rageusement. Pourquoi est-ce nécessaire de mettre ta vie en danger ?

— C'est ton point de vue, Ryan, pas le mien. Les risques sont inhérents à mon métier et à ma personnalité, ajouta-t-il en marquant un temps d'arrêt, sans pour autant se rapprocher d'elle. Il va falloir que tu l'acceptes et que tu me prennes comme je suis.

— Ce n'est pas juste.

— Peut-être, concéda-t-il. Tu m'en vois désolé.

Ryan déglutit avec peine. Elle fit des efforts désespérés pour retenir ses larmes.

— Ce qui nous mène à quoi ?

— C'est toi qui décides, dit-il sans baisser les yeux.

— Je n'y assisterai pas, s'indigna-t-elle en reculant vers la porte. Non, non et non ! Je ne passerai pas ma vie à attendre le moment où tu dépasseras les bornes. Je ne pourrai pas le supporter.

Les doigts tremblants, elle chercha le verrou.

— Je hais ta magie, ajouta-t-elle dans un sanglot en tournant brusquement les talons et en sortant de la pièce.

15

Après avoir quitté Pierce, Ryan monta directement jusqu'au bureau de son père. Pour la première fois de sa vie, elle entra sans frapper. Contrarié par cette irruption intempestive, Swan interrompit sa conversation téléphonique et lui jeta un regard noir. Il l'observa attentivement pendant un instant. Il n'avait jamais vu sa fille dans un état pareil : le visage pâle, les yeux écarquillés et brillant de larmes ravalées, le corps secoué de tremblements.

— Je vous rappellerai, grommela-t-il en raccrochant.

Elle était restée debout près de l'entrée. Swan ne savait pas quoi dire, ce qui était plutôt rare. Il s'éclaircit la gorge.

— Qu'est-ce qu'il y a ? demanda-t-il.

Ryan s'appuya contre la porte. Elle avait les jambes en coton. S'efforçant de retrouver un semblant de sang-froid, elle s'avança vers son père.

— Il faut que tu... Je veux que tu annules l'enregistrement de l'émission spéciale.

Il se leva d'un bond et la regarda d'un air furieux.

— Quoi ? Bon sang, quelle idée ! Si c'est la pression qui te fait craquer, je trouverai quelqu'un pour te remplacer. Ross peut parfaitement prendre la relève, dit-il en frappant du plat de la main sur la table. Je regrette de t'avoir nommée à la tête de ce projet.

Swan tendit la main pour prendre le téléphone, mais la voix douce de Ryan l'arrêta.

— Je t'en prie. Je te demande de résilier le contrat et d'annuler le show.

Swan commença à pester de nouveau, l'étudia avec attention, puis se dirigea vers le bar. Il choisit de se taire et de verser une bonne dose de brandy dans un verre ballon. Il maudissait sa fille intérieurement. Il se sentait gauche et mal à l'aise comme un adolescent. Il lui mit le verre dans les mains et lui ordonna d'un ton bourru :

— Tiens, bois ça. Et assieds-toi.

Ryan semblait aussi bouleversée que désemparée. Comme il ne savait plus sur quel pied danser, il lui tapota maladroitement l'épaule avant de retourner s'asseoir derrière son bureau. Une fois qu'il eut retrouvé sa place, il se sentit davantage en mesure de gérer la situation.

— Bon. Maintenant, tu vas m'expliquer ce qui se passe. Des problèmes pendant les répétitions ? demanda-t-il avec un sourire qu'il espérait compréhensif. Tu es pourtant dans le métier depuis assez longtemps pour savoir que cela fait partie du jeu.

Ryan prit une profonde inspiration. Elle avala une bonne gorgée de cognac, qui descendit dans sa gorge en brûlant. L'effet de l'alcool soulagea sa douleur et atténua sa peur. Sa respiration s'apaisa. Elle parvint à relever les yeux.

— Pierce a l'intention de terminer son spectacle par un numéro d'évasion.

— Je sais, dit-il avec impatience. J'ai lu le script.

— C'est trop dangereux.

Swan joignit ses mains sur le bureau. Si tel était le seul problème, il saurait le résoudre, décida-t-il.

— Dangereux ? Cet homme est un professionnel, Ryan. Il sait ce qu'il fait.

Swan tourna légèrement le poignet pour pouvoir jeter un coup d'œil à sa montre. Il n'avait que cinq minutes à lui accorder.

Elle serra le verre de toutes ses forces afin de ne pas crier. Swan n'était pas du genre à prêter l'oreille à une femme hystérique.

— Cette fois, c'est différent, insista-t-elle. Même les gens qui travaillent avec lui sont d'accord avec moi.

— Bon, explique-moi. En quoi consiste cette évasion ?

Incapable de formuler sa pensée, Ryan but encore un peu de cognac pour se donner du courage.

— Trois coffres-forts, commença-t-elle. Imbriqués l'un dans l'autre, le dernier..., ajouta-t-elle en faisant une pause afin de contrôler sa voix, le dernier est muni d'un minuteur. Une fois enfermé dans le premier, il aura juste assez d'oxygène pour respirer pendant trois minutes. Et il vient... il vient juste de me dire que le numéro dépasse actuellement cette durée.

— Trois coffres, dit Swan, pensif, en faisant la moue. De quoi interrompre une représentation !

Ryan reposa violemment son verre sur le bureau.

— Surtout s'il meurt étouffé. Imagine l'effet que cela aura sur l'Audimat. Enfin, il pourra toujours recevoir un hommage posthume.

Swan fronça les sourcils d'un air menaçant.

— Ryan, calme-toi !

— Non ! répliqua-t-elle en se levant d'un bond. Il n'a pas le droit de jouer avec sa vie. Il faut résilier le contrat.

Swan eut un haussement d'épaules, qui montrait qu'une telle éventualité était impossible.

— Nous ne pouvons pas faire ça.

— Dis plutôt que nous ne voulons pas, rectifia Ryan rageusement.

— O.K., nous ne voulons pas, approuva Swan en l'imitant. Il y a trop d'intérêts en jeu.

— *Tout* est en jeu ! lui cria Ryan. Je l'aime.

Il était sur le point de se lever et de se mettre aussi à hurler, mais ses derniers mots le prirent au dépourvu. Il la dévisagea. Elle avait les yeux pleins de larmes. Il ressentit de nouveau la même gêne.

Il soupira et prit un cigare.

— Ryan, assieds-toi.

— Non !

Elle lui arracha le cigare des mains et le lança à travers la pièce.

— Non. Et je ne me calmerai pas, non plus. Je te demande ton aide. Pourquoi détournes-tu les yeux ? demanda-t-elle avec autant de désespoir que de colère dans la voix. Regarde-moi, vraiment !

— C'est ce que je fais ! rugit-il pour sa défense. Et je peux te dire que je n'aime pas ce que je vois. Maintenant, assieds-toi et écoute-moi.

— Non, J'en ai assez de t'écouter, assez d'essayer de te contenter. Pourtant, je t'ai toujours obéi, mais ça ne suffit pas. Je ne serai jamais le fils que tu aurais voulu. Ce n'est pas ma faute, s'indigna Ryan qui couvrit son visage de ses mains et éclata en sanglots. Je suis juste ta fille et j'ai besoin que tu m'aides.

Cette déclaration le laissa sans voix. Les femmes en larmes l'avaient toujours décontenancé. Il ne parvenait pas à se souvenir s'il avait déjà eu l'occasion de la voir pleurer ; en tout cas, jamais d'une façon aussi passionnée. Il se mit debout maladroitement et fouilla dans sa poche à la recherche d'un mouchoir.

— Tiens, prends ça, dit-il en le lui tendant. J'ai toujours...

Il s'interrompit, hésitant. Puis il s'éclaircit la voix et jeta un regard désespéré autour de lui.

— ... J'ai toujours été fier de toi, Ryan.

Quand, en guise de réponse, ses pleurs redoublèrent, il enfonça ses mains dans ses poches et garda le silence.

— Ce n'est pas grave, finit-elle par dire.

Sa voix était étouffée par le mouchoir. Elle eut honte de sa conduite, de ses paroles, de ses larmes.

— Cela n'a plus d'importance, à présent.

— Si je pouvais t'aider, je le ferais, grommela-t-il au bout d'un moment. Mais je ne peux pas l'empêcher de faire son numéro. Même si je parvenais à annuler l'émission et à me dépêtrer des poursuites que la chaîne et Atkins ne manqueront pas d'engager contre nous, il fera cette maudite évasion, un jour ou l'autre.

C'était la vérité et Ryan détourna les yeux.

— Il doit bien y avoir un moyen...

Swan remua, mal à l'aise.

— Est-ce qu'il t'aime aussi ?

Ryan laissa échapper un souffle et refoula ses pleurs.

— Ce qu'il ressent à mon égard ne compte pas, si je ne peux pas l'arrêter.

— Je vais essayer de lui parler.

Elle secoua la tête avec lassitude et regarda de nouveau son père.

— Cela ne changera rien. Je suis désolée. Je n'aurais pas dû venir. J'avais l'esprit confus, ajouta-t-elle en regardant ses pieds et en serrant le mouchoir dans son poing fermé. Excuse-moi de t'avoir fait une scène.

— Ryan, je suis ton père.

Elle leva les yeux sur lui, mais il lui sembla qu'ils ne contenaient aucune expression.

— Oui.

Il se racla la gorge et se rendit compte qu'il ne savait pas quoi faire de ses mains. Ryan se contentait de le regarder, le regard vide. Il ébaucha timidement un geste et lui toucha le bras.

— Je ne veux pas que tu te sentes coupable d'être venue me voir, dit finalement Swan. Je ferai tout mon possible pour persuader Atkins de supprimer ce numéro, si c'est ce que tu veux.

Ryan poussa un gros soupir avant de reprendre sa place.

— Merci. Mais tu as raison, il le fera quand même, une autre fois. Il me l'a dit lui-même. Le problème, c'est que je suis incapable d'accepter cette éventualité.

— Veux-tu que Ross te remplace ?

Elle pressa les doigts sur ses paupières et refusa d'un signe de tête.

— Non, je finirai ce que j'ai commencé. Me cacher ne changera rien, de toute façon.

Il hocha la tête, l'air satisfait.

— Bravo ! Et, euh..., dit-il en hésitant sur le choix des mots adéquats... Au sujet de toi et du magicien, ajouta Swan qui toussa en tripotant sa cravate, que désires-tu que je fasse ? Je veux dire... dois-je m'enquérir de la nature de ses intentions à ton égard ?

Ryan eut la surprise de constater qu'elle pouvait encore sourire.

— Non, ce ne sera pas nécessaire, déclara-t-elle en se

levant. Mais j'aimerais bien prendre quelques vacances après l'enregistrement.

Elle remarqua que Swan semblait soulagé.

— Bien sûr, tu l'auras bien mérité.

— Je ne vais pas te déranger plus longtemps.

Lorsqu'elle fit mine de s'en aller, il lui mit la main sur l'épaule. Elle lui lança un coup d'œil étonné.

— Ryan...

Impossible de formuler les sentiments qu'il voulait exprimer. A la place, il serra son épaule.

— ... Allez, je t'invite à dîner.

Ryan le fixa. Elle tenta de se souvenir de la dernière fois où elle avait pris un repas avec son père. Etait-ce lors d'un banquet en l'honneur d'une remise de prix ? Ou au cours d'une réception d'affaires ?

— A dîner ? dit-elle d'un air ébahi.

— Oui. Un père peut bien emmener sa fille au restaurant, n'est-ce pas ?

Sa voix s'était durcie tandis que ses pensées avaient suivi le même raisonnement que celles de sa fille. Il passa le bras autour de sa taille et la conduisit jusqu'à la porte. Il eut un choc quand il se rendit compte à quel point elle était petite.

— Va te laver la figure, grogna-t-il. Je t'attends ici.

Le lendemain matin, à 10 heures, Swan lisait pour la seconde fois le contrat. Un problème épineux, songea-t-il. Il ne serait pas facile de le résilier. Il n'avait, d'ailleurs, aucunement l'intention de prendre une telle décision. D'une part ce serait faire preuve d'un mauvais sens des affaires ; d'autre part, ce serait un geste inutile. Il valait mieux qu'il parvienne à faire pression sur Atkins. Lorsque la sonnerie de son téléphone retentit, il reposa le contrat à l'envers sur son bureau.

— Monsieur Swan, M. Atkins est arrivé.

— Faites-le entrer.

Swan se leva pour accueillir le magicien. Comme la première fois, il traversa la pièce, la main tendue devant lui.

— Pierce, dit-il d'un air jovial, merci d'être venu.

— Monsieur Swan.

— Bennett, s'il vous plaît, rectifia Swan en conduisant Atkins vers une chaise.

— Bennett, approuva Pierce en prenant place.

Swan s'assit en face de lui.

— Bon, êtes-vous satisfait de la tournure que prennent les événements ?

— Oui, répondit Pierce en levant un sourcil.

Swan ouvrit une boîte et en sortit un cigare.

Cet homme est trop calme, pensa-t-il amèrement. *Son visage ne trahit aucune émotion.*

Il décida d'aborder le sujet par la bande.

— Coogar m'a dit que les répétitions marchaient comme sur des roulettes. Nous avons cependant quelques préoccupations concernant vos projets pour la finale.

— Ah ?

— Il s'agit d'un spectacle pour la télévision, vous savez, fit remarquer Swan avec un sourire chaleureux. Quatre minutes dix, c'est un peu long pour un numéro.

Atkins posa les mains sur les accoudoirs.

— C'est inévitable. Je suis sûr que Ryan vous l'a déjà expliqué.

Swan rencontra le regard direct de Pierce.

— Oui. Elle m'en a fait part. Elle est venue me voir hier soir. Elle était bouleversée.

Les doigts de Pierce se crispèrent légèrement, mais son expression resta la même.

— Je sais. J'en suis désolé.

— Ecoutez, Pierce, je suis sûr que vous êtes quelqu'un de raisonnable, déclara Swan qui se pencha en avant en pointant son cigare vers lui. Votre illusion a l'air d'être un vrai bijou. L'idée du minuteur est fantastique, mais de petits changements pourraient…

— Je n'ai pas l'habitude de modifier mes illusions.

Sa manière d'écarter sèchement tout compromis fit fulminer Swan.

— Tous les contrats peuvent être annulés, annonça-t-il comme une menace.

— Vous pouvez tenter la résiliation. Les complications qui en résulteront risquent d'être beaucoup plus ennuyeuses pour vous que pour moi. Et, en fin de compte, rien ne changera.

— Bon sang, Pierce ! Ma fille est dans tous ses états !

Il tapa du plat de la main sur le bureau et s'effondra dans son fauteuil pour ajouter :

— Elle m'a avoué être amoureuse de vous.

— C'est la vérité, répondit tranquillement Pierce, ignorant le serrement au creux de son estomac.

— Et que diable avez-vous l'intention de faire à ce sujet ?

— La question vient-elle du père ou du directeur de Swan Productions ?

Les sourcils de Swan se rejoignirent, et il grogna pendant un instant avant de prendre sa décision.

— Du père.

Les yeux de Pierce se posèrent calmement sur Swan.

— J'aime Ryan. Et, si elle veut bien de moi, je suis prêt à vivre le reste de ma vie avec elle.

— Et dans le cas contraire ?

Pierce sentit sa vision s'assombrir. L'éventualité traversa son cerveau en un éclair. C'était une possibilité qu'il n'avait pas encore envisagée. Dans l'intervalle, Swan avait deviné ce qu'il voulait savoir. Il profita de son avantage.

— La conduite d'une femme amoureuse n'est pas forcément raisonnable, déclara-t-il avec un sourire indulgent. C'est parfois à l'homme de faire quelques compromis.

— Il existe très peu de choses que je ne ferais pas pour elle. Mais je ne peux pas changer ma personnalité.

— Nous parlons d'un numéro de magie, rétorqua Swan qui commençait à perdre patience.

— Non, c'est ma manière de vivre qui est en cause. Même si j'annule cette évasion, j'en inventerai une autre, puis encore une autre, continua-t-il en feignant d'ignorer le froncement de sourcils de Swan. Si Ryan n'est pas en mesure d'accepter celle-là, comment supportera-t-elle les suivantes ?

— Vous prenez le risque de la perdre.

A ces mots, Pierce se leva, incapable de rester assis plus longtemps.

— Peut-être n'a-t-elle jamais été à moi.

Il avait appris à gérer la douleur, se dit-il. Il était même spécialiste en la matière. Sa voix était calme quand il reprit :

— Il faut que Ryan fasse ses propres choix. Quant à moi, je n'aurai d'autre option que de les accepter.

Swan se dressa sur ses pieds et lui lança un regard furieux.

— Je voudrai bien me faire pendre si vos propos sont ceux d'un homme amoureux !

Pierce le fixa longuement d'un air froid, qui l'obligea à déglutir avec effort.

— Dans ma vie jalonnée d'illusions, Ryan est la seule chose réelle.

Il tourna les talons et sortit à grandes enjambées de la pièce.

16

L'enregistrement était prévu à 18 heures, horaire de la côte Ouest. A 16 heures, Ryan avait déjà dû affronter toutes les difficultés possibles et imaginables.

Pourtant, les problèmes, les réclamations incessantes et la touche de folie qui allait avec l'empêchaient de se réfugier dans un coin sombre pour pleurer. On comptait sur elle, et Ryan n'avait d'autre choix que d'être à la hauteur. Si sa carrière représentait la seule chose qui lui restait, elle devait désormais s'y dévouer corps et âme.

Il y avait dix jours qu'elle évitait soigneusement Pierce et lui dissimulait ses émotions. Il fallait bien qu'ils se rencontrent de temps à autre, mais leurs relations se bornaient à celles d'un producteur avec une vedette. Pierce n'avait fait aucune tentative pour combler le fossé qui s'était creusé entre eux.

Ryan souffrait. Elle était étonnée par moments de constater à quel point elle avait mal. Elle accueillait néanmoins ce sentiment avec gratitude. La souffrance contribuait à masquer sa peur. Les trois coffres-forts avaient été livrés. Quand elle s'était fait violence pour aller les voir, elle avait rapidement évalué leur taille. Le plus petit ne faisait pas plus de quatre-vingt-dix centimètres de haut sur soixante de large. L'idée de Pierce coincé dans cette petite boîte noire lui faisait mal au cœur.

Elle était en train d'examiner le dernier coffre, sa lourde porte et son minuteur compliqué, quand elle avait senti la présence de Pierce dans son dos. Elle s'était retournée, et ils s'étaient regardés en silence. Avant qu'elle se décide à tourner les talons pour s'éloigner, elle avait été envahie d'un mélange d'amour, de désir et de désespoir. Il n'avait pas prononcé un mot, n'avait fait aucun geste pour la retenir.

Depuis ce jour, Ryan s'était tenue à distance des coffres, préférant consacrer son énergie à la vérification, dans ses moindres détails, du bon déroulement de la production.

Il fallait trouver quelqu'un pour superviser la garde-robe, réparer à la hâte un projecteur qui ne marchait plus ou remplacer un technicien tombé malade. Et il y avait le timing, qui devait être calculé à la seconde près.

Les problèmes de dernière minute semblaient ne pas avoir de fin, et elle ne manquait pas de remercier le ciel à chaque nouveau casse-tête qui survenait. Jusqu'à l'instant précis où le public commença à faire la queue devant le studio, elle n'eut pas le temps de se poser de questions.

Les entrailles nouées, mais une feinte sérénité peinte sur le visage, Ryan attendit dans la cabine de contrôle tandis que le régisseur de plateau lançait le compte à rebours.

Le spectacle commença.

Pierce se tenait sur la scène, compétent et décontracté. Les décors étaient parfaits : d'un style dépouillé, élégant et vaguement mystérieux, souligné par l'éclairage tamisé. Habillé tout en noir, Pierce évoquait à la perfection un sorcier du XXe siècle, qui n'avait pas besoin de baguette magique ni de chapeau pointu pour impressionner.

L'eau circulait entre ses mains, le feu sortait du bout de ses doigts. Ryan assista au numéro où il tenait Bess en équilibre sur la pointe d'une épée et la faisait tourner comme une toupie. Puis il enlevait le sabre d'un geste ample du bras, et elle se mettait à tournoyer dans le vide.

Elle vit Elaine léviter au-dessus des torches allumées, et l'audience retenir son souffle. Pierce continua en l'enfermant dans une sphère de verre transparent, qu'il recouvrit d'un drap de soie rouge et qu'il fit s'élever à trois mètres au-dessus du sol. La bulle flotta dans l'air, se balançant doucement au son de la musique de Link. Pierce la ramena sur la scène et en ôta le tissu, Elaine était devenue un cygne blanc.

La diversité de ses illusions étonnait. Audacieuses et spectaculaires, elles étaient toujours merveilleusement belles. Il maîtrisait les quatre éléments, défiait la nature et laissait tout le monde bouche bée.

Ryan entendit une voix qui disait avec excitation :

— Tout se déroule à merveille. C'est sûr qu'on a des chances de décrocher au moins deux prix pour cette émission. Caméra 2, dans trente secondes. Mon Dieu, mais ce type a un talent fou !

Ryan décida de quitter la cabine de contrôle pour rejoindre les coulisses. Elle pensait avoir froid à cause de l'air conditionné poussé au maximum. Elle se dit qu'il ferait plus chaud près de la scène, que la chaleur diffusée par les projecteurs la réchaufferait. Son corps continua pourtant d'être parcouru de frissons. Elle contempla Pierce qui présentait une variante du numéro de transport dans l'espace qu'elle avait déjà vu à Las Vegas.

Bien que son regard ne se posât jamais sur elle, Ryan pressentait qu'il avait deviné sa présence. Son esprit était si totalement centré sur lui que le contraire eût été impossible.

— Tout se passe bien, n'est-ce pas ?

Ryan leva les yeux et vit Link debout à son côté.

— Oui, jusqu'à présent, tout était parfait.

— J'ai adoré le numéro du cygne. C'était très beau.

— Oui.

— Vous feriez mieux d'aller dans la loge de Bess, suggéra-t-il. Il y a une télévision qui retransmet le spectacle.

— Non. Non, je reste.

Pierce était maintenant en compagnie d'un tigre svelte et musclé, qui tournait en rond dans une cage dorée. Ryan savait que c'était la dernière illusion avant le numéro final. Elle prit une profonde inspiration et saisit la main de Link.

— Tout ira bien, Ryan, dit-il en la serrant. Pierce est le meilleur.

On apporta le plus petit des coffres. Sa porte fut ouverte en grand, et on le fit tourner dans tous les sens pour montrer à tous sa solidité. Ryan avait dans la bouche un goût d'acier. Elle n'entendit pas les explications que Pierce donnait au public tandis qu'un commissaire de police de Los Angeles lui menottait les pieds et les mains. Elle regardait fixement son visage. Elle savait qu'en pensée il était déjà enfermé à l'intérieur. Il préparait son évasion. Elle se raccrocha à cette idée aussi fort qu'elle serrait la main de Link.

Son corps tenait à peine dans le premier coffre. Ses épaules en frôlaient les parois.

Traversée par un brusque accès de panique, elle songea qu'il lui serait impossible d'y bouger. La porte se referma sur lui et elle voulut faire un pas vers la scène. Mais Link la retint par les épaules.

— Vous ne pouvez pas faire ça, Ryan.

— Mon Dieu, il ne pourra pas remuer. Il n'aura pas d'air !

Avec une terreur grandissante, elle contempla le second coffre qu'on amenait.

— Il s'est déjà débarrassé des menottes, dit Link sur un ton apaisant, inquiet pourtant de voir le coffre-fort où était Pierce soulevé, puis enfermé dans le second. Il est déjà en train d'ouvrir la première porte, ajouta-t-il autant pour se réconforter que pour rassurer Ryan. Il travaille vite. Vous le savez, vous l'avez vu à l'œuvre.

— Oh ! non, pas ça !

L'angoisse de Ryan devint insoutenable quand arriva le troisième coffre. Prise de vertige, elle s'appuya contre Link. Le plus grand des coffres avala les deux autres, ainsi que l'homme qui était à l'intérieur. On le ferma et on le verrouilla. Le minuteur fut réglé sur minuit. Il n'y avait désormais plus aucun moyen d'y pénétrer de l'extérieur.

— Combien de minutes ? murmura-t-elle, les yeux fixés sur le complexe minuteur en acier brillant. Ça fait combien de temps qu'il est là-dedans ?

— Deux minutes et demie, répondit Link qui sentait une goutte de sueur descendre le long de son dos. Il a largement le temps.

Il savait que les coffres étaient si étroitement imbriqués l'un dans l'autre que l'espace libéré par leurs portes, une fois poussées, laissait à peine le passage à un enfant. Il n'avait jamais compris comment Pierce parvenait à se contorsionner de cette façon. Mais lui, contrairement à Ryan, l'avait vu faire. Link avait observé Pierce tandis qu'il répétait cette évasion un nombre incalculable de fois. La sueur continuait pourtant à couler le long de son dos.

L'air se raréfiait, et Ryan avait de plus en plus de mal à remplir ses poumons. Pierce avait certainement la même sensation à l'intérieur du coffre, pensa-t-elle, hébétée. Sans air ni lumière.

— Combien de temps, Link ?

Elle tremblait comme une feuille à présent. Le géant interrompit sa prière pour lui répondre :

— Deux minutes cinquante. C'est presque terminé. Il est déjà en train d'ouvrir le dernier.

Ryan joignit les deux mains et les serra de toutes ses forces tout en faisant mentalement le décompte des secondes. Elle sentit un bourdonnement lui vriller les tympans et se mordit violemment la lèvre inférieure. Elle ne s'était jamais évanouie de sa vie, mais elle eut alors la sensation qu'elle allait perdre connaissance. Quand sa vue se brouilla, elle contracta fortement ses paupières pour l'éclaircir. Mais son souffle s'était bloqué. Pierce manquait d'air, et elle aussi. Prise d'une brusque attaque d'hystérie, elle se dit qu'elle était sur le point de suffoquer, aussi sûrement que Pierce étouffait, enfermé dans le trio de coffres.

Et puis, elle vit la porte qui s'ouvrait, entendit le soupir de soulagement poussé par le parterre et le tonnerre d'applaudissements qui suivit. Trempé de sueur, cherchant à reprendre son souffle, Pierce se tenait debout sur la scène.

Un voile d'obscurité recouvrit la lumière des projecteurs, et Ryan s'évanouit dans les bras de Link. Sa syncope dura presque une minute. Elle reprit conscience grâce à la voix de Link, qui l'appelait.

— Ryan, Ryan, réveillez-vous. Il est dehors. Il va bien.

Elle s'appuya contre lui et secoua la tête pour recouvrer ses esprits.

— Oui, il s'en est sorti.

Elle le contempla une dernière fois, puis elle tourna les talons et s'en alla.

A l'instant où les caméras arrêtèrent de tourner, Pierce se précipitait dans les coulisses.

— Où est Ryan ? demanda-t-il à Link.

— Elle est partie.

Il vit les gouttes de sueur qui dégoulinaient sur le visage de Pierce. Il lui tendit la serviette qu'il lui avait préparée.

— Elle était bouleversée, poursuivit Link. Elle a perdu connaissance...

Pierce n'essuya pas sa figure trempée, il ne sourit pas, comme il le faisait toujours après avoir réussi une évasion.

— Où est-elle allée ?

— Je ne sais pas. Elle a juste disparu.

Sans un mot, Pierce partit à sa recherche.

Ryan était étendue sous le soleil brûlant. Elle sentait une démangeaison au milieu de son dos, mais elle ne fit pas un mouvement pour se gratter. Elle resta immobile et laissa la chaleur imprégner sa peau.

Il y avait déjà une semaine qu'elle était à bord du yacht de son père, au large de la côte de l'île de Sainte-Croix, dans les Caraïbes. Comme elle le lui avait demandé, Swan avait consenti à ce qu'elle parte seule. Il ne lui avait pas posé de questions lorsqu'elle s'était présentée chez lui pour lui demander sa permission. Il avait pris les dispositions nécessaires et l'avait conduite à l'aéroport lui-même. Plus tard, Ryan avait songé que c'était la première fois qu'il ne faisait pas appel à une limousine avec chauffeur et qu'il la laissait prendre son avion seule.

Ces derniers jours, elle avait bronzé, nagé et s'était efforcée de faire le vide dans son esprit. Après avoir quitté le studio, elle n'était pas retournée à son appartement. Elle était arrivée à Sainte-Croix avec les vêtements qu'elle avait sur le dos et s'était procuré sur place ce dont elle avait besoin. Elle n'avait parlé à personne, sauf aux membres de l'équipage, et n'avait répondu à aucun message en provenance des Etats-Unis. Elle avait tout simplement disparu de la circulation pendant une semaine.

Ryan roula sur le dos et mit ses lunettes de soleil. Elle savait que si elle se forçait à ne pas penser, la réponse qu'elle désirait viendrait d'elle-même. Quand elle lui parviendrait, elle s'y conformerait. Jusque-là, elle patientait.

Dans son atelier, Pierce battit et coupa le jeu de tarots. Il avait besoin de se relaxer. La tension le rongeait.

Après l'enregistrement, il avait fouillé tout l'immeuble à la recherche de Ryan. Quand il s'était rendu compte qu'elle était introuvable, il avait violé ses règles d'or, avait forcé la serrure de son appartement et avait passé la nuit à l'attendre. Mais elle n'était pas rentrée chez elle. Sa disparition l'avait rendu fou de rage. Il s'était abandonné à sa furie, inhibant ainsi sa douleur. La colère, ce sentiment indiscipliné qu'il ne s'était jamais permis d'extérioriser, avait éclaté de toute sa force brutale. Link avait supporté le poids de sa fureur en silence.

Pierce avait mis des jours à recouvrer le contrôle de lui-même. Ryan était partie, et il fallait qu'il accepte cette évidence. La discipline qu'il s'était imposée ne lui laissait pas le choix. Même s'il avait su où elle se cachait, ses principes ne lui auraient pas permis d'aller la chercher.

Pendant toute la semaine qui avait suivi, il avait été incapable de travailler. Il n'avait aucune énergie. Chaque fois qu'il tentait de se concentrer, l'image de Ryan lui apparaissait, son odeur envahissait ses narines, et son goût imprégnait sa bouche. C'était tout ce que son esprit parvenait à élaborer. Il fallait absolument qu'il réussisse à sortir de cet état. Pierce savait que s'il ne retrouvait pas rapidement son rythme normal, il serait un homme fini.

Il était seul à présent, Link et Bess étant partis en lune de miel. Lorsqu'il s'était senti de nouveau maître de lui, il avait insisté pour qu'ils maintiennent leurs projets. Il les avait laissés suivre leur chemin, alors que le vide de sa propre vie se profilait telle une menace sur son avenir.

Il était temps qu'il se remette au travail, qu'il se tourne vers la seule chose qui lui restait. Mais cette perspective lui provoqua un léger pincement au cœur. Il n'était même plus certain de posséder des pouvoirs magiques.

Pierce reposa les cartes et se leva avec l'intention de répéter une de ses illusions les plus compliquées. Il n'était pas question qu'il se mette à l'épreuve avec un numéro trop facile. Il se prépara mentalement, entraîna sa concentration, s'assouplit les mains, puis il leva les yeux et la vit.

Pierce regarda l'image fixement. Il n'avait encore jamais eu d'elle une vision aussi précise. Il pouvait même entendre le bruit de ses pas tandis qu'elle traversait la pièce en direction de l'estrade. Son odeur lui parvint d'abord, et son sang ne fit qu'un tour. Il se demanda presque froidement s'il n'était pas en train de devenir fou.

— Bonjour, Pierce.

Ryan constata qu'il avait sursauté, comme si ses paroles l'avaient arraché à un rêve.

— Ryan ? prononça-t-il doucement d'un air interrogateur.

— Ta porte était ouverte, alors je suis entrée. J'espère que je ne te dérange pas.

Il continuait à la fixer en silence. Elle monta les marches de l'estrade.

— J'ai interrompu ton travail.

Il suivit son regard, et ses yeux se dirigèrent sur la fiole de verre qu'il tenait dans la main, puis sur les cubes colorés installés sur la table.

— Mon travail ? Euh... non, pas de problème.

Il reposa la fiole. Il n'aurait de toute façon pas réussi à exécuter la plus simple de ses illusions.

— Je n'en aurai pas pour longtemps, déclara Ryan avec un sourire.

C'était la première fois qu'elle le voyait perdre son sang-froid.

— Il faut que nous parlions. Au sujet d'un nouveau contrat.

— Un contrat ? répéta-t-il, incapable de détourner les yeux.

— Oui. C'est pour cela que je suis venue.

— Je vois.

Il avait envie de poser ses mains sur elle, mais il les garda sur la table. Il ne pouvait pas toucher une femme qui ne lui appartenait plus.

— Tu as l'air en pleine forme, dit-il finalement avec un geste du bras pour lui offrir un siège. Où étais-tu ?

La question avait franchi ses lèvres avant qu'il n'ait pu la retenir ; elle ressemblait dangereusement à une accusation. Ryan se contenta d'un autre sourire.

— Je suis partie, répondit-elle simplement en s'avançant vers lui. As-tu pensé à moi ?

Il fit un pas en arrière.

— Oui, j'ai pensé à toi.

— Souvent ? demanda-t-elle d'une voix calme en s'approchant de lui.

— Ryan, arrête ! dit-il d'un ton cassant.

Et il recula, sur la défensive.

— Tu as hanté mes pensées, poursuivit-elle, comme s'il n'avait rien dit. En permanence, bien que j'aie lutté pour m'en empêcher. Est-ce que tu prépares des potions magiques à tes moments perdus, Pierce ? Est-ce que tu m'en as fait boire une à mon insu ? s'enquit-elle tout en faisant un autre pas dans sa direction. J'ai fait tout mon possible pour parvenir à te haïr. J'ai tenté de toutes mes forces de t'oublier. Mais ta magie est vraiment trop efficace.

Pierce sentait le parfum de Ryan qui envahissait ses sens et troublait ses émotions.

— Ryan, je ne suis qu'un homme et tu es ma faiblesse. Ne fais pas ça, implora-t-il en faisant appel à ce qui subsistait de son contrôle de soi. J'ai du travail.

Ryan joua avec un des cubes colorés.

— Il faudra qu'il attende. Sais-tu combien d'heures il y a dans une semaine ? demanda-t-elle en lui souriant.

— Non. Cesse immédiatement, Ryan !

Son cœur battait la chamade. Son désir montait et devenait presque impossible à maîtriser.

— Cent soixante-huit, murmura-t-elle. C'est beaucoup de temps perdu.

— Si je te touche, je ne te lâcherai plus.

— Et si c'est moi qui prends l'initiative ? demanda-t-elle en posant les mains sur son torse.

— Arrête, prévint-il de nouveau. Tu ferais mieux de partir pendant qu'il est encore temps.

— Tu feras de nouveau cette évasion, n'est-ce pas ?

— Oui. Bien sûr, bon sang !

Ses doigts exigeaient qu'il la touche.

— Ryan, au nom du ciel, va-t'en !

— Tu la referas, reprit-elle. Ainsi que d'autres, probablement encore plus dangereuses ou, du moins, tout aussi effrayantes. Parce que c'est dans ta nature. N'est-ce pas ce que tu m'as affirmé ?

— Ryan...

— Voilà l'homme dont je suis tombée amoureuse, constata-t-elle calmement. Je ne sais pas comment j'ai pu croire que j'avais le pouvoir, ou le droit, de le faire changer. Je t'ai dit un jour que tu étais ce dont je rêvais, et c'était la vérité. Mais je suppose qu'il fallait que je comprenne ce que cela impliquait. Veux-tu encore de moi, Pierce ?

Il garda le silence, mais elle vit son regard s'assombrir, sentit les battements de son cœur qui s'accéléraient sous sa main.

— Je pourrais me contenter d'une petite vie calme et aisée, ajouta-t-elle en faisant le dernier pas vers lui. Est-ce cela que tu veux que je fasse ? T'ai-je blessé si profondément que tu me souhaites une vie d'un ennui insoutenable ? Je t'en prie, Pierce, accorde-moi ton pardon.

— Il n'y a rien à pardonner.

En dépit de tous ses efforts, il se noyait dans ses yeux.

— Ryan, pour l'amour de Dieu ! Ne vois-tu pas l'effet que tu me fais ? dit-il d'un air désespéré en repoussant ses mains.

— Si, et ça me fait très plaisir. J'avais tellement peur que tu me mettes à la porte, avoua-t-elle avec un soupir de soulagement. Je reste, Pierce. Tu ne pourras pas m'en dissuader, affirma-t-elle en passant les bras autour de son cou, sa bouche tout près de la sienne. Dis encore que tu veux que je parte.

Il l'attira contre lui.

— Non. Je ne peux pas.

Il s'empara brusquement de ses lèvres. L'énergie qu'il avait perdue l'envahit de nouveau, avec une force brûlante et douloureuse. Il la serra plus près et sentit sa bouche qui répondait à la sauvagerie de la sienne.

— C'est trop tard, murmura-t-il. Beaucoup trop tard, admit-il, tellement enflammé de désir qu'il avait envie de l'écraser contre lui. Il va falloir que je t'enferme à double tour. Tu saisis ?

— Oui. Oui, je comprends, assura-t-elle en rejetant la tête en arrière afin de voir ses yeux. Mais la porte sera fermée pour toi aussi. Je vais y faire poser le seul verrou que tu ne puisses forcer.

— Pas d'échappatoire, Ryan. Ni pour l'un ni pour l'autre.

Et ses lèvres chaudes embrassèrent désespérément sa bouche. Il sentit l'impact de son corps quand il la pressa contre lui, mais les mains sûres de la jeune femme restèrent collées fermement sur son corps.

— Je t'aime, Ryan, déclara-t-il en parcourant son visage de baisers. Je t'aime et j'ai tout perdu quand tu m'as quitté.

— Je ne le ferai plus jamais, promit-elle. J'ai eu tort d'exiger cela de toi. Et aussi de m'enfuir comme je l'ai fait. Je n'ai pas eu assez confiance.

— Et maintenant ?

— Je t'aime, Pierce. Exactement comme tu es.

Il l'enlaça encore et pressa sa bouche contre son cou.

— Ryan, ma beauté, si petite, si douce. Mon Dieu ! que j'ai envie de toi ! Viens, montons, allons au lit. Laisse-moi te faire l'amour correctement.

Leurs deux cœurs s'emballèrent lorsqu'il prononça calmement ces mots, d'une voix rauque, tout contre sa gorge. Ryan inspira profondément, puis elle mit les mains sur ses épaules et le repoussa.

— Et au sujet de ce contrat...

— Que les contrats aillent en enfer, grommela-t-il en tentant de la tirer vers lui.

— Oh ! non, dit Ryan en faisant un pas en arrière. Celui dont je parle doit être établi.

— Je t'ai déjà signé ton contrat, rétorqua-t-il impatiemment. Viens ici.

— C'est d'un autre qu'il s'agit, déclara-t-elle en l'ignorant. Exclusif et à durée illimitée.

Pierce fronça les sourcils.

— Ryan, je n'ai pas l'intention de me lier à Swan Productions pour le restant de mes jours.

— Non, pas à Swan Productions, riposta-t-elle. A Ryan Swan.

La réplique agacée qu'il avait sur le bout de la langue ne vint jamais. Elle vit l'éclat de son regard s'intensifier.

— Quel genre de contrat ?

— Pour une vie à deux, incluant une clause d'exclusivité et une durée éternelle.

Ryan avala sa salive. Elle commençait à perdre un peu de la confiance inébranlable qui l'avait soutenue jusque-là.

— Vas-y, continue.

— Il entre en vigueur immédiatement et stipule l'obligation d'une cérémonie, en bonne et due forme, à la première opportunité qui se présentera, énonça-t-elle en croisant les mains. Il y aura également une clause concernant la probabilité de descendants, ajouta-t-elle en voyant Pierce qui levait un sourcil, mais ne disait rien. Le nombre de ceux-ci pouvant être négocié.

— Je vois, dit-il après une pause. Y a-t-il une clause pénale ?

— Oui. En cas de rupture de contrat, je suis autorisée à t'assassiner.

— Tout à fait raisonnable. Ceci est vraiment tentant, mademoiselle Swan. Quels sont les avantages que j'en tire ?

— Moi.

— Où dois-je signer ? demanda-t-il en la prenant dans ses bras.

— Ici.

Elle poussa un soupir et lui tendit sa bouche. Le baiser fut doux et plein de promesses. Avec un petit grognement, Ryan se serra contre lui.

— A propos de cette cérémonie, mademoiselle Swan, dit Pierce en lui mordillant les lèvres tandis que ses mains la parcouraient, que considérez-vous comme la première opportunité qui se présentera ?

Elle eut un rire et se dégagea de son étreinte.

— Demain après-midi. Tu ne crois pas que je vais te donner le temps de t'évader, n'est-ce pas ?

— Je constate que j'ai trouvé à qui parler.

— Absolument, approuva-t-elle avec un hochement de tête. J'ai encore quelques tours dans ma manche.

Elle prit les cartes de tarot et Pierce découvrit, étonné, qu'elle parvenait avec un certain succès à former un éventail. Elle s'y entraînait depuis des jours.

Il sourit et se rapprocha d'elle.

— Très bien. Je suis impressionné.

— Tu n'as encore rien vu. Prends une carte, lui dit-elle, les yeux pétillants de malice. N'importe laquelle.

Composé et édité par HarperCollins France.

Achevé d'imprimer en septembre 2023.

FIRMIN-DIDOT

à Mesnil-sur-l'Estrée (Eure)

Dépôt légal : octobre 2023.

Pour limiter l'empreinte environnementale de ses livres, HarperCollins France s'engage à n'utiliser que du papier fabriqué à partir de bois provenant de forêts gérées durablement et de manière responsable.

Imprimé en France